항설백물어

항간에 떠도는 백 가지
기묘한 이야기

KOSETSU HYAKU-MONOGATARI by KYOGOKU Natsuhiko
Copyright © 1999 KYOGOKU Natsuhiko
All rights reserved.
Originally published in Japan by KADOKAWA SHOTEN PUBLISHING CO., LTD., Tokyo.
Korean translation rights arranged with OSAWA OFFICE, Japan
through THE SAKAI AGENCY and SHINWON AGENCY.

이 책의 한국어판 저작권은 신원 에이전시를 통한 KADOKAWA SHOTEN PUBLISHING CO., LTD.와의 독점계약으로 비채에 있습니다. 저작권법에 의해 한국 내에서 보호를 받는 저작물이므로 무단전재와 무단복제를 금합니다.

항간에 떠도는 백 가지
기묘한 이야기

항설백물어

巷説百物語

교고쿠 나쓰히코 소설

금정 옮김

비채

항설백물어 ─ 항간에 떠도는 백 가지 기묘한 이야기 블랙&화이트 017

1판 1쇄 인쇄 2009년 7월 30일 **1판 5쇄 발행** 2019년 2월 11일
지은이 교고쿠 나쓰히코 **옮긴이** 금정
펴낸이 고세규

발행처 김영사
주소 경기도 파주시 문발로 197(문발동) 우편번호 10881
등록 2005년 12월 15일(제101-86-20069호)
구입 문의 전화 031)955-3100 **팩스** 031)955-3111
편집부 전화 02)3668-3295 **팩스** 02)745-4827 **전자우편** literature@gimmyoung.com
비채 카페 http://cafe.naver.com/vichebooks
트위터 @vichebook **페이스북** www.facebook.com/vichebook
ISBN 978-89-92036-92-4 03830   책값은 뒤표지에 있습니다.

비채는 김영사의 문학 브랜드입니다.

아즈키아라이	7
하쿠조스	73
마이쿠비	141
시바에몬 너구리	209
시오노 초지	301
야나기온나	391
가타비라가쓰지	485

※일러두기
　본서에서는 상황과 사용 빈도에 따라 현지 발음 표기와 한자음 표기가 혼용되어 있습니다.

아즈키아라이

산사의 동승

산골짝 개울에 가서 팥을 씻고 있는데

동숙하는 중이 앙심을 품고

개울로 밀어 떨어뜨리자

바위에 부딪혀 죽었다

그때부터 그 동승의 영혼

이따금씩 나와 팥을 씻으며

울고 웃는 일이 있게 되었다

繪本百物語・桃山人夜話/卷第五・第三十六

1

에치고 지방에 시오리(枝折) 고개라는 험준한 곳이 있다.

일대에 너도밤나무 거목이 빽빽해서 한낮에도 어두운 비경이다. 먼 옛날, 다이라노 기요모리에 의해 도읍에서 쫓겨난 후지와라 사부로후사토시가 오제로 향하다가 이 너도밤나무 숲에서 길을 잃어 고초를 겪고 있을 때 신비한 동자가 홀연히 나타나 나뭇가지를 꺾으며 일행을 산꼭대기까지 인도했다는 고사가 있는 까닭에 시오리 고개라는 이름이 붙은 것이다.

그 고개보다 더 깊숙이 들어선 곳.

장대비로 부옇게 물든 심산의 오솔길을 그저 총총히 나아가는 삿갓승의 모습이 있었다.

이 승려, 법명은 엔카이라고 한다. 엔카이는 풀을 헤치고 나뭇가지를 쳐내며 그저 발걸음을 옮기고 있었다.

어서. 조금이라도 빨리. 허나……..

엔카이는 망연히 멈추어 설 수밖에 없었다.

때마침 거세게 내린 비로 산골짜기의 개울이 콸콸 넘쳐나고 있었다.

맑은 청류였을 시내도 지금은 상류의 진흙과 모래가 뒤섞여 이미 탁류라고 이를 수밖에 없었다.

'아무래도 못 건너겠군.'

험준한 산길이다. 되돌아가면 산속에서 밤을 맞게 된다.

이제 와서 돌아간다는 것도 마땅치 않으니, 그렇다면 건널 수밖에 없다. 이 개울을 건너기만 하면 절까지 이르는 거리는 지척에 불과하니 아마 한나절도 걸리지 않을 터. 산으로 들어서지 않는다면 고개를 넘어도 이틀, 고개를 우회하면 나흘은 걸리는 거리이다. 이 샛길로 간다면 하루로 족하다. 해 저물기 전에 강을 가로지르면 심야에는 산 어귀에 들어설 수 있으리라. 엔카이는 그러한 심산으로 걸음을 재촉해왔던 것이다.

몸 구석구석까지 급격하게 피로감이 차오른다.

'실수했군.'

딱히 서둘러야 할 여행도 아니었으므로 가능한 한 무난한 길로 갔어야 했다. 그나마 가도를 따라왔다면 이처럼 오도 가도 못할 상황에 빠질 일은 없었을 것이다.

그것은 이미 알고 있었다. 새벽녘부터 구름의 형세가 심상치 않아, 엔카이는 오늘 아침 출발 직전까지도 그리하리라 생각하고 있었던 것이다. 그럼에도 발이 저절로 산으로 향했다. 짐승들이나

다니는 오솔길이라 고생스럽기는 하나, 어렸을 때부터 즐겨 다녀 몸에 익은 길이었기 때문이리라. 이 근방의 산은 엔카이에게 마당이나 다름없는 곳이었다. 그 익숙함이 화를 자초했다. 기후를 잘못 읽은 것이다.

'자, 그럼.'

남은 수는 한 가지밖에 없었다. 상류에 분명 낡은 통나무다리 같은 것이 있었을 터. 거기까지라면 해가 저물기 전에 도착할 수 있다. 되돌아가는 것보다는 훨씬 상책이다. 다리를 건너기만 하면…….

'그다음에는 어떻게든 될 테지.'

그렇게 생각했다.

엔카이는 무거운 다리를 애써 들어올리며 개울을 따라 상류로 나아갔다.

물기를 흠뻑 머금은 법의가 몸에 들러붙는다. 빗방울이 후드득후드득 삿갓을 내리쳐 이윽고 삿갓의 눈에도 물이 돌았다. 고개를 들 수가 없다.

여장(旅裝)을 하고 있다지만 걷기가 여간 어려운 것이 아니다.

쏴아아아. 콰르르르.

하늘에 구멍이라도 뚫린 듯한 굵은 빗방울이다.

바람이 잠잠한 것이 유일한 위안이다. 익숙한 길이라지만 여기에 바람까지 세차다면 목숨을 보장할 수가 없으리라.

쏴아아아. 콰르르르.

쏴락.

'뭐지?'

이질적인 소리가 들렸다.

억지로 고개를 들었다. 눈앞에 사내가 서 있었다.

흠뻑 젖은 그 사내, 보아하니 엔카이와 마찬가지로 승려 차림이다.

그러나 옷은 먹빛으로 물들이지 않고 순백이었다. 가슴에는 시주함을 늘어뜨리고 삭발머리를 흰 목면 행자두건(行者頭巾)으로 싸매었다. 야마부시*나 순례승, 아니, 부적을 파는 걸승 부류이리라.

사내는 큰 소리로 말했다.

"이 너머로 갈 생각은 접으시구려. 하나밖에 없는 다리도 썩었던 모양인지 떠내려가고 없습디다."

"당장 비를 피하지 않으면 피차 여기서 아주 끝일 겝니다. 여기서 하류 쪽으로 한참을 내려가면 강기슭에 자그마한 오두막이 서 있습죠. 그곳에서 밤이라도 새우지 않으면…… 아니, 이 비에는 날이 밝아도 갈 수가 없겠군. 어서 날이 개지 않으면 죽은 신세입지요."

사내가 계속해서 말했다.

"오두막이라……"

이 근방에 오두막이 있었던가.

---

* 산야에 기거하며 수행하는 중.

엔카이의 기억에는 없다.

"누가 사는지도 모르는 폐가올시다. 소생은 그리로 가는 중이오."

"오두막……."

듣고 보니 오두막이 있었던 것 같기도 하다.

"뭐, 스님 좋을 대로 하시구려."

사내는 엔카이의 답을 기다리지 않고 진흙을 튀기며 비탈을 내려오더니, 엔카이를 지나쳐서는 꼿꼿한 걸음걸이로 하류를 향했다. 엔카이는 어깨너머로 그 사내의 뒷모습을 쫓다가 삿갓을 들어올리고서 다리가 있을, 혹은 다리가 있었을 방향으로 고개를 돌렸다.

눈에 힘을 주어봤으나 연무로 흐려져 아무것도 보이지 않았다.

저녁 무렵의 비 내리는 하늘은 더욱 어둡다.

밤이 슬금슬금 다가오고 있다.

빗발은 잦아들 기미도 없다.

쏴아아아. 콰르르르.

쏴락.

'틀렸다.'

사내의 말대로 다리가 떠내려가버렸다면 더 이상의 행군은 심히 위험하다. 사내의 조언을 따르는 편이 좋으리라. 그리하려면 또 나름대로 서둘러야만 할 터. 허나, 하류에 오두막 같은 것이…….

'오두막이 있었던가?'

엔카이는 발길을 돌려 강줄기를 따라 내려갔다. 사내의 모습은 이미 보이지 않았다.

몹시도 발이 빠른 사내다. 아니, 이런 폭우 아닌가. 발걸음을 재촉할 수밖에 없겠지.

이정표도 잃었고, 시야도 나쁘며, 발조차 뜻대로 내딛을 수 없다.

과연 그 오두막이란 곳에 다다를 수 있을 것인가.

콸콸대는 탁류 소리에 이끌리듯 나아간다.

그 수밖에 없을 테지. 그런데.

빗소리와 개울소리가 뒤섞인다.

콰르르르. 콰르르르. 콰르르르.

찰나.

미끄덩, 발이 미끄러졌다. 이끼를 밟은 것이다.

엔카이는 크게 앞으로 고꾸라졌는데, 패대기쳐지는 것만은 피하려 몸을 틀었기 때문에 그 반동으로 엉덩이가 빠져 결국 세차게 엉덩방아를 찧었다.

'이곳은. 이 장소는.'

커다란 통반석.

'도깨비…… 빨래판인가.'

그렇게 불리던 장소였다.

엔카이는 몸에 힘이 빠져 잠시 주저앉았다.

왠지 될 대로 되라는 심정이었다.

비를 매개로 엔카이는 산이나 대기와 일체화한다.

그때 세계가 엔카이의 내부로 흘러들어 쏴아아아, 하는 빗소리는 엔카이의 몸을 흐르는 혈류의 율동과 동조해 토막토막 단절되었다.

쏴. 쏴. 쏴. 쏴. 쏴. 쏴. 쏴. 쏴.

'이곳은. 이 장소는.'

나무묘법연화경. 나무묘법연화경.

모든 것은…… 모든 것은 이곳에서부터.

'그럴 생각은……'

쏴. 쏴. 쏴. 쏴.

쏴. 쏴. 쏴.

쏴. 쏴.

쏴.

엔카이는 불현듯 현실로 돌아왔다.

얼마나 정신을 놓고 있었던 것일까.

한층 더 거세어진 빗발이 삿갓 끝자락에 막을 쳐 엔카이를 바깥 세계로부터 완전히 격리시키고 있었다.

'이런.'

엔카이는 공포심에 쫓겨 일어섰다. 그리고 몽롱하게 과거를 더듬었던 시간을 거슬러 내려오듯 강줄기를 따라 내려왔다. 아무것도 보이지 않음에도 몸은 저절로 길을 골랐고, 엔카이는 반쯤 미끄러지고 구르다시피 하며 당초의 목적지였던 것처럼 그곳으로 향했다.

정말 오두막 같은 게 있었던가? 그러한 의심은 이미 지워지고 없었다. 그 오두막은 엔카이의 관념 속에 뚜렷이 서 있었다. 그리고 하늘을 벗어나 방울져 내리는 무수한 물방울에 의해 이미 산의 풍경과 융합해버린 엔카이로서는 바깥 세계와 내부의 차이가 없었다. 그러하기에 엔카이는 무심히 그곳으로 향하고 있었다.

이 너머에.

'오두막이다.'

오두막은 그곳에 있었다.

산과 산 사이, 다 쓰러져가는 초라한 오두막이 몸을 움츠린 것처럼 서 있었다. 고작해야 빗발을 견뎌내는 정도. 문자 그대로 오막살이집이다.

엔카이는 주저 없이 문 앞으로 달려가 부닥치듯 문을 열고, 몸을 돌린 후 힘껏 문을 닫았다.

이제…….

'뭐지?'

천천히 돌아본다.

예상 밖의 많은 시선에 엔카이는 한순간 움찔했다.

화로를 둘러싸고 열 명 남짓 되는 남녀가 둥그렇게 앉아 있었다.

상석에는 아까 보았던 백장속(百裝束) 사내가 앉아 있다. 사내는 엔카이를 바라보며 싱긋이 미소를 지었다.

"오셨구려."

사내는 그렇게 말하며 다시 한 번 웃었다.

행자두건을 푼 머리에는 흠뻑 젖어 물방울이 뚝뚝 떨어지는 머리칼이 달라붙어 있다. 상투를 틀 만한 길이는 아니다. 삭발한 머리가 자란 것일 테지.

"그러고 계시면 아무리 수행을 쌓은 스님이라도 오한이 들지요. 법의 소매를 짜고 이쪽으로 오시구려."

사내는 살갑게 손짓을 하며 일동을 둘러보았다.

근처에 농부로 보이는 자가 몇 명, 등짐장수가 몇 명.

벽 쪽에는 흰 살결에 얼굴 갸름한 세련된 여인이 기대듯 옆으로 앉아 있다.

화려한 남보랏빛 기모노와 풀색 겉옷이 오두막 안의 풍경과는 도무지 어울리지 않는다. 여행 채비로도 보이지 않는 차림새다.

여인은 갸름한 눈을 가늘게 뜨며 웃음을 던졌다.

그 옆에 움츠리고 있는 이는 십중팔구 상인. 연령은 쉰이나 예순 줄. 정갈한 차림새로 보아 나름대로 이름 깨나 알려진 상점의 주인쯤 되려나. 짐작컨대 에도 사람이다.

그 옆으로는 정체를 알 수 없는 젊은 사내가 정좌하고 있다. 여행 차림이기는 하나 무심한 행동거지가 일반 백성으로는 보이지 않고, 장인의 부류도 아닌 듯싶다. 물론 무사도 아니다. 엔카이의 모습을 보고서도 동요하는 기척 하나 없이 그저 표표하게 붓통 뚜껑만 딸각딸각 여닫고 있다.

가장 구석에는 누더기를 걸친 채 웅크리고 앉은 노인의 모습이 보였다.

십중팔구 그가 이 오두막의 주인이다. 엔카이는 무슨 까닭인지 그렇게 확신했다.

노쇠해 바싹 말라빠지고 여윈, 작은 체구의 사내다.

엔카이는 눈길을 돌린다.

이 노인은 보고 싶지 않다.

표정을 알 수가 없다. 말도 분명 통하지 않을 게다. 그렇다면 이 방인이다.

그러한 느낌이 들었기 때문이다.

"사양할 것 없소."

백장속 사내는 훤히 내다보는 듯한 강한 시선으로 엔카이를 응시하며, 반면 한층 더 부드러운 어조로 그렇게 말했다.

엔카이가 무언가 대답하려는 것을 가로막듯 사내는 말을 이었다.

"뭐, 이 오두막은 여기 고헤이 씨의 먼 친척이 아주 옛날에 살았던 곳이라니 사양할 필요 없소이다. 아니 그렇소? 고헤이 씨."

사내는 노인을 코로 가리켰다. 노인은 예에, 하고 바람이 새는 듯 메마른 목소리로 대답을 하고서 무표정하게 고개를 끄덕였다.

'주인이 아닌 건가.'

엔카이에게는 그리 보이지 않았다. 고헤이라고 불린 노인은 이 오두막에 녹아들어 있다. 이 오두막을 완성시키기 위해서는 이 노인이 반드시 있어야 한다. 노인은 마치 회반죽 얼룩처럼 오두막 안의 풍경에 정착해 있다.

이마를 타고 내려온 물방울이 눈에 들어가, 엔카이는 몇 번이나 눈을 끔벅였다.

　백장속은 계속 말을 이었다.

　"무얼 하고 계시오, 스님. 아무리 젖었다지만 섭섭하구려. 이 사람들에게는 마음을 쓸 필요 없다오. 이 시각 이런 곳에 있는 것을 보면, 어차피 떳떳하게 대로통행을 못하는 어중이떠중이들이 틀림없으니."

　"이보십시오, 어행사(御行師)*."

　젊은 사내가 손을 들었다.

　"저 스님은 우리 같은 미천한 자들과 동석하기를 원하지 않을지도 모르지 않습니까. 혹여 수행중인 몸일지도 모르지요. 그렇다면 그리 강권해서는 아니 됩니다. 그렇지요, 스님?"

　"아니, 그렇지는……."

　쏴락.

　'글렀군.'

　"신세 좀……." 엔카이는 짤막하니 그렇게 말하고 삿갓을 벗었다.

　"신세 좀 지겠소이다."

　그리 말하자마자 엔카이는 봉당에 무릎을 꿇고 앉았다.

　차분함을 되찾기까지 반각**은 걸렸다.

---

* 승려 차림으로 액막이 부적을 팔며 돌아다니는 걸식인의 한 부류.
** 약 한 시간.

악천후는 한밤에 이르러서도 진정될 기미가 없었다. 그저 어둡기만 한 오두막 안, 화로의 숯 터지는 소리만이 불쑥 생각이라도 난 듯 몇 번을 울려 퍼져 엔카이의 고막을 때렸다. 미미한 숯불 정도로는 젖은 옷이 마를 리도 만무해, 옷은 온몸에 쩍 달라붙어 있었다.

그 불쾌감이야 이루 말할 수 없다.

자리가 화기애애해진 것은 그로부터 반각이 더 지난 다음이었다.

엔카이도 어느새 둥그렇게 둘러앉은 자리에 섞여 있었다.

"이러한 밤은 길기 마련. 이참에 한번, 에도에서 유행하는 백 가지 괴담이나 나누는 것이 어떻겠소이까" 하고 처음 말을 꺼낸 이는 아마도 어행사였으리라. 이의를 제기하는 자는 아무도 없었다.

무언가 잡담이라도 하지 않으면 견딜 수 없는 분위기였음은 분명했던 것이다.

2

나야 이렇게 보시다시피 부평초마냥 정처 없이 돌며 밥벌이를 하고 있으니까요. 당연히 여기저기 떠돌다 보면 무서운 이야기나 기이한 소문도 이래저래 듣지요.

네? 내가 무엇으로 밥벌이를 하냐고요?

보다시피 인형사, 산묘회*지요.

산묘라. 참, 산묘는 사람을 홀린답니다. 알고들 계시려나? 예, 족제비, 오소리, 여우에 너구리. 인간을 홀리는 짐승은 많고도 많지만요. 산묘도 홀린답니다.

거짓말이라고요? 천만의 말씀. 집에서 기르는 괭이도 홀리는걸요. 그 왜, 괭이는 기르기 시작할 때 기한을 말하지 않으면 해코지를 한다든가, 나이를 먹으면 둔갑을 한다지 않습니까?

---

* 山猫廻し, 야마네코마와시. 에도 방언으로 인형사를 이름.

그래, 네코마타*라고 하던가요.

나도요. 예, 에도에 있던 시절에요. 신나이**스승님을 따라서 어린 삼색괭이를 길렀지요. 태어난 지 얼마 되지 않은 녀석이라 삐이 삐이, 생쥐처럼 울어대더군요. 나도 요런 것이 무슨 둔갑을 하겠냐고 생각했지요.

그래도 왠지 좀 궁금하잖아요. 그래서 고 녀석을 손바닥 위에 올려놓고 삼 년만 있으렴, 그리 말을 했답니다. 하지만 그 사실은 금세 잊어버렸지요. 어느 날 느닷없이 고것이, 예, 홀연히 사라지고 말았답니다. 마루 밑부터 천장 위까지 찾아봤지만 하늘로 솟았는지 땅으로 꺼졌는지, 도무지 모습이 보이지 않는 거예요. 그게 바로…… 그거지요.

그때가 마침 삼 년 되던 날이었던 겁니다.

으스스하다고요? 예에, 암요, 그렇고말고요. 나도 그때는 아주 오싹했지요. 그처럼 괭이란 녀석은 사람을 홀린다니까요.

왜, 시신이 나왔을 때 옷을 뒤집어 입히고 이불 위에 빗자루며 국자를 올려두고 머리맡에는 식칼 같은 걸 두잖아요. 그게 바로 마물 괭이를 막는 방법인 거지요. 예에, 병풍을 거꾸로 세워두는 것도 바로 그거고요. 다 괭이가 죽은 이 곁에 얼씬하지 못하도록 그렇게 하는 거예요. 모르고 계셨나요, 오라버니? 저기 계신 스

---

* 猫又, 꼬리가 둘로 갈라진 일본의 고양이 요괴.
** 親內, 낭송 음악 조루리의 일파로, 인형 없이 연석에서 공연.

님은 알고 계실걸요. 예에, 암요. 어머나, 스님은 고양이를 싫어하시나?

네? 왜냐고요? 어째서 괭이가 시신 옆으로 오면 안 되냐, 오라버니는 그렇게 말씀하고 싶은 건가요? 그야 괭이가 시신에 못된 짓을 하기 때문이랍니다. 그렇지요, 스님? 괭이의 혼이 말이죠, 스윽, 하고 빠져나가 시신의 몸속으로 들어가거든요. 괭이의 혼이 들어가면 게으름뱅이도 부지런히 일을 한다잖아요. 죽은 이도 움직이기 시작한다고요. 거짓말이 아니에요. 벌떡 일어나 쿵덕쿵덕 춤을 추거나……. 뭐, 저도 본 것은 아니지만요, 예에. 예? 어머나, 거기 어행사 분은 본 적이 있으신지? 정말로요?

그것 보셔요, 오라버니. 저기, 어행사 나리, 시신은 역시 움직이던가요? 발이 비어져 나와요? 관에서? 추욱 늘어진 발이? 어머나, 무서워라. 으스스해요.

어머나, 세상에. 처음부터 꺼림칙한 이야기를 하고 말았네요.

예, 지금부터 할 이야기는 말이죠, 내가 실제로 보고들은 일이니까 손톱만한 거짓도 하나 없는, 아주 진실한 이야기랍니다.

그게 벌써 이래저래 한 십 년은 된 이야기일까요.

나는 아직 젖내나 나던 계집애였는데, 열셋 남짓이었을 거예요.

나한테는 두 살 터울인 언니가 있었지요.

리쿠라는 이름이었는데, 정말이지 인물이 고왔어요.

동생인 제가 이리 말하는 것도 쑥스럽지만요.

살결이 희면 일곱 가지 결점이 가려진다고들 하지만, 정말로 새하얀 살결이었지요. 음식을 먹으면 목에 고스란히 비쳐 보일 정도……라고 하면야 당연히 과장이지만요. 예? 나도 그렇다고요? 어머나, 세상에. 언니는 나처럼 되다 만 미인이 아니었답니다. 청초한 용모라 고을 안에 이만한 미인이 없을 거라고 소문이 자자했거든요. 동생인 나에게도 일단 자랑거리였고, 좀 더 자라면 나도 언니처럼 될 거야, 그리 생각하고 있었지요. 뭐, 결국 요 모양으로 낙착되고 말았지만 말이죠.

 예? 예. 동경했었답니다, 나는. 언니를.

 그런 언니가요, 시집을 가게 되었어요.

 음, 그 이야기가 정해졌던 때가 한여름 무렵이었나.

 상대는 이웃 고을의 큰 부자. 예, 높으신 나리들이 이용하는 역원(驛院)의 후계자였나 촌장의 맏아들이었나 그랬는데, 이름이 아마 요자에몬이라고 했었던가.

 가문도 지체도 더할 나위 없다며 어른들은 모두 기뻐했지만요, 난 왠지 분하고 슬펐어요. 예? 그렇게 유치한 이유로 속이 상했던 것은 아니랍니다. 누구든 언젠가는 시집을 가야하니까요. 나야 가지 않았지만요. 뭐랄까, 어린 계집아이라고 해도 열세 살이었거든요. 그렇게 누군가에게 좋아하는 언니를 도둑맞는다며 그저 떼를 썼던 게 아니랍니다.

 요자에몬이란 사내가요, 왠지 마음에 들지 않았어요.

 맞아요. 꺼려지는 사내였거든요, 그 인간.

키는 작고, 굵은 목에 밉살맞은 눈초리.

뭐라고 할까요, 왠지 천하다고 할지 촌스럽다고 할지. 예, 멋스럽지 않았거든요. 산골짝 출신 계집아이가 애당초 멋이고 자시고 알 리가 만무하겠지만서도 틀림없이 그런 부분이 싫었던 거였겠지요.

뭐, 지금 이렇게 차근차근 떠올려보면요, 그 사람도 그리 나쁜 남자는 아니었을 텐데 말예요. 순박하고 우직한 면도 있었고요. 시집을 가려면 실실대는 미남보다는 무뚝뚝한 편이 나았을지도 모르지요.

하지만 그때는 싫었어요.

앞으로는 형부로 생각해달라는 말에 토라져서 대답도 안 했던 것 같네요. 참 몹쓸 짓을 했다 싶어요, 정말로.

그 정도였으니 혼례일이 가까워지는 게 너무 너무 싫을 수밖에요.

아버님 어머님과도 얘기를 나누지 않은 채, 그저 하염없이 언니만 보고 있었지요. 이렇게 고운 언니를 가까이서 보는 것도 이제 며칠뿐이다 싶으니 가슴이 왠지 미어져서. 예? 아, 멀리 시집가는 건 아니었어요. 시집은 십 리도 떨어져 있지 않았으니 생이별처럼 대단한 이별은 아니었지만, 그래도 아가씨와 아낙은 다르잖아요?

시집을 가면 더는 아가씨가 아닌걸요.

부농의 며느리란 몸만 고달파질 뿐이잖아요. 탱탱한 피부도 윤기를 잃고, 날렵한 손가락에도 마디가 생기고. 그건 당연하지요.

나이 먹으면 누구나 그렇게 되니까요.

다만…… 예, 뭐랄까요. 반짝반짝, 아가씨한테만 있는 광채 같은 것이 시집을 가자마자 스윽, 하고 꺼져버리는 듯한 기분이었달까요.

그래서 혼례가 정해진 이후, 나는 언니한테 찰싹 달라붙어 그 곁을 떠나지 않았던 것 같아요. 그 이전에도 언니, 언니, 하고 졸졸 따르며 찰싹 붙어 다녔지만요.

언니로서는 성가셨을 거라고 생각해요. 그래도 싫은 내색 한 번 비치지 않았죠. 그렇게 착한 사람이었던 거예요.

혼례 전날이었어요.

우리는 산으로 갔지요.

예에, 언니는 꽃을 좋아했기 때문에 어렸을 때는 곧잘 산에 가서 꽃을 꺾어오곤 했어요. 그래서 이런 나들이를 할 수 있는 것도 오늘이 마지막이라며……. 그게 언니가 꺼낸 말이었는지 내가 꺼낸 말이었는지는 잘 기억나지 않지만요.

화창한 날이었어요.

여름꽃은 싱싱해서 봄꽃보다 더 좋아했더랍니다.

짙푸른 풀과 나뭇잎사귀들이 바람에 흔들렸죠.

정말이지 상쾌한 날이었어요.

산이라고 해도 여기처럼 험준한 산이 아니었거든요.

마을 밖의 갈림길에서 꺾으면 곧바로 오를 수 있는, 어린아이의 다리로도 쉽게 오를 수 있는 동산이었던 거죠. 다 오르면 탁

트인 시야가 펼쳐져서 먼 곳까지 두루 보이고 그 너머의 높은 산도 살포시 보여요. 가는 길도 무척이나 아름답답니다. 하지만 나는 그깟 풍경은 눈에 들어오지도 않았죠. 언니 뒤에 찰싹 붙어서 그 하얀 목덜미에 송글송글 맺힌 땀이나, 땀으로 빛나는 귀밑머리를 보고 있었어요. 언니가 지쳤으니 좀 쉬자고 할 때까지 내내 보고 있었어요.

산꼭대기는 아니었지만, 중턱쯤에 넓은 들판 같은 장소가 있었거든요. 그곳에서 쉬었죠. 언니는 커다란 돌 위에 앉아 산의 나무를 바라보고 있었어요. 난 그 아래에 오도카니 앉아 푸르다 못해 쪽물을 뿌려놓은 듯한 하늘에 떠가는 새하얀 구름을 보고 있었어요.

예에, 구름의 모양까지 기억하고 있는걸요. 눈을 감으면요, 모양새는 물론 구름이 흐르던 속도까지 생생하게 떠오른다니까요. 그렇게 푸른 하늘은 이 나이가 되어서도 아직 본 적이 없는 것 같네요.

천천히.

구름이 서쪽으로 흘렀지요.

퍼뜩 고개를 들었어요.

무언가 불길한 느낌이 들었던 것일 테지요.

그랬더니 언니가요, 돌처럼 굳어 있지 뭐예요.

정말 지장석불이라도 된 듯 움직이지를 않았어요.

그래서 난 꼼짝달싹도 하지 않는 언니의 약간 공허한 시선 끝을 따라가 봤지요. 그랬더니…….

그랬더니 말이에요.

괭이가 있더라고요.

산묘가요. 아주 커다란, 호랑이 같은 산묘가 애기동백 그늘에서 언니를 뚫어져라 쳐다보고 있었어요. 유리알 같은 눈으로요.

난 그때 바로 알아차렸지요. 언니는 그래서 못 움직이는구나.

완전히 뱀 앞에서 얼어붙은 개구리나 다름없었어요.

나도 무서워져서…… 아니, 보통의 무섭다는 기분하곤 달라요.

머릿속이 새하얗게 되고 말았달지, 그랬던 거예요. 그런 게 고양이의 마력인 걸까요? 꼼짝달싹 못하게 되었지요.

산묘 뒤에 있는 수풀, 그 위의 하늘이 싸악 다 저녁놀에 물들었더군요.

그러니 꽤 오랜 시간 그렇게 있었던 거였겠지요.

솔개인지 뭔지가 울었을 거예요.

제정신이 들어 쳐다보니 괭이는 없었어요. 처음부터 괭이 따위는 없었을지도 모르잖아, 그렇게 생각했어요. 하지만 시간은 훌쩍 지나 있었지요.

그리고 언니는 쓰러져 있었어요.

그 후에 어떻게 했는지는 기억이 나질 않아요. 아무래도 옛날이야기니까요. 하지만, 예에, 언니는 뭐랄까, 반쯤 혼백을 빼앗겨버린 것 같은 그런 느낌이었어요.

혼례는 성대했지요.

그 일대의 어중이떠중이, 길 가는 타인한테까지 술을 대접했으니까요.

낭랑하게 민요를 부르고 춤도 추고, 축제나 다름없었죠.

그러지 않아도 새하얀 언니가 한층 더 새하얀 화장에, 게다가 혼례복까지 온통 흰색이잖아요. 이렇게 아름다운 사람은 태어나서 처음 봤다, 정말로 그렇게 생각했다니까요. 꿈속 같았어요. 고개를 살짝 숙이고서 부끄러워하는 듯한 몸짓이 또 얼마나 고왔던지.

그런데.

예에.

잠깐 눈을 뗀 사이였어요.

홀연히, 연기처럼 언니가 사라져버렸죠.

누구 하나 알아차린 자가 없었어요. 사라진 이는 다름 아닌 한가운데의 금병풍 앞에 앉아 있었던 새아씨인데도요. 혼례의 주인공이 사라져버린 거라고요. 홀연히.

곁에 자리하고 있었던 새신랑조차 알아차리지 못했어요. 뭐, 요자에몬 씨는 등에 도마를 넣은 듯 뻣뻣하게 굳어 있었던 것 같으니 신부의 얼굴을 쳐다볼 여유도 없었겠지만요. 그렇다 해도 아무도 알아차리지 못했다는 건 불가사의한 일이잖아요?

잔치 자리에서는 난리가 났지요.

취해서 떠들던 사람들도 찬물을 얻어맞은 것처럼 조용해졌어요. 술기운은 순식간에 깨버렸죠. 아주 구석구석, 아까 얘기한 삼

색고양이는 아니지만, 다다미까지 들어올리고 지붕 밑부터 마루 아래까지 온 마을사람이 총출동해서 찾았답니다.

예? 없었어요. 저택에서 나간 흔적도 없는데.

그래서 이번엔 산을 뒤졌어요. 큰일이 나버린 거지요. 경사스러운 잔치가 급변해 대소동이 벌어진 거예요.

예에.

밤새도록 찾아내지 못했어요.

다음날 오시(牛時)*가 지나서였어요. 언니를 찾아낸 것은.

어디에 있었냐고요? 예에, 그게요…… 휴우, 참.

그 산의 중턱에 있는 들판의 바위 위.

산묘와 눈싸움을 했었던 장소에 오도카니 앉아 있었다고 하더라고요. 소식을 듣고 아버지와 요자에몬 씨가 부리나케 달려갔는데, 언니는 이미 핏기마저 사라지고 비쳐 보일 듯이 창백해져서는…… 물론 신부의 혼례복 차림 그대로였죠.

완전히 넋이 나가 있더랍니다.

어디에 있었느냐. 무얼 했느냐. 언제 빠져나갔느냐. 누가 무슨 말을 걸어도 아무 대답도 하질 않아요. 그래서 '자, 그만 돌아가서 혼례식 다시 해야지' 하는 말에도 그저 싫다고만 하면서 고개를 저어요. '나는 여기에 있겠다. 여기에 있을 게야' 하면서.

도무지 말을 들으려하지 않아서, 마을 사내들이 거의 떠메다시

---

* 오전 열한 시에서 오후 한 시까지.

피 해서는 산에서 데려왔어요. 우리는 요자에몬 씨의 집에서 기다리고 있었는데, 무슨 산적에게 납치당한 것처럼 발을 버둥거리며 언니가 돌아왔을 때에는 정말이지 간담이 서늘했었지요.

예? 그다음요? 아휴, 바로 그날 저녁에 언니는 다시 사라져버렸답니다. 예, 또 그 산의 바위 위에 있었지요.

예? 어째서?

그 이유를 알면 무얼 고생을 했겠어요, 오라버니.

아버님도 신랑도 질리도록 물었지요.

이런 곳에서 대체 무얼 하고 있는 것이냐. 정말 어쩌려고 이러느냐. 묻고 다그쳐도 묵묵부답. 그저 입을 꼭 다문 채 멍하니 있기만 할 뿐이니 말을 붙여볼 도리가 없었지요.

보통의 경우, 그렇게 터무니없는 결례를 범한다면 파혼당하는 것이 당연하잖아요? 그런데 요자에몬이란 사람은 성격이 순한 건지 어쩐 건지, '리쿠 씨처럼 참한 여자가 이런 짓을 할 리가 없다. 이것은 뭔가 나쁜 병이 틀림없다.' 그렇게 말을 하더랍니다. 그래서 이웃마을에서 의원 스님을 불러 맥을 짚었지요.

예? 알 턱이 없다고요? 그야 그렇고말고요. 어의든 돌팔이든 알 턱이 없지요. 혼례식장을 몰래 벗어나 산으로 가는 병이라니, 그런 병은 있지도 않으니까요.

이러지도 저러지도 못한 채 날만 흐르니 요자에몬 씨도 더는 견뎌내기가 힘들었을 테지요. 이번에는 어디선가 수험승을 데려와 가지기도(加持祈禱). 나무나무, 하고 경을 외웠지만 효험이 없었어요. 여우에게 홀렸다고 짐작했을 테지요. 효과가 있을 리 있겠어요?

어머, 스님 앞에서 이런 말은 해선 안 되는 거였나요?

스님과 수험승은 다른가요?

좌우지간, 무얼 하든 언니는 꼼짝달싹도 하질 않았어요.

요자에몬 씨도 사나흘인가 찾아갔던 것 같은데, 어디 보자. 그게 아마 열엿새 째 되는 날이었나? 결국은 두 손 놓고 말았지요.

예? 나요? 그리 좋아하던 언니한테 변괴가 생겼으니 당장이라도 달려가고 싶었지만, 금족령이 내려진 상태였지요. 예? 그러고도 가만있을 종자냐고요?

아하하, 백 번 지당하신 말씀.

나는 한밤중에 몰래 집을 빠져나와 언니가 있는 곳으로 갔어요. 언니는 달빛 아래에 그날과 마찬가지로 멍하니 앉아 있었어요. 혼례복 차림 그대로 말이에요. 한 술도 한 모금도 들지 않았으니 얼마나 여위었던지, 투명해 보이던 피부가 정말로 투명해져선 맞은편이 보일 정도였지요. 가엾고 딱해서 눈물만 흘렀어요. 슬프고 안타까워서.

그래서 나는 물었지요.

"언니, 언니, 오긴한테만 사실을 알려줘."

그러자 언니는 빙그레 웃으며 이렇게 말했답니다.

"나는 마음에 둔 사람이 있단다."

"언약을 나눈 분이 있단다."

깜짝 놀랐죠. 그야말로 아닌 밤중의 홍두깨지요. 언니한테 좋아하는 사람이 있다니, 생각도 못해봤으니까요. 혼례가 정해졌을 때에도 그런 말은 한마디도 하지 않았는걸요. 나만 반대했을 뿐. 그런 나도 겉으로는 아무 말 하지 않았으니까요. 내가 아무 말 하지 않은 까닭도 언니가 기뻐하는 것처럼 보였기 때문이었거든요.

나는…… 예, 고민한 끝에 그 이야기를 아버님께 말씀드렸답니다. 그 당시 나로서는 언니를 어떻게든 되돌려놓고 싶어서 그랬을 테지요.

아버님도 어머님도 당연히 당혹스러워하시면서 고민하고 고민한 끝에 요자에몬 씨에게 머리를 숙였어요. 위자료도 듬뿍 올려서요. '아무래도 그 아이는 실성한 것 같다. 송구하고 면목이 없다'고 말했지요. 다른 남자가 있다는 말은 할 수가 없으니까요.

요자에몬 씨는 돈을 거절하며 그래도 여전히 '병이라면 언젠가는 나을 테니 그때까지 기다리겠다'고 하더군요. 하지만 웬만한 농부라면 또 몰라도, 촌장의 후계자잖아요. 집안의 어른들이 허락할 리 만무하지요. 망신을 줬다, 체면을 구겼다며 얼마나 험악하던지. 나도 기둥 뒤에서 엿보고 있었거든요.

아버님도 어머님도 납작 엎드려 빌었답니다.

그 와중에도 딸자식이 애처로웠을 테지요.

옥신각신한 끝에 혼담은 결국 깨져버렸어요.

그래서요? 예에, 보통은 그걸로 끝이 나겠지요.

그런데 언니가요, 오만고생 다 극복하고 좋아하는 남자와 살림을 차린 것이라면, 뭐, 드물기는 하지만 아예 없는 이야기도 아니잖아요.

예에, 언니는 좋아하는 남자와 도둑결혼 같은 것은 하지도 않았답니다.

애당초 좋아하는 남자란 있지도 않았던 거지요.

이해가 안 돼요? 당연히 이해가 안 되겠지요.

온 마을을 뒤져보아도 언니의 상대는 없었어요. 아뇨, 근방 어디에도 그런 남자는 없었는걸요. 그런데.

그럼에도 언니는 한 발짝도 그 장소에서 움직이지 않았어요.

실성? 그랬겠지요, 틀림없이.

구슬리기도 하고 속임수도 써봤지만 전혀 움직이지 않았어요. 억지로 끌고 와본들 어느 틈엔가 되돌아가버리는걸요. 결국 아버지도 어머니도 지쳐서 그곳에 기둥을 세우고 억새로 지붕을 올려 비바람만은 막을 수 있도록 했어요. 그리고 매일 조석으로 식사를 날랐지요.

예, 맞아요.

어이없는 부모사랑이라고 할 수밖에요.

언니요? 그 오두막에서 한 걸음도 나오지 않고, 음…….

한 달이나 살았을까요. 예, 묘한 소문이 퍼지기 시작했지요.

어디선지 모르게 남자가 드나든다더라.

밤마다 낭랑한 노랫소리가 들려온다더라.

아니, 그건 언니 자신이 남자 목소리로 노래를 부르는 것이라더라.

언니가 나체로 달빛을 받으며 노래 부르고 있는 모습을 봤다더라.

언니의 남자는 산묘라더라.

예, 그 소문을 듣고 나는 떠올렸지요.

그때 혼을 빼앗긴 게 아닐까 하고요. 하지만 아무한테도 말한 적이 없었는데.

그런데도 그런 소문이 퍼졌답니다.

산묘라더라.

그러자 마을 사람들은 꺼림칙하다며 아무도 접근을 않게 됐지요.

결국 부모님도 단념하고 말았어요. 음식을 아무리 가져다 날라도 이미 먹지 못하게 돼버린 듯했으니까요. '마물에게 혼을 빼앗겼으니 포기할 수밖에 없다. 죽은 셈 치자.' 그런 대화를 나누는 목소리도 들렸었지요.

하지만 나는 끝내 단념할 수가 없었어요.

그래서 엿보았지요. 보고 말았답니다.

남자가 드나들고 있진 않았어요.

소문대로 전부 언니가 홀로 연극을 하는 것이었답니다.

남자 음색과 여자 음색을 나누어 쓰며, 뭔가를 묻고 대답하며 이야기를 하더군요. 거의 인간의 말이 아니었지만요. 그러다가 격렬하게 몸을 떨며 노래를 부르기 시작해요.

예, 정말로······.

실성하고 말았던 거지요.

그 후 며칠이 지나서 언니가 죽었습니다. 아사로 말이지요.

그럴 수밖에요. 뼈와 거죽밖에 남지 않았으니까요. 하지만 시신 주위에는 산묘의 털이······.

예에, 많이도 떨어져 있었답니다.

3

 인형사 오긴이 풀어낸 긴 이야기가 끝났다.

 수수께끼 작가 모모스케는 무척이나 흥미진진하게 들었다. 모모스케는 여러 지방의 괴담을 탐문하고 수집하는 것을 더없는 즐거움으로 삼고 있는 좀 특이한 사내다. 세상에는 별 희한한 이야기가 넘쳐나고 있다. 세상에는 불가사의한 일이 참으로 많은 것이다. 작가 지망생인 모모스케는 그러한 이야기를 모아 언젠가 백 가지 괴담집을 개판(開版)할 생각이다.

 그러므로 우연이라곤 하지만 이 자리에 끼어들었으니, 적어도 모모스케에게는 행운이었다. 어행사 차림의 사내가 괴담이나 하며 밤을 새우자는 말을 꺼냈을 때는 절로 감사 인사를 하고 싶은 심정이 들었다. 오도 가도 못하게 되었을 때는 자신의 불운을 저주했으나, 이리 되고 보니 악천후에도 감사를 해야 될 듯싶다.

 상을 당한 집에서 빛나는 무언가가 튀어나왔다는가, 육감 덕분에 부모의 임종을 볼 수 있었다든가, 농부들의 입에서는 딱히 새로운 이야기를 듣지 못했지만 그 어눌하고도 소박한 어조는 매우 귀한 소득이었다.

한편, 행상인들의 이야기는 하나같이 전형적이어서 어조는 익숙하나 그 전개가 보이므로 무섭지가 않았다.

괴담이란, 기교만으로는 타인을 사로잡지는 못하는 것이다.

그리고 오긴.

도무지 정체를 알 수 없는 여자였다. 용모와 소지품으로 보아 기다유부시*를 부르며 인형을 움직이는 인형사라는 점은 알아맞힐 수 있었으나, 어디로 가는지, 무슨 생각을 하고 있는지, 모모스케도 전혀 짐작조차 할 수가 없었다.

무섭지는 않으나 기묘한 이야기였다.

우선 산묘가 사람을 홀린다는 이야기, 모모스케는 알지 못했다. 모모스케가 아는 한, 고양이에게 붙어 있는 구전과 미신 종류는 거의 기후에 관한 것이다. 세수를 하면 날씨가 맑아진다든가, 흐려진다든가. 그런 속담 같은 구전이라면 모모스케도 많이 알고 있다. 그리고 출산에 관련된 길흉이다. 요괴고양이나 네코마타가 등장하는 피비린내 나는 괴담도 곳곳에서 자주 듣지만, 대부분은 복수담일 때가 많다. 나베시마 고양이 소동과 별 차이가 없다.

그러한 이야기에는 확실한 원전이 있다. 이를테면 에도에서 인

---

* 조루리의 일파로, 샤미센 반주로 이야기를 엮어감.

기를 끈 요미혼*이나 연극의 줄거리가 그대로 지방에 흘러들어 정착, 그 지방의 전승으로 바뀌어 구전되는 경우도 상당히 많은 것이다. 괴담광 모모스케는 그러한 책을 두루 섭렵했고 연극도 거의 꿰고 있기 때문에, 그러한 이야기일 경우 대개는 미리 알아버리게 된다.

지명이나 인명이 바뀌었을 뿐인 경우라면 흥이 깨지는 것이다.

오긴의 이야기는 아무래도 그러한 종류는 아닌 듯했다.

모모스케는 자초지종을 기록했다.

'가만.'

그 이야기는 대체 어느 곳의 이야기였을까.

오긴은 장소를 특정하지 않았던 것이다. 언젠가 책을 쓰게 되면, 그때에는 지명이 필요해진다. 모모스케는 이야기를 날조하는 것만은 피하고 싶었다. 그런 성격이다.

그렇다면 먼저 오긴의 고향을 물어볼 필요가 있으리라.

"오긴 씨……라고 하셨지요?"

모모스케가 물으려 목소리를 발한 것과 거의 동시에, 마지막으로 찾아와 입구 쪽에 앉아 있던 승려가 날카로운 목소리를 냈다.

"당신, 고향은 어디이신가? 그건……."

그것은 어느 곳의 이야기냐고, 승려가 오긴에게 물었다.

---

* 讀本. 에도시대 소설의 한 형식. 글이 주가 되며 인과응보, 권선징악적인 내용이 많다.

모모스케는 선수를 빼앗기고 말았으므로 침묵할 수밖에 없었다.

눈여겨보니 아무래도 승려의 낌새가 묘했다. 비에 젖은 것도 지쳐 있는 것도 이해는 가지만, 그 이상으로 몹시 초조해 보였다.

"방금 그 이야기는, 저어, 어느 곳인지."

오긴은 고개를 살며시 갸웃거리며,

"나는 세쓰 출신이랍니다. 그러니 이것도 물론 그 근방의 이야기지요. 결코 이 일대의 이야기는 아니니 걱정하실 필요 없어요."

여전히 탄력 있고 요염한 목소리로 그렇게 말했다.

승려는 그 말을 듣고서도 석연치 않은 듯 의아한 표정으로 오긴을 쳐다보았다. 그리고 "그게 사실이오?" 하고 다시 물었다.

"어머나, 세상에. 이 스님은 보기와는 다르게 겁이 많으신가봐. 여기 산에 산묘는 없을걸요. 그렇지요, 여러분?"

오긴이 그렇게 말하자 일동 전체에 희미하게 숨을 토하는 듯한 웃음이 일었다.

"산승은 있지만 산묘는 없수다" 하고 농부가 말했다. "아무렴요. 이 근처의 산묘라고는 산묘회인 이 오긴 님뿐이죠" 하고 오긴은 딴청을 부렸다. 승려는 눈을 부라리며 골똘히 생각하는 표정을 지었다.

'뭔가 걸리는 점이 있나.'

설마 이야기를 듣는 와중에 산묘가 무서워진 것도 아닐 터. 모모스케는 아무래도 궁금해졌다. 보아하니 산 너머에 있다는 어느 절의 승려인 듯한데, 승려가 과연 고양이를 두려워할까.

문득 고개를 돌리자, 어행사도 뚫어지게 승려를 응시하고 있었다.

방심할 수 없는 소악당이로군.

넉살도 좋고 요령도 좋아 어딘가 사람을 끌어들이는 듯한 분위기를 지녔지만 그 이면에 이 어행사―마타이치라는 이름인 듯―는 무얼 생각하는지 알 수 없는 부분도 있어 쉽사리 신뢰할 수는 없겠다. 모모스케는 그렇게 생각하고 있었다. 승려―이 이는 엔카이라는 이름이다―는 오긴에게 다시 한 번 물었다.

"당신의 언니는 정말로 리쿠라는 이름이었소?"

오긴은 웃었다.

"그랬던 것 같은데, 옛날이니까요. 그보다 스님, 리쿠라는 이름에 뭔가 걸리는 구석이라도 있으신 거유?"

"그건……."

엔카이는 오긴의 단도직입적인 질문에 당혹한 듯 얼굴을 찌푸리고 말을 흐렸다.

승려는 손으로 이마를 쓸었다.

빗물은 아니다. 땀을 흘리고 있는 것이다.

더울 리는 없다. 그럼 식은땀인가. 진땀인가.

모모스케는 떨떠름한 거동을 보이는 이 승려에게로 흥미의 대상을 옮겼다.

"왜 그러실까? 그런 표정을 짓다니. 스님, 내 이야기에 뭔가 불편한 점이라도 있으신지? 에이, 내 얼굴에 뭔가 묻기라도 했나요?"

그때까지 오긴의 얼굴을 응시하고 있던 엔카이는 그 말을 듣고서 허둥지둥 고개를 숙였다. 이 스님, 딱히 눈에 띄는 구석은 하나도 없다. 평범한 생김새의 소유자로, 행동거지도 어둡고 음울하다.

한편, 오긴은 과할 정도로 대찬 성격에 행동거지가 거의 사내 같은데도 목소리만큼은 몹시도 촉촉한 것이 색기마저 돈다. 고운 살결에 외씨마냥 희고 갸름한 얼굴인데다 눈매가 시원스런 미인이므로 나긋나긋하게 굴면 무척이나 괜찮은 여자일 터인데, 아무래도 이 여자는 그런 부분은 잘 모르는 모양이다.

"어라, 빗발이 잦아들었군." 창가에 다가섰던 행상 사내가 말했다.

어행사가 고개를 든다.

"예에, 좀 잦아든 것 같군요. 그래 봐야 새 발의 피지요. 이대로 멎을 것 같지도 않으니, 여기서 밤을 새우는 게 나을 듯싶습니다. 섣불리 움직였다간…… 음?"

쏴락.

뭔가 희미한 소리가 들렸다.

엔카이가 몸을 움찔 떨었다.

어행사는 행상을 밀어젖히고 밖을 보려 했다.

"무슨 일이십니까? 어행사." 초로의 상인풍 사내가 말을 던졌다.

어행사는 고개를 갸웃하며 무슨 소리가 들린 것 같다고 중얼거리더니 다시 반대쪽으로 고개를 갸웃하며 "뭔가 쌀이라도 이는 듯한……"이라고 말했다.

"쌀이라기보다 겨…… 아니, 그건 아니군. 팥이라든가."

"팥……."

엔카이가 경련하듯 말했다.

"그런 소리가 들렸습니까?"

상인은 손을 귀에 댔다.

모모스케에게는 들렸다.

아니, 들린 듯한 느낌이 들었던 것뿐일지도 모르겠다.

하지만 모모스케는 "분명히 들렸다"고 단언했다.

그러자 농부나 등짐장수까지 "그건 팥이다. 틀림없이 그것이다"라고 말하기 시작했다. 모모스케는 웃음이 나왔다.

자신이 들었다고 말하지 않았다면 과연 몇 사람에게나 들렸을까. 빗줄기가 잦아들었다지만 그친 것은 아니다. 개울물 소리도 들리고, 산 특유의 소리도 있게 마련이다. 팥 이는 소리가 날 만한 까닭도 없다.

그러니 설혹 그 자들에게 들렸다고 해도, 모모스케와 마찬가지로 그런 기분이 들었던 것뿐이리라. 부화뇌동이라 할지 뭐라 할지, 참으로 우스운 상황이다. 어행사는 그러한 것을 아는지 모르는지, 별스럽게도 실로 기쁜 목소리로 이렇게 말했다.

"대체 뭘까? 이런 산속, 이런 시간에, 그것도 비가 오시는 가운데 팥 이는 얼간이가 있을 리 없을 텐데. 환청이라 치기에는 모두가 들었고. 스님도 들으셨지요?"

엔카이는 대답하지 않았다.

"아이참, 그 소리는 아즈키도키바바*지."

오긴은 그렇게 말했다.

어행사가 대꾸했다.

"그 아즈키도키바바라는 건 대체 뭐야? 네 할마마마는 이런 깊은 산속에 사나보지? 정월도 아닌데 뭐하러 팥을 일어? 아니면 무슨 경사라도 있나? 오호라, 이 계집, 세쓰 출신이라고 허풍을 떨더니만, 정체는 이 산의 족제비나 뭐 그런 게 아닌가?"

"터무니없는 소리 하지 마시지, 이 머저리"라고 거칠게 내뱉고서, 오긴은 앞을 바라보았다.

"아즈키도키바바는 요괴야. 이런 산속에서 누가 그런 곡식을 일겠어? 내일은 강에 떨어지지 않도록 애나 쓰라고."

"뭔 소리야?"

어행사는 퉁명스러운 어조로 물었다. 모모스케가 대답했다.

"그건 말이오, 어행사. 아즈키도키나 아즈키아라이라는 요괴는 계곡이나 다리 아래에서 곡물을 이는 듯한 소리를 내는 형체 없는 요괴인데, 이 소리를 들으면 물에 빠지는 일이 많다고들 하지요."

어행사는 코웃음을 쳤다.

"흐흥. 선생, 선생은 책인가 뭔가를 쓰신다든가 쓰셨다든가 하

---

* 팥 이는 할멈.

던 분 아니십니까요? 그런 분이 어째 미신을 이야기하시는구먼. 소생처럼 배움이 없는 걸식승의 얘기라면 또 몰라도, 학식 높은 작가 나리나 되시는 분께서 그렇게 허황된 이야기를 하시면 곤란합지요. 모두가 믿어버린다고요."

"그게 왜 허황된 얘기입니까? 아즈키아라이라는 것은……."

"촌뜨기의 미신입죠" 하고 어행사는 말했다.

"잘 들으십시오. 아즈키아라이란 다듬이벌레*를 말하는 겁니다. 그놈들은 장지문 종이에 터를 잡고 사각사각 큰 소리를 내거든요. 그것을 팥 이는 소리에 비유한 거지요. 그리고 팥 이는 영감인지 팥 삶는 할멈인지는 모르겠지만, 그런 어처구니없는 인간이 이 깊은 산속에 있을 리 없잖소이까. 아니, 아니, 그런 거짓부렁, 에도에서는 안 통합니다. 형체가 없다니, 그런 게 있을 턱이 없지!"

일동에게 단지 심심하다는 이유로 백 가지 괴담을 하자고 운을 떼었던 주제에 꽤나 현실적인 이치를 따지는 사내라고 모모스케는 생각했다.

뚜렷이 기분이 상했다.

그래서 모모스케는 약간 퉁명스럽게 대답했다.

"그야 그렇지만, 어행사. 이것은 고금동서, 지역을 불문하고 어떤 곳에 가나 듣게 되는 이야기입니다. 제가 들은 것만 해도 비슷

---

* 다듬이벌레의 다른 이름이 아즈키아라이이다.

한 이야기는 셀 수가 없을 정도지요. 있을 턱이 없는 미신이라고 어행사는 단언하시지만, 액막이와 달리 체험한 자도 실제로 있습니다. 아즈키아라이, 아즈키도키, 아즈키바바에 아즈키고조, 아즈키아게, 아즈키야로 등, 호칭은 지역에 따라 가지각색이지만 대체로 같은 존재죠. 어느 것이나 모습을 보이지 않고 팥을 이는 소리만 내는 요괴입니다. 실제로 있는지 없는지의 여부는 차치하더라도, 무언가 있다는 사실만은 틀림없습니다."

그래, 무언가 이유가 있을 터.

팥을 이는 소리란 애당초 인위적으로 발생하는 것이며, 천연적 자연이 내는 소리의 부류는 아니다. 그러하기에 산속이나 물가, 사람이 있을 리 없는 장소에서 그 소리를 듣게 되면 기이한 느낌이 드는 것이다.

다듬이벌레는 분명 아즈키도키무시로 불리는 듯하나, 그렇다고 해서 그것이 정체라고 단정하는 것은 무리가 있다고 본다.

모모스케는 그렇게 생각했다.

그때.

그 소리라면 나도 들었다며 농부 한 사람이 말했다.

"팥을 이는 것은 조왕신이라고 들었습죠. 소리가 다가오면 풍작이고 멀어지면 흉작이라고, 우리 마을에서는 그럽니다만……."

그건 아니라며 등짐장수가 말했다.

"그건 수달이야. 수달이 둔갑을 한 거라고. '팥을 일까, 사람 잡아먹을까' 하고 노래를 하니까 신은 아니지."

"허나 약재상, 팥이란 경사에 쓰이는 곡물 아닙니까요. 그리 자주 먹는 것이 아닙죠. 이 몸도 그건 산신님이라고 들었습니다."

"내 고향에선 그 정체가 구렁이라고들 하던디유."

"아녀, 고것은 아니지라. 비얌헌티는 손도 발도 없는디 우짜 곡식을 일겄어. 그라믄 여우제. 빨래여우라는 것이 우리 마을에 있었제."

"어허, 다들 알고 있었나. 그럼 스님은 어떠신지요."

어행사는 과하게 놀라는 표정을 지어 보이고는 엔카이에게 넌즈시 운을 뗐다.

엔카이는 얼굴을 일그러뜨리며 아무 말 없이 불쾌한 표정을 지었다.

'역시 뭔가 있군.'

모모스케는 그렇게 생각했다.

그러자 그때까지 묵묵히 이야기를 듣기만 하던 초로의 상인이 이제야 차례가 돌아왔다는 듯 입을 열었다.

4

소인은 빗추야 도쿠에몬이라고 합니다.

에도 쪽에서 잡곡 도매상을 꾸려가고 있는 늙은이올습니다만…… 아, 아니, 이미 일선에서 물러난 뒷방 늙은이니까 꾸려가고 있다며 큰소리를 치지는 못하겠군요.

뭐, 팔자 좋은 영감인 겝니다.

예에, 아즈키아라이란 말이지요.

그건 여러분, 유령이올습니다.

예, 한을 남기고 죽은 동자가 촤륵 촤륵 팥을 일고 있는 게지요. 예에? 예에, 소인이 알고 있는 아즈키아라이 괴담은 그러한 것이올습니다. 저희 가게는 니혼바시에 있습니다만……. 참, 그렇지. 거기 어행사, 에도에도 아즈키아라이는 분명히 있다네.

그 어디냐, 이리야의 논밭, 거기에도 나오지. 그리고 모토이이다 초의 아무개 저택에도 나온다더구먼. 그러니 그러한 존재는 분명히 있는 것이야. 거짓인 것 같으면 돌아가서 물어보시게나.

예에? 그게 다 유령이냐고요?

글쎄올시다. 뭐, 개중에는 둔갑 너구리가 유령 흉내를 내는 것이 있을지도 모를 일이지요.

예에, 소인이 이리 단언하는 것은 분명한 이유가 있어서 그렇습니다.

왜 그런고 하니, 소인이 아즈키아라이의 고용주였기 때문이지요.

예에, 니혼바시의 빗추야입니다.

소인은 오 년 전에 재산을 양자에게 물려주고 일선에서 물러났습니다만, 예에, 씨가 부실한지 밭이 부실한지 오십이 넘도록 무자식. 게다가 소인을 홀로 두고 마누라가 먼저 눈을 감고 말았지요.

후계자가 없다.

뭐, 멀리서 찾을 것도 없이 행수를 양자로 들였습니다.

허나 오 년 전까지는 소인도 정말이지 바빴습니다. 잡곡상이라 말씀을 드렸습니다만, 이 일이 무척이나 바빠서 말입니다.

매집하기 위해 여러 지방을 돌아야 하는 데다 잡곡도매상조합의 간부까지 맡고 있었으니 가게를 비울 일도 많아서 세세한 일에까지 신경을 쓸 겨를이 없었습니다. 밥 먹을 시간도 없을 정도였지요.

예에, 가게에는 대행수, 행수, 서기에 사환까지 많은 고용인이 있었는데, 뭐, 소인도 이런 말을 하기는 좀 꺼려집니다만, 아무도 믿지를 않았습니다.

예에? 예에, 세간에서 말하는 수전노였죠. 지금이야 무얼 그리 욕심내고 무얼 그리 아까워했는지 도통 알 수가 없지만 말입니다. 일어서면 다다미 반 장, 누우면 다다미 한 장. 사람은 자신이 거할 장소만 있으면 살아갈 수 있건만, 참 어찌 그랬는지. 그 무렵에는 그것을 깨닫지 못해 어느 누구의 얼굴을 보든 모두가 내 재산을 노리고 있는 것처럼 봤던 게지요.

예, 예. 소인에게 대를 이을 손이 없다는 사실은 누구나 알고 있었으니, 당연히 가게의 점원 가운데 누가 되리라고들 여겼지요.

뭐, 그럴 생각으로 있었습니다. 허나 그 무렵의 소인은…… 예에, 그랬을 테지요?

돈 계산을 잘하면 잘하는 대로 욕심이 많을 것이다, 꼼꼼하면 꼼꼼한 대로 요령이 나쁠 것이다, 결점만 눈에 들어와서 말입니다, 몹시도 마땅치가 않았지요. 예, 그래선 아니 되는데 말입니다.

그게 참 좀처럼…… 예, 피라도 이어져 있다면 그럭저럭 단념도 했을 터인데 말입니다. 아니, 그랬다면 또 다른 핑계를 들었겠지요.

말은 그리 했습니다만, 뭐, 소인도 사소한 일은 누구에게든 맡길 수밖에 없었지요. 그리하지 않으면 장사를 할 수 없지 않습니까.

다쓰고로라는 녀석이 그 무렵 행수였습니다.

이 다쓰고로라는 녀석, 착실하기 이를 데 없는 사내였지요.

아침에는 누구보다 일찍 일어나 솔선해서 청소를 시작합니다. 사환들보다 더 열심히 움직이지요. 걸레질부터 돈 계산까지 실수 하나 없습니다. 아, 그건 틀린 말이군요. 실수가 없는 것이 아닙니다.

열심히 일을 한 것이겠지요. 소인이 그 점을 조금만 더 어여삐 여겼더라면…….

맞습니다. 그만큼 몸 바쳐 일해준 고용인을 소인은 전혀 신뢰하지 않았지요. 이 녀석은 내 재산을 집어삼킬 작정이다, 그런 식으로 생각을 했으니 말입니다.

그렇게 사는 인생, 참으로 쓸쓸하기 그지없지요.

그건, 이보시오. 아, 당연히 그렇고말고요.

그래서일까요? 소인은 말입니다. 그…… 아니, 무어라 해야 할까요? 예, 그게…… 신참 고용인이 있었는데, 사동(使童)이었습니다, 사동. 글쎄, 한 열세 살 남짓한 사동이었지요. 이 녀석이요, 예, 어느 촌에서 더부살이하러 왔는지 모를 촌뜨기였습니다.

이름은…… 예. 야스케라고 했지요.

어허라?

어찌 그러시는지요, 스님. 몸이라도 편찮으십니까? 아니라고요? 아, 뭔가 신음 같은 소리가 들린 듯해서 말입니다. 예, 그렇다면 다행이군요.

그 야스케가 말이지요, 소인은 참으로 귀여웠습니다.

왜냐고요? 왜 그렇겠습니까, 아가씨. 그야 무능했기 때문이었지요.

 야스케는 말입니다, 그게 좀, 약간 모자란 사동이었습니다.

 뭐, 말귀는 조금 알아듣지만 남들 같지 않았지요. 글쎄요, 딱 다섯이나 여섯 먹은 아이 정도 되는……. 예, 맞습니다. 순박했지요. 욕심도 없고 잇속도 차릴 줄 몰랐습니다. 칭찬하면 기뻐하고 야단치면 울었지요. 그런 녀석이었습니다.

 어찌 그러시는지요, 스님. 안색이 좋지 않으시군요. 예? 불빛 때문이라고요?

 그렇군요. 그럼 다행이지요. 하긴 초도 이제 불안해 보이니까요. 아침까지 버티기나 할까요.

 아아, 새것이 있다고요? 그 시주함 속에? 과연 어행사이십니다. 준비가 철저하시군요.

 야스케는 말입니다, 그런 사동이었기 때문에 아무래도 가게에는 도움이 되지 못했지요.

 어린아이 심부름, 말 그대로 어린아이에게나 시킬만한 심부름밖에 하지 못했으니까요. 그러니 재산을 노린다는 일은 있을 리 만무하지 않습니까? 그래서 소인의 곁에 두었지요.

 예에, 다른 고용인들은 당연히 수긍할 수가 없었겠지요. 열심히 일을 해도 눈길 한 번 주지 않는데, 멍하니 넋 놓은 듯한 천치를 발탁했으니까요. 항의하는 자도 많이 있었습니다.

 예, 짐작하신 그대로입니다. 항의하는 녀석은 '이놈, 수상하다' 하며 모조리 해고했습니다. 그리 되니 말이지요, 뭐랄까, 사기가 죽는다고 할까요? 점점 의욕이 사라지지 않겠습니까.

　예, 그렇지요. 지금은 잘 알고 있지요. 근면해도 인정받지 못하면 누가 성실히 일을 하겠습니까? 짜증도 날 테고, 그리 되면 실수도 나오지요.

　실수를 저지른 자도 내쫓아버렸습니다.

　눈 깜빡할 사이에 고용인이 반으로 줄더군요.

　예, 눈이 흐려졌던 게지요.

　다만 이 야스케란 아이가 약간 모자라기는 해도 특이한 재주가 있어서 말이지요. 예에. 그걸 무어라 해야 할까요.

　예? 예에. 그게, 이를테면 말입니다, 됫박 가득 팥을 담는다고 하지요. 그것을 한 번 스윽 보기만 해도 몇 톨이나 되는지를 딱 알아맞히는 겝니다.

　왜 그러십니까, 스님? 스님, 괜찮으십니까?

　예? 아, 예에. 그것이 참으로 신기했지요. 한 톨도 틀리지 않습니다. 몇 번을 해도 알아맞히는 겁니다. 예, 그럼요. 보기만 했는데도 말이지요. 예, 손으로 들어보기는 합디다. 무게로 아는 것일까요?

　알 수 있으시겠습니까? 몇 돈인지도 모를 거라고요?

　하긴 그게 정상이겠지요. 그런데 알갱이 수를 맞혀버립니다. 한 홉이든 한 되든 맞혀버리는 겁니다.

　그래서 소인은…… 뭐, 아주 바닥까지 인색하고 천박한 인성이었지요. 그 신기한 재주를 돈벌이에 이용하게된 것입니다. 어느 영주를 연석에 초대한 다음, 야스케를 불러내어 여흥으로 재주를 보였지요.

나리께서 자리에 준비해둔 붉은팥을 되로 푸시고, 그것을 야스케가 공손하게 받아 몇 백 몇 톨이라고 말을 하지요. 그다음으로 가신들이 세어봅니다. 전부 알아맞혔습니다.

무척이나 즐거워하십디다.

많은 상을 내리셨습니다. 그뿐 아니라 소인의 장사도 잘 풀려갔던 게지요.

소인의 눈은 점점 더 흐려졌습니다.

많은 사람들 앞에 야스케를 불러내 놓고서, 언젠가 자리를 물려주겠노라는 말을 하고 말았습니다.

말실수를 한 게지요. 일동은 술렁거렸습니다.

허나 당사자인 야스케는 그저 벙글벙글 웃고 있었을 뿐이었지만서도요.

아무튼 후계자가 정해졌으니 축하연을 벌이기로 했습니다.

일은 걷잡을 수 없이 그리 굴러갔던 게지요, 예.

경사스러운 일에는 팥이 빠질 수가 없지 않습니까?

이 경사에 안성맞춤인 복덩이라며, 야스케가 나리 앞에서 알아맞힌 그 팥으로 음식을 만들기로 한 것입니다.

야스케는 일이 어찌 굴러가는 것인지도 잘 몰랐을 테지만, 그래도 '축하연은 기쁘다, 팥은 아주 좋아하는 음식이다' 하며 자신이 일어 오겠다고 하더군요.

예에, 야스케는 점포에선 쓸모가 없어 집안 살림살이나 부엌일을 시켰습니다. 그런데 말이지요, 예에, 부엌에 있으리라 여겼는데 어디까지 팥을 일러 갔는지, 그 이후로 야스케는 사라지고 만 겁니다. 그러니 축하연이고 자시고 할 정신이 없었지요.

모두가 역시 바보는 바보라고들 했지만 말입니다.

소인도 뭐, 가엾다는 생각은 들었습니다만 결국 그 정도밖에 안 된 거라고 여겼습니다. 말도 없이 사라졌으니 배신당한 듯한 기분도 들었던 게지요.

그런데.

예, 야경꾼한테서 소식이 온 겁니다.

강에 시신이 떠올랐다.

생김새와 몸집으로 보아 그 댁의 고용인인 듯하니 얼굴을 확인해주기 바란다.

예, 야스케였습니다.

머리가 깨져 있더군요.

누구한테 밀려 떨어졌는지, 발이 미끄러졌는지,

어디서 어떻게 떨어졌는지 도통 알 수가 없었습니다. 팥을 인다고 해도, 어쨌거나 에도의 한복판 아닙니까. 강에서 일 리가 없지요.

도대체 왜 강으로 간 것인지.

그날 밤부터였습니다.

팥을 일까.

사람 잡아 먹을까.

쏴락 쏴락.

그런 으스스한 노래가 들리는 겝니다. 예, 밤에 말입니다.

가게 안에서.

야스케의 목소리라고들 합디다.

예, 소인도 물론 듣고말고요.

그러다 곧 와드드드, 하는 소리가 납니다.

허둥지둥 나가 보면 처마 밑에 팥이.

붉은 팥입니다.

덧문에 집어던진 것이겠지요.

와드드드, 하고.

그런 일이 며칠이고 이어졌습니다.

그러다 아무래도 봉당에서 기척이 있는 것 같다고 합디다.

쭈뼛쭈뼛 들여다보니, 조그만 아이가 봉당에서 팥을 뿌리며 수를 세고 있는 겝니다. 한 톨, 두 톨, 세 톨.

팥을 일까.

사람 잡아 먹을까.

쏴락 쏴락.

그것이 스윽 일어서더니, 그대로 우물 속으로 사라집디다.

이튿날 소인은 우물을 조사해보았지요. 그러자 야스케의 소지품과 붉은 팥이 나왔습니다. 그리고 피 묻은 돌도 나왔지요.

예, 야스케는 부엌에서 팥을 든 채로 돌에 맞아 죽은 다음, 그대로 우물에 던져졌던 겁니다. 나중에 시신만 건져올려 강가에 버렸던 게지요.

예, 맞습니다. 범인은 다쓰고로였습니다.

아니오, 소인이 관아에 출두해 우물에 대해 이야기를 했지요. 그때 행수였던 다쓰고로도 동행했는데, 거의 스스로 자백을 한 것이나 다름없었습니다.

안면이 창백해져선 횡설수설 털어놓았지요.

나중에 들었습니다만, 포리의 등 뒤로 말입니다, 등을 돌린 작은 아이가 뭔가를 일고 있는 모습이 보였다고 합디다.

쏴락 쏴락 쏴락, 하는 소리가 들렸다지요.

소인에게는 들리지도 보이지도 않았지만 말입니다.

예에, 다쓰고로는 사형을 받았지요.

소인도 그 일로 깨달았습니다. 애석하게도 성실한 행수와 죄 없는 사동을 잃은 것은 다름 아닌 나 자신의 탐욕 때문이었겠지요. 그 일로 완전히 눈을 떴던 겁니다. 해서, 두 번째 행수에게 전 재산을 물려주고 이렇게 여러 지방의 사찰을 돌아다니며 두 사람의 명복을 빌고 있지요.

예? 그다음요?

예, 그게 참, 여전히 성불을 못한 모양인지 가는 곳마다 들리는군요. 팥을 일까, 사람 잡아 먹을까. 어이쿠.

들리지요?

쏴락 쏴락.

그렇습니다.
 그것은 한을 남기고 죽은 야스케가, 아즈키고조가 팥을 이는 소리인 게지요.

6

 별안간 고함을 지르며 엔카이가 일어섰기 때문에 그 자리에 있던 일동은 놀라 나자빠졌다. 엔카이가 잘 들리지도 않는, 의미 불명인 말을 주억대면서 젖은 옷을 휘두르는 통에 그러지 않아도 가물가물하던 촛불이 꺼져 오두막 안은 캄캄해지고 말았다.

 "빌어먹을, 네놈들의 정체는 무어냐! 무슨 꿍꿍이속이냐!"

 그런 말을 외치고 있었던 듯한데, 물론 모모스케는 무슨 소리인지 알 수가 없었다. 다만, 어둠 속에서 짐작할 수 없는 축축한 덩어리가 움직이고 있었으므로 그것이 생리적으로 무서웠다. 그야말로 칠흑의 어둠 자체가 흉포한 기운을 뿌리며 출렁이고 있는 것이나 다름없었기 때문이었다.

 농부들과 행상인들 역시 몹시 놀랐던 모양이었다. 주저앉거나 벽에 찰싹 달라붙어 있음을 모모스케는 알 수 있었다. "진정하시지요. 진정하십시오." 어행사의 목소리가 들렸다. "시끄럽다! 닥쳐라!" 하고 엔카이가 외쳤다.

"그렇소, 소승이오! 바로 나요!"

엔카이는 그렇게 버럭 고함을 내지른 후, 엉엉 통곡하듯 소리를 지르고 벽을 치고 바닥을 차며 날뛰더니 곧 잠잠해졌다.

졸졸졸. 개울물 소리가 들린다.

주룩주룩. 빗소리도 들린다.

쑤와아아. 산이 울고 있다.

쏴락.

쏴락.

쏴락.

팥 이는 아즈키아라이.

"야스케!"

엔카이는 그렇게 외친 후, 으아아 울부짖더니 오두막의 문을 박차고 밖으로 뛰쳐나갔다. 큰 소리에 이어, 차단하는 문을 잃었기 때문에 쏴아아아, 하는 외부의 소리가 더욱 크게 밀려들었다.

"백 가지 괴담…… 마지막까지 이르려면 아직 시간이 있건만."

어행사 마타이치가 그렇게 말하는 것을 모모스케는 놓치지 않았다.

엔카이의 절규가, 주룩주룩 내리는 빗소리인지 개울소리인지에 섞여서 들렸다. 그것은 협곡에 울려 퍼지는 것인지, 아니면 기억 속에서 반복되는 것인지, 짧게 간헐적으로 모모스케의 귀에 남았다.

쏴.

쏴.

쏴.

쏴.

그 후로는 입을 여는 자도 없고 젖은 촛불이 다시 켜지는 일도 없이, 입구에서 들이치는 비를 피해가며 일동은 밤을 새웠다.

이튿날.

비는 완전히 그쳤다.

어젯밤 일은 악몽인 듯싶었다. 그것은 그 자리에 있었던 자라면 모두 그렇게 생각하고 있으리라. 원래 지나고 나면 대부분은 꿈이나 마찬가지인 것이다. 모모스케는 그러한 생각을 하며 오두막을 나섰다.

그 중은 뭐였을까.

도무지 알 수가 없었다. 실성했던 것인가.

한 걸음 앞서 나갔던 약재상의 흥분한 목소리가 들렸다.

"이보오, 큰일 났소."

스님이 죽었소, 하고 그 목소리가 고했다. 모모스케는 달렸다.

오두막을 나서서 바위를 조금 내려가면 바로 개울이다. 어제에 비하면 수위는 내려갔지만, 여전히 급하고 세찬 물살이다.

짹짹. 산새인지 뭔지가 울고 있다.

누가 죽든 산과는 무관하다는 것인가.

엔카이는 오두막 밖의 개울가에 머리를 처박은 듯한 모습으로 죽어 있었다. 오두막을 나오자마자 곧바로 발이 미끄러져 추락해서는 돌에 머리를 찧고 만 것이리라. 삭발머리가 피에 물들어 있다.

눈을 부릅뜬 그 얼굴은 놀란 듯 우는 듯, 실로 기묘한 표정을 짓고 있었다.

그때 오두막을 나간 후에 들렸던 절규는 단말마였다는 이야기가 된다.

모모스케는 그 자리에 쭈그리고 앉아 합장했다.

"이런……. 그래서 조심하라고 일렀건만."

등 뒤에서 인형사의 목소리가 들렸다. 돌아보자 어행사와 빗추야도 나란히 서 있었다. 농부나 다른 등짐장수도 멀찍이 떨어져 이쪽을 보고 있었다.

오두막 입구에서는 고헤이 노인이 내다보고 있었다.

"아즈키아라이가 나온 뒤에는 물에 빠진다니깐! 그렇죠, 어르신?"

오긴이 미간을 찌푸리며 도쿠에몬에게 말했다. 상인은 절을 올리는 듯했다.

"스님의 법력도 마물은 이기지 못한 건가. 참 딱도 하지."

"이건 그 아즈키아라이의 소행이잖소?" 하고 농부가 물었다.

어행사가 크게 고개를 끄덕였다.

"아무래도 그런 듯싶소. 이거, 소인이 잘못 생각했구려. 거기 계신 선생, 말씀하신 대로 아즈키아라이는 있는 모양입니다."

모모스케는 어떻게 답해야할지 말이 궁하여 그저 자리에서 일어섰다.

"뭐…… 그런 것일까요."

발이 미끄러졌을 뿐이라고 하면 그걸로 그만이다. 그러나 그때 분명 팥을 이는 소리가 들렸던 것이다. 그렇다면.

어행사는 어째 납득이라도 한 듯한 얼굴로 모모스케 쪽을 보며 "누가 이 스님이 가시려고 했던 절을 아는 자, 없소이까?" 하고 큰소리로 말했다. 등짐장수 하나가 알고 있다고 했다.

"아마 이 개울 너머의 원업사라고 하는 오래된 절일 겁니다. 재작년에 가본 적이 있어서요. 주지인 일현 스님은 저도 잘 알고 있습죠."

"그렇군. 그럼 마침 잘됐소이다. 어떠신가. 옷깃만 스쳐도 인연이라고 하지 않소. 가는 길이 같다면, 달음질 한판 해서 그 절로 가주지 않겠소? 가서 주지스님에게 자초지종을 이야기해주었으면 싶소만. 이대로는 이 스님도 고이 잠들지 못할 것이고, 여기에 있는 다른 이들도 후환이 두려울 테니 말이오. 시신은 끌어올려 둘 테니. 오오, 선생이 좀 도와주십시오."

어행사는 성큼성큼 시신에 다가가 그 머리를 잡았다. 모모스케는 시키는 대로 다리 쪽을 맡았다. 부탁 받은 등짐장수는 알았다고 말했다.

"팥을 이는 요괴에게 홀렸다고 할까요?"

어행사는 그리 말할 수밖에 없지 않겠냐며 시원스런 목소리로 말하더니 "준비 됐습니까, 선생?" 하고 모모스케에게 한마디를 던진 후 에잇, 하고 힘을 주어 물에서 시신을 들어올렸다. 모모스케는 차가운 다리를 들어, 축축하고도 물컹한 덩어리를 바위에 뉘였다.

어행사는 품에서 요령을 꺼내 짤랑 하고 울린 후 한 마디,

"어행봉위(御行奉爲)!"

라고 말했다.

그런 다음 어행사는 시주함에서 부적을 꺼내 깨진 이마 위에 내려놓았다.

입이라도 맞춘 듯 전원이 머리를 숙였다.

산새가 울었다.

그 후, 일단 오두막 안으로 시신을 옮기기로 했다.

농부와 등짐장수는 삼삼오오 흩어지고, 오긴과 도쿠에몬, 그리고 어행사와 고헤이, 모모스케가 유체를 둘러싸고 오두막 안에 남았다.

고헤이는 엔카이의 시신을 무표정하게 응시하고 있었다.

불가사의한 분위기였다.

어행사가 말했다.

"역시 틀리지는 않았던 모양입니다. 이 결말은 바라던 바와 조금 다르긴 하지만, 이것도 무언가의 계시라고 생각할 수밖에."

고헤이는 낮은 목소리로 예, 하고 대답한 후 손으로 얼굴을 덮으며 기묘한 소리를 냈다. 울고 있는 듯했다.

왜소한 노인은 어깨를 떨며 통곡했다.

오긴이 말했다.

"얼마나 분했을까. 얼마나 슬펐을까, 고헤이 영감님. 자, 갈아 마셔도 시원치 않을 다쓰고로는 이렇게 죽어버렸어요. 야스케가 부른 게지."

도쿠에몬이 말을 이었다.

"뭐, 천망회회소이불실(天網恢恢疎而不失)*이란 말도 말짱 거짓은 아니군. 이 자식도 지금은 착실히 수행을 쌓고 있었던 듯하니 자백을 하면 용서해주자고 마타 씨와 이야기를 끝냈건만……."

"자, 잠깐만요. 당신들은 대체……?"

모모스케가 의아하다는 듯 목소리를 높이자 어행사가 엄숙하게 대답했다.

"이 엔카이라는 사내, 출가하기 전에는 다쓰고로라는 이름의 파락호였는데, 이 산을 근거지로 강도나 산적처럼 악랄한 짓을 일삼았더랍니다."

"다쓰고로라면…… 그게, 여기 계신 빗추야의……."

모모스케는 적어두었던 수첩을 뒤져보았다. 어젯밤 이곳에서

---

* 하늘의 그물은 크고 넓어 엉성해 보이지만, 결코 그 그물을 빠져나가지는 못한다는 뜻.

나왔던 괴담은 모두 꼼꼼하게 기록해두었던 것이다. 그 이름은 남아 있었다.

"행수 이름이 아닌지?"

어행사는 웃었다.

"빗추야…… 그런 가게는 없습니다. 이 영감은 말이지요, 신탁자* 지헤이라는 이름인데, 아, 소악당입니다."

소악당에게 소악당이란 소리를 듣기는 싫다고, 어젯밤 도쿠에몬이라고 자칭했던 초로의 사내가 말했다. 말투가 달라졌다.

"이 녀석도 지금이야 이런 땡중 냄새 물씬 나는 꼬락서니를 하고 있지만, 얼마 전까지는 잔머리 모사꾼 마타이치라는 별명을 가졌던 희대의 거짓말쟁이, 에도 최고의 허풍꾼 사내였소이다."

"무, 무슨 뜻입니까?"

모모스케는 완전히 혼란에 빠졌다. 뭐가 뭔지 모르겠다.

어행사, 잔머리 모사꾼 마타이치는 복잡한 표정으로 모모스케를 보더니 약간 머뭇거린 끝에 이렇게 말했다.

"이 다쓰고로는 딱 십 년 전, 이 고헤이 영감의 금지옥엽 딸을 짝사랑했습니다. 하지만 리쿠 씨는 혼사를 앞두고 있었지요. 그러자 이 자식이 억지로 욕심을 채우려고 하필이면 혼례일 밤에 리쿠 씨를 납치, 이 오두막에 감금하고선 이레 날 이레 밤을 능욕했던 겁니다."

---

* 가고시마 신궁의 신관을 흉내 내며 부적을 팔던 걸식인.

"리쿠…… 그건 오긴 씨의 언니……. 아아, 당신도."
 오긴은 요염하게 웃었다.
 "난 에도에서 태어났답니다. 보면 아실 텐데. 이렇게 세련된 촌뜨기는 없지요. 예, 리쿠란 사람은 여기 고헤이 씨의 따님이었죠. 뭐, 어제 애기한 대로 정말이지 아름다운 아가씨였던 모양이지만, 산묘가 아닌 산적한테 콱 물어 뜯겨서 그만……."
 오긴이 말끝을 흐렸으므로 마타이치가 이어서 말했다.
 "이 오두막에서 발견됐을 때, 리쿠 씨는 그야말로 산 사람의 모습이 아니었다더군요. 말도 못 알아듣고, 아무 대답도 못하고, 혼례복 차림 그대로……. 결국 리쿠 씨는 그대로 이 오두막을 나서지 못한 채 여기서 숨을 거두었습니다."
 "그럼 어젯밤 이야기는……?"
 역시 원전은 없었다.
 그러나 그것은 실화도 아니었다.
 그것은 실화를 교묘하게 바꾼 우화였던 것이다.
 "맙소사. 그럴 수가."
 결국 리쿠라는 아가씨가 산묘에게 홀려서 칩거를 하게 된 오두막이란 사실 이 장소, 이 오두막이라는 얘기가 된다. 더군다나 그 리쿠는 산묘의 마력에 홀린 것이 아니라 악한에게 끌려와 납치 감금되었던 것이다.
 모모스케는 자신도 모르게 오두막 안을 둘러본다.
 경사스러운 밤에 재앙을 만나 치욕을 당한 아가씨는 정신적으로 붕괴, 이 오두막에서 한 발짝도 나가지 못하고 식사도 하지 못한 채 결국 쇠약해져 죽은 것이다. 마타이치는 엔카이의 시신을 응시하고 있었다. 여기서 죽은 이 승려가 바로…….

"범인은 알 수 없었습니다. 아니, 이 일대의 사람들은 이 다쓰고로를 범인으로 의심하고 있었지요. 하지만 증거가 없었던 겁니다. 이 교활한 자식은 꼬리가 밟힐만한 실수는 하지 않았던 거지요. 하지만."

"하지만?"

"동생인 야스케 씨가 다쓰고로를 보고 있었다. 그렇지요?"

마타이치의 물음에 고헤이는 고개를 숙인 채 끄덕였다.

"동생이라. 오오, 야스케라고 하면."

가공의 상점인 빗추야의 사동 이름이다.

"예. 그런데 야스케 씨는 아주 약간 그게……."

"아아."

이번에는 마타이치가 말끝을 흐렸다.

아마 야스케라는 사람은 어젯밤의 도쿠에몬, 지헤이가 말했던 것 같은 아이였으리라.

그렇다면 아무리 목격을 했다한들 소용이 없다.

"이 고헤이 씨는 어떻게 해서든 리쿠 씨의 복수를 하고 싶었죠. 하지만 야스케 씨까지 그런 지옥을 보게 하기는 싫었던 겁니다. 그래서 야스케 씨가 열여덟이 되던 오 년 전, 가까운 절인 원업사로 들여보냈지요."

"원업사? 이봐요, 그건."
"예. 이 엔카이, 아니, 다쓰고로가 있던 절이죠."
"그럼……."
지헤이가 엔카이의 시신을 내려다보며 말했다.
"어제 내가 이야기했던 그대로요. 화상(和尙)은 말없고 순진한 야스케, 출가한 후에는 니치조란 이름이었는데, 그 니치조를 몹시 귀여워했던 모양이오. 팥알 수를 맞히는 것도 사실이었다지. 그런 까닭도 있어 무척이나 귀하게 여겼던 것 같소. 허나, 뭐니 뭐니 해도 가장 놀라운 것은 이 엔카이, 아니, 다쓰고로요."
"어째서 이 사내가 절에?"
마타이치가 대답했다.
"다쓰고로는 리쿠가 죽어버렸기 때문에 아무래도 자신이 저지른 짓의 중대함을 깨닫고 죄의식에 시달렸을 테지요. 그래서 출가했던 겁니다. 뭐, 사태가 진정될 때까지 절을 은신처로 삼았던 것뿐인지도 모르지만. 그런데 목격자인 야스케가 찾아온 겁니다. 이거, 언제 발각될지 모르니 정신이 혼미할 지경이지요."
"그래서……."
"그래요, 니치조 스님은 이곳 상류의 도깨비 빨래판이 있는 곳에서 팥을 일고 있다가 괴한에게 떠밀려 머리가 깨져 죽고 말았어요. 정말이지 딱한 이야기죠. 그렇지? 마타 씨." 오긴이 말했다.
"음, 그 바위는 리쿠 씨와 야스케 씨 남매가 어렸을 때부터 놀던 놀이터였다더군요. 아마 다쓰고로는 그 장소에서 리쿠를 처음 보앉을 테지요. 그리고 같은 장소에서 야스케 씨까지 살해해버린 겁니다."

고헤이는 으아아, 하고 소리를 질렀다.

마타이치는 애잔함이 담긴 시선을 고헤이에게 던졌다.

"이 엔카이라는 사내는 고헤이 영감님의 자식을 둘이나 죽인 사내입니다. 영감님이 여러모로 조사해서 아무래도 그렇다는 것을 알아낸 것까지는 좋았는데, 증거가 없었지요. 그래서 연극 한 판을 벌인 겁니다. 엔카이는 며칠 전 절의 용무로 에도로 출타했어요. 그 돌아가는 길 어딘가에 덫을 놓자 싶어 줄곧 미행하고 있었는데, 어제의 비가 멍석을 깔아준 거지요."

마타이치는 그렇게 말하고선 일어섰다.

"그 비는 리쿠 씨와 야스케 씨가 내렸을 테지."

지헤이도 일어선다. 오긴도 뒤를 따랐다.

"그럼 어젯밤 일은 모두 당신들이 깔아둔 덫……."

그렇다면 그 얼마나 교묘한 덫인가.

혼례일 밤에 사라진다. 오두막에 갇혀서 죽는다. 팥을 정확히 알아맞힌다. 한솥밥을 먹는 자가 팥을 일고 있는 사이에 살해한다. 완전히 별개의 이야기인데 부품만은 같다. 그 얼개부터 다른 이야기임에도 고유명사를 포함하는 세부는 완전히 동일한 것이다.

엔카이는 리쿠라는 이름에 반응했고, 야스케라는 이름에 떨었으며, 다쓰고로란 이름에 전율했으리라.

사정을 모르는 자로서는 전혀 맥락을 알 수가 없다.

그것은 범인 말고는 알 수 없는 공통점이다. 그리고 엔카이는 그 세부사항에 하나도 빠짐없이 모조리 반응한 것이다. 그럼. 그렇다면.

빌어먹을, 네놈들의 정체는 무어냐! 무슨 꿍꿍이속이냐!

그렇소, 소승이오! 바로 나요!

그 날뛰던 모습. 그 말. 그 행동거지.

오호라, 그런 의미였나.

실제로 범인은 엔카이였으리라. 아니라면 그러한 태도는 보이지 않았을 터. 오긴이 입을 열었다.

"그렇죠, 뭐. 우연을 이용했지만요. 하지만 엔카이가 이 오두막으로 올지의 여부는 도박이었어요. 그리고 선생도 포함해서, 그렇게 많은 사람이 길바닥에서 갈팡질팡하고 있었을 줄이야. 내가 고헤이 씨를 데리고 여기로 왔을 때 비를 긋는 사람이 이미 넷이나 있었으니까요. 그 후 마타 씨가 이 물건을 데려오지 않았다면 이번에는 실행을 보류할 수밖에 없었겠죠."

오긴은 엔카이의 시신을 보며 말했다.

마타이치가 말했다.

"자아, 이제 어쩌실 겁니까, 수수께끼 선생. 우리는 이만 물러가렵니다. 뭐, 좋으실 대로 하시지요. 다만, 원업사의 일현이라는 스님은 아무것도 모르십니다. 때문에 고헤이 영감님도 혹여 누를 끼칠까 두려워하고 있었으니, 저어……."

"알고 있습니다. 모든 것이 아즈키아라이의 소행이면 충분하지 않겠습니까."

모모스케가 대답했다.

"예. 팥을 일까, 사람 잡아 먹을까."

마타이치는 그렇게 말하더니, 다정하게 손을 내밀어 고헤이를 일으켜 세웠다.

그리고 "개울을 건너려면 상류에 통나무다리가 있으니 그곳으로 가는 것이 안전할 겁니다"라고 말하며 빙긋이 웃었다.

하쿠조스

하쿠조스는 광언으로도 만들어져

사람들이 익히 아는 바이므로

이에 생략한다

繪本百物語・桃山人夜話/卷第壹・第一

1

가이 지방에 유메야마(夢山)라는 이름의 산이 있다.

단풍의 붉은빛과 솔의 푸른빛, 그림자와 빛과 안개와 구름, 그 형형색색의 빛깔이 혼연일체가 되어 산속인지 꿈속인지 실로 몽롱하고 모호하니, 우러르는 자 보는 자 한결같이 아득하게 피안을 감득(感得)하고, 들어서는 자 걷는 자 그저 현기를 느끼노라면 살아 있으면서 황천길로 흘러든 듯한 기분에 빠진다. 낮이라 짙은 어둠만 없을 뿐, 여기저기에 이승과 저승의 경계가 허물어져 있는 까닭에 유메야마라고 불리는 것이다.

그 기슭.

그저 울창하게 나무들이 무성한 울숲이 있다.

거대한 것은 아니지만, 그렇다고 삼림이라고 하기에는 무척이나 작다.

그 이름, 여우숲이라고 한다. 중간쯤에는 자그마한 무덤이 있고, 무엇을 모신 것인지 몰라도 역시 자그마한 사당이 서 있다.

야사쿠는 그 무덤에 걸터앉아 있었다.

급한 길을 가는 도중이다. 이틀간 거의 쉬지 않고 내처 걷느라 뼛속까지 통나무처럼 뻣뻣해진 다리를 이제야 쉬는 참이다.

여정이 얼마 남지 않았으니 관성을 빌어 한달음에 끝까지 갈까도 생각했으나, 역시 무리였다.

숲은 축축했다.

그러나 야사쿠는 메말라 있었다.

싸늘하게 메말라 있있다.

이제 목이나 축일까 하고 죽통을 꺼내어 입에 대보기는 했으나, 문득 손바닥이 더러워져 있음을 깨닫고 일단 수건으로 두 손을 닦았다.

얼룩은 지지 않았다.

잠시 엉덩이를 내려놓자 일어서는 일이 몹시도 성가시게 느껴졌다. 야사쿠는 지치고 고달팠던 것이다. 엉덩이 밑은 풀인지 흙인지, 딱딱한 듯 부드러운 듯 축축하게 젖은 감촉이었고, 평소라면 불쾌했을 그 서늘한 감촉이 무척이나 아늑했다.

그러자 야사쿠는 될 대로 되라는 심정에 빠졌다. 이제 어디에도 가고 싶지 않았다. 여기에 있고 싶었다.

야사쿠는 오 년 전까지 이 숲에 살았다.

'무엇이, 무엇이 어디에서……'

무엇이 어디에서 어긋나버린 것일까.

'이 손으로…….'

그 여자를.

시선을 든다. 풀고사리가 나 있었다.

자잘한 잎사귀 끝에 이슬을 머금은 풀고사리다.

잎 끝이 휘어 이슬방울 하나가 떨어졌다.

까칠하게 메말라 있던 야사쿠의 눈동자에 아주 약간이지만 생기가 돌아왔다.

'여우 놈.'

덤불 뒤에 여우 한 마리가 오도카니 서 있었다.

'원망하고 있는 게냐.'

여우는 멈춰서 있다. 그 검은 눈동자는 나락으로 열린 구멍처럼 아무것도 비치지 않는다. 당연하다. 애당초 짐승에게 원망의 염(念)이란 있을 리 없으므로. 그렇게 보였다면 그것은 야사쿠에게 가책을 느끼는 마음이 있기 때문이다.

야사쿠는 여우 사냥의 명인이었다.

미끼는 곰의 기름으로 조린 쥐. 여우덫.

그것은 신바람이 나도록 잡혔다.

잡아선 죽이고, 잡아선 죽이고.

먹기도 했다. 그러나 먹기 위해 잡은 것은 아니다.

팔기 위해서이다. 여우는 죽으면 돈으로 둔갑했다.

가죽을 벗겨 저자에 내어놓으면 신바람이 나도록 팔렸다.

그래서.

이 숲의 여우는 야사쿠가 거의 잡아버렸다.

암수도, 어미 새끼도 가리지 않고, 이 숲의 여우라는 여우는 야사쿠가 죽였다. 그렇게 생각하고 있었다.

여우는 한동안 야사쿠를 바라보고 있었다.

정확히는 야사쿠가 있는 쪽으로 코끝을 향한 채 서 있었다고 해야 할까. 야사쿠 역시 움직임을 멈추고, 그뿐 아니라 숨마저 죽이고 오감을 팽팽하게 긴장시킨 채 꼼짝 않고 있었다.

'저건……'

야사쿠가 숲을 떠나 있던 오 년 사이에 어디선가 흘러들어온 여우인가. 아니면 미처 잡지 못한 여우의 자손인가.

'보내버린 여우의 망령일지도 모르겠군.'

짐승에게 혼이 있는지 없는지, 야사쿠는 그런 것이야 모르지만. 틀림없이 그런 것은 없다고 생각하지만.

어찌되었건 야사쿠는 여우에게 미움을 살 기억은 있어도 호감을 얻을 인연은 없다.

여우는 여전히 야사쿠를 응시하고 있다.

야사쿠는 여우에게서 시선을 떼지 않는다.

'업보인가.'

이 꼴이 된 것은 여우를 죽인 업보인가.

무슨 마음 약한 소리.

허나.

'그래. 이 장소로군.'

야사쿠는 생각해냈다.

그때도 야사쿠는 이렇게 사당을 등지고 앉아 있었던 것이다. 그리고 그 중은…….

딱 여우가 있는 자리쯤에 쓰러져 있었다.

하늘을 보고 누운 채. 이마에선 콸콸.

피가.

부탁일세, 제발 그만두시게.

생업을 잇지 못한다는 것은 알고 있소.

동화 한 닢에 그 여우덫을 파시게나.

소승이 할 수 있는 일이라면 무엇이든 할 터이니.

짐승이라 해도 어미와 새끼의 정애(情愛)는 있다오.

살생의 죄는 내세에 해를 끼칠 것일세.

부탁이오, 제발 그만하시게.

여우를.

'죽이지 말아 달라…….'

여우는 칠흑 같은 눈동자로 야사쿠를 응시하고 있었다.

아니, 보고 있는 것처럼 야사쿠에게는 느껴졌다.

그 눈동자에 비치는 것은 야사쿠의 씻을 길 없는 죄업인 것이다.

살생.

어미와 새끼의 정애.

풀고사리의 이슬방울이 흘렀다.

소리가 날 리도 없건만 찰박, 하는 물소리가 머릿속에서 들렸다. 한순간의 일이다.

　여우는 사라지고 없었다.

　"나리, 에도에서 오셨구랴."

　돌연, 목소리가 울렸다.

　으앗, 하고 소리를 지르고, 앞으로 고꾸라지며 짚은 손을 축으로 반신을 돌려 목소리가 나는 방향, 등 뒤를 보았다. 사당 그늘에 무언가 하얀 것이 있다. 욱신욱신하도록 심장이 떨려, 야사쿠는 두 손을 땅바닥에 짚은 채 몸을 긴장시켰다.

　'여우.'

　사당 뒤로 뾰족한 귀가 엿보였다.

　스윽, 하고 여우의 얼굴이 나온다.

　다리가 풀렸다.

　별안간 아하하하, 하고 머리통을 뚫고 지나는 듯한 웃음소리가 들렸다.

　'여우다. 신의 사자인 여우님인가.'

　'이 숲은…… 어쩌면.'

　"아, 웃겨라. 간담이 어찌 그리 작으신지."

　야사쿠는 목소리가 나오지 않았다.

　"세상에나, 정말로 혼이 쏙 빠져버린 듯한 얼굴이시네. 이런, 내가 한 짓치고는 천박한 행동이었네."

　여우의 얼굴이 툭 떨어졌다.

　'탈이군.'

그것은 종이 여우탈이었다.

사당 옆으로 이번엔 여자의 얼굴이 보였다.

비쳐 보일 듯이 희고 고운 얼굴이다.

갸름하니 초리가 발그스름한 눈매를 하현달처럼 만들고서, 선명한 연지를 바른 붉은 입술을 살짝 벌린 채 여자는 웃고 있다.

'사람인가.'

야사쿠는 알아차리지 못했지만, 여자는 낡은 사당 바로 뒤에 비스듬히 기대어 앉아 있었던 모양이다. "놀라게 해버렸네요." 여자는 그렇게 말하며 훌쩍 일어서더니 사당 옆쪽으로 나와 전신을 드러냈다.

화려한 남보랏빛 기모노에 풀색 겉옷.

오려서 붙인 듯, 풍경과 동떨어진 모습이다.

인근 마을에 사는 자 같지도 않고 행장(行裝)으로 보이지도 않는다.

'그렇다면 역시.'

섬뜩하다. 그럴 리 없다. 여우일 리도 너구리일 리도 없다.

금수가 둔갑하여 사람을 속이다니, 야사쿠는 그런 망언을 믿지 않는다. 그렇지만.

아니, 그것은.

혼자인 줄 알았는데 별안간 사람의 목소리가 들렸기 때문에 화들짝 놀랐을 뿐이다. 그런 것이다.

알았음에도 여전히 목소리는 나오지 않았다.

"뭐요, 뭐요. 여우에게 홀린 듯한 면상 아니시오. 내 얼굴이 그렇게 무서우신가."

여자는 그렇게 말한 후 약간 미끄러지듯 무덤을 내려와 폴짝 뛰는 것처럼 돌을 넘더니 야사쿠의 눈앞까지 와서 멈추었다. 몸놀림이 여우를 닮았다.

"아유, 참. 설마 이녁, 나를 정말 여우나 무언가로 생각하고 계신 것은 아닐 테지요."

비쳐 보일 듯 하얀 얼굴이다.

"이런, 나리, 심각한 얼굴이시네. 아무리 여기가 여우숲이라지만 그리 나오시면 웃을 수밖에. 간담이 참 작기도 하시구랴."

여자는 다시 웃었다.

그리고 살갑게 미소를 지으며 오른손을 내밀더니, "자아, 자아, 일어나시지요" 하고 말했다.

야사쿠는 슬그머니 두 손을 품속으로 집어넣었다.

보이고 싶지 않았다.

더러워져 있기 때문이다.

야사쿠는 딱히 우습지도 않았으므로 애써 헛웃음을 짓거나 하지도 않고 말없이 일어섰다.

"뭐, 장소가 장소이니 어쩔 수 없지요. 기분이 상하셨다면 사과드리다. 그게요, 난 에도에서부터 줄곧 이녁의 조금 뒤를 걸어왔다우. 딱히 길동무라고 생각하는 것은 아니지만, 계속 앞에 있으니 급한 발걸음도 눈에 익어 버리잖아요. 뒷모습이 눈에 박혀

버린 거지. 그런데 산길에 접어들자 어디서 어떻게 멀어졌는지 모습이 보이지 않습디다. 뭐, 갈 길이 달랐던 거지 싶어서 저 사당 뒤에서 쉬고 있었는데 눈에 익은 이녁이 훌쩍 나타나더라, 그런 거지요."

'에도에서.'

사실일까. 야사쿠는 미심쩍었다. 야사쿠의 걸음은 상당히 빨랐다. 과연 여자의 다리로 따라잡을 수 있을까.

"낯빛을 보니 아직도 못 믿겠다는 얼굴이네요." 여자는 가느다란 눈썹을 일그러뜨렸다.

"잡아먹으려는 생각은 없습니다. 난 보다시피 인형사, 하찮은 산묘회인 걸요. 도깨비도 뱀도 아니라고요."

그야 그럴 것이다. 하지만.

'무슨 속셈으로……. 혹시.'

야사쿠는 더욱 미심쩍었다. 보아하니 봉행소(奉行所)*나 팔주회**의 수하는 아닐 듯싶다. 그러나 화도개방***의 도신****은 시정(市井)의 하민을 심복·수하로 거느리며 밀정으로 삼고 있다고 들었다. 여자라고 해서 안심할 수는 없다.

허나.

---

* 각 고을에 설치된 치안 유지 기구.
** 八州廻り, 에도시대의 치안 유지 기구 중 하나. 간토 지방의 치안 유지가 목적.
*** 에도시대의 중죄로 취급되었던 방화, 도적질, 도박을 단속, 단죄하는 기구.
**** 同心, 에도시대의 하급 관직 중 하나. 주로 경찰 업무를 담당.

설마하니 추적자가 따라붙은 거라고 생각하기도 어려웠다. 그 여자는 정사(情死) 시신 중 한 구로 처리되었을 터다. 야사쿠를 의심하는 자는 누구 하나 있을 리가 없다.

그 여자.

'도와……'

석 달을 뒤쫓았다. 그리고.

사흘 전.

서방님은 소첩을……, 설마 소첩을.

소첩은 누구에게도, 아무 말도 아니 하였습니다.

살려주시어요. 목숨만은. 아이가, 아이가.

푸욱.

피.

인간의 피.

손이, 손이 더러워졌다.

'싫다. 싫다. 싫다.'

"어찌 그러시는지요, 나리." 여자가 불렀다.

"안색이 심상치 않습니다. 이녁, 에도에서 줄곧 걸어왔지요. 많이 지치셨을 터인데. 이 추운 날에 땀을 그리도……"

"아니……"

정말 현기가 들었다.

여자가 손을 내민다.

"싫다고 할 때가 아니지요. 이런 데에서 이대로 쓰러져 저승행을 하면 내 꿈자리가 사나울 겁니다. 백골이 된 다음에 한을 품고 나타나는 건 내가 싫다고요. 자, 이쪽으로."

여자는 무덤 쪽으로 야사쿠를 불렀다.

이끄는 대로 무덤 쪽으로 다가가, 여자의 손을 빌어 엉덩이를 내려놓았다. 여자는 팽개쳐져 있던 죽통을 주워들더니 "자, 물이라도 드시우" 하며 건네었다.

여자는 오긴이라고 이름을 밝혔다. 야사쿠는 이름을 대지 않았다. 이름을 대야 할 이유가 없었기 때문이다.

통의 물은 다 쏟아져버려 핥을 정도밖에 남아 있지 않았다. 놓칠 때 마개가 빠져버린 것이리라.

그래도 한결 마음이 놓였다.

원래 앉아 있던 장소다. 풀고사리가 보인다.

풀고사리 너머에, 좀 전에는 여우가 있었다.

야사쿠는 생각을 고쳐먹는다. 당황할 일이 무어 있을까.

이 계집은 그저 행객일 뿐이다. 두려워할 일은 없지 않은가. 무언가 알고 있을 리도 없을 터이고, 무언가 알고 있다 해도 그리 대수로울 바 없는 것이다.

설령 이 여자가 화도개방의 개인들, 혹은 공갈협박으로 등을 치는 부류인들, 만약 그렇다면…….

'죽여버리면 그뿐인 것이다.'

"그러지 마세요오. 그렇게 후들거리는 몸으로 내게 못된 짓 하려 해봤자 뜻대로 되진 않을걸요."

오긴이 말했다.

야사쿠는 살의를 들킨 듯한 느낌이 들어 급격히 위축되었다.

아무래도 글렀다. 여자의 태도에 말려들어 평소의 감각이 흐트러지고 있다.

외려 적당히 응대하는 편이 나을지도 모른다. 그리고…….

'정말 여우라면.'

"아휴, 여우가 아니라니까요."

야사쿠는 숨을 삼켰다.

마음을 읽고 있다.

'이것이 세간에서 말하는 사토리라는 요괴인가.'

그렇다면…….

오긴은 다시 웃었다.

"어머나, 아무래도 정곡을 찔렀나 보네요. 어차피 아직 의심하고 있을 테지요. 뭔가요, 그 얼빠진 얼굴."

"다, 당신."

"오호라. 혹시 이녁, 내가 이녁의 심중을 읽고 있다고 생각하시는지. 아이참, 난 마물이 아니라고 몇 번을 말해야 믿어주실까요."

"하지만, 당신은……."

'이 자는 여행하는 아낙일 뿐이다.'

상대 마라. 신경 쓰지 마라.

야사쿠는 점점 더 혼란스럽다. 시야가 아득해진다.

동요하는 야사쿠의 모습을 보고 알아챘을 것이다. 오긴은 유쾌한 듯 무덤에 발을 올려놓았다.

"나리도 참 어이없는 얼간이이시오. 고집을 버리고 문득 어떤 의심이 스친다 해도 내색을 않는다면 귀신이라 한들 그 심기를 살피는 일 따윈 하려야 할 수가 없을 겝니다. 하물며 나야 보시다시피 별 볼일 없는 물건. 이녁의 모습을 보고 넘겨짚어 아는 척을 했을 뿐이지요. 맞았다고 한들 당연지사 우연이라고요."

오긴은 두세 걸음 무덤을 올랐다.

야사쿠는 시선으로 그 뒤를 쫓는다.

"남정네 상대로 시건방진 말을 하는 것 같은데요, 요물이란 있지 않을까 의심할 때는 반드시 나타나고, 없다고 여기면 결코 아니 나오는 법. 두렵다고 생각하면 낡은 우산도 혀를 내뽑은 채 손짓을 할 테고, 고목에 걸린 헌 짚신도 삿갓 안을 들여다보겠지요. 세간에서 요괴로 불리는 무리는 모조리 사람이 스스로 불러들이는 것이니, 당연히 스스로 내칠 수도 있는 것입니다."

그야 그럴 것이다. 그런 것쯤은 충분히 알고 있다. 그러나 야사쿠에게는 지긋지긋할 정도로, 의심할 만한 이유도 두려워할 만한 까닭도 있는 것이다. 어쩔 수가 없으리라.

의심암귀(疑心暗鬼)란 바로 이것을 두고 하는 말.

"그렇지요" 하고 웃음을 띤 채 돌아보는 오긴의 얼굴은 아주 다정했으며, 눈에도 부정한 빛은 없었다. 당연히 그러할 터. 모든 것이 좀 전에 여우를 보았을 때와 똑같다. 상대의 눈에 무언가 요기가 어렸다면 그것은 자신의 떳떳치 못한 구석 때문이다. 이 여자는 그렇게 말하고 있다.

야사쿠는 단념했다.

"이것 참, 당신 말이 맞소. 기껏 마음을 써주었는데 미안하게 됐군. 당신 말대로 나는 당신을 여우로 의심하고 있었지. 모두 다 내가 떳떳치 못한 마음을 갖고 있기 때문이오."

"떳떳치 못한…… 마음."

"그렇소. 숨겨서 무엇하리. 나는 예전에 사냥꾼이었는데, 이 근방의 여우 놈들은 모조리 내가 죽였다오. 오랜만에 지나가려니 어미의 원수, 새끼의 적이라며 여우 놈이 둔갑해서 나왔나, 그리 생각한 게요."

'그것은 진실이다. 허나.'

"그것 참, 가슴이 찔리겠군요." 여자가 말했다.

"하기야, 살생이란 어쨌든 뒷맛이 개운치 않으니까요. 하지만 밥벌이라면 이야기가 달라지지요. 사냥꾼이 짐승을 잡는 것은 세상의 풍습. 잡힌 여우도 이미 단념했을 겁니다. 번번이 둔갑해 나타날 만큼 멋모르는 여우는 없을 터인데."

"그럴지도 모르겠군. 뭐, 내가 겁보일 테지."

'이거야 원' 하며 야사쿠는 자신을 비웃었다.

인정사정없이…….

죽였다.

몇 명이나.

"아니, 그건 아니오."

'겁보라니 무슨 헛소리.'

마음 속 깊이, 야사쿠는 자신에게 냉소한다.

"나는 예전…… 여우의 생가죽을 벗길 때 가엾다고 생각한 적은 단 한 번도 없었소. 이거면 얼마다, 많이 벌었군, 그리 생각했지. 어미여우든 새끼여우든 인정사정없이 잡아선 죽이고, 잡아선 죽이며 살았구면. 그러니 겁보라기보다 비도(非道)가 지나쳤다는 것일 테지."

지나친 비도.

"하지만 이미 그만두었잖수."

오긴은 사당을 올려다보며 물었다.

"가엾게 여겼기에 그만둔 거 아니오. 불쌍하다고 생각했기에 접은 것이지. 아니 그러시오."

'그렇지 않다.'

"별 이유 없소. 어떤 스님이 나의 난획을 꾸짖으며 일갈하시더라고. 살생의 죄는 내세에 해를 끼친다, 그리 말씀하시기에…… 뭐, 마음이 기운 게요."

'거짓이다.'

그 말은 거짓이다. 야사쿠는 그렇게 어진 사내가 아니다.

그것은 야사쿠 자신이 가장 잘 알고 있다.

사냥을 그만둔 까닭은, 그것은…….

'스님.'

보현 화상.

부탁일세, 제발 그만두시게.

생업을 잊지 못한다는 것은 알고 있소.

짐승이라 해도 어미와 새끼의 정애는 있다오.

소승이 할 수 있는 일이라면 무엇이든 할 터이니.

여우를.

"거침없이 말씀하시는데, 듣고 보니 이치에 맞지 않는 일이었구나, 그리 생각이 들더라고. 꼬집어 말해주지 않으면 깨닫지 못하는 사내였어."

"말해서 알아들었으면 충분하지."

"그럴지도 모르지만."

'알지 못했다. 아무것도 알아듣지 못했다.'

"그래서 여우는…… 좀."

"잘 들으시오, 나리." 오긴은 정색하고 말하며, 그 하얀 얼굴을 야사쿠에게 향했다.

"짐승이란 허를 노리는 법. 허점이 없는 자에게는 마가 낄 리 없다 이겁니다. 그런 틈을 보이면 진짜로 둔갑해 나타날 수도 있어요."

"그럴지도 모르지."

"조심하시기를." 오긴은 그렇게 말하고 허리의 인롱에서 환약을 꺼내 야사쿠의 손에 쥐어주었다.

"이건요, 기운을 차리는 약인데, 이걸 드시고 조금 쉰 다음 출

발하시지요. 어디까지 가는지는 모르지만요. 그리하면 조금은."

"어허, 뭐 이런 걸 다. 나는 저기, 뭐, 날 깨우쳐준 분이 계시는 이 유메야마의 바로 뒤편에 있는 절까지 가는 것뿐이라오. 이제 남은 거리는 조금밖에……."

"뒤편의 절이라면 보탑사요?"

오긴은 "그럼 큰일이시구려, 나리" 하고, 한층 더 카랑한 목소리로 말했다.

"보, 보탑사에, 무슨……?"

"지금 보탑사 근방은 아주 난리법석이라우. 대관소(代官所)*인지 어디에선지 우르르 몰려와, 도저히 갈 엄두도 아니 난답디다."

'대관소?'

"어째서 대관소에서?"

"죄인 체포라나요."

"죄인이라니, 무슨?"

"뭐긴요. 당연히 악당이지요. 도적인지 산적인지, 이 근방을 지나는 나그네를 잡아선 가진 것을 몽땅 턴 뒤에 결국 죽이고……. 노상강도보다 더 악질인 녀석이라우."

'죽이고.'

"그, 그것이 보탑사의, 보……."

보현 화상.

---

* 대관이 다스리는 지역에 세워진 관청.

'방심했나.'

죽이기 전에 도와가 털어놓은 것인가.

"어찌 그러시는지? 괜찮으시우?" 하고 오긴은 미간을 모았다.

다독이는 목소리가 멀어진다.

보현 화상, 그 사내가.

바로, 그 사내가, 잡힌 것인가.

"어째서……?"

"어째서냐니, 이상한 걸 묻는 분일세. 듣자하니, 오 년 전쯤까지 에도와 오사카를 들쑤시고 다니던 다기니(茶枳尼)파의 이조인가 하는 도적 두목이 그 절에 있었답디다. 아이구, 무서워라 무서워. 수하가 아직 아니 잡혔다니, 근방에는 얼씬하지 않는 게 상책이우."

'다기니파의 이조.'

아직은 내 운이 땅에 떨어지진 않았군.

이거 참, 좋은 구경 했는데.

자, 이제 어찌할까.

도움 좀 받아볼까.

여우와 똑같다고.

이봐, 엽사.

엽사.

"왜 그러시오, 나리. 자, 약을……."

입에 문다.

쓰다.

야사쿠는 어질어질 유메야마의 꿈에 집어삼켜져, 여우숲 사당 앞의 이슬에 젖은 풀고사리에 둘러싸인 채 조용히 정신을 잃었다.

2

정신이 들자 마루방에 누워 있었다.

눈을 뜨니 굵고 시커먼 들보가 그을고 어두침침한 천장에 느긋하게 떠 있었다. 어디랄 것도 없이 온통 그을음이다. 거무스름하게 그을어 흐릿하다.

자신의 눈에도 안개가 낀 것 같았다.

옆을 본다. 거뭇하게 반질거리는 바닥이 이어져 있다.

아무래도 농부의 집인 듯했다.

사내가 앉아 있다.

"어허, 깨어나셨군." 그 사내가 말했다.

야사쿠는 몸을 일으켜 두세 번 머리를 흔들었다.

목덜미에서 머릿속을 향해 찌르는 듯한 통증이 스쳤다.

"아직 일어나면 안 됩니다." 사내가 말하며 야사쿠의 어깨에 손을 올렸다. 젊은 사내다. 촌부는 아닐 것이다. 사무라이는 아니지만 정갈한 차림이었다.

야사쿠는 몸을 돌려 엎드렸다.

"지헤이 씨, 지헤이 씨, 물을 좀 가져다주시지요." 사내는 크게 소리쳤다.

그 목소리가 귀로 쑤시고 들어와 머리를 헤집었다. 지독한 두통이다. 그러는 사이, 자그마한 노인이 사발을 가지고 들어왔다. "자, 물일세" 하고 사발을 내민다. 이가 나간 허름한 그릇이다.

'그 여자.'

오긴이라 했던가. 오긴은?

사발을 받아든다.

"기분은 어떠신가."

노인이 말했다.

"나는……."

입을 열기는 했으나 제대로 말을 할 수가 없었다. 턱을 움직이자 귀뿌리가 떨어져나갈 것처럼 아팠다. 얼굴을 찡그리며 입에 머금은 물을 넘기고는, 야사쿠는 털썩 엎드렸다.

반각은 그렇게 있었다.

젊은 사내와 노인은 얼굴을 가린 야사쿠 옆에 줄곧 앉아 있었던 듯하다.

'여기는 어디지.'

천천히 고개를 들고, 야사쿠는 물었다.

내 집이라고 노인이 말했다. 젊은 사내가 말을 이었다.

"당신은 여우숲의 하쿠조스 신사 앞에 쓰러져 있었습니다. 내가 우연히 그곳을 지나다가……."

"우연히……."

우연히 지날만한 장소로 생각되진 않는다.

야사쿠는 아무 말 하지 않았으나 아마도 상당히 의아한 표정을 지었으리라. 젊은 사내는 혼자 넘겨짚고 변명을 늘어놓기 시작했다.

"아니, 전 수상한 자가 아닙니다. 나는 에도 교바시의 야마오카 모모스케라는 자이온데, 아, 이리 말한들 모르시겠군요. 뭐, 신출내기 글쟁이라고 생각해주시지요. 지금은 아이들의 심심풀이나 수수께끼 등을 만들고 있는 까닭에 곰곰궁리 모모스케라고 불리고 있습니다만. 뭐, 머지않아 언젠가는……."

"괴담집 말인가."

옆의 노인이 놀리는 듯한 어조로 말했다.

"그런 물건은 금세 시들해질걸. 자네가 자리 잡았을 때는 이미 한물 갈 거라고."

모모스케는 노골적으로 불쾌한 표정을 지었다.

"지혜이 씨는 그렇게 말씀하시지만, 어느 시절이라도 괴담은 있는 법이지요. 이것만은 없어지지 않을 겁니다. 저는 괴담이야말로 이야기의 왕도라고 생각하고 있을 정도입니다. 그러니…… 아, 저기, 그런 까닭에 저는 여러 지방을 돌아다니며 주술, 미신, 괴이쩍은 소문, 기이한 이야기를 수집하고 있지요. 그래서 그 여우숲의 낡은 사당에도 발걸음을 옮겼다는 말씀……."

"옛날이야기지. 새삼스레 가서 뭘 어쩌게?"

작은 체구의 노인은 곧바로 헤살을 놓았다.

"무얼 어쩌다니요. 덕분에 이 사람을 발견했지요."

"그것도 여우님의 인도라고 할 참인가? 사람 우습게 보는군. 그 숲의 전설이라는 건 나 지헤이가 태어나기 전의 일이라고."

'숲의 전설.'

야사쿠는 몰랐다.

야사쿠는 원래 조슈 태생이다.

고슈로 흘러든 것은 십 년 전쯤의 일이다. 그러니 옛이야기는 모른다. 여우숲에 눌러앉았을 무렵, 그 사당은 이미 허물어져가고 있었고 참배를 오는 자도 없었다. 그저 여우만 우글거렸다.

"그건……."

"오오, 미안허이. 그러니……."

"아니, 그게 아니라, 나는."

"자네는 엽사 아닌가." 지헤이라고 불린 노인이 무뚝뚝하게 말했다.

"아마 사오 년 전까지 그 숲에 오두막을 짓고 살았지? 어느 사이엔가 사라져 보이지 않게 된 듯하지만. 덕분에 요즘 여우가 늘어서 골치 아프다네."

"나를…… 알고 계십니까?"

야사쿠가 그렇게 묻자 노인은 입을 삐죽이 내밀며 "알다마다"

하고 말했다. 그리고 야사쿠의 손에서 사발을 거두어들이더니 "나는 벌써 오십 년 남짓 이 마을에 살고 있다네" 하고 말을 맺었다.

그렇게 말한들 야사쿠로선 본 적이 없는 얼굴이었다.

애당초 토박이들과의 왕래는 거의 없었지만.

"그 숲의, 그 사당은 대체."

야사쿠의 물음이 미처 끝나기도 전에 지헤이가 퉁명스럽게 대답했다.

"당연히 여우님을 모시고 있지."

"여우……."

알지 못했다.

'그렇다면 그 여자는.'

"그럼 그건 이나리 신사?"

"아니, 아니라네." 지헤이는 손을 내저었다.

"그 무덤은 하쿠조스라고 하는, 아주 오래 묵은 여우의 무덤이라더구먼. 그 숲의 주인이지. 그곳에 여우가 많은 것도 그 가호 덕분이라던가. 그러니 그 숲에서 여우를 잡는 일, 원래는 금기일세."

"그럴 수가……."

야사쿠는 그 숲에서 여우를 끊임없이 잡아들였던 것이다.

사당 앞에서도 몇 마리나 여우를 죽였다.

'벌을 받은 것인가.'

지헤이는 처연한 눈빛으로 야사쿠를 바라보고 있다.

"두렵나?"

"예?"

"두렵냐고. 여우숲에 대해 자네는 모를 테지. 모르고서 여우를 잡았을 테지. 하쿠조스의 저주고 원념이고······."

'그런 것은.'

그런 것은 두렵지 않다. 다만.

"자네, 어찌 그런 곳에 누워 있었나."

"그건······."

"홀렸던 것 아닌가?"

'홀렸다.'

그 여자, 오긴은.

역시. 아니, 하지만.

'그럴 리가.'

"여, 여자가······."

"하쿠조스란 실은 암컷일세. 암여우라고."

'암여우.'

그럼 그 여자가.

"허, 허나 나는······."

지헤이는 갑자기 방안이 떠나갈 것처럼 웃었다.

"자네도 참, 간담이 콩알만한 엽사로구면. 까짓 거, 걱정할 필요 없네. 축생은 축생일 뿐, 사람에게 어찌 해코지를 하겠나. 그런 물건에게 홀리는 것은 기껏해야 겁 많은 아낙들이나 몹시도 어리석은 자이지. 오상(五常)의 도리를 아는 자라면 여우나 너구리 족속이 손을 대지는 못해."

오상의 도리.

인, 의, 예, 지, 신.

'나에게 과연 그런 게 있을까.'

"그리고 몇 번을 말하지만, 하쿠조스는 먼 옛날이야기라네. 이모모스케는 무엇이든 다 진실로 받아들이는 경솔한 얼간이지만, 난 다르다고. 이곳 유메야마 기슭에 오십 년이나 살고 있지만서도 요물에 홀린 적은 단 한 번도 없다네. 애당초 그 여우들은 밭을 망가뜨렸거든. 자네가 와서 그놈들을 몰살해준 덕분에 나야 크게 도움을 받았지."

'몰살.'

야사쿠는 경련을 일으키듯 자신의 손바닥을 확인했다.

'더러워.'

진흙과, 마른풀과, 땀과…… 피.

"아무래도 나는 홀렸던 것일지도 모르겠습니다."

야사쿠는 그렇게 말했다. 그 말을 들은 지헤이는 난감한 듯한 표정을 지었다. 당연하리라 생각한다. 야사쿠 역시 이날 이때껏 여우가 둔갑했다는 어처구니없는 이야기를 진담으로 받아들이는 사내는 아니었으므로, 이것이 남의 일이었다면 똑같은 얼굴을 했으리라.

"예에, 뭐, 나도 여우가 둔갑했다고는 생각하지 않습니다. 다만 저는, 지헤이 씨라는 분의 말씀대로 오 년 전까지 그 숲에서 여우를 잡아 생가죽을 벗기던 사내. 그러니까 방금 하신 말씀을 빌리자면 저한테는 오상이 없었습니다. 그러니 그곳에서, 그 숲에서 대낮부터 환몽을 꾸었을 테지요. 전부 저의……"

"아니, 잠깐만."

지헤이가 막았다.

"자네가 어떤 일을 겪었는지는 모르겠지만 말이지, 그렇게 무엇이든 간에 꿈이나 환각으로 단정해서야 눈도 흐려질걸세. 그 여자도 어쩌면 살아 있는 인간이었고, 뭔가 속셈이 있었을지도 모르잖나. 노상강도라든가."

'노상강도.'

대관소의 급습. 두목.

"아, 저기, 보탑사……"

"보탑사? 보탑사가 무슨?"

"아니, 그게."

"당신은 보탑사와 연이 있으십니까?"

모모스케가 놀랍다는 듯 눈을 휘둥그렇게 뜨며 물었다. 묻는다 한들 진실을 털어놓지는 못한다. 때문에 야사쿠는 대답을 얼버무리고 되물었다. 보탑사가 어찌 되었다는 것인가.

"아니, 그러니까 그, 하쿠조스 이야깁니다."

"여우……가 무슨?"

"어, 그 묵은 여우가 말이지, 보탑사의 스님으로 둔갑해 오십 년 남짓 주지로 지내왔다는 풍문일세. 그렇게 황당한 일이야 있지도 않을 테니, 뭐, 옛날 옛적 야화(夜話)지."

"여우가…… 보탑사의 주지로 둔갑해서?"

중은 안전해.

"그, 그렇다면……."

"어허, 옛날이야기일 뿐이라고." 지헤이는 얼굴을 찌푸렸다.

"흥미가 있으신지요?" 모모스케가 물었다.

"뭐, 그야."

'어떻게 된 거지? 어째서 보탑사가?'

"그런 옛날이야기, 들어봐야 부질없지." 지헤이는 퉁명스럽게 말했다. 모모스케는 쓴웃음을 지었다.

"여기 지헤이 씨는 지어낸 이야기라며 우습게 생각하지만, 뭐, 여러 지방을 돌아다니다 보면 비슷한 설화는 많이 있거든요."

"그러니 더더욱 거짓말인 게지."

"금세 말허리를 자르시네. 그럼 간추려서 이야기하자면요, 옛날…… 얼마만큼 옛날이었는지는 명확하게 전해지지 않습니다만, 뭐, 지헤이 씨가 태어나기 전이라고 하니 오십 년이나 백 년 전의 일이겠지요. 그 숲에 역시 엽사가 있었고, 그 자가 여우를 잡습니다."

"엽사니 당연하지."

"저기, 좀. 그런데 그 엽사도 당신과 마찬가지로, 저어…… 음,

난획을 했지요. 그리하여 숲의 주인인 오래 묵은 여우가 낳은 수많은 새끼 여우를 모조리 잡아버렸답니다. 묵은 여우는 몹시 슬펐고, 그래서 보탑사의 주지로 둔갑해 엽사가 있는 곳으로 찾아갔다고 합니다."

"어째 그 보탑사의?"

"보탑사의 주지, 이는 엽사의 숙부였습니다. 원래 그 스님의 이름이 하쿠조스였던 모양이더군요."

"아하."

"그 하쿠조스로 둔갑한 여우는 엽사를 만나자, 어디에서 마련해 왔는지 얼마 안 되는 돈을 건네며 살생을 꾸짖었답니다. 살생의 죄업은 내세에서 너를 괴롭힐 것이라며 설교를 했지요."

부탁일세, 제발 그만두시게.

동화 한 닢에 그 여우덫을 파시게나.

짐승이라 해도 어미와 새끼의 정애는 있다오.

살생의 죄는 내세에 해를 끼칠 것일세.

여우를.

'그 스님은……'

보현 화상. 설마 그 스님도?

그럴 리가. 그럴 리가. 그럴 리가.

야사쿠는 등줄기가 서늘해졌다.

"허나 엽사도 여우사냥을 그만두면 생계를 이을 수가 없었지요. 받은 돈은 금세 바닥나고 말았습니다. 그러자 보탑사로 찾아가서 숙부 하쿠조스를 만나 재차 여우를 잡을 수 있도록 허가를 받든가, 아니면 더 많은 돈을 뜯어내야겠다고 마음먹었습니다. 여우는 난감해졌지요."

모모스케는 그때 품에서 필첩을 꺼내어 바라보았다.

"그래서 묵은 여우는 보탑사로 앞질러 가서 진짜 하쿠조스를 속여 불러내어 잡아먹고 말았습니다."

"비열한 것."

축생이니 그런 짓을 하지, 하고 지헤이는 못마땅한 듯 말했다. 그러나 비열하다고 하면 그것은 오히려 엽사다. 엽사가 훨씬 더 많은 생명을 빼앗았다. 아니, 무엇보다 비열한 것은······.

'바로 나다.'

모모스케는 수첩을 넘겼다.

"여우는 다시 하쿠조스로 둔갑해 엽사를 내쫓고, 그 후 오십 년간 보탑사의 주지로 살았다고 합니다. 오십 년 후, 헤미 목장에서 사슴사냥이 열려 그 구경을 하러 간 길에 사와라 도쿠로라는 향사(鄕士)가 기르던 오니타케, 오니쓰구라는 두 마리 개에게 정체를 들켜 잡아먹혔다고 전해지지요. 백은 바늘처럼 억센 털로 뒤덮인 새하얀 노호(老狐)였다고 합니다."

"새하얀······."

'그 여자. 산묘회.'

"그 사체를 묻은 것이 당신이 있었던 그 무덤이라고 하더군요. 하쿠조스는 신으로 모셔져 숲의 수호자가 되었다. 그 후로 그 숲에서 여우를 잡는 자는 없어졌다……."

"자네가 오기 전까지는 말이지."

지헤이는 쉰 목소리로 그렇게 말을 맺었다.

'여우를 잡아서는 아니 되는 숲.'

여우의 수가 많을 수밖에 없었다. 그러하기에 야사쿠는 그 숲에 눌러앉은 것이나 다름없다.

모모스케가 다시 필첩을 넘기고서 말을 이었다.

"이후, 여우가 법사로 둔갑하는 것을 하쿠조스라고 하고, 여우처럼 어리석은 행동을 보이는 법사 역시 하쿠조스라고 한다. 저는 그렇게 들었습니다. 능광언(能狂言)의 〈여우덫〉은 이 이야기를 바탕으로 한 것이라는 설도 있지요."

야사쿠는 상당히 혼란스러웠다. 아니, 착란에 가까울 정도였다. 물로 조금 축여진 목을 떨며 간신히 소리를 냈다.

"그, 그 이야기는……."

지나치게 맞아떨어진다. 그 옛날이야기의 엽사는 야사쿠와 너무나 흡사하다.

그것이 옛날부터 전해지는 이야기라면 야사쿠의 반생은 없는 것이나 마찬가지다.

옛날이야기를 고스란히 되풀이하는 인생 따위, 우습지 아니한가.

"……사실이오?"

모모스케가 다시 필첩을 넘긴다.

"예에. 어디까지 실화인지는 물론 확인할 수 없으나, 일단 보탑사에도 이 이야기가 전해지고 있습니다. 실제로 그 무덤과 사당은 십 년 전쯤까지 보탑사에서 관리하고 있었지요. 저는 돌아가신 주지스님도 만나 뵙고 이야기를 여쭈어보았습니다만."

"뭐라고요?"

'이 사내는 이조를……'

"당신, 그, 그 주지를 만난 거요?"

모모스케는 당황한 야사쿠의 얼굴을 의아한 듯이 보았다.

"만났습니다. 조금만 더 늦었으면 때를 놓칠 뻔했지만."

"때를 놓질 뻔했다니?"

'대관소의 급습인가.'

"때를 놓치지 않았다면 언제, 언제 만나셨는지."

"예에, 열흘 전쯤입니다. 여기 지헤이 씨 댁에 신세를 지고 얼마 안 돼서이니."

'열흘 전.'

"그…… 그래서, 그래서 무슨 말을."

"예, 뭐, 몇 대 전에 하쿠조라는 이름의 스님이 실제로 계셨던 듯, 사전(寺傳)에도 기록되어 있다고 하더군요. 그분은 외다리 여우를 귀여워하셨던 모양인데, 그것이 그 이야기의 시초가 아니겠느냐, 그렇게 말씀하셨지요."

"그게 아니라, 저어……."

모모스케는 한층 더 의아스럽다는 표정을 지었다.

"예에, 이 외다리 여우란 말이죠, 대륙에 유사한 전승이 남아 있는데요, 박학다식한 외다리 늙은 너구리가……. 이쪽은 너구리지만요."

"그 얘기가 아니라."

심장이 쿵쾅거렸다.

"아니, 미안하오. 그, 그게 아니라, 내가 묻고 있는 것은, 저기……."

아아, 하고 모모스케는 손뼉을 쳤다.

"보탑사에 대해 물어보신 겁니까? 그 절은 먼 옛날에는 꽤 번성했던 듯한데, 아시는지 모르겠지만 지금은 주지스님 한 분만 있을 뿐, 아주 쓸쓸하더군요. 주지 스님은, 어어…… 아마도 하쿠겐 님…… 통칭 보현 화상. 보현보살의 환생이라는 말까지 듣고 있는 분입니다만. 으음, 혹시 아시는 사이인지요."

야사쿠는 고개를 숙이고 "좀……"이라고 대답했다. 모모스케의 얼굴빛이 조금 숙연해졌다.

"아니, 제가 말씀을 여쭈러 갔을 때만 해도 아주 정정하시고 활기가 넘치셨는데, 설마 그런 일이 벌어질 줄이야. 그렇지요, 지혜이 씨?"

지혜이는 부질없다는 듯 고개를 끄덕이더니 옆에 놓아두었던 쇠주전자를 들어 아까 그 사발에 물을 부었다.

"그런 일이라니, 급습 말입니까?"

"예에?"

모모스케는 입을 쩍 벌렸다.

"잡힌 것이겠지요, 화상은."

"돌아가셨는데요."

"사형? 아니, 그 자리에서 참수?"

"으음, 아무래도 이야기가 엇갈린 것 같군."

모모스케는 머리를 긁었다.

"저는요, 대륙의 전설과 보탑사의 이야기가 매우 비슷했기 때문에 꼭 소상히 알고 싶다고 말씀드렸습니다. 무슨 문서인가가 남아 있다고 하셔서 열람하기를 청했지요. 화상은 쾌히 승낙해주시면서 경장(經藏)이나 주고(廚庫)에서 찾아놓겠다셨고."

"그 화상이……."

'그럴 리가.'

"화상께서 사흘 후에 오라고 하셨는데, 그 후 사흘이 지나…… 그러니까, 음, 딱 엿새 전이었나요. 찾아갔더니, 불러도 외쳐도 나오시질 않는 겁니다. 들어가 보니 본당에서 돌아가셨더군요."

"엿새 전……."

"예, 전 정말 기절초풍하게 놀라서 엎어지고 구르다시피 급하게 이쪽으로 돌아와 지혜이 씨께 근처 마을 사람들에게 알려달라고 부탁했지요."

"본산이 어디인지 종지(宗旨)가 뭔지도 잘 몰라서 말이야. 장례 치르는 것도 고생이었지. 뭐, 이웃마을 절에서 스님을 불러 모양새만 대충."

'이조가 죽었다.'

아니, 그럴 리 없다. 어제인지 오늘인지 대관소가 급습에 들어가 아주 난리라고…….

'나는.'

"나는 대체……."

"나는 대체 며칠을 자고 있었던 거지?" 목이 깔깔하게 말라 목소리가 갈라졌다.

"왜 그러시는가? 얼굴이 몹시도 창백하군."

지헤이가 등을 쓸어주며 사발을 내민다. 야사쿠는 그것을 단숨에 비워내고서 그 여자, 산묘회 오긴이 했던 이야기를 두 사람에게 털어놓았다.

"그, 그 절에는 도적의 두목이 있어서……."

절이란 좋은 은신처가 되지.

"이 유메야마 근방을 지나는 나그네를……."

노상강도보다 더 악질.

"잡아선 죽이고……."

또 죽이고.

지헤이는 반쯤 어이가 없다는 듯 "어이구 자네, 진짜로 홀린 게로군" 하고 말했다. "그런 여자가 있을 리 없지. 그건 여우라고." 지헤이의 말이 멀리서 들리고 있다. 무슨 소리를 지껄이는 거야? 너희 둘이야말로 여우가 아닌가? 그렇지 않다고는…….

그리고 야사쿠는 서서히 정신을 잃었다.

3

짤랑.

요령 소리가 들린 듯한 느낌이었다.

어렴풋이 눈을 뜬다. 희다. 검다. 명료하지 않다.

들보가 없다. 천장이 훤하게. 하늘…… 하늘인가.

어떻게 된 거지? 여기는? 부드럽고 축축하다.

고개를 돌린다. 그 노인은? 젊은이는?

축축한 흙. 아아, 습한 냄새가.

녹색. 흰색. 빛. 풀고사리와 이슬.

"야사쿠, 야사쿠……"

누군가가 야사쿠를 부르고 있다. 아아, 스님.

풀고사리 너머에 승려가 있는 듯하다.

스님은 여우였군요.

하지만 난 스님을 죽이고 말았다.

여우처럼 망치로 때려죽이고 말았다.

"야사쿠, 야사쿠."

'아니다.'

야사쿠는 정신을 차렸다.

무덤이다. 이곳은 여우숲의 무덤이다.

저 치는 보현 화상이 아니다.

"두목……."

몸을 벌떡 일으킨다. 풀고사리 너머에 있는 덤불 뒤에 법의를 걸치고 석장을 짚은 거구의 노인이 서 있었다.

다기니파 이조다.

"도망쳤다고 생각했지."

"두목, 두목은."

난 왜 여기에 있는가.

"도와는 해치웠나."

'도와, 도와는.'

"주…… 죽였습니다."

"사실이냐!" 굵고 탁한 목소리가 숲에 울려 퍼졌다.

'나는…… 어째서 여기에 있는 것인가.'

"저, 정말입니다요. 내가……."

"내 눈은 청맹과니가 아니라고. 어이, 야사쿠. 인간사냥꾼 야사쿠라는 별명을 얻은 네놈이 고작 계집 하나 해치우는데 석 달이나 걸릴 턱이 없지 않나."

이조는 석장을 절그럭절그럭 울리며 야사쿠에게 다가왔다. 나무 사이로 꽂히는 햇살이 일렁일렁 점점이 얼굴에 쏟아져 내려, 그 면상은 일렁거리기만 할 뿐 도무지 명료하지가 않다. 그럼에도 그자가 이조라는 것은 틀림없었다. 아니, 틀림없는 것처럼 느껴졌다.

"있는 곳을…… 몰랐기 때문에."

"미리 짜둔 것 아니었나? 나중에 만나서 튀려고 작심했던 것 아니냐고."

"다, 당치도 않습니다. 저는 보시다시피 이렇게."

"흥. 도와는 네놈의 아이를 배고 있지 않았느냐. 그런데 네놈이 그 손으로 죽였다는 게냐?"

서방님은 소첩을…… 설마 소첩을.

소첩은 누구에게도, 아무 말도 아니 하였습니다.

살려주시어요. 목숨만은. 아이가, 아이가.

푸욱.

"죽였습니다."

내가, 내가 이 손으로.

"여우를 죽이는 것처럼 말이냐."

"여우를 죽이는 것처럼."

"어째서?"

"명하셨기에."

이조는 큰소리로 웃었다. 경멸하듯 뱃속 깊이 껄껄대며 웃었다.

야사쿠는 흙을 움켜쥐고 웃음소리를 가만히 참아냈다.

"흥. 좀 전에 위타천 마사가 달음질쳐서 알려왔다. 시나가와의 객사에서 동반자살자가 나왔다. 여자 쪽은 틀림없이 도와였다고 말이지."

"역시 제게…… 감시를……."

"네깟 놈 따위를 신뢰할 수 있겠나!"

이조는 호통을 치더니 석장으로 야사쿠를 후려쳤다.

야사쿠는 무덤에서 굴러 떨어진다.

"저는, 저는 두목의 명을 받드느라……."

"당연하지." 이조는 야사쿠에게 발길질을 계속했다.

"저는, 저는 이 손으로 자신의 아이까지 죽였습니다. 이 손으로."

손바닥을 본다. 더러워져 있다. 진흙과 마른 풀과.

'피.'

이 피는 내 아이의 피다.

"호호호, 그러니까, 어째서 죽였냐고 묻는 게다."

"두목이…… 명령을 내리셨으니."

"그 생각이 틀려먹었다는 이야기다."

야사쿠는 이어지는 거친 발길질에 몸을 웅크렸다.

"네놈이 도와를 처치하는 것은 응당 해야 할 일이었다고. 내가 명령하지 않았어도 말이다. 이봐, 야사쿠. 너, 두목의 여자와 정분이 났는데 그나마 목숨이 붙어 있는 것만도 다행이라고 생각하지 않나? 원래라면 말이지, 네놈의 목숨은 남아 있지 않을 판국이라

하쿠조스 | 113

고. 어디 내 계집과 통정만 했나. 들여앉힌 곳에서 계집이 내빼는 통에 일도 수포로 돌아갔지. 그래놓고도 뻔뻔스럽게 내가 있는 곳으로 와서 손을 씻겠다고 어이없는 소리나 주절대긴. 아이가 생겼습니다? 웃기고 자빠졌네."

야사쿠는 쥐어 짜내듯 목소리를 냈다.

"그건, 두……목."

"그 눈깔은 뭐냐? 그래, 도와는 원래 네놈의 여자였지. 허나 그건 네놈이 착실하게 살았을 때의 이야기 아니냐고. 너, 오 년 전에 무슨 일이 있었는지를 잊었냐! 네놈은 나한테 혼을 팔았어."

석장이 치켜 올라간다.

"여, 여자를 판 기억은 없습니다."

"멍청한 자식!" 쇠몽둥이가 등에 내리꽂혔다.

크윽, 하고 새어나가는 숨. 입 안에 씁쓸한 액이 고인다.

"축생 같은 짓이나 일삼는 극악무도 도적이 여염집 계집과 살림을 꾸려갈 수 있을 턱이 없지 않나. 나는 분명 이렇게 말했다. 이 일에 정은 걸림돌이다. 여자는 잘라라."

말했지! 말하지 않았나! 하며, 이조는 몇 번이고 야사쿠를 두들겨팼다.

"그, 그러니까, 저는 도와하고는 헤어졌습니다. 그런데 두목이…… 도, 도와를 염탐꾼으로 이용하다니……. 저는 몰랐습니다. 들은 바 없습니다요."

"네놈에게 일일이 보고를 올릴 이유가 없지. 무슨 상전이라도 되는 줄 아나? 그건 도와가 먼저 말을 꺼냈다고. 두목의 여자로 삼아주십시오, 하고 말이다. 뭐든지 할 테니 써달라고 그리 주둥이를 놀렸어. 그래서 써줬을 뿐이야. 그런데, 뭐? 웃기고 자빠져도 유분수지. 이미 갈라선 주제에 다시 정분이 나? 웃겨서 원. 누구 마음대로 손을 씻어, 이 등신 자식아!"

발길질에 턱을 채여 벌렁 나자빠졌다.

풀고사리의 이슬이 반짝반짝 빛나고 있었다.

숨쉬기가 힘들다.

'이건.'

꿈이 아닐까.

그러고 보니 왠지 주변이 일렁일렁 흔들리는 느낌이다. 나무 사이로 내리꽂히는 햇살인가. 나무들이 흔들리고, 저녁 해가 일렁이고.

'아니.'

모모스케는 말했다.

보탑사의 주지는 엿새 전에 죽었다고.

'아니.'

그것은 꿈이다. 허나.

오긴은 말했었다.

보탑사에 대관소의 급습이 있었다고.

그것도 꿈인가. 아니.

애당초 오 년 전의 그 일이 꿈이었던 것은 아닌가. 보현 화상은 있지도 않았던 것이다.

그것은 여우다. 그렇다면.

그것이 꿈이라면 이것도 꿈이다.

모두 여우가 보이는 환각이다.

야사쿠는 품에 손을 넣는다.

애당초 이조는 왜 이런 곳에 혼자 있는 것일까. 그 조심성 많은 이조가 호위 부하도 거느리지 않고 여우숲 같은 곳에 온다는 것은 이상하다.

야사쿠는 고개를 들었다.

하늘을 등지고 있는 이조의 면상은 그늘이 져서 잘 보이지 않았다. 이것은……

'이것은.'

애당초 이것은 오 년 전과 완전히 같은 광경이 아닌가.

야사쿠는 역시 여기에서 이렇게…….

아니, 애당초 이것은.

전설과 같은 것인가.

이것은 전부 속임수인 것이다.

나를 꾸짖기 위해 여우가…….

'이조는 이미 죽었다.'

지금 욕을 퍼부으며 발길질을 하고 있는 것은 여우다.

전부 속임수다. 여우가 둔갑한 것이다.

야사쿠는 품속에서 자신의 연장을 쥐었다.

이미 자신의 손처럼 길이 든 연장이다.

야사쿠가 잡은 여우의 생가죽이 비싸게 팔렸던 이유.

그것은 가죽에 흠이 없었기 때문.

총상도 칼자국도 없었다. 곰기름으로 조린 쥐를 미끼로.

생포한 여우는 모두 이 망치로……

야사쿠는 웅크렸다가 튕기듯 몸을 일으켰다. 지면에서 회전하듯 상대의 품으로 파고들어.

주춤하는 사이에.

미간에 일격.

아아. 그날과 똑같다.

피.

승려 차림의 사내는 천천히 뒤로 쓰러져 간다.

바람에 펄럭 부풀어 오르는 법의.

철그렁 하고 내동댕이쳐지는 석장.

풀썩 소리를 내며 먹빛 천이 펼쳐졌다.

야사쿠는 그대로 뒷걸음쳤고, 무덤에 닿자 그 비탈에 털썩 주저앉았다.

너무나 똑같다.

중은 똑바로 누운 채 이마에서 피를 흘리며 쓰러져 있다.

바로 앞에는 풀고사리가 빛나고 있다.

이 풍경에서 모든 것이 시작되었다.

오 년 전.

아무런 기별도 없이 찾아온 중이 비굴할 정도로 머리를 숙이며 여우를 죽이지 말아달라고 부탁하는 것이었다. 중은 생명의 존귀함을 설했고, 살생의 죄업을 이야기했다. 야사쿠는 귓등으로도 듣지 않았다. 야사쿠는 돈이 필요했기 때문이다. 도와하고 살림을 꾸릴 작정이었다.

그렇게 말하자 중은 얼마 안 되는 돈을 내밀었다.

무엇이든 하겠다고 했다. 하지만 그런 푼돈으로는 어림도 없다며 야사쿠는 그를 밀쳐냈다. 그럼에도 중은 집요했다. 뿌리치고 또 뿌리쳐도 따라와 매달렸다.

그리고 마지막에는 석장을 치켜들었다.

할(喝)! 그렇게 말했다.

반사적으로.

야사쿠는 망치로 중을 때려죽이고 있었다.

똑같은 광경이다.

그리고 그때······.

등 뒤의 사당 그늘에서 나온 것이 이조였다.

이거 참, 좋은 구경 했는데?

자, 이제 어찌할까.

도움 좀 받아볼까.

여우와 똑같다고.

이봐, 엽사.

엽사.

짤랑.

요령 소리.

야사쿠는 뒤돌아보았다.

'여우.'

사당 뒤로 뾰족한 귀가 엿보였다.

그럴 리 없다.

"누, 누구냐!"

낡아빠진 사당의 바로 뒤.

스윽. 하얀 무언가가 일어선다.

"웨, 웬 놈이냐!"

뾰족한 귀. 기다란 꼬리. 하얀 얼굴.

"여, 여우인가!"

물론 그것은 착각이었다. 행자두건의 목면 매듭이 짐승의 귀처럼 보였을 뿐이다. 뒤로 늘어뜨린 천 자락이 꼬리로 보였을 뿐이다. 매끈한 사내의 백면(白面)이 여우 낯짝으로 보였을 뿐이다. 단지 그뿐이다.

그것은 백장속의 사내였다.

가슴에 커다란 시주함을 받들고 있다.

'인간인 척하기는. 다시는 아니 속는다.'

야사쿠는 망치를 들었다.

"네 이놈! 여우! 여우로구나!"

사내는 어딘가 슬퍼 보이는 눈길로 야사쿠를, 그리고 아마도 야사쿠 뒤의 시신을 바라보았다.

"죽이고 말았나……."

"그래, 죽였다. 죽인 것이 어떻단 말이냐! 나는 사냥꾼이다. 여우를 죽이는 것에 아무런 망설임도 없다. 어디 덤벼봐라, 이 여우 놈아!"

그 말과 함께 야사쿠는 앞으로 나섰다.

"어허, 잠깐. 소생은 보시다시피 액막이, 귀신 쫓기, 흉살(凶煞) 풀이, 주술 부적을 뿌리고 다니는 걸식 어행사입니다요. 요괴나 마물 족속이라면 이러한 것은 가지고 있지도 않을 터인데."

사내는 가슴에 늘어뜨린 시주함에서 호부(護符)를 한 움큼 꺼내 뿌렸다. 종이는 팔락팔락 춤추다가 몇 장이 야사쿠의 발치로 떨어졌다.

야사쿠는 그것을 짓밟았다.

"시끄러워! 더는 안 속는다."

야사쿠는 소리쳤다.

"네놈은 여우가 틀림없어. 네놈뿐만이 아니야. 그 계집도, 그 늙은이도, 그 젊은 사내도, 아니, 이조도, 중도 모두 여우지. 전부 다 속임수라고. 그래, 나는 홀렸던 것이야. 오 년이란 세월은 흐르지도 않았을 테지. 모조리 거짓일 테지. 축생치고는 제법이야. 아주 치밀하게 일을 꾸몄군 그래!"

야사쿠는 망치를 치켜들었다.

사내…… 흰여우는 움직이지 않는다.

"과연 인간사냥꾼 야사쿠 씨로군. 참 대단한 몸놀림이오. 허나 소생을 해치울 수 있겠소이까?"

"흥! 배짱 좋군. 알았어. 이젠 알았어. 네놈들의 마음은 알았다고. 새끼를 남의 손에 잃었으니 견딜 수가 없겠지. 축생이라도 말이다. 새끼……."

눈물이.

"나는 새끼를 죽였어. 네놈들의 새끼를. 용서해주길 바라진 않겠다. 난 이미 수없이 죽여버렸으니까. 하지만 더 이상 살생은 않겠어. 그러니 술법을 풀어라. 지금 당장 풀어. 나는 이 땅을 떠나 도와하고 살겠다."

이제는 지긋지긋하다. 꿈이든 환상이든, 살인은 이제 싫다. 싫다, 싫다. 야사쿠는 지쳐 있었다. 어서 일상으로 돌아가고 싶은 것이다. 그러나 백장속은 가슴을 저미는 듯 몹시도 차분한 목소리로 또렷하게 말했다.

"도와 씨는…… 이미 이 세상에 없소이다."

이 여우, 아직도 엉터리 연극을 계속할 참인가.

"닥쳐! 속지 않는다고 했잖나!"

"속이는 것이 아니오. 도와 씨는……."

"이젠 알았으니, 허튼 연극은 집어치워!"

"당신이 그 손으로 죽였어."

"알았다고 했잖나!"

야사쿠는 망치를 집어던졌다.

"봐, 더 이상 여우는 죽이지 않아. 꿈이지? 꿈이라고 말해."
"꿈이 아니야."
"뭐라고?"
"오 년간…… 당신이 도적의 부하로 살았던 그 오 년이라는 세월은 사실이야."
"거짓말! 속지 않는다고!"
"회피하려 들지 마. 당신은 여우 도륙은 그만두었지만 그 대신 사람을 죽였어. 오 년이란 세월동안 수없이, 수없이. 그러다가 결국 자신의 아이까지……."
"그만! 그만, 그만!"
"금수가 만물의 영장인 인간을 속인다는 것은 있을 수 없는 일이야. 그저 가소로울 따름. 속는 것은 자신의 탓이지."
"아…… 악몽이다, 이건……."
"꿈이 아니야. 자신의 손을 봐!"
야사쿠는 손바닥을 본다.
아이의 피.
"아아아아아아악! 아아아아악! 아아아아아."
야사쿠는 무너져 내렸다. 거짓과 진실은 뒤섞이고, 흑과 백은 반전되었다. 사내는 손에 든 요령을 야사쿠의 코앞에 들이대고는, 짤랑, 하고 울렸다.

"어행봉위!"

야사쿠는 풀썩 무릎을 꿇었다.

"야사쿠, 당신이 보고 들은 것은 모두 진실이야. 당신은 자비심 많은 보현 화상을 죽였고, 죄 없는 나그네를 죽였고, 인가를 털 때는 서둘러야 하니 무수한 사람을 죽였고, 끝내는 자신을 연모하는 여자와 자신의 아이까지 해쳤지. 그 죄는 평생토록 지워질 리 없어. 아니, 있을지 없을지 모르지만, 내세에서도 짊어져야 하리만큼 무거운 것이겠지. 다만……."

"다만?"

"저 이조만은 여우다."

천천히 뒤돌아본다.

법의를 입은 도적이 쓰러져 있다.

백장속은 그 옆으로 다가가 짤랑, 하고 요령을 흔들었다.

"악행이 과했지, 늙은 여우."

풀고사리 잎사귀가 흔들려 이슬이 흩어졌다.

"허, 허나 그건…… 모, 모든 것이 진실이었다면 그놈도 여우일 리 없어. 그놈은 바로 내가, 이 손으로 방금……."

죽였던 것이다.

"보현 화상, 즉 다기니파 이조는 엿새 전에 죽었다. 젊은 사내는 그렇게 말했을 텐데? 그럼 그것으로 족하지 않은가?"

백장속은 그 말을 남긴 뒤 쭈그리고 앉아, 익숙한 손놀림으로 이조의 시체에서 법의를 고이 벗겨내었다.

"이 옷은 이런 금수가 입을 것이 아니지. 이것은 보현 화상의 옷…… 아니, 하쿠조스의 옷이니. 자, 야사쿠."

법의를 던진다.

"당신이 오늘부터 하쿠조스다. 그것을 입고서 머리를 깎고 보탑사로 가라. 그리고 죽을 때까지 자신이 해친 자들의 극락왕생을 빌어."

"보, 보탑사."

"아무도 없어. 모두 오라를 받았지."

"오라를……."

"어서 가라."

야사쿠는 법의를 움켜쥐고 꿈속인지 산속인지 갈피가 잡히지 않는 유메야마의 구절양장 황천길을 쏜살같은 달음질로 사라져 갔다.

4

 엽사의 모습이 완전히 사라진 후, 곰곰궁리 모모스케는 그제야 사당 뒤에서 나올 수 있었다.
 무덤 위에서 내려다보니, 잔머리 모사꾼 마타이치의 등 너머로 속옷 차림의 대머리 거한이 큰 대자로 쓰러져 있었다.
 "마타이치 씨."
 모모스케는 이름을 부르며 무덤을 뛰어 내려왔다.
 수풀 나무 뒤에서 산묘회 오긴과 이미 농부 차림새 분장을 말끔히 벗어 던진 신탁자 지헤이가 나타났다.
 "그 녀석, 괜찮을까? 마타."
 "괜찮을 거요."
 마타이치는 팔짱을 낀다.
 "야사쿠와 이 이조를 제외한 다기니파 일당은 어젯밤부터 오늘 아침에 걸친 급습으로 한 놈도 남김없이 잡혀갔거든."

지혜이는 마타이치의 말을 듣자 더 걱정스러운 얼굴로 엽사가 사라져간 방향을 바라보았다.

"그렇기는 하나 그 엽사도 패거리의 일원임은 틀림없잖나. 죄상도 가볍지 않지. 의리도 규율도 없고 축생 짓거리가 업인 무리라고. 놈들은 잡혀 들어가자마자 동료를 팔아치울걸. 그러지 않아도 문초는 가혹할 테지. 어렵게 피신했어도 원래 본거지였던 보탑사에 있어서야 언젠가는 알려질 거라고."

"무슨 말씀을. 그 녀석은 죽은 걸로 되어 있수다."

"오호, 어떤 묘수지?"

지혜이의 물음에 마타이치가 대답하기 전, 모모스케가 물었다.

"마타이치 씨, 이번에는, 저어, 어떤 줄거리로……. 이번 일은 대체 어떤 얼개로 짜여 있는 겁니까?"

모모스케는 아무 말도 듣지 못했던 것이다.

"아, 그게, 급하게 준비한 일이었는데." 마타이치는 그렇게 말하고 행자두건을 벗어 얼굴을 닦았다.

"궁리 선생께는 죄송하게 됐습니다. 갑작스레 가세하게 되어 무척이나 놀라셨을 테지요."

"그런 건 개의치 않습니다만."

모모스케가 그렇게 말하자, 마타이치는 평소와는 다르게 슬퍼 보이는 얼굴로 "뭐, 도와 씨한테 부탁 받아서 말이지요" 하고, 짧고 냉랭하게 대답했다.

"도와 씨라면…… 아까 그 엽사의 정혼자인지 저기 있는 이조의 여자인지 하는 여인 말입니까?"

"그렇다네." 이번에는 지헤이가 대답했다.

"그 사람은 참으로 딱하게 되고 말았지. 만일에 대비해 시나가와로 도주시켜 숨겨두기까지 했는데……."

"숨겼다?"

"음. 그 야사쿠라는 사내, 생각보다 고수였어. 눈 깜빡할 사이에 찾아내버렸지. 내가 들이닥쳤을 때, 도와 씨는 이미 제거되고 말았더라고."

"모르겠군요." 모모스케가 말했다. 맥락이 전혀 잡히질 않는다.

마타이치가 여전히 음울한 얼굴로 대답했다.

"그렇겠지요. 순서대로 이야기를 하자면, 오 년 전, 야사쿠는 이 숲에서 여우를 잡으며 살았습니다."

그것은 모모스케도 들었다.

"그러다가 저자에서 도와 씨를 알게 됐지요. 야사쿠는 살림을 차릴 심산이었던 듯합니다. 그래서 뭐, 더 열심히 여우를 잡았지요. 그러던 차에 보탑사 주지 하쿠겐이라는 덕망 높은 스님이 그를 설득하러 찾아온 겁니다. 선생도 아시다시피 보탑사는 거의 폐사 직전의 산사인데, 그 하쿠겐이란 스님은 진정 자비심이 많은 분이었던 모양이더군요. 그런데 어떻게 타일러도 야사쿠가 귓등으로조차 듣질 않으니 그 인자한 보현보살도 분노상으로 돌변, 대성일갈을 했던 것이었는데, 어쩌다……."

"죽여버린 것이야."

오긴이 말을 이었다.

"그 엽사, 죽일 마음은 없었겠지. 맞은 곳이 고약했든가 박힌 곳이 절묘했든가, 아마도 우연이었을 거라고. 하지만 불행한 우연이란 있는 법이거든. 마침 살인을 하는 그때, 방금 선생이 숨었던 그 사당 뒤에……."

오긴은 쓰러져 있는 이조의 시신을 내려다보았다.

"이 인간이 있었던 거야."

모모스케는 시신을 보았다.

다기니파 이조. 악귀나찰처럼 잔학무도한 소업으로 천하에 알려진 대악당. 도적단의 두목이라고 한다. 그러나 쓰러져 있는 이는 요괴도 왕구렁이도 아닐 뿐더러, 죽고 나서 꼬리가 드러난 것도 아니었다. 죽은 자는 딱히 꼬집을만한 점도 없는 평범한 대머리 노인이었다.

마타이치는 이조의 얼굴을 반쯤 들여다보며 말했다.

"이 치는, 선생, 도적 중에서도 가장 밑바닥으로 알려진 종자요. 범하고 죽이는 축생 짓거리로 같은 도적 무리들도 꺼리고 있었지. 그런데 교토 지방에서 온갖 패악을 떨치고 다니다가 마침내 있을 수 없게 되자 에도까지 흘러 들어와선 닥치는 대로 살인을 저질렀고, 결국 에도에서도 위태로운 처지에 빠져 이런 고후 구석까지 굴러들었던 거요. 이 치는 우연히 야사쿠의 살인을 보았고, 그걸 빌미로 야사쿠를 협박했소. 그만큼 궁했던 거지. 그런데……."

"이 인면수심이 용한 생각을 떠올렸어." 지헤이가 말했다. 모모스케는 이해가 잘 되지 않았다.

"살인을 못 본 걸로 할 테니 수하가 되어라. 그렇게?"

"그렇게 단순한 게 아니야." 지헤이는 화가 난 듯 말했다.

"뭐, 알기 쉽게 말하자면 그렇기는 한데, 일단 이 자식은 악행에 관한 한은 비상하게 냄새를 잘 맡거든. 이 자식은 아마도 야사쿠라는 사냥꾼이 상당한 명수라는 것을, 아니, 그보다 야사쿠가 살인자로서 천부적 재능을 가졌다는 점을 한눈에 간파했던 거지."

살인에 과연 재능의 유무가 있는 것일까.

있다고 한다면 그것은 기술이 아니리라.

모모스케는 생각을 멈추었다.

지헤이가 말을 이었다.

"그뿐 아니라 이 악당은 살해당한 분, 죽은 스님에게도 눈독을 들였어."

"눈독을 들이다니?"

"자신이 그 스님으로 변신할 생각을 한 거야."

"아아, 그렇군요. 하지만 그리 잘 풀릴까요?"

도적뿐 아니라, 그 누구든 승적에 없는 자가 쉽사리 승려로 변신할 수 있을까.

모모스케가 그 말을 꺼내자 마타이치는 쓰게 웃었다. 그리고 "그야 경우에 따라 달라집죠" 하고 대답했다.

"세상 사람들과 왕래가 많은 자로 둔갑하려고 하면, 그야 스님이 아니더라도 어렵지요. 반대로, 스님이든 의사든 왕래가 없다면 변신이야 간단한 일. 그 무렵 보탑사에는 사미승이 몇 명 있었던 모양인데, 그 행방을 알 수가 없습니다. 무참하게도 전부 죽였다, 아니, 야사쿠에게 죽이라고 시켰을 테지요. 더구나 그렇게 외딴 절이라 단가(檀家)라고 해봐야 몇 되지도 않을 테니, 가볍게 속일 수 있다고 본 겁니다. 이조는 마을에서 떨어진 보탑사를 도적굴로 만들고 흩어져 있던 수하들을 서서히 끌어 모아 다시 일을 시작하려고 꾸몄던 거지요."

오긴이 말을 이었다.

"그러자면 말이야, 뭐, 우선 필요한 게 있겠지? 그래서 이 인면수심은 야사쿠 씨에게 노상강도질을 시켜 금전을 모은 다음 측근 수하에게 나누어주었어. 악랄한 흉계가 시작된 거지."

"야사쿠 씨는…… 약점을 잡혔다곤 해도, 왜 그런 일을 감수한 겁니까?"

다른 무엇도 아닌 살인이다.

여간해선 할 수 없으리라고 모모스케는 생각한다.

그것이 살인의 재능이라는 것일까.

'그런 재능 따위가 있을까.'

지혜이가 대답했다.

"그 녀석은 뭔가 업고(業苦)에 짓눌려버린 것일 테지. 인면수심의 변설이야 간단했을 터. 한 명 죽이나 두 명 죽이나 마찬가지다,

열이든 백이든 마찬가지라고 그렇게 말했을걸? 자포자기했는지 어쨌는지, 이 년쯤 만에 야사쿠는 어엿한 살수(殺手)가 되었어. 인간사냥꾼 야사쿠란 이름은 에도에까지 퍼졌다고."

"살수? 노상강도가 아니라?"

"뿔뿔이 흩어진 도적 무리를 끌어 모으려면 돈도 필요하지만 힘도 필요해. 다기니파 이조를 배신하는 녀석은 누구든 목숨이 사라진다, 하고 위압감을 줄 필요가 있었던 거지. 한마디로 야사쿠는 숙청을 위한 도구로 이용된 게야."

"그럼……."

오긴은 이조를 노려본 후 쭈그리고 앉더니 "도와 씨만 가엽게 됐지" 하고 말했다.

"완전히 변모해버린 야사쿠 씨를 어떻게든 구하려고 이리저리 알아보아 보탑사를 찾아낸 것까진 좋았는데, 오히려 수렁에 빠지고 말았어."

"하지만 오긴 씨, 이 이조는 아까 도와 씨가 스스로 접근한 것처럼 말을……."

"꼼짝없이 능욕당하고 시키는 대로……. 뻔한 이야기 아닌가. 이 치 같은 인면수심에게는 제 발로 찾아오는 여자는 모조리 자신의 여자라고."

오긴은 흥, 하고 모모스케에게 콧방귀를 뀌며 내뱉듯이 말했다.

"결국 도와 씨는 첩적(諜賊)이 되고 말았어. 그러나 야사쿠에 대한 마음을 지우기 어려워 부자연스러운 모양새로 재결합을 했지만 이조가 가만 있을 리 없지."

"그래서 이번에……."

"예." 마타이치가 고개를 끄덕였다.

"아기가 들어선 겁니다. 자신의 처지를 곱씹어보아도, 야사쿠의 안위를 헤아려보아도, 나아가 뱃속의 아이를 생각해보아도, 더는 도저히 견뎌낼 수가 없었겠지요. 도와 씨는 모든 게 다 지긋지긋해져서 모습을 감추었습니다. 잠적이야 했지만 남은 야사쿠를 생각하면 안절부절못할 수밖에요. 자신만 살아남은들 행복할 리 없잖습니까. 야사쿠에게 어떠한 제재가 가해질지, 그 생각만 하면 미쳐버릴 것만 같아서, 그래서……."

"잔머리 모사꾼에게 부탁을 한 겁니까."

"하지만 한발 늦었지요." 마타이치는 분한 듯 말했다.

"소생도 이조가 야사쿠를 직접 자객으로 보낼 줄은 몰랐습니다. 야사쿠 쪽도 설마 도와 씨를 제거하라는 명을 받아들이리라고는 예상하지 못했어요. ……야사쿠의 어둠은 생각보다 훨씬 더 깊었다는 얘기지요."

"맨 처음에는 야사쿠를 제외하고 일당을 일망타진할 심산이었다고. 그래서 우선 다기니파 일당에 가짜 회장(回章)을 돌렸지. 놈들이 있는 곳은 도와 씨가 야사쿠한테서 미리 캐내두었거든."

"가짜 회장?"

"예. 사흘 전에 두목 이조가 급사했다. 훔쳐서 모아둔 돈은 보탑사에 있다, 하고 풍을 쳤지요. 그렇다면 빠른 놈이 임자. 욕심에 눈이 먼 놈들이 앞 다투어 꼬여들 것이라고 본 것이지요. 뭐, 예상은 적중해서, 남은 것은 이조를 밖으로 꼬여내 절을 비우게 하고 대관소에 물밑공작만 좀 하면 끝날 판이었건만."

"안 그렇소?" 마타이치는 지헤이를 보았다.

"음. 딱 그 참에 일이 틀어진 게야. 좀 전에도 말했다시피 도와 씨가 납치되는 통에 말이지. 게다가 이튿날, 웬 사내와 팔을 꼭 동여맨 채로 해변에서 발견됐지 뭔가."

"위장……정사입니까."

"녀석들은 철두철미하니까요." 마타이치가 말한다.

"도와 씨의 시신을 봤을 때는 소생 마타이치도 조금 당황했습죠. 허나 소생도 미륵삼천(彌勒三千)의 잔머리 모사꾼. 가만있을 쏘냐. 그래서 역으로 한 방 먹였습니다. 소생, 야사쿠의 감시로 붙은 마사키치라는 똘마니를 속여줬지요."

"어떻게 속였나? 뭐라고 구워삶았나, 잔머리?" 지헤이가 마타이치를 닦달했다.

"그건…… 물가에서 발견된 동반자살자가 야사쿠와 도와 씨라고, 그렇게 믿도록 만들었지."

"오호라. 그래서 야사쿠는 죽은 것으로……."

"맞수다. 마사키치는 곧장 보고하러 나섰는데, 그 정보를 즉시 찔렀소. 시나가와를 벗어나기 전에 체포됐으니 지금쯤 한창 문초를 받고 있을 테지. 일당에 대해 미주알고주알 다 토해내고 있을 게 틀림없어. 인간사냥꾼 야사쿠는 죽었다. 그렇게 아뢰고 있을 거요."

"그럼 이…… 이조가 받은 급보라는 것도?"

"이쪽에서 준비한 가짜입죠. 어젯밤, 도와는 야사쿠가 잡았사옵니다. 오늘 아침 즈음 자진한 남녀가 실려간 고로 똑똑히 확인했나이다. 다만, 도와가 그쪽에 발고(發告)한 낌새가 있으므로 추적자가 붙을 우려가 있는 듯. 소상한 것은 야사쿠에게 일임하였으니 여우숲으로 나오시길 바라며……."

"오호."

"이쪽도 급하게 계획을 수정했습죠. 일 분만 어긋나도 산통 다 깨어질 줄타기라. 일당 중 한 명이라도 이조나 야사쿠와 맞닥뜨려 버리면 여태껏 애쓴 게 모조리 허사가 되고, 작업을 펼치기 전에 야사쿠가 이조를 만나도 끝장이었으니까요."

"그래서 마타 씨는 이조에게 매달려 있었고, 내가 야사쿠에게 철썩 붙어 있었지. 그 나리…… 얼마나 발이 빠른지, 내로라하는 이 오긴 누님도 속이 새까맣게 타버렸어. 제 발로 이 숲에 들어와 줬으니 망정이지, 곧장 절로 갔다고 생각하면 진땀이 바짝 난다니까."

그렇게 말하고서 오긴은 다리를 주물렀다.

언제나 그렇듯, 모모스케는 이 소악당들의 기막힌 솜씨에 감탄하고 말았다. 모모스케야 지헤이의 부름으로 오기는 했으나 결국 사정도 모른 채 시키는 대로 작은 거짓말을 했을 뿐, 나중에는 가만히 있기만 했다.

보탑사의 주지를 만났다는 것만 지어낸 이야기이고, 하쿠조스 전승 자체는 정말로 예전에 이 근처에서 들었던 설화를 적어두었던 것이다.

모모스케의 움직임쯤, 이 패거리는 훤히 내다보고 있는 것이다.

모모스케는 복잡한 심경으로 도적의 송장을 내려다보았다.

악당은 풀이슬에 젖은 채, 완전히 숨이 끊어져 있었다.

모모스케는 야사쿠의 마음을 생각한다.

도저히.

도저히 알 수가 없었다.

"마타이치 씨."

송장의 얼굴에 눈길을 둔 채, 모모스케는 물었다.

"당신은 야사쿠 씨가 여기에서 이조를 죽일 것도 내다보신 겁니까."

그러기 위한 작업이었던 것인가.

모모스케는 고개를 들어 마타이치를 본다.

"그런 겁니까? 야사쿠 씨가, 야사쿠 씨의 손으로 이조를 처치하도록 하기 위해서?"

"그건……."

마타이치는 거기에서 말을 끊었다.

"선생, 그건 아닙니다."

"뭐가 아니라는 거지요?"

모모스케는 몹시도 슬퍼졌다.

그리고 다시 물었다.

"이 작업에 달리 어떤 결말이 있었다는 겁니까. 야사쿠 씨는 이제 구원을 받은 겁니까?"

'야사쿠는 앞으로.'

'어떤 마음으로.'

마타이치는 답하지 않고 풀고사리 잎을 쳤다.

그 대신 지헤이가 대답했다.

"선생, 이 이조도 야사쿠도 이미 돌이킬 수 없는 지경까지 와 있었어. 시키는 대로 살인을 계속할 바에야, 진심으로 싫다면······ 이조 한 명만 없애면 그만인 일이잖나. 야사쿠만한 솜씨에 해치우려고 마음먹으면 언제든 해치울 수 있었을 거라고. 허나 그 녀석은 이렇게 될 때까지 이조를 죽이지 않았어. 그건 어째서이지?"

어째서냐며, 지헤이는 모모스케를 재촉했다.

그 물음에 모모스케는 대답할 수 없었다.

지헤이는 죽은 이조를 흘깃 보고서 분하다는 듯 말했다.

"야사쿠가 이 사내를 책망할 수 있을까. 명령이야 이 인간이 내렸다지만, 도와 씨를 찌른 것은 자신이라고. 태어나지도 않은 아이를 보낸 건 야사쿠의 손이지. 어떤 변명이 통하겠어?"

'그건.'

"그러니······ 이 이조는, 여기 뒈져 있는 악당은 야사쿠 자신인 게야. 자신의 아이를 가진 여자까지 죽여 놓고서 명령이었기에 실행했다는 말은 변명조차 되지 못할 거라고. 그러니 이러지도 저러지도 못할 처지지. 선생 말대로 이 인간이 죽든가 야사쿠가 죽는 길 말고는 끝을 낼 방법이 없는 것이야. 우리는 피비린내를 좋아하지 않지만, 이건 어쩔 도리가 없어. 야사쿠가 도와 씨를 해치고 만 단계에서 우리는 이미 패한 거지."

그렇다면.

"그렇다면 이건, 이 일의 의도는 일종의 보복인 겁니까? 아니면 본보기입니까? 아니, 당사자끼리 죽고 죽이도록, 천심(天心)을 대신하여 내리는 처형입니까? 물론 이 이조도 야사쿠 씨도 오라를 받으면 책형과 효수는 틀림없습니다. 여기서 죽지 않아도 언젠가 관헌에서 심판을 내렸을 테지요. 그러니……."

"그건 오해인뎁쇼." 마타이치가 말했다.

"우리는 관헌의 개도 아니고 의적도 아니지요. 사람을 심판한다든가, 악을 벌한다는 대의명분과는 연이 없으니까요. 악당이니 죽어도 된다는 별 시답잖은 핑계거리도 우리와는 상관이 없습죠."

거기서 마타이치는 말을 끊었다.

"심판이라니, 어이가 없어서 웃음만 나오지 않소. 아니 그렇습니까, 선생?"

마타이치는 유메야마를 우러르듯 천천히 고개를 치켜들었다.

그런 후 슬프군, 하고 말했다.

그리고 모모스케를 보며 슬프지 않습니까, 하고 확답을 받듯 거듭 말했다.

모모스케도 산을 본다.

산속인지 꿈속인지 몹시도 몽롱하고 모호해, 모모스케는 피안을 감득한다.

"아무래도 살아가는 것이나 죽는 것이나 이 산 앞에선 그리 다를 바가 없는 듯하군요. 그 사내는 이 산에서 여우로, 하쿠조스로 둔갑한 겁니다."

마타이치는 그렇게 말했다.

한순간, 풀고사리가 흔들렸다. 물방울이 떨어졌다.

여우 한 마리가 숲속으로 사라졌다.

"듣고 있었군."

오긴이 말했다.

"저 여우……"

"시끄럽고 멍청한 녀석들이라고 생각했겠네." 오긴은 누구에게랄 것도 없이 그렇게 말하더니 등을 휙 돌렸다. 그리고 "이제 어쩔 거지?" 하고 말했다.

"이 인간은 이 무덤에나 묻을까."

"이놈도 한때는 하쿠조스였으니. 고작 오 년밖에 버티지 못했지만……"

지헤이는 미적미적 일어섰다.

모모스케는 물었다.

"야사쿠 씨는 하쿠조스가 될 수 있을까요?"

"도적이 오 년, 여우가 오십 년을 스님으로 지냈소. 야사쿠도 지낼 수 있겠지."
 마타이치는 그렇게 말하고서 요령을 흔들었다.

마이쿠비

세 노름꾼, 승부 중에 다투다

일이 생겨 관아로 끌려가

사형을 받았는데

송장을 바다로 떠내려 보내자

세 목이 한곳에 모여

입에서 불길을 뿜으며

사납게 다투기를

밤낮 그치지 않았다

繪本百物語・桃山人夜話/卷第五・第四十四

1

이즈 지방에 도모에가후치라는 깊은 못이 있다.

깊은 산속, 차고 맑은 물이 솟는 수원과 가까운데도 불구하고 수면은 도저히 잔잔하다고 하기 어려우며, 일렁일렁 파도가 일고 굼실굼실 소용돌이가 쳐서 짐승뿐 아니라 나는 새마저 집어삼킬 것 같았다.

못의 한가운데에는 지옥으로 통하는 구멍이 있다는 소문도 파다했다.

산면(山面)의 적토가 녹아든 불그스름한 물줄기와 거무튀튀하게 묵은 빗물, 맑고 투명한 샘물이 서로 섞이는 일 없이 못의 중심을 향해 소용돌이쳐, 그야말로 세 마리 올챙이가 꼬리에 꼬리를 문 듯한 문양처럼 보이는 까닭에 도모에가후치라고 부르는 것이다.

물론 사람의 왕래가 없는 장소이다.

그 도모에가후치 기슭에 조촐하게 판자지붕을 인 오두막이 있다.

　누가 언제 무슨 까닭으로 세웠는지는 아무도 모른다.

　언제부터인가 그 오두막에 귀호(鬼虎) 아쿠고로라는 개망나니가 눌러앉아 마을사람들을 위협하고 있었다.

　이 아쿠고로라는 사내, 화승총을 들면 폴짝거리는 토끼의 붉은 눈을 명중시키고 활을 들면 하늘을 노니는 매마저 쏘아 맞힌다는 천하무쌍의 솜씨에, 월등한 과인지력으로 사람의 키만한 바윗돌을 가벼이 움직이고 산도(山刀) 한 자루로 거목을 넘어뜨린다는 등, 그 평판이 먼 고을까지 들릴 정도였다.

　용모도 그 별명처럼 악귀인지 범인시 모를 흉악한 면상으로, 키만 그리 크지 않을 뿐 억센 털로 뒤덮인 두툼한 살은 돌처럼 단단해, 설령 허를 노려 칼부림으로 덤벼본들 무딘 날로는 어림 반푼어치도 없으리라는 소문까지 파다했다.

　사냥꾼인지 나무꾼인지 모를 풍채로 산적이었다거나 강도단의 두목이었다거나 하는 소문이 돌고 있었지만 실은 아무도 모르며, 과연 무엇으로 먹고사는지 술을 몹시 좋아해 연중 내내 말술을 퍼마시고 한 달에 몇 번쯤 마을로 내려와 노름을 하고 닥치는 대로 여자를 탐했다.

　무시무시한 사내이긴 했으나 도박장에서의 아쿠고로는 입이 험한 노름꾼들에 비하면 훨씬 과묵하여, 이기면 좋아하고 지면 시무룩해질 뿐 취해서 주정을 늘어놓는 일도 없고 난동을 피우거나 억지를 부리는 적도 없이 참으로 깔끔하게 놀았다. 어디서 나는지 돈 하나는 넉넉했는데, 그런 까닭에 무언가를 담보로 패를 쥐는 일도 없이 그저 있는 돈을 다 털어 놓고, 가진 돈이 떨어지면 물러갔다. 어떠한 때라도 노름만은 끊을 수가 없다는 말을 입에 달고 다녔다고 한다.

돈푼이나 딴 날은 술 한 말을 사서 어깨에 메고 산으로 돌아갔다. 주가(酒家)에서도 딱히 난동은 부리지 않았으며, 돈이 모자라는 날에는 가진 만큼만 샀고, 술값을 떼먹는 일도 없었다고 한다.

문제는 여자였다.

아쿠고로의 엽색(獵色)은 심상치가 않았다.

처음에는 밥 시중을 드는 창부를 사곤 했었던 모양이다. 그러나 얼마 못 가 그것으로는 성에 차지 않게 된 듯, 아쿠고로는 여행하는 아낙을 채어 겁탈하기 시작했다. 그러더니 이윽고 마을의 처녀들도 노리기 시작한 것이다.

마음에 드는 처녀가 있다 싶으면 때와 장소를 가리지 않고 힘으로 윽박질러 납치해, 자신의 오두막으로 데려가서 질리도록 능욕하는 것이다.

납치된 처녀는 대부분 사흘쯤 지나면 돌아왔으나, 돌아오지 않는 자도 있고, 돌아온 처녀도 거의 만신창이에 숨도 끊어질 듯 말 듯, 정신을 놓았거나 눈이 멀어 있기도 했다. 때문에 돌아왔다 한들 대부분의 처녀는 며칠을 버티지 못하고 결국 목을 매거나 몸을 던져 세상을 뜨고 마는 것이다.

내놔라 돌려달라 하며 들이닥친들 아무 소용도 없다. 도모에가후치의 오두막 앞에는 산도를 든 아쿠고로가 핏발 선 눈으로 으르렁대며 바윗돌처럼 버티고 서 있다고 한다.

그러할 때의 귀호는 도박장에서와는 딴판인 흉포한 모습으로, 자신의 음기(淫氣)가 다할 때까지 처녀에겐 손가락 하나 대지 못한다며 염라대왕도 벌벌 떨 만큼 험악하게 굴어 이야기는커녕 접근조차 할 수 없는 처지. 열이 덤비든 스물이 덤비든 도저히 감당을 할 수가 없다. 대들려고 하다가는 다리가 분질러지고 팔이 뽑히는 참상을 당한다.

진정 악귀나찰의 행태이나, 그토록 강하니 어쩔 도리가 없다. 이미 저항하는 이조차 하나 없으니 나이 잔 저자가 있는 집은 귀호가 산에서 내려온다는 소식을 들으면 대낮이든 아침이든 덧문을 내린 채 떨고만 있을 뿐이었다.

귀호의 독이빨에 희생된 처녀의 수는 근 일 년 만에 열 명은 족히 되었다. 처녀를 빼앗긴 집안은 통곡하고 분통을 터뜨리다 못해 몇 번이고 거듭거듭 귀호를 처벌해달라고 관아에 소를 올렸으나, 어찌 된 까닭인지 전혀 해결될 기미가 없다. 대관소가 변변치 못한 건지 귀호가 너무 강한 건지, 벌을 내리기는커녕 잡는 것조차 못하고 있는 양상. 아무리 강하다고 해도 상대는 한 명이니 포리(捕吏) 스무 명만 나서준다면 어쨌거나 끝장을 볼 수 있을 것이라고 누구나 생각은 하지만, 유감스럽게도 그곳은 두메산골. 일손이 없다는 둥 노련한 자가 없다는 둥, 해가 뜨나 지나 변명뿐. 이제 신령님이나 부처님께 매달릴 수밖에 다른 길이 없다며 마을 사람들은 조석으로 귀호에게 천벌이 내리도록 기도하고 불벌(佛罰)이 떨어지기를 기원했으나, 빌고 염원해도 영험이 나타날 낌새는 전혀 없었다.

그 결과, 귀호는 무고하고 아까운 처자들을 몇이나 납치해 능욕하고 죽음에 이르게 해놓고서도 당당하게 활개 치며 큰길을 돌아다니게 된 것이다.

그 아쿠고로가 거의 한 달 만에 산에서 내려온 것은 이틀 전쯤의 일이었다.

그때의 아쿠고로는 험악스러웠다.

심기가 언짢다는 것은 낯빛을 보면 한눈에 알 수 있었다.

철사 같은 수염으로 덮여 푸들거리는 뺨, 탁하게 핏발이 선 눈, 부푼 콧방울, 술 냄새가 풍기는 거친 콧김은 흡사 천리를 달려온 말처럼 사나웠다.

마을 사람들은 마른침을 삼키며 기이하게 생긴 산사람이 자신의 집 앞을 지나는 것을 덧문 틈새로 지켜보았다. 아무 일 없이 지나간 다음에는 큰 한숨소리가 연이어 새어나왔다.

그날 아쿠고로는 곧바로 도박장으로 향했다.

그리고 별스럽게도 말썽을 일으킨 것이다.

처음에는 묵묵히 놀았으나 영 꼬이기만 했다.

걸고 또 걸어도 기대에 어긋나는 것이다.

반각쯤 지나자 귀호의 면상은 점점 더 흉악해졌고, 내리 잃기만 했으므로 마침내 품속의 돈도 바닥이 났다. 평소라면 거기서 일어섰을 터인데, 무슨 까닭인지 그날따라 귀호는 추접스럽게 사기를 쳤다고 고래고래 소리를 치며 객 한 명을 붙잡고 트집을 잡기 시작한 것이다.

트집을 잡힌 자는 이하치라는 건달이었는데, 이 이하치는 소악당 주제에 위세만큼은 거했으므로 하필이면 미쳐 날뛰는 귀호에게 대들었다. 아쿠고로가 평소 도박장에선 온순했으므로 얕잡아 본 까닭에 저지른 우행이기는 하겠으나, 그렇다손 치더라도 한참이나 자신의 분수를 모른 것이다.

"닥쳐라, 이 산원숭이! 악귀인지 범인지는 몰라도 네놈이 홀짝 노름 하려면 백년은 멀었다!" 하고 기세 좋게 퍼부은 것까지는 좋았으나, 치켜든 이하치의 팔은 올라간 채로 다시는 내려지지 못했다.

팔은 데굴데굴 굴렀다.

이하치의 오른팔은 아쿠고로의 산도에 문자 그대로 일도양단, 어깨부터 절단된 것이었다.

홀이고 짝이고, 도박장은 시뻘겋게 물들었다.

이 도박장을 거머쥐고 있는 자는 흑달마 고산타라는 시골 협객으로, 이 인물 역시 웬만한 수는 먹히지 않는 악당이었다.

그 흑달마가 느긋하게 계집의 무릎을 베고 술을 홀짝이고 있던 차에 귀호 광란의 소식을 받았다. 강자를 꺾어 약자를 돕는 것이 협객이 협객인 이유……라고는 하나, 그것은 허울 좋은 이야기.

이 달마, 부하들의 수도 많으며 한 번에 열다섯은 죽일 수 있는 실력이라고 평판이 자자한 괴물이었으나, 호쾌한 소문에 비하면 인색한 자로서 남의 고통은 나 몰라라 하는 주제에 자신의 것이라면 먼지 한 톨도 아까워하는 수전노였다. 이날 이때껏 귀호의 악행삼매에 여염 사람들이 아무리 눈물을 흘려도, 설사 악귀이든 뱀이든 도박장의 상객(上客)임은 틀림없지 않느냐고 주절대며 꿈쩍도 하지 않았다고 하니, 오히려 협객 망신이나 시키는 비열한 사이비인 것이다.

참으로 이기적인 사내인 만큼 자신의 도박장이 어지럽혀졌다는 말을 듣자마자 머리 꼭대기까지 피가 거꾸로 솟아 똘마니들을 모을 수 있는 만큼 긁어모아 다급히 달려갔다.

폭도와 사이비 협객이 마침내 맞붙은 것이다.

큰 혼란이 벌어졌다.

귀호는 기다란 막대기를 치켜들고 덤비는 노름꾼 무리에 맞서서 도박장의 기둥을 베어 넘어뜨린 후 그것을 휘두르며 날뛰었다고 하니 예사 다툼이 아니었다.

귀호는 강했다.

그러나 아무리 강할지라도 중과부적에 형세불리라고 판단했는지, 또는 소란이 계속되면 아무리 얼간이 관리라도 방관하지는 않으리라고 생각했는지, 치고받는 맹렬한 대격전 끝에 아쿠고로는 물러났다.

'그까짓 귀호, 강하다고 해본들 결국은 산원숭이. 이 흑달마 대두목께 겁을 집어먹었나', 하며 고산타는 큰소리를 뻥뻥 쳤다고 한다.

　관리도 잡아들이지 못하는 대폭한을 내쫓은 것은 분명한 사실이므로 기꺼이 상찬하지 못할 바도 없겠으나, 쉰 명 남짓 있었던 흑달마의 부하들 가운데 반수는 운신을 할 수 없을 만큼 뜨끔한 맛을 보았다고 하니 역시 가공할 귀호라 해야 할 것이다.

　소식을 전해들은 관리가 졸개 스물셋을 거느리고 꾸무럭꾸무럭 도착한 것은 소동이 진정되고서 일각이나 지난 후의 일로, 그때는 이미 아쿠고로의 모습 따위는 흔적도 없었고, 도박장은 원래의 형태를 알 수 없을 만큼 완전히 작살났으며, 죽은 자만 없었을 뿐 사방 천지에 손가락이며 살점이 흩어져 있어 처참하기 이를 데 없는 참상이었다고 한다.

　아무리 쫓아냈다고 기뻐해 본들 이래서야 도무지 이겼다고 할 수가 없다. 도박장은 부서지고 부하는 깨졌으니 고스란히 손해일 따름. 아무리 흥분한 악당이라고 해도 그 정도 이치는 깨달았던 모양이다.

　고산타도 한순간은 이겼다고 기뻐했으나, 곧 그 혈기 등등하고 너부데데한 얼굴을 붉히고 발까지 구르며 분통을 터뜨렸다.

　이대로 내버려두어선 흑달마 일가의 체면이 서지 않는다, 말단 관리 따위에게 맡겨둘 수는 없다며 남은 수하들을 긁어모아 그 주변을 샅샅이 뒤졌으나, 하늘로 솟았는지 땅으로 꺼졌는지 아쿠고로의 행방은 묘연했다고 한다.

　그리고…….

2

"그것이…… 그제 밤인가."

흐릿한 사내 그림자가 불쑥 내뱉었다.

어스름녘, 도모에가후치 기슭의 덤불 속이다.

"그 후, 그 귀호인가 하는 발칙한 놈은 야음을 틈타 하필이면 영감, 바로 당신의 가게에 들이닥쳤다, 그런 얘기로군?"

그 물음에 또 다른 그림자는 예에, 하고 대답하며 흡사 떡이라도 치듯 몸을 굽실거렸다.

물은 쪽은 평상복을 입은 낭인 풍모의 사내이고, 대답한 쪽은 앞치마를 둘러 장사치로 보이는 왜소한 노인이다. 두 사람은 좀 전부터 덤불 뒤에서 오두막의 상황을 살피고 있다.

"그리고 꼬박 하루를 죽치고 있었다는 건가."

낭인은 그렇게 물으며 박명(薄明) 속에서 적송 가지 너머로 노인의 모습을 확인했다.

노인은 거듭 거듭 고개를 끄덕였다.

"사, 살아 있다는 느낌이 아니 들었습죠."

아직도 떨림이 멈추지 않는 모양이다. 노인은 이가 따닥따닥 울리도록 떨었다.

"범에게는 고기라도 내놓았나."

"무, 무슨 농담을. 그, 그건."

"알고 있다. 그래서 그 범은 실컷 먹고 마신 끝에 있는 돈을 전부 빼앗고 손녀딸까지 끌고서 해가 지기도 전에 저 오두막으로 다시 돌아왔단 말이지."

"그, 그렇습니다요."

흥, 하고 낭인은 콧소리를 냈다.

"그것이 사실이라면…… 영감, 당신은 용케도 목숨을 건졌군. 듣자하니 그놈은 노름꾼 오십을 상대하면서 상처 하나 입지 않은 괴물이라고 하던데."

"예, 예에. 무익한 살생은 하지 않는다던가."

"흥! 살생에 무익이고 자시고가 어디 있나. 역겨운 소리를 토하는 놈이군."

낭인은 콧마루에 주름을 잡았다.

이 사내, 순슈(駿州) 낭인 이시카와 마타주로(又重郎)…… 또 다른 이름은 참수인 마타시게(又重)라고 한다.

그 이름대로 사람 베기를 생업으로 삼은 무뢰한 검객이다. 검객이라고는 하나, 마타주로의 경우에는 베는 상대가 누구이더라도 상관이 없으니 그저 단순한 살인자라고 하는 편이 나을지도 모른다. 여자와 아이라도 청을 받으면 벤다. 마타주로는 좌우지간 사람만 벨 수 있다면 족한, 그런 사내였다.

아무런 주저도 없다.

지난 달 스루가에서 두 사람을 베고 도주해 이즈에 잠닉한 지 열흘째다.

마타주로의 검은 일합을 펼치는 것에 중점을 두고 있지 않다. 그저 죽이는 일에만 뛰어난 살인검이다. 그 살기 넘치는 칼놀림은 어떤 유파의 것과도 다르다. 이른바 자기류인 것이다. 아니, 자기류라기보다 오히려 천성이라고 하는 편이 나을 지도 모른다. 상대의 기량을 가늠하기 전에 이미 손이 움직이고 있고, 그다음 순간 상대의 숨통은 끊어져 있다. 맞닥뜨리자마자 횡으로 후려치는 일섬(一閃)은 상대의 목을 갈라 머리마저 떨어뜨린다고 한다.

참수인이란 별명이 붙은 연유다.

타고난 천성으로 그러한 칼놀림을 이미 체득하게 된 마타주로이니 당연히 도(道)로서의 검이 몸에 익을 리 없다. 교정할 수 있는 것이 아니었던 것이다. 그 결과 마타주로는 몇몇 도장에서 파문당했다. 그처럼 짐승 같은 검은 살인 외에 아무런 쓸모도 없다. 검술이 아닌 살인술이므로 마타주로는 애초부터 검술사로서의 길에서 벗어나 있었다는 것이다.

그럼에도 마타주로는 에도에 있었던 무렵, 호위무사 일이나 도장격파를 거듭함으로써 간신히 제 자신을 지키고 있었다. 뽑으면 베고 만다. 한 번 베면 탐닉하게 된다. 그러함을 알고 있었기에 마타주로는 큰 말썽을 일으키지 않고서 지내왔던 것이다.

그러나 오 년 전쯤, 시시한 다툼에서 무가(武家)의 하인 셋을 베고 말았다. 단순히 벤 것이 아니다. 셋 가운데 둘의 목을 날려버리고 나머지 한 명도 회를 치다시피 난도질을 하였으니 실수로 죽였다고 할 수 있는 상황이 아니었다. 참살이었던 것이다.

다툼의 원인 따위, 지금은 전혀 기억에 없다. 어깨가 닿았다거나 팔이 스쳤다거나, 정말로 그러한 하찮은 일이었으리라 생각한다.

그러나 한 번 뽑아버리니 더 이상 억제는 없었다.

이긴다든가 진다든가, 그러한 것과도 무관했다.

베고 싶다. 베고 싶다. 그저 미치도록 베고 싶을 따름.

그래서 상대를 베었다. 그것만은 명료하게 기억하고 있다.

그리고 그날부터 모든 제약이 사라졌다.

마타주로는 일단 몸을 숨겼다. 은둔 중에 돈이 바닥났고, 쇠전을 빼앗기 위해 노상강도를 시도해보았다.

그러나.

위협한다든가 상해만 입힌다든가, 그처럼 어중간한 행동은 불가능했다. 마주치는 순간, 마타주로는 이미 상대의 목을 날리고 있었다.

이것은 노상강도가 아니다. 마구잡이 척살인 것이다. 벤 참에 돈도 가졌으나, 두 번째로 벨 때부터 이미 목적은 돈이 아니었다.

베기 위하여 벤다. 이것은 업이다. 충동을 억누르는 것은 어려웠다. 베고 싶어서, 죽이고 싶어서, 마타주로는 베고 또 베었다.

분별없이 벨 때마다 점점 더 돌이킬 수 없게 되어만 갔다. 그러자 어느새, 당연한 듯이 마타주로는 사람 베기를 생업으로 삼는 처지가 되어 있었다.

밤의 세계에서 참수인 마타시게의 이름이 널리 알려지게 되기까지 시간은 얼마 걸리지 않았다.

그러하기에…….

그러하기에 마타주로는 무익한 살생이란 말을 뱉은 놈의 정신머리를 이해할 수 없었다. 살생에는 무익도 유익도 없다. 살인은 어떤 경우라도 살인이며 그 이상도 이하도 아니다.

가문을 위해, 명예를 위해, 정의를 위해, 의리와 인정을 위해, 그 어떠한 대의명분이 있을지라도 사람을 죽이면 살인자임에 틀림없다. 어떤 이유가 있을지라도 살인은 무조건 금해야 한다는 주장이라면 이해 못할 바도 아니지만, 이것은 괜찮고 저것은 나쁘다는 말 따위를 해봐야 도저히 납득할 수가 없었다.

'산골짝 무지렁이 천민 주제에 입만 살아서는.'

몰살이 딱 어울린다고 봐야지.

마타주로는 콸콸 소용돌이치는 도모에가후치를 바라보았다.

'몰살이라.'

삼 년 전, 마타주로는 도적에게 고용되어 료고쿠의 기름 도매상으로 쳐들어가 그 가게의 식솔들을 몰살했다. 아이고 여자고 간에 인정사정없이 모조리 베어 죽였다.

그 후 마타주로는 에도를 버렸다. 아무래도 더 이상 에도에는 있을 수가 없었다. 애당초 달리 갈 곳이 없어 흘러다니다 눌러앉은 곳이었기에 미련은 없었다.

도망친 것은 아니다.

마타주로가 에도를 나선 것은 더 많은 사람을 베고 싶었기 때문이다. 그 무렵 이미 참수인 마타시게라는 악명은 봉행소 관리나 화도개방에도 널리 퍼져 있었으며, 얼굴까지 이미 알려져 있었다. 게다가 죽인 하인의 주인에, 문을 닫게 한 도장의 문하생에, 좌우지간 마타주로를 쫓는 자는 시중(市中)에 수없이 많았으므로 운신조차 할 수가 없었던 것이다. 에도를 벗어난 마타주로는 여러 지방을 돌아다녔고, 머무는 곳마다 사람을 베었다. 의뢰가 있거나 없거나 베고 싶어지면 베었다. 멈출 수가 없었다.

스루가에서 벤 자는 관리인 듯했다.

칼이 원했기 때문이다.

인간의 피는 날을 부식시킨다. 뼈를 치면 이가 나가기도 한다. 도신도 휜다. 한 사람을 벨 때마다 즉시 손질하지 않으면 칼은 곧 못쓰게 된다. 그러나 칼 손질은 의외로 어렵다. 연마사는 그 무기가 무엇을 베었는지를 한눈에 알아보기 때문이다.

그리 되면 거기에서 꼬리가 잡힌다.

여행지에선 한층 더 어렵다.

그래서 마타주로는 벤 상대가 찬 칼을 갖기로 했다. 그 편이 수

월했다.

 그 관리는 신분에 맞게 좋은 칼을 갖고 있었다. 얼간이 관리의 허리에 매달려 있어봤자 평생 뽑히는 일은 없으리라, 마타시게는 그렇게 생각했다. 칼이 딱해서, 그래서 관리를 베었다. 빼앗은 칼은 눈여겨본 것 이상으로 좋은 칼이었다.

 '이 녀석이……'

 일각이라도 빨리 피를 빨고 싶어 한다. 마타주로는 칼자루에 손을 대었다.

 마타주로는 벌써 열흘이나 사람을 베지 않았다. 베고 싶었다. 등 뒤의 영감이 이런 일을 부탁하지 않았더라면 참지 못하고 영감을 베었을지도 모른다.

 "어이."

 마타주로는 노인을 불렀다. 노인은 예에, 하고 대답했다.

 "정말…… 그 놈은 저 오두막에 있나."

 오두막 너머에 도모에가후치가 소용돌이치고 있다.

 마타주로는 오두막을 주시한다. 귀를 기울인다.

 못의 물소리 때문에 기척이 흐트러진다.

 "있습죠." 노인이 대답했다.

 "허나 그렇게 대소동을 일으킨 장본인이 과연 자신의 거처로 태연스레 돌아올까. 관리들이야 미적거리고 있겠으나, 그 격노한 시골 야쿠자는 집요할 터. 그 무리인 듯한 자들이 험한 낯빛으로 이 길 저 길 누군가를 찾아다니는 모습, 나도 보았는데."

"하, 하지만…… 분명히 저기에."

"당신, 그 엉거주춤한 몰골로 그놈의 뒤라도 미행했다는 겐가."

"그야, 소, 손녀딸이, 저, 저기……."

"그만 됐소. 뭐, 설마 그 북새통 중에 여자를 데리고 다시 돌아오리라는 생각은 아무도 하지 않을 테니. 그럼, 지금 저 허름한 오두막 안에는 당신의 금지옥엽 손녀딸인지 무언지도 있다는 얘기로군."

'있나?'

안에 사람이 있는 것은 분명한 듯하다. 범인(凡人)은 알 수 없다 해도 마타주로는 안다. 그렇지만…….

아무래도 기척이 혼란스럽다.

누군가가 분명 있기는 있는 듯하나, 그만한 폭한이 숨어 있는 것치고는 사악한 기운이 느껴지지 않는다.

노인은 오키치, 오키치, 하며 손을 뻗었다.

마타주로는 손을 들어 제지했다.

"영감."

"예."

"당신 입으로 그 산원숭이, 여자를 납치한 후에는 저 오두막 앞에 버티고 서서 눈을 모로 치뜨고 감시한다지 않았나. 지금은 아니 보이는 듯한데."

"예, 예에. 아, 아마 안에서……. 오, 오키치."

노인이 다시 앞으로 가려 하는 것을 마타주로는 칼집 끝으로 막았다.

"오호라. 한창 일을 치르는 중이면 감시도 할 수가 없을 테지. 그렇다면 지금 당신의 손녀는 그 색에 동한 산원숭이 밑에 깔려 있다는 얘기로군. 흠, 그럼 끝날 때까지 기다리기로 할까."

마타주로는 소나무 등걸에 걸터앉았다.

노인은 당황하여 마타주로를 보았다.

"그, 그럴 수가. 무사님…… 어, 어서."

"내게 지시하지 마시오. 붙어서 씨근대는 중에 덮치면 당신 손녀의 목까지 날아가버려. 그래도 좋은가."

"그건, 그렇다면……."

"흥. 악귀인지 범인지 그런 악한에게 더럽혀졌는데 그래도 산 채로 되찾고 싶은 건가. 돌아와 봤자 그 흠집 난 물건, 소용도 없을 텐데. 색시로 받아줄 데도 없겠고."

노인은 원숭이 같은 얼굴을 일그러뜨렸다.

"마고헤이……라고 했던가."

"예, 예에."

"당신, 내가 무섭지 않나."

"그건……."

노인은 고개를 숙였다.

"어제 계집은 내 정체를 알자 걸음아 나 살려라 도망을 치더군. 지켜보고 있었던 것일 테지. 모처럼 걸려든 절색이었어. 잘 때까지는 옆에 붙어 있을 줄 알았는데 아깝게 됐지. 당신은 내가 두렵지 않나."

당연히 두려울 수밖에 없다.

어제 일이다.

마타주로는 열흘 전쯤 고개에서 건진 유랑가녀(流浪歌女)가 보채는 바람에 어쩔 수 없이 숙박촌 외곽의 허름한 밥집에 들어섰던 것이다. 계집을 동반하면 노중(路中)의 위장이 된다. 그래서 마타주로는 곧잘 여행하는 여자를 속였다. 거치적거릴 때는 죽이면 그뿐, 그렇게 생각하자 낚는 것도 편하게 느껴졌다. 허나, 들어간 가게는 어지러웠고 한가운데에는 실성한 듯 넋이 나간 노인이 우두커니 서 있었다.

마타주로의 얼굴을 보자마자 노인, 즉 뒤에서 떨고 있는 영감은 뛰어와 매달렸고, 엎드려 빌며 눈물로 애원했던 것이다.

무사님, 무사님, 부탁이 있습니다요.

귀호를 퇴치해주십쇼.

손녀딸을 제발 되찾아주십쇼.

놈을 죽여주십쇼.

사정을 모르는 마타주로는 몹시 당혹스러웠다.

그래서 이렇게 물었던 것이다.

내가 이시샤와 마타주로임을 알고 하는 부탁인가.

그 말을 듣자마자 계집은 비명을 질렀다.

그리고 이녁이 참수인 마타시게, 라고 외치기가 무섭게 거의 구르다시피 도망쳤던 것이다.

"그 여자가 도망간 것도 무리는 아니지. 나는 수배중인 살인자야. 마구잡이로 사람을 죽이는 미치광이 사내라고. 생각하기에 따라선 그 귀호보다도 악질이지."

"하, 하지만 무사님은 강하실 테지요."

"흥. 그야 알 수 없는 일이지."

"허, 허나……."

"손녀를 구해주신다면 어떠한 분이든 상관없습니다요." 노인은 갈라진 목소리로 말했다.

"뭐, 됐소이다. 그보다 영감, 그렇게 나올 정도라면 당신은 왜 관리나 그 야쿠자에게 알리지 않는 건가. 그리 하면 굳이 생돈을 내놓을 필요도 없이……."

"관리는 믿을 구석이 없습니다요." 노인은 유난스레 결연한 어조로 그렇게 말했다.

"여태껏 몇 번이고 부탁을 했습죠."

"야쿠자는?"

"그놈들은 쓰레기입니다요. 그놈들 때문에 눈물 뽑은 이도 엄청 많습죠. 약점을 보였다간 어떤 일이 벌어질지 모릅니다요. 무엇보다 그놈들, 애당초 오키치를 노리고 있었습죠."

"당신의 손녀를 말인가."

"예. 그 달마란 놈은 오, 오키치에게 흑심을 품고 첩으로 삼겠다지 뭡니까요. 거절하면 힘으로 가게를 밟아버리겠다면서."

"거절했나."

"거절했습죠. 놈들, 이러쿵저러쿵 트집을 잡아 우리를 내쫓고 그 언저리에다 매춘굴을 세울 작정인 게지요."

그건 흥미 없는걸, 하고 마타주로는 말했다.

"그나저나 당신, 정말로 스무 냥이나 되는 큰돈을 가지고 있는 건가. 고작해야 밥집의 퀀장이 푼푼이 챙겨둔 것치고는 액수가 좀 많은 듯한 느낌도 드는데."

"여……."

노인은 비탈을 조금 미끄러져 내려와 마타주로 앞에 섰다.

그리고 품속을 더듬더니 꼬질꼬질한 전대를 끄집어내어 들어보였다.

"여기에, 여기 보다시피, 돈은 가지고 있습니다. 오십 년간 먹는 둥 마는 둥 일해서 모은 이것이 나의……."

"늙은이의 신세한탄 따위는 들을 생각 없소이다. 그건 됐고. 확실히 제법 묵직해 보이기는 하는군."

마타주로는 팔을 뻗었다. 노인은 부리나케 전대를 거두어들이고 두 팔을 가슴 앞에서 엮으며 몸을 감싸는 태세를 취했다. 그리고 "아직은 안 됩니다요" 하고 말했다.

"저, 정말 손녀를 구해내 주신다면 그때는 반드시, 반드시 드리겠습니다."

"조심성이 많군."

"무……."

"허나 결국은 장사치의 얄팍한 잔꾀지. 어리석긴."

"무, 무슨 말씀을 하시는지."

"잘 들어, 영감. 나도 약간은 알려진 악당이야. 당신 역시 그런 줄 알면서도 부탁을 했을 테지. 그렇다면 왜 돈을 보여주는 건가."

"그, 그야……."

마타주로는 검을 밀어올렸다.

노인은 창백해진 얼굴로 뒷걸음치다 엉덩방아를 찧고 삼 척 남짓 비탈을 미끄러져 내려갔다. "요, 용서, 용서하시길" 하며 오른손을 내민다.

"그러니 어리석다고 하는 게다. 그 귀호인가 하는 폭도를 베는 것보다 당신의 주름진 목을 날리는 편이 몇 배는 더 편하지 않나. 어찌됐든 그 돈은 내 돈이 되지."

한순간 날이 번뜩이고 적송 가지가 투둑 떨어졌다.

노인은 쩍 벌린 입을 두 번 정도 뻐끔거렸다.

마타주로는 웃었다.

"농담이오. 나는 돈을 탐내는 게 아니라 베는 맛이 나는 자를 베고 싶을 뿐이지. 당신으로는 성에 차지 않아."

그렇다.

'베고 싶을 뿐이다.'

아흐아흐, 하고 노인의 입에서 공기가 새어나왔다. 온몸이 부들부들 떨리는 모양이다. 마타주로는 코웃음을 치고서 비탈을 유유히 내려가 노인 앞에 섰다.

그나저나······.

'거슬리는 물소리로군.'

여자를 안고 있는 듯한 기척도 없다.

"영감, 이야기에 거짓은 없겠지."

"거, 거짓말이라뇨."

"귀호는 정말로 강한가."

"그, 그저 강하다고 할 정도가 아닙니다요."

"알았소."

마타주로는 비탈을 내려갔다.

'죽여주마.'

죽여주마. 죽여주마. 죽여주마.

살의가 솟구친다. 살육의 열락은 순간의 흥분에 있다.

근육의 수축과 해방, 그 간격과 기세.

서서히 고조되어 찰나의 순간 정점에 달하며 모든 것이 끝난다.

비탈 끝에 내려섰다. 한 발을 내딛는 그 보폭이 생사를 가른다. 그러하기에 진중하게 한 걸음 한 걸음 나아간다.

오두막에 이르렀다. 덧문은 닫혀 있다.

'있다.'

망념이다. 덧문짝 하나를 사이에 두고 망념이 소용돌이치고 있다.

'오호라.'

경계하느라 기척이 고요히 가라앉아 있었던 것인가.

덧문짝에 손을 댄다.

흐읏.

뽑아라.

마타주로의 흉인(凶刃)이 빛났다.

하앗.

손맛이 느껴지고, 목이 데굴데굴 굴렀다.

다음 순간.

3

흑달마 고산타는 어깨에서 사선으로 내리 베었다.

뒤돌아보는 순간에 칼을 맞은 사무라이는 입을 벌린 채 허공을 허우적대더니 허리에 찬 대도(大刀)에 손을 댔다. 그러나 고산타는 반격을 허락지 않고 오른쪽 어깻죽지에 이섬(二閃)을 뿌렸고, 마지막으로 가슴에 일격을 박아 숨통을 끊었다. 사무라이는 무릎을 꺾고 앞으로 고꾸라지며 절명했다.

사무라이는 비명 한 번 발하지 못했다.

'싱겁군.'

참수인 아무개라는 별칭이 아깝다.

고산타는 웅크려 앉아 엎어져 죽은 사무라이의 상투를 움켜쥐고 들어올려 그 얼굴을 보았다. 얼빠진 낯짝이었다. 자신이 왜 죽어야만 했는지, 전혀 알지 못했을 테지.

'이 목이 오십 냥인가.'

고산타는 패대기치듯 난폭하게 상투를 놓은 다음 문간에 서서 바깥 동정을 살폈다.

콰르르르. 도모에가후치의 소리가 들렸다.

'시끄럽군.'

문을 닫는다.

고산타는 다시 웅크려 앉아 작은 요도(腰刀)의 피를 사무라이의 하카마로 닦아내고, 다시 그것을 시신의 목에 대고 그었다.

자르기 어려웠다.

'앉힌 후 목을 치는 게 편하지 않을까.'

그렇게 생각했다.

치익 치익 소리를 내며 피보라가 뿜어 나왔다.

'이 일이 끝나면 다음은 귀호의 목이다.'

"식은 죽 먹기지." 고산타는 그렇게 소리 내어 뱉고서 계속 사무라이의 목을 잘랐다.

끈적끈적한 액체가 나무 손잡이를 붉게 물들였다. 상쾌하지는 않으나, 고산타의 그러한 감각은 이미 마비되어버린 상태다.

그리고⋯⋯ 고산타는 떠올렸다.

그 유랑가녀가 고산타의 처소로 들이닥친 것은 어제 늦은 밤이었다.

두목님께 내밀히 할 이야기가 있답니다.

유난히 눈빛이 요염한 그 여자는 졸개들의 난폭한 응대에도 주눅조차 들지 않고 촉촉한 목소리로 그리 고했다는 것이다.

그때 고산타는 온종일 찾아도 귀호가 보이지 않는다는 무능한 부하들에게 힐난과 닦달과 노성을 있는 대로 퍼부으며 길길이 날뛰고 있었다.

앉아 있어보나 서 있어보나 오장육부가 부글거리도록 부아가 치밀어 오르고, 술을 먹어도 계집을 희롱해봐도 도무지 진정이 되지 않았다. 어찌 되었건 가만히 있을 수가 없었다. 손해를 봤다거나 굴욕을 당했다는 사실 따위는 이미 대수롭지 않게 되어버렸으며, 좌우지간 밉살맞은 아쿠고로의 못생긴 머리를 바라고 또 바라는 욕심뿐. 그 이유만으로 고산타는 날뛰고 있었다.

고산타라는 사내는 예전부터 그러했다.

무언가 원하는 것이 있으면 설령 그것이 아무리 사소한 것일지라도 손에 넣기 전에는 밤잠도 이루지 못했다.

이를테면 한밤에 무언가를 갖고 싶어졌다고 하자. 그것이 이튿날 아침이 되면 쉽사리 손에 넣을 수 있는 것이라고 해도 날이 밝을 때까지의 그 짧은 시간동안 욕구가 점점 강해져서 고산타는 발광할 듯할 지경에 이르는 것이다.

어렸을 때, 이웃 계집아이의 머리에 꽂혀 있었던 싸구려 빗이 한밤중에 문득 갖고 싶어졌는데, 그러자 도저히 참을 수 없게 되어 자고 있던 모친을 멍이 들 정도로 발로 찬 적이 있었다. 발길질은 아침까지 이어졌고, 아침이 되자 그 계집아이 집으로 찾아가 내놓으라고, 썩 내놓으라고 아득바득 들이대어 손에 넣었던 일도 있었다.

그 빚은 아직도 가지고 있다.

고산타는 또, 한 번 손에 넣은 것은 세상이 두 쪽 나도 내놓기 싫다는 성질을 가진 사내이기도 했다. 그러하기에 고산타는 비정상적이리만치 집요하게 소유권을 주장한다.

그는 예사롭지 않은 집착심의 소유자인 것이다.

장성한 뒤 고산타가 건달 세계로 들어선 것도 욕심나는 것을 손에 넣기 위해서였다.

무엇을 얻고자 하든 세상에는 절차라는 것이 있다. 그 절차를 밟는 것이 고산타는 끔찍하게도 싫었던 것이다. 일해서 벌고 모아서 사야하다니, 그 정신이 아득해질 정도로 느려터진 절차를 밟는다는 것은 고산타와 같은 성질을 가진 사내로선 도저히 불가능했다.

수단을 가리지 않고 탐나는 것은 빼앗는다. 그것이 고산타의 성격에 가장 잘 맞았다.

그러나 절도는 맞지 않았다. 남의 눈을 피하거나 계책을 쓰고 작업을 펼치는 등, 그렇게 번거롭기 짝이 없는 짓을 할 바에는 평범하게 일을 하는 편이 오히려 낫다고 생각했다. 아무 생각 없이 욕구대로 살기 위해서는 협객 외에 선택의 여지가 없었고, 그것도 정점에 오르는 길 이외에는 없었던 것이다. 졸개 수하로 머무는 동안은 협객이라 해도 아무런 매력이 없었다.

그래서 힘으로 빼앗았다.

고산타가 크게 은혜를 입은 아타카의 주조를 모살하고 지금의 지위를 획득한 것은 삼 년 전의 일이다. 실력만큼은 남보다 몇 십 배 강했고, 성질도 흉포하며 추종자 또한 마찬가지로 난폭한 족속이 모여 있었으므로 이미 맞서는 자는 없었다. 한창 기세 오른 광견에게 구태여 손을 댈 어리석은 자는 설령 야쿠자라 해도 누구 하나 없었던 것이다.

그러므로.

귀호 아쿠고로라는 발칙한 놈 따위, 흑달마 고산타는 절대로 용서할 수 없는 것이다. 존재 자체를 인정할 수가 없다. 아쿠고로는 고산타의 도박장을 짓뭉갰다. 고산타의 부하를 짓뭉갰다. 고산타의 소유물을 빼앗았다. 오직 힘만이 존재의 이유인 고산타와 대등하게 싸우고, 보란 듯이 도주에 성공했다.

생각하면 생각할수록 용서가 아니 된다. 증오는 시시각각으로 비대해져 도저히 자제할 수 없는 지경에 이르렀다. 고산타는 얼굴이 망가지도록 부하들을 늘씬하게 두들겨 팼다.

그때 그 여자가 찾아온 것이다.

"두목님께 내밀히 할 이야기가 있답니다."

여자는 그렇게 고했다고 했다.

안에서 사형들이 한창 질책을 받고 있는 참이었으므로 응대는 매몰찼다. 이년이 잠에서 덜 깼나, 여기가 어딘 줄 알기는 하느냐, 우는 아이도 울음을 그치는 흑달마 일가라며, 졸개는 전에 없이 시비조로 나왔던 모양이다.

"바로 그 흑달마 두목께 할 이야기가 있다니까 그러네. 여자라고 우습게 보다간 매운 맛을 보게 될걸. 피라미는 썩 비키시지."

당돌한, 그러면서도 촉촉한 목소리가 내실까지 도달했다.

그리하여 그 여자, 유랑가녀 오긴은 내실까지 들어온 것이다.

비쳐 보일 듯 새하얀 살결이다. 갸름한 눈매. 그 눈가가 발그스름하다. 미쳐 날뛰던 고산타는 그 자리에 너무나도 어울리지 않는 여자의 등장에 한순간이지만 이성을 잃었다. 여자는 고산타를 보자 꽃봉오리처럼 붉은 입술을 살며시 벌리고 미소를 지었다.

"흑달마 두목님이시로군요."

구슬이 굴러가는 듯한 목소리였다.

"넌 누구냐."

부하들은 일제히 한쪽 무릎을 세웠다.

그래도 여자는 움츠러들지도 않고 태연히 이렇게 말했다.

"참으로 정중한 응대로군요. 허나 저는 이곳의 두목 한 분께만 드릴 말씀이 있습니다. 아랫것들은 잠시 물려주실 수 없을까요."

"뭐가 어째!" 하고 짖으며 부하 하나가 비수를 뽑았다. 여자는 샤미센을 스윽 치켜들었다.

"어머나, 믿지 못하시는 건가요. 하긴 뭐, 그것도 무리는 아니지만요. 그렇다 해도 여러분은 주먹세계에 그 이름이 널리 알려진 흑달마 일가잖아요. 저기 계시는 분은 지옥의 도깨비도 맨발로 내뺀다는 고산타 두목 아니신가요. 설령 내가 도적이라 한들 계집 하나 상대로 이기지 못할 리도 없지 않습니까. 아니면……."

여자에겐 빈틈이 없었다.

"혹시 저기 계신 두목께서 고작 계집 하나가 두려워 그러신다면…… 알몸으로 벗기든 무얼 하든 원껏 살펴보시기 바랍니다. 하늘에 맹세코 켕길 구석이 없어요. 만약 무언가 나온다면 목이든 팔이든 기꺼이 내드리지요. 구워먹든 삶아먹든 좋을 대로 하시기를."

"네 이년, 발칙하게 입을 놀렸겠다!" 부하 중 한 명이 여자에게 손을 대려 했다.

고산타는 그 부하를 후려갈겼다.

탐이 난 것이다. 이 당차고 꼿꼿한 계집이.

고산타는 부하들을 내실에서 내보냈다.

그리고 여자와 마주앉았다.

"무례가 과했습니다." 여자는 공손히 사과하며 머리를 숙였다.

그리고 "오긴이라고 하는 유랑가녀이옵니다" 하고 이름을 밝힌 다음, "그런 식으로 말하지 않으면 두목님과 단 둘이 있기 어렵다고 보았기에, 아녀자가 주제넘게도 단단히 각오를 한 것이지요. 이것만큼은 부하들 귀에도 들어가지 않는 편이 나으리라, 그리 생각했으니까요"라고 말했다.

"무슨 이야기냐." 고산타는 물었다. 아무래도 갑갑하게 에둘러치는 것은 싫었다. 오긴은 스르르, 다다미 위를 무릎걸음으로 다가와 고산타의 귓전에 입을 가져가더니, "귀호 아쿠고로 이야기입니다"라고 말했다.

"뭣이 어째!" 고산타는 눈을 부라렸다.

"있는 곳을 알고 있지요."

오긴은 그렇게 말하고 다시 몸을 물렸다.

"어디냐, 어디에 있나!" 고산타가 큰 소리를 내자 오긴은 가느다란 손가락을 고산타의 입술에 살포시 갖다 대었다.

"지금부터 의논드릴 일이지요. 당신을 흑달마 두목으로 믿고서 하는 부탁……."

그리고 오긴은 스윽 몸을 빼더니, "우선 저의 이야기를 들어주시기를……"이라고 말했다.

오긴은 고산타의 대답을 기다리지 않고 이야기하기 시작했다.

오긴이라는 여자는 삼 년 전까지 에도 료고쿠의 이사카야라는 기름 도매상에서 고용살이를 하던 여자라고 했다.

열 살 때부터 팔 년간 일을 했던 모양이다.

삼 년 전이라고 했다. 오긴은 그해 봄, 젊은 주인의 눈에 들어 가을에는 혼례를 올릴 예정이었다고 했다. 착한 심성과 야무진 손끝, 그리고 참으로 착실하여 주인도 무척이나 마음에 들어 했었던 모양이다. 팔자가 피게 된 것이다.

그렇게 입맛대로 풀리는 이야기가 어디 있겠나, 하고 고산타는 생각했다. 남의 행복은 자신의 불행이라는 것이 흑달마의 신조이다. 비록 마음에 든 여자의 옛이야기일지라도 그렇게 느끼는 바는 여전하다.

짐작대로, 그렇게 입맛대로 풀리는 이야기는 없었던 모양이다.

혼례까지 고작 석 달을 남겨둔 시기에 이사카야에 강도가 들었다고 오긴은 이야기했다. 정말이지 무자비한 솜씨에 점원과 점장부터 여종과 사동에 이르기까지 일가권속(一家眷屬)이 몰살당했다고 했다.

한편 오긴은 그 전날 주인의 명으로 하치오지에 사는 주인 아우의 집으로 심부름을 가서 묵었기 때문에 구사일생으로 목숨을 구했다고 했다.

이른 아침에 돌아온 오긴은 놀라서 주저앉고 말았다.

집 앞에는 귀가, 부엌에는 다리가, 복도에는 팔이 뒹굴고, 객실의 장식단에는 석 달 후 낭군이 될 젊은 주인의 목이 떨어져 있었던 것이다.

말 그대로 피바다였다고 했다.

층층이 쌓인 사동과 여종들의 시신도 하나같이 목이 없었다. 안방마님은 침소에서, 주인어른은 광 앞에서 각각 난자당한 몸으로 죽어 있었다. 가을에는 시동생이 될 예정이었던 어린아이들도 무참한 시신으로 변해 있었다.

도둑의 이름은 알 수 없었다. 그러나 상점 식솔들을 몰살한 사내의 이름은 알았다.

참수인 마타시게.

살수라고 했다. 떠돌이 도적에게 돈으로 고용되었을 것이라고 나중에 관리가 알려주었다고 했다.

그리고 홀로 살아남은 오긴은 그날 바로 화도개방에게 붙잡히고 만 것이었다.

첩적의 혐의가 씌워졌다고 했다.

고산타는 속으로 웃었다.

세상이란 다 그런 법이다.

약한 곳에 그늘이 든다. 그것이 싫다면 강해져서 힘으로 밀어붙이는 수밖에 없다. 타인의 등을 치는 것, 그 외에는 자신에게 그늘이 들지 않도록 하는 수단이란 없는 것이다.

의혹이 풀리기까지의 일 년 동안은 그야말로 가시밭길이었다고 오긴은 말했다. 처자로서 가진 꿈도 희망도 무엇도 그 일 년 동안 깡그리 잃어버렸다고 했다.

오긴에게 남은 것은 복수심뿐이었다.

그래서 오긴은 유랑가녀로 모습을 꾸미고 여러 고을을 돌며 참수인 마타시게를 찾아다녔다고 했다.

참수인 마타시게.

그 이름은 고산타도 들은 바 있었다.

신출귀몰, 여러 고을을 떠도는 살수로 실력은 뛰어나나, 사람만 벨 수 있다면 돈 따위 필요 없다고 여기는 살인광이라는 소문이었다. 그 수급(首級)에는 아마 오십 냥쯤 되는 상금이 걸려 있었을 것이다. 상금을 건 이는 어딘가의 영주라는 이야기였다. 지난달에도 스루가 경계에서 니라야마 대관소의 관리를 베었다고 들은 바 있다.

허나.

"그게 무언가. 네 신세타령과 그 이 갈리는 귀호가 대체 어디서 어떻게 연관이 있다는 게냐." 고산타는 밉살맞게 따져 물었다. 변죽만 울리는 것은 여하간 싫었던 것이다.

여자는 몸을 꼿꼿이 세우며 대답했다.

"마타시게 놈은 열흘 전쯤에 이곳 이즈로 흘러들었습니다. 그리고 하필이면 고을 백성을 울리는 귀호 아쿠고로 살해를 의뢰 받았지요."

'오호, 그렇구면. 그렇게 엮이는 겐가.'

흑달마는 납득했다.

허나.

누가 부탁했단 말인가?

고산타는 분명 마타시게의 의뢰비가 터무니없이 비싸다는 풍문을 들은 바 있었다.

오긴은 산기슭의 세 마을과 역참 마을 백성들이 돈을 모았다고 말했다. 오긴은 스루가에 참수인 마타시게가 나타났다는 소문을 듣고, 어쩌면 하는 생각에 이즈로 앞질러가 마을과 마을을 돌며 그물을 치는 중에 그 이야기를 들었다고 했다.

'그렇다면.'

충분히 있을법한 이야기이긴 하다. 돌이켜보니, 그 무리는 몇 번이나 고산타에게 그 산원숭이를 퇴치해달라고 부탁하러 왔던 것도 같다. 도무지 흥이 솟지 않았기에 한 귀로 듣고 한 귀로 흘려, 고산타는 전혀 기억하고 있지 못했지만.

"저는 드디어 원수를 만나게 되었다는 생각에 설레어, 마을 사람들의 비위를 맞춰가며 과연 어떻게 접촉해야할지 소상히 알아보았지요. 들어보니 아쿠고로란 놈도 마타시게와 막상막하인 악한이라고 하지 뭔가요. 예에, 어제입니다. 부탁하는 모습도 똑똑히 보았지요. 금전도 건네주더군요."

'그것이 사실이라면.'

분명 괜찮은 승부이긴 할 테지. 고산타가 그렇게 말하자 오긴은 단정한 눈썹을 조금 일그러뜨렸다.

그리고, "그래도 괜찮은가요……." 묘하게 비음을 섞어 교태를 부리는 듯한 목소리로 고산타에게 물었다. 고산타는 오긴을 바라보았다.

"이야기를 들자하니, 어젯밤 그 귀호는 두목님의 도박장을 엉망으로 만들고 부하들을 다치게 했다지 않습니까. 그런 놈, 용서해 줄 수는 없지요. 두목님 성격에 말이에요. 호락호락하게 마타시게 따위에게 그 목을 내주어서야 후회가 남지 않을 리 없지요."

그것은 분명 그러했다. 고산타의 울화통은 이미 아쿠고로가 죽는다고 누그러질만한 것이 아니었다.

고산타는 다시 한 번 오긴의 하얀 얼굴을 보았다.

정체 모를 암여우는 싱긋이 웃었다.

그리고 말했다.

"아쿠고로는 바로 좀 전, 도모에가후치에 있는 자신의 오두막으로 돌아왔답니다."

"뭣이!" 고산타는 고함을 지르며 오긴의 어깨를 잡았다. 그것이 사실인가. 이 마당에 이르러 그 산원숭이가 설마 자신의 거처로 돌아갔다니, 생각지도 못한 일이었다. 그러니 찾아내지 못할 수밖에.

고산타의 조바심은 그쯤에 이르자 완전히 부활했다.

'날 우습게 봐도 유분수지.'

눈썹 하나 까딱하지 않는다는 뜻인가. 흑달마 일가 따위는 전혀 두렵지 않다, 그러한 의지의 표명인가. 고산타는 부들부들 떨었다. 머릿속이 뜨거워져 소리를 지르고 싶어졌다.

오긴은 말했다.

"그게 말이죠, 저야 소상한 사정은 알지 못하니 어젯밤부터 아쿠고로의 오두막 근처에 몸을 숨기고 상황을 살피고 있었답니다. 물론 저는 마타시게 놈을 기다렸지요. 청을 받은 이상, 그 원수 마타시게는 반드시 귀호를 덮칠 테니까요. 그런데 아무래도 오두막은 텅 빈 듯……."

난투소동이 있었던 무렵이리라.

"밤새워 줄곧 기다려 꼬박 하루를 기다렸는데요, 그만 돌아갈까 하고 생각하자마자 그놈이, 귀호 아쿠고로가 어슬렁어슬렁 돌아오지 뭡니까."

"정말로 본 게냐." 고산타는 엄한 어조로 오긴을 채근했다.

"물론 보고말고요." 오긴은 대답했다.

"그런데 그 귀호, 다리는 질질 끌고 허리는 구부정한 것이 무참한 꼴이더란 말이지요. 얼마나 괴력무쌍한지는 모르겠지만 영 맥을 못 춘다 싶던걸요."

 귀호가 맥을 못 춘다?

 '설마 그럴 리가.'

어젯밤 아쿠고로는 도박장의 벽을 뒤흔들고 다다미를 집어던지며 악귀처럼 흉포하게 날뛰었다. 그러다 끝내 기둥을 분질러 건물이 반쯤 무너지고 말았다. 부하들도 절반은 팔이 부러지고 다리가 잘려 옴짝달싹을 못했다. 오늘에 이르러서는 셋이 죽었다.

"녀석도 멀쩡하진 않았다는 게로군."

고산타가 그렇게 중얼거리자 오긴은 "당연히 그렇겠지요" 하고 말했다.

"그렇지 않다면 내뺄 리가 있나요. 지겠다 싶으니 퇴각, 결국 피신을 못해 단념하고 다시 돌아간 것이 틀림없어요. 얼굴도 피투성이였으니까요. 상당히 망가져 있을걸요. 그 정도라면 저라도 해치울 수 있겠던데요."

 '그렇게나……'

중상이었나.

 '그렇다면……'

"예, 아무렴요, 두목." 오긴은 어딘가 교태가 묻어나는 어조로 말했다.

"그런 지경인걸요. 아무것도 주저할 게 없지 않습니까. 귀호는 쉽사리 해치울 수 있어요. 두목 정도의 실력이라면 새끼손가락 하나로 끝낼 일이지요."

오긴은 거기서 손을 들어올렸다.

"이런, 아랫것들을 거느리고 쳐들어가시려는 생각이라면 그건 조금만 참아주시길. 명심하셔요, 두목. 지금, 예, 바로 지금, 귀호가 그토록 심한 중상을 입은 상태라는 점은, 저를 제외하면 아랫것들을 비롯하여 세상 그 누구도 모르는 일이지요."

그리고 그 손을 고산타의 목에 감았다.

"그러하기에 두목, 이것은 내밀한 이야기랍니다."

오긴은 그렇게 말하고서 웃었다.

'나 혼자 해치우라는 말인가.'

그것은 아주 기막힌 생각이었다. 그 이 갈리는 산원숭이를 호되게 괴롭힐 생각만 해도 신바람이 나는데, 금상첨화로 그 열락을 독차지할 수 있다니⋯⋯ 고산타로서는 더없이 반가운 일이었다.

대관소도 감히 손을 대지 못하던 폭도이다. 거칠게 날뛰는 야쿠자 오십이 덤벼도 당해내지 못한 강적이다. 거금을 털어 살인귀를 고용하지 않는 이상 제거할 수 없었던 간적(奸賊)인 것이다. 그것을⋯⋯.

'내가. 나 혼자서.'

"그래서요, 두목." 그 말과 함께 오긴은 다시 교태를 부리며 고산타 곁으로 다가왔다.

그리고 숨이 닿을 만큼 입을 귓가에 바싹 대고서, "지금부터가 중요한 이야기랍니다"라고 말했다.

그리고.

"귀호와 마타시게, 두 놈을 다 해치우는 건 어떠신지요." 오긴은 속삭이듯 말했다.

오호라, 그것이 너의 목적이었구나 싶어 고산타는 자신도 모르게 무릎을 쳤다.

오긴은 고산타의 손을 빌어 자신의 원수를 처단할 심산이었던 것이다.

고산타는 바싹 다가선 계집의 하얀 얼굴을 응시하며 그리 뜻대로 풀릴 것 같으냐고 말했다.

오긴은 갸름한 눈을 가늘게 뜨며 "풀릴 겁니다, 틀림없이"라고 지껄였다.

"그 인간의 목에는 오십 냥이란 돈이 걸려 있지요."

"품에는 마을사람들이 준 돈이 이십 냥, 합이 칠십 냥……. 두목이라면 쉽게 이길 수 있을 터인데." 오긴은 토라질 듯한 얼굴로 말했다.

"마타시게라는 사내는 말이지요, 분명 강하기는 하지만 그게 아무래도 다 발도술 같은 것이라서요. 맞닥뜨리는 순간의 일격만 피할 수 있다면 어려움 없이 이길 수 있는 상대랍니다. 어떤가요, 두목?"

'칠십 냥이라.'

고산타는 이길 자신이 있었다.

검술 따위는 어차피 놀이일 뿐이라는 것이 고산타의 생각이었다. 이 태평세월에 칼을 뽑는 자란 무사가 아니라 전적으로 협객인 것이다. 아무리 열심히 죽도를 휘둘렀다 해도, 사람을 벤다는 것이 과연 어떠한 일인지를 무사 대부분은 모를 수밖에 없다. 허나 고산타 일당은 그것을 잘 알고 있다. 실천은 이론을 능가한다. 마타시게가 얼마나 강한지는 알 수 없으나, 무사의 칼놀림이라면 쉽게 피할 수 있다. 그 반대로 무사 쪽은 틀에 얽매이지 않는 공격에는 한없이 약한 것이다.

고산타는 너부데데한 얼굴을 붉혔다.

계집도 약간 상기된 듯했다.

"참, 그렇지. 두목, 이를테면 귀호와 참수인을 맞붙여 이긴 쪽을 두목이 처치한다는 것은 어떠신지요."

오긴은 그렇게 말했다.

그리 된다면 그 또한 나쁘지 않다. 그것도 실로 고산타의 기호에 맞아떨어지는, 주도면밀하고도 비겁한 계획이었다. 그리하여……

흑달마 고산타는 채비를 갖추고 오긴과 함께 도모에가후치로 향했던 것이다.

어차피 잠들지 못할 것은 알고 있었다. 아침까지 기다리다니, 도저히 불가능한 일이었다.

의아해하는 수하들에게는 알림이 있을 때까지 어떠한 일이 생겨도 움직이지 말라, 그렇게 전했다.

기다리게 한 다음 수급 둘을 가지고 돌아가면 더는 고산타의 위신이 흔들릴 일도 없으리라.

그렇게 생각했다.

도모에가후치에 도착한 것은 축시*가 막 되었을 무렵이었다.

동트기 전의 도모에가후치는 흡사 지옥의 초입에 선 듯이 느껴지는 풍경이었다.

못을 술렁술렁 가로지르는 바람은 싫어도 기분을 부추기고, 굉굉(轟轟)한 못의 소리는 저절로 전투 의욕을 불러일으켰다.

내게 무슨 일이 생기면 그때는 우리 패에 알리러 뛰어가라, 그렇게 오긴에게 명령을 내린 다음 흑달마 고산타는 칼을 뽑아들고 오두막에 접근했다.

데퉁스러운 협객은 내부의 상황 따위는 살펴보려 들지 않는다. 그러므로 다짜고짜 문을 열었다.

맨 먼저, 오두막 구석에 쓰러져 있는 귀호의 모습이 눈에 들어왔다.

이어서 입구 근처에 서 있던 사무라이가 놀라서 뒤돌아보는 모습을 확인했다.

그리고 어깨에서 사선으로 내리 벤 것이다.

아무 생각도 하지 않았다.

참수인 아무개란 별명이 아깝다.

숨통을 끊고 목을 딴다.

'이 목이 오십 냥인가.'

---

* 오전 한 시부터 세 시 사이.

콰르르르. 도모에가후치의 소리가 들렸다.

그리고 고산타는 작은 요도의 끈적끈적한 피를 사무라이의 하카마로 닦아낸 다음, 시체의 목에 대고 머리를 서걱서걱 잘라내기 시작한 것이다. 죽이는 것보다 어려운 작업이었다.

"끝났다."

흑달마는 피범벅이 된 두 팔을 사무라이의 옷으로 닦은 후, 가까스로 동체에서 떨어진 목을 들고서 느릿느릿 일어섰다. 반각 가까이 걸렸다. 이러한 작업에는 작은 요도보다 톱이나 식도가 더 적합하다.

'다음은 저쪽.'

오두막 구석을 보았다.

귀호가 누더기로 변해 쓰러져 있었다.

'아깝게 됐군.'

자신의 손으로 숨통을 끊어놓지는 못했으나, 이렇게 되어버린 이상 어찌할 수가 없는 일이리라. 이제 분이 풀릴 때까지 송장을 욕보일 일만 남았을 뿐.

고산타는 일단 오긴에게 알리려고 입구에 섰다. 그때.

별안간 문이 열렸다.

4

 문을 열고 조금 지나, 오두막 구석에 그 아쿠고로가 늘어져 있는 모습을 확인할 수 있었다.
 잠시 아연했다.
 설마 정말로 그 거친 사내가 죽었을 줄이야. 다도코로 주나이에게는 생각지도 못한 일이었다.
 '그러나.'
 주나이는 사고(思考)를 거듭했다.
 분명, 아쿠고로는 그 백장속 사내가 말한 대로 죽어 있었다. 그렇다고 그처럼 비천한 자의 간언(諫言)을 덥석 받아들여도 되는 것일까.
 '그 사내.'
 역시 베었어야 했나. 허나.
 '객사에선 베지 못한다.'

그렇다면 뒤쫓아 가서 어떻게 해서든 없애버렸어야 했다고, 주나이는 때늦은 후회를 했다.

'근심할 필요는 없을 것이나.'

고작해야 떠돌이 걸승이다. 어디에 가서 무슨 이야기를 한들 누구도 신뢰하지 않을 터.

'허나.'

그 사내가 주나이를 찾아온 것은 해시*를 지났을 즈음이었다.

한 달 만에 온 이즈였다.

그러므로 그 시각, 주나이는 이미 느긋하게 탕에 몸을 담그고 밤술도 거나하게 즐긴 후 잠자리에 들었던 것이다. 여름이라 하기에는 아직 일렀어도 조금 후덥지근했다. 그래서 장지문을 조금 열어둔 채 주나이는 꿈속을 헤매고 있었다.

짤랑.

방울 소리가 들렸다.

철 이른 풍경(風磬)이로구나, 그렇게 생각했다.

다시 짤랑, 하고 소리가 났다.

가깝다. 주나이는 몸을 일으켰다.

장지문이 스윽 열렸다.

"웬 놈이냐!" 머리맡의 칼에 손을 뻗었다.

"어허, 험한 물건은 거두시구려……"

---

* 밤 아홉 시부터 열한 시 사이.

어둠 속에서 목소리가 들렸다.

"이런 곳에서 실례이옵니다만, 어허, 소생은 백파(白波)가 아니 올습니다."

창으로 들어온 것은 머리를 행자두건으로 싸맨 백장속 사내였다.

목에 시주함을 걸고 손에는 요령을 들고 있었다.

무기가 될 만한 것은 지니지 않은, 한눈에도 무방비로 보이는 가벼운 차림이었다. 이런 풍모의 도적이야 없을 테지. 그래서 주나이는 몹시 당혹스러웠다.

'인간이 아닌 겐가.'

그렇게 물었다. 사내는 당돌하게 씨익 웃더니, "보시다시피 걸식 어행사입지요"라고 말했다.

어행사라면 제마 주술 부적을 팔고 다니는 승려 차림의 걸인을 이른다.

보아하니 그러한 차림새이기는 했다.

"어행사가 무슨 볼일이더냐." 주나이는 침입자를 노려보았다.

"설령 어떠한 신분이라 할지라도 그러한 행위는 무례천만. 썩 물러가라. 가지 않으면 어찌될 줄은 알고 있을 터이지." 주나이가 퍼부어대자 사내는 손으로 그를 제지했다.

"한바탕 떠들썩해지겠군. 대관소 관리께서 행차하시면 아니 되는데. 그래서 곤혹스러워지는 분은 오히려 나리가 아니십니까요······."

"네 이놈! 정체가 무어냐!" 주나이는 일단 거두어들였던 손을 다시 뻗어 칼자루를 잡았다.

사내는 소리도 없이 훌쩍 돌아 의항병풍(衣桁屛風) 뒤로 사라졌다.

"어허, 참. 그리 나오지 마시길, 나리. 소생은 도라고로 씨…… 아니, 지금은 아쿠고로인가. 귀호 아쿠고로의 심부름꾼이올습니다."

사내는 그렇게 말하고 불쑥 일어섰다.

주나이는 칼을 잡고서 바닥 위에 한쪽 무릎을 꿇고 앉았다.

어행사는 제발 거두어 달라고 말했다.

"소생과 귀호는 노름 친구이온데, 실은 나리께 드릴 귀호의 전언이 있어서요. 한데, 나리와 접촉하는 모습을 절대로 주위에 들키지 말라, 아쿠고로 놈이 그리 주절대지 뭡니까. 하여 이러한 시각에 안채 지붕의 기와를 타고 익숙지 않은 야객(夜客) 시늉을 해보았다, 그러한 연유입지요."

사내는 다시 당돌한 웃음을 지었다.

"전언은 두 가지가 있사온데, 우선, 내일부터 약속은 지키지 못한다고……."

'약속을 지키지 못해?'

그것은 무슨 뜻인가, 하고 주나이는 물었다. 지키지 못한다는 말로 끝날 약속이 아닌 것이다. 지난 이 년 간, 그 망석중이 놈은 헌신적으로 약속을 지켰다. 그야말로 바보라고 할 수밖에 없었는데. 이도 저도 다…….

"귀호는, 죽었습니다."

사내는 그렇게 말하고서 짤랑, 요령을 울렸다.

"죽다니!" 주나이는 외쳤다.

믿어지지 않는다.

주나이는 예전에 단 한 번 그 둔중한 사내에게 칼질을 한 적이 있었다. 그러나 그 사내는 죽지 않았다. 죽기는커녕 따끔하지도 않다는 듯한 표정을 지었다.

"죽었습니다." 어행사는 거듭 말했다.

"어제, 놈은 도박장에서 말썽을 일으켰지요. 그래서 흑달마 일가에게 난자당한 겁니다."

분명 노름을 좋아하는 사내이긴 했다.

어행사는 병풍 뒤에서 나와 예를 올리는 듯한 시늉을 했다.

"소생이 임종 때 물로 입을 축여주었습죠. 아무리 거친 사내라 한들 무도한 협객 오십 남짓을 대적해서 이길 리가 만무하지요. 일반 백성이 괭이며 부엌칼을 가지고 들이닥친 것과는 다를 테니."

그야 그럴 것이다.

주나이는 칼을 내려놓았다. "그러니……." 어행사는 주나이의 그런 모습을 세심히 보고서 말을 이었다.

"무사 나리와 그 귀호 사이에 어떠한 약속이 있었는지, 그것은 소생이 관여할 바가 아니오나, 어찌 되었건 죽어버렸으니 지키지 못하지요. 하오니 그것이 첫 전언이올습니다. 그리고 또 한 가지.

마이쿠비

한심한 이유로 연이 끊어지게 되었으나, 무사 나리께는 여태껏 여러모로 성심을 다했다고 자부하니 그 점을 헤아려 누이 오키치를 용서해주실 수 없겠느냐고, 귀호 놈이 숨을 거둘 때 그리 말했습죠."

짤랑.

어행사는 요령을 울렸다.

"허나…… 도저히 용서를 받을 수 없다면 그도 어쩔 수 없는 일이라고, 아쿠고로는 말하더구먼요. 그리고 만약 용서해주실 수 없다면, 그때는 하다못해 이 어리석은 오라비의 머리칼이나마 유품으로 만들어 오키치에게 전해주시기를 바란다고, 놈은 그 말을 남기고 죽었습니다."

"그렇군. 죽었나." 그렇게 말하고서 주나이는 사내에게서 시선을 거두었다.

어행사의 예리한 눈은 주나이의 차분하지 못한 시선을 포착했다.

"무슨 일이 있었는지는 모르오나, 웬만하면 용서해주시지요. 그러지 않으면 그 머저리가 원혼이 되어 나타날 겁니다."

어행사는 그렇게 말했다.

"뭐, 얽히고설킨 사연은 듣지 못했습니다. 무사 나리께야 여러모로 성가시기 짝이 없는 사정이 있을 테지요. 허나……."

백장속은 가뿐한 몸놀림으로 훌쩍 뛰더니 문살창의 턱에 올라섰다.

"최소한 유발(遺髮)은 전해주십시오. 가신다면 동트기 전이 좋겠지요. 내일 아침이면 대관소 쪽에서도 알게 될 겁니다. 얼간이 관리들이지만, 살아 있는 동안에는 오지 않았어도 죽었다는 소리를 들으면 나설 수밖에 없을 테고, 그리 되면 나리는 가실 수가 없지요."

주나이는 일어섰다.

이 어행사, 입으로는 모른다고 하나 틀림없이 무언가를 알고 있다. 이대로 살려두어도 될 것인가. 지금 당장……

짤랑.

사내는 요령을 울렸다.

"잠행임에도 그 차림새, 신분이 낮은 분으로는 보이지 않습죠. 지나치게 무도한 처사를 일삼으시면 아무리 높은 분이라도 천벌을 받습니다. 이 세상에는 신령도 부처도 없으나 원한이 사무치면 요괴도 생기고, 눈물이 응어리지면 귀신도 생기지요. 아무쪼록 조심하시는 편이 좋을 겝니다."

그 말을 남기고, 사내는 밤의 어둠 속으로 사라졌던 것이다.

주나이는 일각이 족히 지나도록 사고를 거듭했으나 결국은 낭패였다.

귀호가 죽다니, 생각해보지도 않은 일이다. 허나.

생각하기에 따라서는 수고를 덜었다고 볼 수 없는 것도 아닌 일이다. 아무리 아둔하다고 하나 그렇게 언제까지고 끝끝내 속일 수 있는 것이 아닐 뿐더러, 만약 속이고 있다는 사실이 알려지면 그

때는 처리가 성가셔진다. 그것은 이전부터 생각하던 바였다.

'아무래도 접어야 할 때인가.'

그런 생각도 했었다. 허나.

그 수상쩍은 어행사의 말을 그대로 믿을 수는 없었다.

사실 여부를 확인하려면 동트기 전에 가는 것이 마땅하리라.

'만약 거짓이라면.'

대체 무슨 꿍꿍이란 말인가.

여하튼 가만히 있을 수는 없었다.

하여 주나이는 은밀히 숙소를 벗어나 도모에가후치에 온 것이다.

오두막의 문을 두드려도 대답은 없었다.

인기척은 없고, 문도 잠겨 있지 않았다.

판자지붕 틈새로 조금씩 새어드는 달빛이 오두막 내부를 어슴푸레 드러내고 있었다. 눈이 적응할 때까지 상당한 시간이 필요했다.

'정말 죽은 것인가.'

주나이는 팔짱을 꼈다. 아쿠고로는 그곳에 쓰러져 있었다.

허나 유발을 전한다고 해도 받을 상대는 이미 무연고 무덤 안에 있다. 벌써 이 년 전에 죽었기 때문이다.

'원혼이 되어 나타날 거라 했던가.'

하다못해 같은 곳에라도 묻어줄까 하는 생각도 들었다. 그러나 어차피 동정을 베푼다고 어찌 될 것도 아니다. 그러한 것은 어리석기 그지없는 일처럼 느껴지기도 했다. 오히려 대관소 무리를 어찌 구워삶을 것인가가 문제이다. 이런 멍청이의 송장은 내버려두어도 된다.

'허나 그 사내······.'

정말로 단순한 심부름꾼이었나. 주나이가 그렇게 생각하는 순간, 덧문짝이 난폭하게 열렸다.

6

 소식을 받은 흑달마의 부하들이 뭐가 뭔지 사정을 전혀 알지 못한 채 가까스로 도모에가후치 기슭에 도착한 것은 사시*를 한참 넘긴 무렵이었다.
 부하들은 기겁했다. 평소에는 인기척 하나 없는 마을 외곽에 사람이 몇이나 있었기 때문이었다.
 나그네와 일반 백성들 속에 관리의 모습도 있었다.
 뭐냐 뭐냐, 무슨 일이냐 무슨 일이냐며 사람들의 벽을 헤집고 들어선 부하들은 다시 한 번 기겁했다.
 오두막 앞, 못에 면한 통반석 위에 기묘한 것이 놓여 있었기 때문이었다.
 그것은 세 사내의 시신이었다. 세 사람은 다리를 바깥쪽으로 뻗

---

* 오전 아홉 시부터 열한 시 사이.

고 머리를 중심으로 모은 것처럼 뉘여 있었다.

그런데.

세 사람의 어깨 능선은 각자의 어깻죽지가 맞닿아 일그러진 삼각형을 그리고 있었다. 원래 그 중앙에 있어야 할 사내들의 머리는…… 없었다.

시신 셋 모두가 머리가 절단되고 없었던 것이다.

"이건…… 대체……."

날고 긴다는 협객들도 아연실색했다.

전립(戰笠)을 쓴 관리가 곤혹스럽기 짝이 없는 얼굴로 서 있었다. 그 수하가 시신을 가리키며 "이것은 너희 두목인 흑달마 고산타가 아니냐"고 물었다.

야쿠자들은 일제히 시신을 보았다.

한 구는 사냥꾼이 입을 듯한 털가죽 조끼에 피로 물든 산도를 거머쥐었고, 또 한 구는 거무스름한 평상복 차림에 매우 호화로우나 마찬가지로 피가 묻은 대검을 들고 있었다. 마지막 한 구는 세로줄무늬 기모노의 뒷자락을 걷어 올려 허리에 지른 모모히키* 차림, 손에는 역시 피범벅인 긴 요도를 쥐고 있었다.

그 줄무늬는 분명 본 적이 있는 천이었다. 고산타가 어젯밤 유랑가녀와 나갈 때 입었던 옷이었다.

협객들은 한순간 어리둥절해하다가 곧바로 크게 동요했다. 그

---

* 타이츠 비슷한 차림의 남성용 의복.

리고 두목님 두목님, 하고 입을 모아 외치며 시신에 다가갔으나, 몽둥이를 든 소졸(小卒)이 막아섰다.

"검분(檢分)이 끝날 때까지 손을 대서는 아니 된다."

관리가 호통을 쳤다. 협객이 호통으로 되받아쳤다.

"검분이라고! 뭔 잠꼬대를 주절대는 것이야, 이 엉터리 관리놈이! 이건 그 썩을 짐승놈 귀호의 소행이 틀림없어. 그저께 소동을 기억도 못하나? 무얼 새삼……"

"자, 잠꼬대를 하는 쪽은 너희들일 테지. 잘 살펴봐라! 고산타와 나란히 저기에 사이좋게 누워 있는 자는 바로 그 아쿠고로가 아니더냐! 똑똑히 본 후에 말을 하란 말이다, 이 무례한 놈!"

야쿠자들은 세 번째로 경악했다. 그것은 정말로 귀호 아쿠고로인 듯했다. 옷차림도 같았고, 쥐고 있는 것은 도박장을 뒤집어엎을 때 들었던 산도였다.

"그럼, 이 자는……"

"그렇다."

전립을 쓴 관리가 팔짱을 끼며 말했다.

"또 한 명은 지명수배 중인 참수인 마타시게…… 바로 마타주로다. 그 시신이 쥐고 있는 것은 지난 달 녀석의 손에 명을 달리한 나의 동료, 다나카 신베의 칼이 틀림없다. 관리를 베다니 괘씸하기 짝이 없는 놈. 추적 중에 열흘 전쯤 이곳 이즈로 들어왔다는 소식을 듣긴 했는데, 설마 이렇게……"

관리 일행은 골머리를 싸맸다.

"고산타와 아쿠고로 사이에는 이미 잘 알려진 것처럼 불화가 있지 않았습니까. 그렇다면 고산타가 마타주로를 고용해 아쿠고로의 살해를 사주한 것……은 아니겠군요."

"그렇지. 아쿠고로가 역습으로 마타주로를 처치, 격분하여 고산타를 해치운 것……도 아니야. 그렇다고 한다면 아쿠고로를 죽일 자가 없으니."

"아쿠고로와 마타시게가 한통속이었을 가능성 역시……."

"그것도 마찬가지. 서로 물고 물리는 상황이야. 고산타의 부하가 저지른 소행인가 싶기도 했지만, 두목까지 구경거리로 삼을 리야 없을 테고. 게다가 아무래도 짐작이 틀린 듯하군."

관리는 야쿠자들을 한심하다는 시선으로 둘러보았다.

건달 세계의 주먹들이랍시고 거들먹거릴 때면 또 몰라도, 이처럼 예측 못한 뜻밖의 상황에는 도무지 대처가 되지 않는 모양이었다. 그 험악하던 협객들이 허수아비처럼 멍하니 서 있을 따름이었다.

"목은……."

야쿠자 하나가 말했다.

"두목의 목은…… 어, 어디에."

"바로 그 점이다" 하고 관리가 말했다.

"소식을 받고 나와 보기는 했으나, 이처럼 기이한 시신은 처음 보았어. 뭐, 이놈들의 실력은 막상막하일 테지. 셋이 칼부림을 하다 동시에 죽었다는 사태도 생각할 수 없는 것은 아니야. 허나 그럼에도 목이 없다는 것은 기이하잖은가. 잘 듣게. 목이 없는 것은 한 명만이 아니야. 둘도 아니고, 셋 모두가 없어. 세 번째 목은 누가 잘랐지? 누군가가 잘라서 버린 것인가? 아니면 공중으로 튀어올라 어디가로 사라진 것인가? 여전히 싸우고 있기라도 하다는 말인가."

구경꾼들이 웅성거렸다.

"머리는…… 못 안에서 싸우고 있다고 하던 자도 있었는데."

관리는 못을 내려다보았다.

물은 굉굉하게 소용돌이치고 있다.

"그것은 마이쿠비(춤추는 목)입니다."

사람들 속에서 행장 차림의 젊은이가 한 걸음 앞으로 나섰다.

"말씀하시는 분은……?"

"전 에도 교바시에 사는 글쟁이 야마오카 모모스케라고 합니다. 여러 고을을 다니며 고금의 괴담과 기담을 수집하고 있는 한인(閑人)이지요. 나리께 드릴 이야기가 있사오니 잠시 귀를 빌려주실 수 있을까요."

젊은이는 스윽 앞으로 나와 세 구의 시신을 바라보고 얼굴을 찌푸린 후 말했다.

"아까부터 듣고 있자니 이 세 사람은 아쿠고로, 고산타, 마타시게라고 하던데……."

"틀림없이 그러하오만."

젊은이는 "그렇습니까. 이것 참, 불운한 숙명이로세" 하고 중얼거렸다. 그리고 전립 쓴 관리에게 물었다.

"이 근처에 마나즈루가사키라고 하는 곳이 있다는 사실은 아시는지."

"물론 알고 있소. 이즈 땅이지."

"그 지역에 이런 전설이 있습니다. 간겐(寬元)시대*라고 하니, 신군(神君)**께서 에도에 막부를 열기 훨씬 전의 일이지요. 그 무렵 가마쿠라 검비위사(檢非違使)***의 수족이…… 수족이라 하지만 한마디로 경형(輕刑)을 받은 죄인인데, 이를 수하로 부리는 것이지요. 밀정 같은 것입니다. 이 수족 셋이 이 마나즈루가사키 축제가 끝날 무렵 만났는데, 술을 마시다 말다툼을 벌이게 되었다지요."

모모스케는 거기서 귀호로 보이는 시체를 가리켰다.

"한 명은 괴력무쌍의 거한이었다고 합니다. 심하게 다툰 끝에 두 사람이 공모해 이 거한을 죽이자는 결론을 내었지요. 그러나 거한은 이를 재빨리 눈치 채고 일단 한 명의 목을 베었습니다."

모모스케는 다음으로 흑달마를 가리켰다.

"또 다른 한 명은 겁을 먹고 산으로 도망쳤지만, 거한은 잘라낸 머리를 손에 들고 끝까지 쫓아가 그를 궁지에 몰아넣었고, 칼싸움이 벌어졌지요. 그런데 이 거한이 돌부리에 걸려 벌러덩 나자빠진

---

* 가마쿠라 중기 고사가천황의 연호.
** 도쿠가와 이에야스를 뜻함.
*** 범죄와 풍속 단속 등의 경찰업무를 담당.

겁니다. 바로 그때……."

모모스케는 마타주로를 가리켰다.

"궁지에 몰렸던 사내가 어깻죽지에서 가슴 아래까지 내리그었고, 칼을 맞은 거한은 반격에 나섰지만 밀치락달치락 하다가 돌 사이로 발을 헛디디는 바람에 둘 다 바다 속으로 가라앉고 말았습니다. 그때 칼날을 서로의 목에 대며 음, 하고 일성(一聲)을 발했고, 둘의 머리는 툭 떨어졌지요. 그리고 바다 속에서 그대로 다시 싸우기 시작했다고 합니다. 거한의 머리가 또 다른 머리에 달려들고, 거한의 몸에서 맨 처음 베인 머리가 굴러 나와 물어뜯으니, 삼파선이 벌어지게 되었다고 하지요. 그야말로 아수라처럼 입에선 화염을 뿜고 욕을 퍼부어대며 영원히 싸움을 계속한다고 합니다. 이것이 요괴 마이쿠비의 전설이지요."

"그, 그것 참 기괴하구먼."

"그 세 수족의 이름은 아쿠고로, 고산타, 그리고 마타시게라고 전해지고 있습니다."

"맙소사, 그게 사실인가."

관리는 크게 놀랐다.

관리만이 아니었다. 모여 있던 많은 사람들 모두가 왠지 불가사의하다는 표정을 지으며 도모에가후치를 보았던 것이다.

"사실……."

모모스케는 이야기를 이어갔다.

"그 먼 옛날 세 악당의 집념이 오랜 세월을 거쳐 이 악당들로 환생하여 전생의 한을 풀려고 한 것일까요. 아니면 이것은 우연의 장난일까요. 실로 두려운 것이 인과응보, 사악한 자들의 말로이기는 하나, 어찌 이리도 무참한 일이……."

그때.

쉬이이익 소리를 내며 불길한 바람이 수면을 지나 사람들 사이로 휘몰아쳤다. 못의 수면에 일렁일렁 파도가 일고, 삼색 소용돌이는 포말을 일으키며 크게 으르렁댔다. "머리다! 못 속에 머리가!" 하고 누군가가 외쳤다. 관리도, 협객도, 백성도, 나그네도, 일제히 못 끝자락에 서서 안을 내려다보았다.

탁한 물속에는 정말 그것처럼 보이는 물체가 빙글빙글 돌며 부침(浮沈)을 거듭하고 있었다.

그것은 흡사 싸우고 있는 것처럼 보였다.

짤랑, 하고 요령이 울렸다.

"어행봉위!"

그 일성과 함께 몇 장이나 되는 부적이 뿌려졌다.

부적은 공중에서 춤추다 수면에 이르고 소용돌이에 말려들어 이윽고 물속으로 사라졌다.

다시 짤랑, 하고 요령이 울렸다.

백장속 사내 둘이 서 있었다.

그중 한 명이 머뭇머뭇 말했다.

"나으리, 이렇게 된 바…… 여기에 있는 세 구의 시신을 이 땅에 묻고 묘라도 세워 모시는 것이 좋으리라 보옵니다. 그리하지 않으면 어떠한 저주와 재앙이 내릴지……."

관리는 전립 끈을 고쳐 매며 몇 번이고 고개를 끄덕였다.

"그, 그렇지. 이, 이는 공멸이었던 게야. 천하의 대악당들이 다투다 서로의 목숨을 앗은 게지. 이, 이봐, 달마파. 네놈들의 두목은 공연히 세간을 소란스럽게 했다. 채, 책임을 지도록 하라. 신속한 뒤처리를 엄중히 명한다. 당장, 이, 이 자가 말한 대로 행하라."

내뱉듯이 그렇게 말한 뒤, 관리들은 일제히 물러갔다. 우글우글 둘러서 있던 어중이떠중이들도 따라서 썰물 빠지듯 모습을 감추자, 도모에가후치는 눈 깜빡할 사이에 한적함을 되찾았다.

머리 없는 시체를 에워싸고 얼이 빠진 듯 제자리에 못 박힌 협객들의 모습을 멀리서 지켜보며, 곰곰궁리 모모스케는 쓴웃음을 지었다.

곁에는 아까 그 백장속 사내 둘이 있었다.

"그나저나…… 이번에는 어떠한 계략이었던 겁니까? 저는 사실, 잘 모르겠습니다만."

백장속 사내, 어행사 마타이치는 저 둘에게 물어보시라고 말하며 오솔길 앞쪽을 가리켰다.

그곳에는 앞치마를 벗은 밥장수 마고헤이, 즉 신탁자 지헤이와 유랑가녀 변장을 벗은 산묘회 오긴의 모습이 있었다.

마타이치는 말했다.

"소생은 이 사람을 속히 교토 쪽 절로 데려가야 합니다. 그러니 방향이 반대로군요."

처음 보는 백장속 사내는 모모스케에게 깊숙이 절을 했다.

모모스케는 두 사람을 보낸 다음 지헤이와 오긴에게 달려갔다.

"수고하셨소." 지헤이가 말했다.

모모스케는 곧바로 캐물었다.

"지헤이 씨, 그 서로 물고 물린 목 없는 세 송장 말인데, 대체 어떻게 하면 그리 되는 겁니까?"

"이런, 선생. 아직도 모르시나? 간단한 일이지. 마타이치 녀석이 협박을 해서 일단 한 명을 오두막에 집어넣어. 거기에 여기 오긴이 미인계로 홀린 달마가 들어와 선객(先客)을 베지. 달마는 욕심에 눈이 멀어 있으니 앞뒤 재지 않고 목을 썰거든. 그 참에 내가 속인 참수인이 가서 달마의 목을 한 칼에 치는 게야. 떨어지는 순간, 아쿠고로가 일어나서……."

"예?"

"뭘 그렇게 놀라나?"

"아쿠고로는 맨 처음 죽지 않았는지?"

"아니, 아니." 지혜이는 손을 홰홰 내저었다.

"아니라뇨? 하지만 흑달마가 죽였잖습니까? 틀립니까? 그럼 아까 그 송장은……."

"그건 내가 옷을 갈아입힌 것이야. 진짜 귀호에게 말이지."

"진짜 귀호라니, 대체 무슨……?"

오긴은 모모스케를 곁눈질로 보며 웃음을 삼켰다.

"선생, 방금 그 급조 어행사가 누구인줄 아시는지?"

"예?"

모모스케는 뒤돌아보았다.

그러나 다른 한 명의 백장속 사내의 모습은 이미 없었다.

"그 사람이 귀호 아쿠고로, 바로 도라고로 씨라우. 그 사람은 분명 술고래에 노름이라면 사족을 못 쓰는데다 완력까지 엄청 세지만서도, 악귀네 범이네 하는 소리를 들을만한 인물이 아니거든. 얼굴도 수염을 깎으니 제법 귀엽지 않습디까."

"하, 하지만 오긴 씨. 귀호라는 자는, 저기, 부녀자를 납치해……."

"그건 명령을 받아서 마지못해 했던 게야." 지헤이가 화난 듯 대답했다.

"명령?"

"그래. 협박……이랄까."

"누구에게서? 진짜 귀호에게서?"

"음. 다도코로 주나이라는 가라메쓰케*지."

"그 사람이 아까 그 시신의 주인입니까?"

"맞아. 비열한 놈이지. 그따위와 같은 취급을 받으면 악귀도 호

---

* 徒目付. 에도시대의 관직 중 하나로, 주로 감찰 업무를 담당.

랑이도 화를 낼걸."

지혜이는 내뱉듯이 그렇게 말했다.

"한데, 그리 높으신 나리가 뭘 어찌한 겁니까?"

"음, 이 주나이가 작년부터 암행 감찰로 임명을 받아서 니라야마 대관소를 감사하고 있었어. 은밀하게 이즈 구석구석을 도는 임무인데, 이 인간이 참…… 여기저기서 악랄한 짓을 저지르는 게야. 감사해야할 대관소와 내통해서 이래저래 관대하게 봐주는 대신, 여러모로 그 악행을 묵인받았지. 이 자식이 또 여자라면 아주 환장을 해. 그렇지, 오긴?"

"병이지. 하루만 여자를 끊으면 코피가 쏟아지고, 사흘을 끊으면 돌아버리는 색골이었어요. 더구나 여자를 다룰 때 묶고 때리는 것은 당연지사. 바늘로 찌르고 불로 지지고 눈을 뭉개는 난행에, 한창 일을 치르는 중에 죽여버리는 경우도 빈번했다고 하니 이건 완전히 병이지. 그런 놈을 고분고분 상대해줄 여자가 세상 어디에 있겠수."

"그래서 아쿠고로 씨에게? 그럼 아쿠고로 씨는 여자 조달을 강요당했을 뿐, 납치한 상대에겐 아무 짓도 하지 않은 겁니까?"

"그렇지. 그 사람은 말이야, 울며 겨자 먹기로 여자를 납치했을 뿐이라고. 게다가 일이 끝날 때까지 망보기를 시켰다더구먼. 그 누가 와도 들여보내선 아니 된다는 명령이었지."

"아아, 그러고 보니 귀호는 여자를 납치한 다음 오두막 앞에 서 있었다고 했던가……. 생각해보면, 밖에 서 있어선 아무 짓도 못하겠군요."

"장장 사흘 낮 사흘 밤이나 이어졌다고 하니, 인간이 할 짓이 아니지."

"그런데 왜 그런 명령을……? 돈이라도 받고서?"

"품삯은 쥐어준 모양이지만, 그보다도."

"누이 때문이었지." 오긴이 말했다.

"누이가 인질로 잡혀 있다고, 그 사람은 철석같이 믿어 왔던 거라우."

"인질? 그 가라메쓰케한테요?"

"음. 사실은 벌써 이 년 전에 노리개가 되었다가 살해당하고 말았는데 말이지."

오긴이 괴로운 듯 미간을 찌푸렸다.

"도라고로의 누이는 오요시라는 이름이었는데, 료고쿠 기름 도매상의 마님이 될 사람이었다우. 그런데 터무니없는 혐의가 씌어져서 화도개방에게 붙잡히고 만 게야."

"화도개방에게?"

"도적의 끄나풀이라는 의심을 받아. 누명이었지."

"어떤 연줄을 썼는지, 그것을 넘겨받은 자가 다도코로 주나이. 다도코로는 오요시를 무사히 속세로 내보내고 싶으면 시키는 대로 하라며 도라고로를 협박한 게야. 도라고로는 그저 누이를 생각해 고분고분 따랐지만, 근본이 온후하다보니 발을 뺄 수가 없게 된 거지. 게다가 누이가 이미 죽은 게 아닌가 의심하기 시작했어.

그래서……."

"모사꾼이 나설 차례……였군요."

"그렇지." 오긴은 한숨을 쉬었다.

"그런데 오요시 씨의 불행, 그 근본적인 원흉이 바로 참수인 마타시게였지. 도둑에게 고용되어 오요시 씨가 일하는 가게에 쳐들어가 일가권속을 몰살한 사내니까. 더구나 오요시 씨는 그 끄나풀로 오해받아 붙잡히고 말았어."

"하루만 사람을 베지 않아도 불안에 떤다는 살인광이야." 지헤이가 말했다.

"언제 목이 베일지 조마조마했다니까. 그렇지, 오긴?"

"아배는 단 하루 뿐이잖수. 나는 열흘이라고. 그 물건을 이즈까지 꼬드겨 오는 데에 열흘이나 걸려버렸으니."

"오긴 씨가 유인한 겁니까?"

"그래요. 해서…… 일 벌이는 김에 마을 사람들 눈물만 빼는 극악무도한 흑달마도 한 자리 끼워준 것이지."

"그럼 그 도박장의 난투도……."

"미끼였지." 지헤이가 말했다.

"그 흑달마의 도박장, 야바위라더구먼. 도라고로는 그 사실을 알면서도 참고 놀았던 모양이지만."

"그, 그러니까, 잠깐만요. 어, 그게, 일단 다도코로를 마타주로인 줄 알고 벤 사람이 흑달마, 그 달마를 귀호인 줄 알고 벤 사람이 마타주로, 그 마타주로를 벤 사람이……."

"아, 그러니까, 도라…… 아니, 아쿠고로라고. 아쿠고로는 처음부터 죽은 척하고 있다가 마지막에 마타주로가 흑달마를 베는 그 찰나를 노린다는 계획이었지. 아쿠고로는 살생을 좋아하지 않는 사람이지만, 마타시게는 누이가 고용살이 하러간 곳의 식솔을 몰살한 원수라고. 어린아이를 죽이는 것은 용서할 수 없다고 그때도 생각했다더구먼. 그리고 마타시게 정도의 실력자를 쓰러뜨릴 사내는 달리 없지. 마타시게의 목은 날아가서 그대로 못에……."

'춤추는 목.'

모모스케는 이미 나무그늘에 가려져 보이지 않게 된 도모에가 후치 쪽을 바라보았다.

그리고 이렇게 생각했다.

진상 따위, 모르는 것이 나았다…….

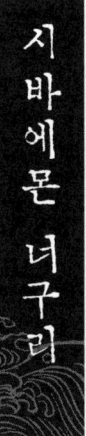

시바에몬 너구리

아와지 지방에 시바에몬이라 하는 묵은 너구리가 있어

다케다이즈모 연극 공연이 있었을 적에

구경하러 왔다가 개에게 물려 죽었다

그러나 스무사흘 동안 그 정체를 드러내지 않았다고 한다

繪本百物語・桃山人夜話/卷第三・第二十

1

아와지 지방에 시바에몬이라는 이름의 영감이 있었다.

오목눈에 잘 웃는 호호야(好好爺)로, 머리는 간신히 상투를 틀 수 있을 만큼 훌러덩 벗겨지고 남은 머리칼은 새하얀 백발이라 모자 등을 썼는데, 아이들도 '시바 어른, 시바 어른' 하며 따르고 이웃들에게서도 존경을 받았다고 한다.

집안은 대대로 농가로, 호농(豪農)이라 할 정도까지는 아니었으나 살림살이는 풍족했다. 일가권속 중 누구에게 물어봐도 그게 모두 다 조부님 덕분이라는 한결같은 대답이 돌아왔다.

실제로 젊은 시절 시바에몬은 근면성실의 전형 같은 사내였다. 그 인생은, 일념으로 논밭을 갈고 비가 오나 바람이 부나 그저 몸을 움직이며 일하고 또 일하다보니 어느덧 늙어 있었다는, 그야말로 지극히 무미건조한 것이기는 했다. 그러나 노후의 시바에몬에게 후회하는 기색은 없었다.

똑같이 근면하게 일해도 평생 운이 따르지 않는 자도 많이 있으며, 아무리 삼가고 바르게 살아도 이 세상에서는 언제 어느 때 어떠한 재앙이 들이닥칠지 알 수가 없다. 나이 먹고서 식솔에 둘러싸여 건실하고 정정하게 살 수 있는 것이 그저 행복임을 시바에몬이라는 영감은 잘 알고 있었던 것이리라.

그런 성실성 하나가 장점인 듯한 시바에몬이었으나, 한편으로는 이 영감, 멋을 아는 풍류인의 면모도 가지고 있었다. 시골 농사꾼치고는 학식이 있었고, 어디서 익혔는지 읽고 쓰기도 무척 능했으며, 인품도 온후했기에 따르는 자 또한 많았다.

어깨에 탈이 조금 나서 은퇴한 이후로는 오로지 문인묵객(文人墨客) 흉내를 내며 하루 온종일 마루에서 차를 마시거나 시(詩) 한 수를 지으며 유유자적 살고 있었다.

에도나 교토의 객이 마을을 방문할 적마다 크게 기뻐하며 집으로 불러들여 대접하고는 문화나 풍속 견문담을 즐겨 들었다. 요미혼과 에조시*류도 많이 구하여 이 또한 자주 읽었다. 아들도 손자도 자신을 본받아 착실하고, 증손도 태어났으니 이 세상에 걱정거리란 무엇 하나 없다……. 시바에몬은 그러한 얼굴로 살고 있었다.

닮고 싶다, 시바에몬 영감처럼 늙고 싶다고 누구나 입을 모아 말했다.

그러한 시바에몬에게 그야말로 청천벽력 같은 재앙이 들이닥친

---

* 繪双紙, 그림이 들어간 간단한 읽을거리.

것은 아직 더위가 한창인 여름축제날 밤이었다.

시바에몬에게는 자식이 다섯, 손자가 열 있었다.

초저녁, 장남 야스케의 막내딸인 데이의 모습이 보이지 않게 된 것이다.

데이는 당시 아홉 살로 한창 귀여울 나이였다.

그날은 마을 외곽에 인형극단의 가설극장이 들어서서, 시바에몬 일가는 가족이 총출동하여 그 구경을 갔던 것이다.

아와지는 인형극이 성한 지역이기는 하나, 그렇다 해도 연중 볼 수 있는 것은 아니다.

원래부터 연극이라면 대부분 좋아하던 시바에몬은 가설극장이 들어설 때마다 빠짐없이 구경을 갔다. 상연종목은 늘 같았으나, 오락거리가 적은 시골이었기에 이는 시바에몬뿐 아니라 마을 사람들에게도 몇 안 되는 즐거움 중 하나였던 것이다.

가설극장은 붐볐다.

인형극의 처녀 인형을 본 시바에몬이 "저것은 참으로 많이 닮았구먼. 꼭 데이 같구나" 하고 너스레를 떨며 큰 웃음을 터뜨린 직후의 일이었다. 데이는 그때 수줍어서 소매로 얼굴을 가리며 "아이, 할아버지, 정말 미워요" 하고 말했던 것이다. 시바에몬은 그 깜찍한 언행을 생생히 기억하고 있다.

데이는 한창 연극이 펼쳐지는 중에 뒷간에 간다며 자리를 빠져나간 다음 모습을 감추었다.

그럼 먼저 돌아간 게 아닌가, 하고 집에 가보아도 없었다.

큰 마을이 아니다. 이름을 부르며 찾아다니는 사이, 곧 시바에 몬의 손녀딸이 행방불명되었다는 소문은 입에서 입을 타고 순식 간에 퍼졌다. 사라진 이가 다름 아닌 시바 어른의 가족이다 보니 온 마을이 발칵 뒤집혔다. 마을사람들이 총출동해 북과 징을 울리 며 밤새도록 찾았으나 보이지 않았다. 아이고 유괴다, 데이고 실 종이다, 하며 수색은 아침까지 이어졌다.

데이의 시신이…… 가설극장 뒤편에서 발견된 것은 동녘 하늘 이 훤해진 무렵이었다.

찾아낸 이는 시바에몬의 먼 친척뻘인 지스케라는 젊은 사내였다.

지스케는 막연히 대처(大處) 생활에 동경을 품고 있어 조만간 오사카에라도 나가 한밑천 잡아보겠다고 몽상이나 하는 넉살꾼이 었는데, 그 때문인지 평소부터 촌사람 같지 않은 시바에몬의 인품 에 강하게 끌렸다고 한다.

꼭 그러한 이유 때문만은 아니었을 테지만, 지스케는 앞장서서 산이며 밭이며 늪을 돌았고 누구보다 열심히 데이를 찾았다.

허나 결국 아무런 수확 없이 동틀 무렵에 이르렀고, 일단은 집 으로 돌아가자고 마음먹게 되었다. 그럼에도 여전히 체념을 못하 던 중, 혹시 맨 처음 있었던 가설극장으로 돌아가지 않았을까 하 는 생각이 문득 들어 집으로 가던 길을 크게 우회하면서까지 들러 보았다. 주위를 빙 돌아 극장 뒤에 이르렀고, 이어 지스케의 눈은 휘둥그레졌다.

으스름 속에 청청하게 우거진 풀잎 그늘 속, 눈에 익은 옷 무늬가 엿보였다. 살금살금 다가가 풀잎을 헤치고……

그리고 지스케는 주저앉고 말았다.

그곳에는 무참한 데이의 시신이 누워 있었다.

옷자락은 흐트러지지 않았다.

다만.

사랑스러운 인형 같던 그 머리가 대나무 쪼개지듯 세로로 갈라져 있었던 것이다.

정면에서 내리 벤 것이리라.

마치 참외라도 자르듯 두 쪽으로.

소식을 듣고 달려온 가족들은 참혹하게 변한 딸아이의 모습을 보자 숨을 삼켰고, 그저 망연히 서 있었다.

상상을 초월하는 무참한 아이의 모습에 말은커녕 눈물도 나오지 않았다고 한다.

평소에는 이성을 잃는 법이 없는 시바에몬마저 데이의 시신 곁에 무너지듯 엎드려, 이마까지 땅에 박으며 흙덩이를 움켜쥐고 울었다.

평소 웃음을 잃지 않는 호호야인 만큼 그 위축된 모습이 한층 더 애처로워 사람들의 눈물을 크게 자아냈다.

이윽고 관리가 헐레벌떡 달려오고 작은 마을은 천지가 뒤집힌 듯 크게 들썩거렸으나, 부산하게 요란만 떨었을 뿐 결국 아무것도 알아내지 못했다.

시바에몬에 대한 마을 내 평판은 더없이 좋았고 그 가족을 언짢게 여기는 자 또한 마을에는 없었으므로 원한 때문에 저지른 흉행(兇行)으로는 생각하기 어려웠다. 더욱이 화를 당한 이는 아홉 살밖에 먹지 않은 소녀이다. 데이 자신이 남의 원한을 살 일도 없다고 보아야 하리라. 입성을 보면 농가의 소녀라는 것은 한눈에 알 수 있다. 그렇다면 도둑 부류도 아닐 테고, 연령이나 수법으로 미루어보아 치정일 가능성도 없다.

꼼꼼히 살펴본 결과, 요즈음 교토 지방 일대에 소문이 파다한 노두참살자(路頭斬殺者)일 것이라는 결론이 내려졌다.

분명 그 무렵……

교토에서 오사카에 걸친 일대에서는 잔인무도한 노두참살이 횡행하고 있는 듯했다. 그에 관해서는 시바에몬도 풍문으로 들었던 것이다.

듣기로는 별 원한 없이 금품도 털지 않으며 신분이나 남녀의 차이를 불문하고서 그저 야음을 틈타 맞닥뜨린 자의 숨통이 멎을 때까지 베어 죽일 따름. 그 노두참살자는 그러한 족속이라고 한다. 이른바 무차별 살인귀인 것이다.

그 살인귀는 일 년 전쯤 교토에 나타났고, 반년 가량 지난 후 오사카로 흘러들었다고 한다. 희생자는 교토와 오사카를 합해 열이라고도, 열다섯이라고도 하는데, 아직 진범은 오라를 받지 않았으며 용의자조차 떠오르지 않은 듯했다.

이것이 정말 그 살인귀의 소행이라면 동기의 탐색은 무의미하다고 할 수 있다. 그 자는 이른바 미치광이이므로, 그렇다면 나이

어린 소녀를 보자마자 베어 죽였다고 해도 그다지 의아할 점은 없는 것이다. 관리의 말에 따르면 칼을 쓰는 솜씨도 매우 비슷하다고 한다.

그러나…… 살인귀라는 한 마디로 매듭지어지다니, 시바에몬은 수긍할 수 없었다.

어쨌거나 칼 두 자루를 찬 사무라이의 모습조차 보기 어려운 촌구석이다. 밤마다 무뢰배가 어슬렁대는 대처와는 다르므로 미치광이의 흉행으로 단정지어봐야 쉽사리 납득이 갈 리 없는 것이다.

살인귀가 오사카에서 효고쓰 부근에라도 흘러들었다면, 아와지는 분명 엎드리면 코 닿을 곳이기는 하다. 건너오지 않았으리라는 보장도 없다.

그러나 그 살인귀 본인이 누구인지는 알려지지 않았다. 다시 말해, 쫓기는 몸이 아닌 것이다. 쫓기지도 않는 자가 도망칠 것이라 생각하기는 어렵다. 도망칠 필요도 없는 자가 뭐하러 아와지로 건너와야 하는지 알 수가 없다. 혹여 건너왔다고 해도 무슨 이유로 이런 궁벽한 곳에서 한낱 소녀를 베어야 한단 말인가.

그러한 짓을 저지른들 오히려 이목을 모으게 될 뿐이지 않은가.

시바에몬은 생각에 생각을 거듭했다.

결국 물러가는 관리에게 송구스럽다는 말과 함께 이의를 제기했다.

"이것이 살인귀의 소행이라니, 나로서는 도저히 그리 생각되지 않소. 그렇다고 관헌 나리를 의심하는 것은 아니나, 한 번 더 처음부터 다시 수사해주실 수는 없겠소이까. 만약 여기서 이대로 사건이 매듭지어지면, 그래서 혹여 그 살인귀가 범인이 아니라면…… 진범은 평생 오라를 받을 일이 없을 터이지. 그리 되면 손녀가 고이 잠들지 못하오. 진범이 벌을 받기 전에는 손녀가 성불하지 못할 게요."

관리는 그 이야기를 듣고 순순히 고개를 끄덕였다. 그리고 타이르듯 이렇게 말하는 것이었다.

"시바에몬, 그대의 의견은 실로 지극히 타당하네. 우리 또한 그리 생각하지 않는 것은 아니지. 손녀를 잃은 그대의 심중을 헤아려보면 연민의 정을 억누르기 어렵다네. 다만, 곰곰이 생각해 보시게, 시바에몬. 만약 진범이 교토 지방에서 흘러 들어온 살인귀가 아니라면, 그때는 그대가 사는 이 마을의 백성 중에 진범이 있다는 이야기가 되는 걸세."

시바에몬은 숨이 멎는 듯했다.

인형극을 보러온 자들은 모두 낯설지 않은 얼굴이었다. 원래 작은 마을이니 외지인이 들어오면 금세 알게 된다. 축제가 있는 밤에는 대처와 가까운 마을에서도 사람들이 오지만, 그래봐야 머릿수란 뻔한 것. 섞여 있는 이는 모두 다 어디어디의 누구누구로 정체가 확실한 자들뿐. 어차피 괭이는 들어도 날붙이는 들지 못하는 자들뿐이다.

그 외에는 인형극을 하는 이치무라 극단 사람들밖에 없다.

이치무라 극단은 이미 십 년 전부터 여름마다 가설극장을 세우는 친숙한 극단이다. 단장인 마쓰노스케는 번주(藩主)님도 배알하고 있다는, 이른바 공인받은 연기자였다.

아와지에서는 역대 번주의 비호도 있었던 덕분에 인형극이 특히 성했는데, 현 번주는 유달리 인형극을 좋아해서 일반 백성에게도 보급되도록 크게 장려하고 있다. 아와지 인형은 바야흐로 명물이 되었으며, 마을에서도 흉내를 내고 있을 정도이다. 다시 말해 마쓰노스케 극단은 거의 상의(上意)를 받드는 형태로 순회흥행을 하고 있는 것이다.

의심할 여지는 없다.

진범은 그 속에 있지 않다.

아니, 있어서는 아니 되는 것이다. 지인과 혈족을 의심한다는 것은 당치도 않은 일이지 않은가.

그렇다면.

손녀를 죽인 악귀축생은 외부에서 들어와 외부로 달아난 것이 틀림없다. 마을 안에 있지 않다면 그 누구라 해도 마찬가지이리라. 살인귀든 마물이든 관리에게 맡길 도리밖에 없는 것이다.

시바에몬은 충분히 납득했기에 깊숙이 머리 숙여 비례를 사죄했다. 관리는 그 주름진 얼굴을 보고 천망회회소이불실이라고 했으니 진범은 반드시 죗값을 치를 것이라고 차분히 달래듯 고한 다음, '부디 낙담하지 말고 어서 기운을 차리도록 하라'며 말을 맺었다.

시바에몬은 그 말에 크게 감동받았다. 손녀는 측은하기 그지없지만, 그렇다고 해서 울고 있을 수만도 없다는 생각이 든 것이다. 아들을 비롯해 마을사람들 중에는 수긍하지 못하는 듯한 자들도 여전히 많았으나, '당사자인 시바 어른이 그리 말씀하신다면' 하고 결국은 모두 물러섰다.

그리하여 소동은 진정되었다.

참사가 가져온 마음의 상처는 좀처럼 낫지 않았으나, 그럼에도 하루하루의 생활이 있다 보니 한 달 두 달 흐르는 사이에 마을은 나름대로 질서를 되찾았고, 벌레 소리가 들려올 무렵에는 완전히 원래의 모습으로 회복되었다

살인귀가 잡혔다는 소식은 들려오지 않았으나 그렇다고 흉행이 되풀이되는 일도 없어, 잊은 것은 아니었지만 사람들은 자연스레 그에 관한 화제를 입에 올리지 않게 되었다.

가을이었다.

춥지도 덥지도 않아 지내기 수월한 밤이었다.

그날 시바에몬은 좀처럼 잠들지 못했는데, 또르르르, 하고 푸근하게 울리는 방울벌레 소리를 듣는 사이에 불현듯 시구(詩句)를 읊고 싶어졌다고 한다.

얼마간 그러한 마음은 전혀 내키지 않았었다. 타고난 풍류의 피가 들썩였는지, 아니면 가슴을 오가는 손녀딸의 모습을 떨쳐내자는 생각이라도 들었는지, 노인은 맹장지문을 드르륵 열어젖히고 밤 뜰로 나갔던 것이다.

아름다운 보름달이었다고 한다.

시바에몬은 잠시 동안 모든 것을 잊고, 교교히 뜰 안을 비추는 아름다운 태음(太陰)을 넋 놓고 바라보았다.

얼마나 그리하고 있었을까.

문득 정신이 들어 뜰의 관목(灌木)에 눈길을 던지자 그곳에 물끄러미 시바에몬을 응시하는 것이 있었다.

검고 작은 것이다. 짐승이리라.

어둠 속에서 반짝, 두 눈이 빛났다.

그때.

시바에몬 님······.

그렇게 불린 듯한 느낌이 들었다.

뭔가 싶어 한 걸음 내딛자, 그 검은 것은 달아나지도 않고 시바에몬 앞으로 스르르 나와 달빛에 모습을 드러냈다.

그것은 한 마리의 너구리였다.

"어허······. 덕분에 놀랐구먼."

시바에몬은 얼굴을 가까이 가져갔으나, 너구리는 달아나지 않았다.

그뿐 아니라 너구리는 뾰족한 코를 영감의 얼굴 쪽으로 돌렸다.

시바에몬이 쭈그려 앉자 스르르 다가와 몸을 비빈다.

뭔가를 달라고 조르는 듯한 몸짓이었다.

"오냐, 오냐, 먹을거리를 바라는 게로군."

시바에몬은 원래 풍아(風雅)를 즐기는 성격이므로 이 같은 뜻밖의 일은 크게 환영하는 바이다. 호기심 많은 노인은 아름다운 달을 보아 굶주린 짐승에게 보시를 베풀고자 하였기에, 잠시 기다리라 이르고서 일단 집으로 올라섰다.

애당초 짐승에게 말이 통할 리도 없다. 기다리라고 해봐야 기다릴 짐승도 없을 것이라고 생각은 했으나, 그리되어도 그만. 시킨 대로, 산에서 온 너구리가 혹 기다리고 있다면 이것이야말로 도락의 극치이리라. 시바에몬은 그렇게 생각했다고 한다.

주방으로 가서 남은 밥을 대접에 옮긴 다음 '어허, 너구리 공, 어찌하고 있을꼬' 하며 돌아와 보니 그 너구리, 뜰 한가운데에 좌정하고 예의바르게 시바에몬을 기다리고 있었다.

"기다리고…… 있었나."

시바에몬은 파안(破顔)하며 뜰로 내려섰다.

너구리는 대접을 비우자 절이라도 하듯 두세 번 고개를 까딱이더니 야음 속으로 사라졌다. 시바에몬은 오랜만에 마음이 가벼워진 듯 무척이나 유쾌한 기분이 들어, 짐승이 녹아든 어둠을 향하여 "내 말을 알아들었다면 내일 밤에도 오너라" 하고 말했다.

그리고 달을 올려다보며 자신에게 실소했다.

그 이튿날.

역시 벌레소리가 울리는 밤이었다.

시바에몬은 어젯밤과 같은 시각에 장지문을 열었다.

오리라 믿은 것은 아니지만 올지도 모른다는 생각은 하고 있었다. 왠지 모르게 그러한 불가사의를 믿어보고 싶다, 그런 마음이었던 것이다.

너구리가 있었다.

시바에몬은 무척 기뻐하며 다시 밥을 대접했다.

그러한 일이 네댓새 이어졌다. 가족들도 어르신네의 거동이 의아스럽다 싶었는지 은근슬쩍 돌려서 떠본 듯했으나, 시바에몬은 별 말 없이 조만간 만나게 해주겠다고만 대답했다.

너구리는 이레 밤을 이어서 찾아왔다.

이레 째 되는 밤, 시바에몬은 너구리의 머리를 쓰다듬으며 "내일은 한낮에 오너라. 만약 일러준 시각에 정말로 네가 온다면, 그때는 온마리 생선이라도 내놓으마"라고 말했다.

이튿날이 되자 시바에몬은 도미 한 마리를 사들였다. 가족들이 매우 의아해했으나 시바에몬은 그저 "벗이 올 게다"라고만 대답했다.

그리고 장지문을 열어젖히고 마루에 앉아, 시바에몬은 한낮이 되기를 기다렸다. 오시 정각에 너구리가 왔다. 시바에몬은 크게 기뻐하며 마당으로 나가 가족들을 불러 모으고서 너구리를 보여주며 이것이 나의 벗이라고 알렸다.

너구리는 사람들이 우르르 에워싸는데도 도망치거나 겁먹지 않았으며, 마치 인사라도 하듯 가족들을 둘러본 후에 도미를 먹었다. 시바에몬은 그 모습을 보자 자랑스레 이렇게 말했다.

"잘 듣거라. 이 너구리 공은 짐승이면서도 사람 말을 알아듣는 별난 종자다."

가족들은 일제히 기이하다는 눈길을 던졌다. 시바에몬은 그 의심에 찬 시선이 또 기뻤던 듯 그간 있었던 일을 거침없이 이야기했다. 가족들도 처음에는 반쯤 허풍이라 여기며 의심했으나, 보아하니 도미를 먹는 너구리의 모습이 의외로 귀여웠고 또 참으로 사람을 잘 따르게 생긴 얼굴이었으므로 그 자리에선 시바에몬의 체면을 세워주느라 믿는다는 듯이 말을 했던 것이다.

너구리는 시바에몬의 집에 눌러앉게 되었다.

시바에몬은 너구리를 대단히 귀여워했다.

방안으로 불러들여 이야기상대로 삼기도 했다.

이럭저럭하는 사이에 집안사람들은 그 너구리가 매우 똑똑한 짐승임을 알게 되었다. 말을 알아듣는지의 여부는 차치하더라도, 분명 길들인 개만큼 이르는 대로 잘 따랐다. 기다리라고 하면 기다리고, 오라고 하면 왔다. 설령 집 안에 들여놓아도 시바에몬의 방에서 한 발자국을 나오지 않았고, 못된 장난 또한 치지 않았다.

이윽고 어르신네 말씀대로 어쩌면 말도 알아들을지 모르겠다, 집안사람들은 그런 생각까지 하기에 이르렀다.

좁은 마을이므로 그 이야기는 며칠 지나지 않은 사이에 온 마을에 퍼졌다. 집안사람들은 믿기 시작했으나, 아무래도 남들은 금세 믿지는 않았다. 울타리 너머로 들여다보면 어김없이 희희낙락 너구리에게 이야기하는 시바에몬의 모습을 볼 수 있었다.

마루에 앉은 시바에몬은 마치 사람에게 하듯 너구리를 대하고 있었다. 과자를 권하고, 마주앉아 밥상을 받고 있을 때도 있었다. 그 모습은 분명, 보통사람의 눈에는 정상적인 정경으로 비치지 않았던 것이다.

'그 시바 어른도 마침내 어떻게 되고 말았나.' 마을사람들은 하나같이 시바에몬의 정신을 의심했다. 손녀딸의 일이 있은 후 겉으로야 정정해 보여도 역시 쇠약해진 것이 틀림없다며 다들 과한 억측을 펼쳤고, 이후 험담을 하는 자만 없을 뿐 시바에몬의 너구리 이야기를 내놓고 입에 올리는 자는 마을에 누구 하나 없었다. 심중을 헤아려, 그 몸을 걱정한 나머지 침묵한 것이었다.

시바에몬은 그것이 마음에 들지 않았다.

그러나 마을사람들 앞에 서서 그저 역설을 한다고 해도 미치광이로 오해받는 것이 고작일 따름. 그런 것쯤은 짐작되고도 남는 일이었다. 그래서 입을 다물고 있었으나 아무래도 거북했다. 서먹서먹한 응대를 견딜 수가 없었다. 시바에몬은 더 이상 참지 못하고 너구리에게 이렇게 말했다.

"자네가 사람 말을 알아듣는다는 것을 이 마을사람들은 아무도 아니 믿어주는구먼. 어느 책에 따르면 원나라 성종 시절, 관문(關門)에 살던 너구리가 대국의 지리(地理)를 술술 읊었다고 하지. 그 너구리, 나중에는 길흉화복까지 점쳤다고 하지 무언가. 이 마을사람들은 그러한 고사를 모르는 게야. 만약 자네에게 무언가 재주가 있다면 사람으로나 다른 것으로 둔갑해서 와주지 않겠나?"

너구리는 잠자코 듣고 있었는데, 얼마 후 가만히 뜰로 나가더니 그대로 사라졌다. 시바에몬조차 설마 둔갑이야 하지 않으리라 생각했기에 그날은 그대로 잤다.

그 이튿날 밤.

그날은 아침부터 하루 종일 너구리가 그 모습을 보이지 않았다. 사바에몬은 자신이 무리한 부탁을 한 탓에 혹시 산으로 돌아가버린 것일까, 하고 생각했다.

그러자 조금 허무한 기분이 들었다.

아무리 시간이 지나도 너구리는 오지 않았다.

쌀쌀한 밤이었으므로 시바에몬은 장지문을 닫으려 마루에 섰다.

그때였다.

사바에몬은 어느 날 밤과 똑같은 시선을 느꼈다.

퍼뜩, 뜰을 보았다.

떨기나무 아래에서 그림자가 불쑥 튀어나왔다.

한순간 너구리인 줄 알았다. 그러나 그림자는 너구리보다 훨씬 컸다.

그곳에는 너구리가 아니라 자그마하니 잘 차려입은 쉰 줄 가량의 노인이 한 명 서 있었다.

대흑두건을 쓰고 적자색 민소매 하오리에 통이 좁은 하카마를 입고 있었다. 어딘지 모르게 상가(商家)의 주인처럼 의젓해 보이는 모습이다. 시바에몬은 숨을 삼키고, 그런 다음 머리를 스치는 잡다한 생각을 버리고서 "누구신지요" 하고 물었다.

너구리일 리는 없다.

노인은 쉰 목소리로 대답했다.

"저는 도노우라에 살고 있는 시바에몬이라 하옵니다."

"시, 시바에몬이라고?"

"그렇사옵니다. 어르신과 같은 이름이지요. 어젯밤 바라는 바를 말씀하시었기에 오늘밤은 이러한 모습으로 찾아뵈었사옵니다."

"아닛……."

시바에몬은 마루에 털썩 주저앉았다.

"노, 농담 마시오. 이 시바에몬, 아무리 노쇠하였다고 해도 그, 그러한 허튼 소리를……."

"그 무슨 말씀이신지. 어르신께선 저를 지극 정성으로 보살펴주셨습니다. 짐승인 저에게 온마리 생선까지 대접해주셨지요. 은혜 입은 분을 속이다니요."

"허, 허나."

"갑작스러워 믿지 못하시는 것도 어찌할 수 없는 일. 혹여 의심이 드신다면, 예, 그간 어르신께서 저기 있는 방에서 매일매일 저를 상대로 펼치셨던 이야기를 지금 당장 말씀드려도 되올는지요."

"잠깐 기다려주시게."

시바에몬은 손을 들었고, 그런 다음 노인을 방 안으로 불러들였다. 너구리든 사람이든 어차피 마루 끝에서 계속 말을 주고받을 수만은 없다고 생각했기 때문이다.

시바에몬 너구리는 방 안으로 들어오자 정좌를 하더니 방바닥에 코가 닿도록 심히 공손하게 절을 올렸다.

"안으로 들여주셔서 실로 황감(惶感)하기 그지없사옵니다. 원래 이치를 따지자면 저와 같은 축생은 한 단 낮은 곳이 분수에 맞사온데, 이처럼 훌륭한 방으로 맞아들여주시다니 너무도 황송하여 몸 둘 바를 모르겠사옵니다."

어이없을 정도로 송구스러워 한다.

"자, 자아, 고개를 들어주시오. 어째 볼썽사나운 꼴을 보여 면목이 없으나…… 그, 그러한 차림새로 겸양하시니 이 몸이 오히려 고맙소이다. 도노우라의 시바에몬 씨라고 하셨던가. 본 바로 나와 나이도 별 차이 없지 않소이까."

"올해로 백 서른 먹은 늙은 너구리이옵니다" 하고 시바에몬 너구리는 대답했다.

시바에몬은 주름진 얼굴을 찌푸렸다.

"그게 사실이라면 나의 두 배나 되잖소. 그렇다면 예를 다해야 할 쪽은 나구려. 짐승이든 사람이든 오래 산 목숨은 공경해야 마땅하지."

시바에몬은 그렇게 말하며 웃었다.

마음을 굳힌 것이다.

눈앞에 있는 노인이 너구리이든 아니든, 이 마당에 이르러 그저 우왕좌왕해서야 풍류인이란 이름이 울 터. 이것이 혹 무언가 심산이 있어 벌이는 연극이라도 해도, 단지 늙은이를 조롱하는 행동에 불과하다고 해도, 이 사내의 언동이 멋스러운 처사라는 사실에는 변함이 없다. 그렇다면 여기서는 마땅히 그 언변에 넘어가주어야 한다.

"차라도 내어오리까" 하고, 시바에몬은 말했다.

"아니면 술이 좋으시겠소? 임자는 여태껏 너구리였으니, 설마 술이야 마시지 않겠지 싶어 내오지 않았지만 말이오."

시바에몬 너구리는 한결 더 공손하게 "부디 괘념치 마시기를" 하고 말했다.

시바에몬 유심히 그 모습을 뜯어보았다.

어디를 어떻게 보아도 인간이다.

아니, 애당초 너구리가 사람으로 둔갑한다는 것은 촌이라 하여도 있을 수 없는 일이므로, 여하튼지 간에 이는 인간임이 틀림없는 것이다. 그나저나······.

"그나저나, 참으로 용하게 둔갑하셨구려. 꼬리도 아니 보이고, 털도 수염도 아니 나고, 엄니도 없다니. 상하 좌우 전후 어디를 보나 정말 어엿한 인간이올시다."

너구리는 품에서 수건을 꺼내 이마를 닦았다.

"참으로 쑥스럽기 그지없사옵니다. 저도 너구리의 본고장 아와 출신이기에 소싯적에는 마을처녀로 둔갑하기도 했사옵니다만, 이 나이가 되니 아무리 재주를 부려 둔갑해도 나잇살 먹은 아낙밖에 아니 되더이다. 추한 몰골로 나설 바에는 차라리 이편이 나을까 싶었지요."

시바에몬은 다시 웃었다.

"천만에, 천만에. 처자 몸으로 왔다면 오히려 믿지 못하였을 게요. 임자가 수컷이라는 것은 나도 이미 알고 있었으니. 시바에몬 씨, 어허, 그 실한 물건은 숨겨지지 않는다오."

너구리는 "오오, 그렇구먼" 하고 말했다.

그리고 다시 몸가짐을 바로 한 다음, "원래 저희 너구리는 이처럼 인간 앞에서 정체를 드러내는 짓은 하지 않사옵니다. 그러나 어르신은 특별한 분이시지요"라고 말했다. 그리고 진지한 얼굴로 시바에몬을 바라보았다. 시바에몬은 무슨 까닭인지 실로 유쾌한 기분이 들어 자신과 이름이 같다는 너구리의 말을 믿었다.

2

 도쿠시마 번주님의 각별한 총애를 받는 인형사 이치무라 마쓰노스케의 저택에 괴이한 일이 발생한 것은 역시 가을 문턱 즈음이었다.

인형고(庫)에서 흐느끼는 소리가 들리더라.

처녀 인형이 혼자 걸어 다니더라.

머리가 저희끼리 이야기를 나누더라.

일단은 그런 방면의 이야기였다.

제자 격인 자나 출입하는 이나 하나같이 겁에 질려 부들부들 떨었지만, 그 정도 이변에 마쓰노스케 자신이 동요하는 일은 전혀 없었다.

딱히 기이할 것은 없다.

인형에게 생명은 없다. 그러나 정기(精氣)는 있다.

인형 장인이 만들어 넣는 것인지 인형사가 불어넣는 것인지, 썩는 것인지 생겨나는 것인지는 모르나, 분명 정기는 있다. 그러니 인형을 몇 년이나 대하고 있으면 이것이 움직이지 않는 편이 오히려 생소할 듯싶은, 그런 기분이 들게 되기 마련이다.

이를테면, 일심불란(一心不亂)으로 놀리고 있노라면 차츰 자신이 인형을 움직이고 있는지 인형이 자신을 움직이고 있는지 알 수 없게 되는 순간이 찾아든다. 그리고 머지않아 그 어느 쪽이라도 무방할 것 같은 경지에 이른다.

그 선까지 가지 않으면 참된 꾼이 아니다.

이를테면, 처녀인형을 놀린다고 치자. 놀리는 마쓰노스케는 물론 처녀가 아니다. 그러나 인형은 의심할 바 없이 처녀의 형상을 하고 있다. 그렇다면 인형이 갖추지 못한 점은 움직이는 힘뿐인 것이다. 처녀로서의 혼은 이미 그 형상에 있다. 그러므로 힘을 내고 있는 것은 마쓰노스케이지만, 조종하고 있는 것은 인형이라는 얘기가 된다. 인형극이란 인형을 이용해 조종자가 연극을 하는 것이 아니다. 인형이 연극을 하기 위해 조종자의 힘을 빌리고 있을 뿐이다. 주역은 인형인 것이다.

불사(佛師)가 조각을 하면 단순한 나무도막이 영험한 불상이 되지 않는가. 불상은 나무덩어리에 불과하지만 부처의 모습을 띠면 영험을 보인다. 혼은 형상에 깃드는 것이다.

인형은 사람의 형상을 하고 있으므로, 거룩한 복덕이야 없겠으나 말하고 우는 정도는 한다. 모종의 힘이 더해지면 걷기도 하리라.

딱히 기이하게 여길 일도 아니다.

마쓰노스케가 우울한 이유는 오히려 다른 곳에 있었다.

근심의 씨앗은 인형이 아니라 사람이었다.

그 인물은…… 별채에 있었다.

여름부터 어언 석 달, 마쓰노스케 저택의 별채에는 어떤 분이 몸을 숨기고 계신 것이다. 그분이 어느 곳의 뉘신지, 어찌하여 이 아와지라는 변경에 은둔하고 계시는지, 마쓰노스케는 일절 듣지 못했다. 단지 '존귀한 분이니 아무쪼록 무례와 비례를 범하는 일 없이 성심성의를 다해 모시도록 하라'는 명을 받았을 뿐이다.

명령을 내린 이는 단슈(淡州)의 지배자 이나다 구로베였다.

성대(城代)*로부터 부름이 있었던 것은 올 봄의 일이었다. '이치무라 극단, 단바 일대에서 공연을 펼칠 시, 성대께서 친히 말씀을 내리실 터이니 유념하고 입성하라'고, 사자는 구두로 전하였다.

불길한 예감이 들었다.

번주 하치스카 공은 인형극에 매우 깊은 이해심을 가진 듯했다. 그러나 성대라면 이야기가 좀 달라진다.

물론 성대도 표면적으로는 그것을 장려하고 있다. 그러나 마쓰노스케가 감지하기에 성대는 오히려 인형극 따위는 귀족의 도락일 뿐이라며 뒤에서는 얼굴을 찌푸릴 듯한, 그런 구석을 갖고 있었다. 아와에는 쪽(藍)이며 소금 같은 재원이 있으나, 자신이 관

---

* 성주 대신 성을 지키고 정무를 대행하는 자.

리하는 아와지에는 두드러진 특산물이 없다. 인형극이 그를 대신할 재원이 되리라는 생각은 마쓰노스케도 하지 않을 정도이니 현지배자도 당연히 그렇게 보고 있지 않은 것이다.

배알이 이루어지자 성대는 좌우를 물렸고, 마쓰노스케는 직답을 허락받아 곁으로 불려갔다.

"내밀한 부탁이 있다." 이나다는 그렇게 말했다.

"받아주겠는가." 이어 그렇게 말한 성대의 얼굴이 몹시 언짢았기에, 마쓰노스케는 거절도 수락도 하지 못한 채 그저 마른침만 삼켰다.

애당초 거절할 수 있는 처지도 아니었고 흡족한 회답을 듣기 전까지는 어떠한 부탁인지 밝힐 수 없다며 거듭 답을 요구하는 바람에, 마쓰노스케는 어쩔 수 없이 몸을 뒤로 물리고 납작 엎드려 머리를 조아리고는 "어떤 분부이든 내려만 주옵소서" 하고 공손히 대답하였던 것이다.

"금세 끝날 일은 아니다. 그러하여도 그대는 괜찮겠는가" 하며, 이나다는 또다시 다짐을 받듯 물었다.

몇 번을 물은들 마쓰노스케가 어찌 감히 거절할 수 있겠는가. 어찌되었건 스모토 성(城) 성대, 아니, 하치스카 가문의 으뜸 가신이 친히 내리는 분부인 것이다. 이는 곧 아와의 도쿠시마 번주가 내리는 명으로 생각해야 하리라. 만사를 제쳐놓고라도 따를 수밖에 없다. 그것은 이나다도 아마 충분히 인지하고 있을 테니, 결국 이 일은 이나다 자신조차 내켜하지 않는 부탁이리라. 마쓰노스케는 그렇게 이해했다.

"평소 큰 은혜를 입은 분의 분부라면, 이 이치무라 마쓰노스케, 목숨을 내던져서라도 다할 각오가 되어있사옵니다."

그렇게 대답했다.

"그러한가" 하고 이나다는 아주 조금 표정을 누그러뜨리며 말했으나, 이내 머뭇거리며 잠시 뜸을 들이더니 "얼마간 객을 맡아주었으면 하네" 하고 말을 이었다.

그리고 적지 않은 준비 자금과 엄중하게 봉해진 서찰을 건네었다.

그때 마쓰노스케는 '결코 안을 들여다보지 말라. 혹여 봉인이 풀려 있다면 그대는 그 자리에서 처형당할 것이다'라는 주의를 받았다.

그런 다음 성대는 다시 뜸을 좀 들이고서, "그 객은 교토에 계신다. 단바 공연을 마치면 그대는 몸소 소사대로 가도록 하라. 그 서찰을 건네면 그다음은 그쪽에서 지시가 있을 것이야" 하고 말했다.

마쓰노스케는 그 사이 그저 고개를 숙이고 있었다. 이나다는 스윽 일어서더니 마쓰노스케 곁으로 다가와 앉으며 어깨에 손을 올리고서, "부탁하네, 마쓰노스케" 하고 조용히 타이르듯 말했다. 마쓰노스케는 마음의 정리고 뭐고 아무것도 하지 못한 채 그저 "황공하기 그지없사옵니다" 하고 답했을 뿐이다.

두 달 후, 마쓰노스케는 그 객을 아다시노에서 맞이했다.

이나다의 지시대로 단바 공연을 마치고 돌아오는 길이었다.

소사대에 서찰을 전하자 뒤쪽으로 오라는 소리를 들었고, 다시 이슥한 밤에 아다시노의 모처로 가라는 지시를 받았다.

 그를 기다리고 있었던 사람은 수행 무사를 셋 정도 거느린 훌륭한 차림새의 젊은 사무라이였다. 뺨까지 가려지는 두건으로 얼굴을 가리고 의복에도 소지물에도 문장(紋章) 같은 것은 일절 새겨져 있지 않아 어느 곳의 누구인지 알 수는 없었다.

 둥그렇게 부푼 얼굴의 초로(初老)의 무사가 한 걸음 앞으로 나와 깊숙이 절을 했다. 절을 받고는 당황했던 것을 마쓰노스케는 기억하고 있다. 무사가 자신에게 고개를 숙이는 일은 단 한 번도 없었기 때문이었다. 마쓰노스케는 고개를 들어달라며 거의 필사적으로 말렸다.

 고개를 든 무사는 몹시도 지친 얼굴이었다.

 그리고 "아무것도 묻지 않겠다는 약조이지요" 하는 말로 입을 뗐다. 마쓰노스케는 망설이다 "어찌 칭하면 될는지요" 하고, 그것만 물었다. 객으로 맞아들인다면 이름을 모르는 채로 지낼 수는 없는 노릇이기 때문이다.

 초로의 무사가 뒤돌아보자 젊은 사무라이는 한마디, "나리라고 하라"라고 말했다.

 마쓰노스케가 예에, 하고 공손히 대답하자 초로의 무사는 다시 마쓰노스케 쪽을 돌아보며 "용건은 모두 이 몸이 전할 테니 저 분과 직접 말을 나누는 일이 없도록" 하고 고했다.

 다시 불길한 예감이 들었다.

어디가 어떻다고 딱 꼬집을만한 점은 없었다.

그 젊은 사무라이가 발하는 몹시도 꺼림칙한 기운을 민감하게 느꼈던 것이다.

고생스러운 길이었다. 단원들에게는 일절 아무것도 묻지도 말고 이야기하지도 말라고 미리 단단히 일러두었으나, 그렇다 해도 그 차림새 그대로는 너무나 눈에 띄었다.

종자(從者)는 차치하더라도, 젊은 사무라이의 차림새는 인형극단에 도무지 어울리지 않았다. 초로의 무사가 단원으로 분장이라도 하는 것이 상책이라고 입이 닳도록 설득한 모양이지만, 젊은 사무라이는 받아들이지 않은 듯했다. 이동은 자연히 남의 이목을 피하는 심야에 이루어져서 여행 일정이 크게 지연되었다.

세쓰에서 아와지로 건너왔을 때는 그야말로 한시름을 놓았다.

허나 덕분에 귀택(歸宅)이 보름이나 늦어지고 만 것이다.

이 상황에는 마쓰노스케도 난감하기 짝이 없었다.

해마다 여름철에는 아와지 전역을 순회하기로 되어 있기 때문이다. 마쓰노스케의 인형극을 고대하는 마을은 많이 있었다. 어쩔 수 없이 저택에 다다르기 전, 가는 길 도중에 한 군데만 가설극장을 세우기로 했다.

그런데.

그곳에서 소동이 일어났다.

듣자하니 공연 중에 마을 소녀가 감쪽같이 사라졌다고 한다. 친분이 두터운 마을이었고 행방불명이 된 아이는 마쓰노스케도 잘 아는 노인의 손녀였으므로 단원들을 시켜 수색을 돕기도 했으나, 그보다, 그 무엇보다…… 마쓰노스케는 사무라이 일행을 생각하면 좌불안석이었다. 아와지로 넘어오기 전쯤부터 대우가 나쁘다느니 이러한 대접을 받을 이유가 없다느니 하며, 젊은 사무라이는 상당히 난폭해져 있었던 것이다. 종자들도 두 손 다 든 것 같았다.

그날도 젊은 사무라이는 공연 직전까지 고래고래 소리를 질러댔다. 연기를 마치고 돌아와 보니, 소란은 진정되었으나 껄끄러운 침묵이 무대 뒤를 메우고 있었다.

이튿날, 그러한 분위기가 여전한 무대 뒤로 관리가 들어왔을 때에는 대범한 마쓰노스케도 핏기가 가셨다. 허나 관리는 사무라이들의 모습을 보고도 전혀 미심쩍어하지 않았으며, 아무것도 묻지 않은 채 오히려 무언가 납득한 듯한 표정을 짓더니 그저 가볍게 절을 하고서 물러갔다.

결국 무사히 끝난 것이다.

마쓰노스케가 짐작컨대, 이치무라 극단에 절대로 손을 대서는 아니 된다는 상부의 통첩이 사전에 있었으리라. 그렇지 않다면 무대 뒤의 한구석에 거만하게 자리를 차지하고 있는 사무라이 일행에 대해 캐묻지 않을 리 만무하다. 그것은 곧, 아와지에 들어온 이상 쉬쉬하며 움직일 필요는 없다는 것이기도 하다. 설령 무슨 일이 있더라도 관리가 보호해주게 될 것이다.

허나.

그럼에도 마쓰노스케는 일찌감치 공연을 접고 가설극장을 정리한 후 황급히 저택으로 돌아왔다. 꾸물거리고 있어서는 아니 된다는 느낌이 들었던 것이다. 불길한 예감은 앙금처럼 끈적끈적한 형체를 띠고 가슴 깊숙한 곳에 자리 잡았다. 이제 더는 그 패와 여행을 계속하는 것이 싫었다. 저택에 도착해봐야 연(緣)이 끊어지는 것은 아니지만, 적어도 여행을 하고 있는 것보다는 나을 듯싶었던 것이다.

저택에 돌아와 별채를 내어주었다.

한 달 정도는 참으로 조용했다.

초로의 종자 이외에는 거의 얼굴을 보이지 않았으며, 당연한 듯 찾아오는 이도 없었다.

마쓰노스케가 그런대로 상당한 자금을 받아두었기에 침구와 세간을 호화로운 물품들로 구비했고, 상찬(常餐) 또한 호사를 다했으므로 젊은 사무라이의 불만도 어느 정도는 누그러들었으리라. 그것은 분명…… 그러했으리라.

그러나 마쓰노스케의 불길한 예감은 전혀 잦아들 줄을 몰랐다. 설령 지금은 만족하고 있다고 해도 과연 그 상태가 한 달을 갈지 두 달을 갈지……. 비록 그것이 아무리 호화로운 생활이라고 해도, 그런 갑갑한 생활이 오래 지속되리라고는 도저히 생각할 수 없는 마쓰노스케였던 것이다.

이윽고.

별채에서 밤이면 밤마다 욕설이 울려 퍼지게 되었다.

날이 갈수록 목소리는 커졌고, 얼마 후부터는 물건을 부수는 소리나 비명 따위도 들리기 시작했다. 장지문이 부서지고 종자가 굴러 떨어지듯 나온 적도 있었다.

유일하게 대화를 나누는 초로의 종자—도자에몬이라는 이름인 듯—는 그 얼굴에 멍이 끊이지 않았고, 요구하는 술의 양도 날로 늘어났다.

그리고 여름 막바지 즈음, 종자 한 명이 죽었다.

그때 도자에몬은 새파랗게 질려 있었다.

"얼김에 저지른 실수라오."

말은 그렇게 했으나, 실려 나온 젊은 종자의 시신으로 보아 그 젊은 사무라이의 손에 베임을 당했다는 것은 일목요연했다.

얼굴이 세로로 갈라져 있었다.

가슴도 배도 종횡으로 그어져 있었다.

마쓰노스케는 일시적으로 젊은 사무라이를 본채로 옮기고 피로 얼룩진 별채를 깨끗이 수습해야만 했다. 별채는 눈뜨고 볼 수 없을 만큼 어지럽혀져 있었다. 세간의 대부분이 부서졌고, 기둥에는 무수한 도흔(刀痕)이 남아 있었다. 장식단의 기둥은 삐진 듯 패어 있어 수선할 수도 없었다. 피보라는 천장까지 이르렀으며, 복도와 마루방 사이에는 검고 끈적끈적한 피가 굳어 있었다. 다다미도 모두 새로 깔아야했다.

사람이 살았던 장소로는 보이지 않았다.

흡사 짐승의 굴이었다. 맹금류의 둥지였다.

도자에몬은 그 투실한 얼굴을 일그러뜨리며 불상사를 정중히 사과한 후, 무참한 시신에 흘깃 눈길을 던지고서 힘없이 말했다.

"장례와 법회는 일체 필요 없소. 묘지에 묻어주시기만 하면 족하오. 다만……."

도자에몬은 소도를 뽑아 시신의 상투를 잘랐다. 그리고 품속의 종이로 유발(遺髮)을 싼 다음 몇 자 적더니, 유발을 고이 넣고서 꼼꼼히 봉했다. 그리고 이것을 맡아줄 수 없겠느냐며 마쓰노스케에게 건넸다. 마쓰노스케가 알겠습니다, 하고 받으려 하자 도자에몬은 한층 더 얼굴을 일그러뜨리며 "미안하오만, 보내는 곳은 아니 보길 바라오"라고 말했던 것이다.

명심하겠습니다, 하고 대답은 했으나, 그럼에도 비각(飛脚)에게 맡길 때 마지막 두 글자가 보이고 말았다.

괴이한 일이 생기기 시작한 것은 두 번째 종자의 모습이 사라진 후의 일이었다.

도자에몬은 종자가 사라진 것에 대해서는 아무 말도 하지 않았다. 그저, 앞으로 상은 두 사람분만 준비해도 된다고 했을 뿐이다.

시신이 없으니 죽지는 않았으리라. 그렇다면.

……도망친 것이다.

벌레 소리에 진절머리가 나서.

이 무렵 젊은 사무라이의 험악한 모습을 말하자면, 그야말로 광기에 찬 패악으로 이미 심상치 않은 상태에 이르러 있었던 것이다. 노호(怒號)는 가차 없이 본채에도 들려왔다.

도자에몬의 용모도 날이 갈수록 무참하게 변해갔다.

때리고 차기만 하는 것이 아니다. '거두소서, 거두소서'라고 하는 노복(老僕)의 비명이 들리는 것으로 보아, 젊은 사무라이는 칼도 뽑아든 듯하다.

마쓰노스케는 우울해졌다.

이대로 간다면.

머지않아 도자에몬도 죽을 것이다. 그때 자신은 어떻게 대처하면 좋을 것인가. 받아둔 자금도 결국은 바닥이 난다. 성으로 가서 지배자께 호소할 것인가. 과연 그것은 용납될 일인가.

……용납되지 않을 것인가.

지시가 있을 때까지 공손히 모시라. 이나다는 그렇게 말했기 때문이다.

설사 이 몸을 내던지더라도. 마쓰노스케는 그렇게 대답했기 때문이다.

그리하여, 인형들이 멋대로 돌아다닌다는 괴이한 소문이 퍼지는 가운데, 이치무라 극단의 좌장 이치무라 마쓰노스케의 잠 못 드는 밤은 이어져갔던 것이다.

오른쪽 눈두덩이 부풀어 오른 도자에몬이 어두운 낯빛으로 마쓰노스케의 방으로 찾아온 것은 변괴가 시작된 지 닷새째 되는 날의 일이었다.

그날, 도자에몬은 왠지 평소와는 달라 보이는 기색이었다.

떨고 있는 건가.

그러한 기색이다. 그러나.

떨고 있는 것이라면, 이 한없이 성실한 충신은 역시 한없이 난폭한 폭군 때문에 항상 떨고 있지 않았던가.

"이치무라 공."

도자에몬은 정색을 하고 그렇게 말했다. 무슨 일이냐고 묻자, 도자에몬은 주위가 마음에 걸렸는지 장지문을 스윽 닫았다.

"긴히 드리고 싶은 말이 있소이다. 그……."

"긴하다니, 또 무슨."

도자에몬은 팔짱을 꼈다. 마쓰노스케는 손뼉을 쳐서 하녀에게 차를 가져오라 일렀다. 마주보고 이야기를 나누는 것은 처음 있는 일이다.

도자에몬은 땀을 흘리고 있었다. 가져온 차를 단숨에 비우고서 헉헉 신음소리를 냈다.

"나리께서는?" 하고 묻자, 지금은 쉬고 계신다고 답했다.

"나리께서 요 며칠간 주무실 수가 없다고 말씀을 하셔서 말이오."

"무언가 불편하신 점이?"

일단 그렇게 물어보기는 했으나, 불편이고 자시고 어디 있을 법이나 한가.

그분은 최근 들어서는 밤낮을 가리지 않고 시도 때도 없이, 흡사 실성이라도 한 듯 버럭버럭 소리를 지르고 있다. 불편하다면 모든 것이 불편할 테지만, 이 마당에 이르러 딱히 꼽을 만큼 특별

시바에몬 너구리 | 243

히 불편한 점은 그리 없으리라 생각한다.

도자에몬은 연신 땀을 닦으며 당치도 않은 말이라고 했다.

"이치무라 공이 베풀어준 더 없는 배려와 친절, 골수에 사무치고 있다오. 감사는 못할지언정 불편하다니……."

"그럼, 대체 무슨 일이신지요?"

"시, 실은…… 요괴가."

"요괴?"

마쓰노스케가 소리를 지르자, 도자에몬은 목을 움츠렸다.

"무사된 자로서 괴력난신(怪力亂神)을 함부로 거론해서는 아니 된다든가, 또 그러한 것은 마음에 허(虛)가 있기에 보이는 환상이라고, 그렇게 새기고는 있소이다. 허나."

"그것은……."

인형입니까, 하고 마쓰노스케는 물었다. 혹 그렇다면 그것은 다른 이에게서도 듣고 있다.

도자에몬은 으음, 하고 신음했다.

"나리는…… 너구리라고 하시오."

"너, 너구리란 말입니까?"

"그리 말씀하시는데, 나로서는 도저히 그리 생각되지 않는다오."

"허, 괴이하구먼. 무슨 일이 벌어진 겝니까?"

"그것이……."

도자에몬은 머뭇거렸다.

마쓰노스케는 팔짱을 꼈다.

"도자에몬 님, 알려주십시오. 혹 그 요괴라는 것이 바로 나리께서 난행을 보이시는 이유입니까?"

"그, 그건 아니오."

"허나."

"그, 그에 관해서는 아, 아무것도 묻지 않겠다지 않았소."

"도자에몬 님. 저는 인형사이지 무사가 아닙니다. 그러니 일구이언하지 않겠다는 거창한 말씀은 드리지 않겠습니다. 허나 아무것도 묻지 않겠다고 약속드린 이상, 그 약조는 지키도록 하지요. 그렇지만 최근 석 달간 있었던 나리의 난행은 굳이 여쭙지 않아도 알 수 있는 일입니다. 그럼에도 탐색치 말라 하시면 어찌할 수 없지요. 소상한 사정은 아니 묻겠습니다. 하오나."

"하오나……?"

"하오나, 저는 우리 군주로부터 나리 일행을 탈 없이 모시라는 명을 받았습니다."

"그에 관해서라면 이치무라 공은 부족함이 없소."

"아니오. 지금의 사태가 무탈한 상황이라니, 소인으로서는 도저히 그리 생각되지 않습니다. 그럼에도 그것이 나리 일행의 무탈한 모습이라고 말씀하신다면, 이는 어쩔 수 없는 일. 다만."

"다만?"

"요괴이건 무엇이건 이 집에 이유가 있다면 그것은 오로지 저의 책임. 돌아가신 분도 제가 죽인 것이나 다름없지요. 우리 번주께도 면목이······."

도자에몬은 손바닥을 쑥 내밀며 "알겠소, 잘 알겠소이다" 하고 말했다.

그리고 남에게 발설치 말라고 못 박은 다음, 앞으로 무릎을 내딛었다.

"나으리께서는 병환을 앓고 계시오."

"병환이란 말씀입니까?"

"그렇소. 사람을 베는 병이지."

"사······!"

도자에몬은 허둥지둥 검지를 입에 대었다.

그리고 목소리를 낮추어 말을 이었다.

"노기(怒氣)가 솟구치면 한없이 사람을 베고 싶어진다는 병이오. 평소에는 분별력도 자제심도 있으신 분이나, 도저히 억제하기 어려우실 때가 있는 듯하더구려. 이러한 장소에 온 것도 오로지 그 병을 고치기 위해서라오. 도읍이나 큰 고을이라면 사람도 많지. 사람과 마주치지 않고 지낼 수야 없지 않소. 사람이 많으면 무례한 자 또한 많은 법. 화가 날 일도 많을 터이지. 그러한 일만 피하고자 하는 생각으로."

"그렇다면······."

교토와 오사카에서.

그리고 그 마을에서.

그······.

"그, 그 살인귀는."

도자에몬은 터무니없는 소리 말라고 엄한 어조로 말했다.

"사, 살인귀라니! 당치도 않소. 그처럼 근거도 없는 헛소리는 앞으로 일절 입에 담지 마시오. 아무리 은혜를 입은 이치무라 공이라 해도 나리를 우롱하는 언사는 용납할 수가 없으니."

"하오나, 도자에몬 님."

"소……"

소상히 캐묻지 말고 참아달라고, 도자에몬은 미간을 좁히고 얼굴을 찌푸리며 애원했다. 마쓰노스케에게는 그 고뇌에 찬 얼굴이야말로 그 잔혹한 살인귀의 정체가 자신의 주인이라고 은연중에 인정하는 것처럼 보였다. 반면 그 얼굴은 입이 찢어져도 그러한 말을 할 수 없는 입장이라는 굳은 결의표명처럼 받아들여지기도 했다.

"잘 들으시게, 이치무라 공. 그분은 악한 분은 아니라오. 나는 그분이 태어나셨을 적부터 곁에서 모시고 있는데, 유년 시절에는 참으로 총명하고 마음씨 고운 분이셨지. 그런데…… 음, 불행한 분이라오."

도자에몬의 부풀어 오른 눈두덩 아래의 주름진 눈에는 촉촉이 눈물이 배어 있는 듯했다. 그 흉포한 주인을 그토록 감싸는 마음도, 그 몰골로 견뎌내며 묵묵히 섬기는 마음도, 마쓰노스케로서는 이해할 수 없었다. 사무라이란 진정 이러한 것인가.

어찌되었건 도자에몬은 괴로울 것이라고 생각한다.

설령 어떠한 이유가 있다 해도, 죄 없는 자를 몇이나 베어 죽여도 된다는 도리(道理)란 이 세상에 있을 리 없다. 그것은 도자에몬도 잘 알고 있을 터. 그러나 그 도리를 꺾고 무리(無理)를 앞세우지 않으면 사무라이로서 자신의 체면이 서지 않는 것이다.

"이곳으로 온 뒤, 얼마간은 괜찮았으나……."

"그 종자분 말입니까."

"그들 둘 다 나리의 어릴 적 친구였는데, 도움이 되리라 여겼소만 오히려 나빴지. 애석하게도 친밀한 사이였던 탓에 신하의 예를 다하지 못한 것이오."

"무람없는 말이라도?"

"그렇소. 아니, 단지 간언을 드린 것뿐이기는 했소만" 이라고 말하며 도자에몬은 눈물을 훔쳤다.

"다른 한 분은?"

"고향으로 돌려보냈소이다. 나리를 따를 수 있는 자는, 외람되지만 나뿐이오."

 죽는 것은 자신만으로 족하다, 라는 뜻이리라. 노인은 애초부터 그리할 각오였던 것이다.

"하온데, 그 요괴는."

 그렇지, 하고 도자에몬은 무릎을 쳤다.

"저 별채에 둘만 남고 난 후의 일인데, 밤이면 밤마다 정체 모를 괴이한 것이 나리의 침소에 나타나는 것이오."

"그것이 너구리인지?"

"아무래도 그런 듯하오. 나는 그 옆의 마루방에서 기거하고 있어서 직접 보지는 못했소이다. 아니, 그렇다기보다 나는 아무래도 그 동안, 요괴가 와 있는 동안에는 의식이 멀어지는 듯하오."

"의식이?"

"늙었다고는 하나, 나도 무사 나부랭이요. 아무리 사소한 일이라 해도 나리께 변고가 있다면 당장 깨어날 것이오."

그것은 도자에몬의 말이 맞을 것이다. 이토록 흠칫흠칫 떨며 살고 있으니, 숙면 같은 것은 하려도 할 수가 없으리라.

"그래서 그 요괴는 대체 무엇을?"

그것이 불가사의하다오, 하면서 도자에몬은 고개를 갸웃거렸다.

"그저 이야기를 할 뿐……이라고 나리는 말씀하시는데, 허나 나리는 정신이 혼미한 상태이시지. 그렇잖아도 신경이 곤두서서 한계에 이르렀다오."

"이야기를 한다고요?"

"그렇소. 그런데, 어젯밤에는 이것을 두고 갔소."

도자에몬은 자신의 뒤에 놓아두었던 듯한 작은 물건을 마쓰노스케 앞으로 내밀었다.

"이것은……."

그것은 인형극의 처녀인형 머리였다.

다만 그 얼굴은 마치 수박처럼 정확히 둘로 쪼개져 있었다.

"마, 많은 말은 하지 않겠소."

"아니, 나는…… 저어……."

"그 너구리는…… 알고 있다더구먼."

"그것이 돌아가신 분의 망령이라는 말씀?"

도자에몬은 쿨럭쿨럭 기침을 했다.

해친 자들이 밤이면 밤마다 나타나 저주를 한다, 아무래도 노인은 그렇게 생각한 모양이었다.

"그래서 긴히 부탁이 있다오. 이치무라 공에게는 하나부터 열까지 신세를 졌기에 더 이상 부탁을 하는 것은 내키지 않으나…… 물론, 싫다면 거절을 하셔도 전혀 개의치 않을 것이오."

"무엇을 하라고 하시는 건지?"

"지켜봐주시오."

"지켜……보라고요?"

"그렇소. 저주인지 환술인지는 알기 어려우나, 나는 요괴의 모습을 볼 수가 없소. 그러니."

"저더러 지켜보라?"

"아무런 답례도 할 수는 없겠소만."

"그것은 됐습니다만, 어떻게……."

"그대가 마련해준 장궤(長櫃)가 있지 않소. 그 안에 들어가 하룻밤을 새워주지 않겠소이까. 뭐, 걱정할 필요는 없소. 나리는 지치셨으니 알아차리지는 못하실 게요. 나리가 입욕하실 때라도 숨어들면…… 아아, 문제는 그것이 아니로군. 이러한 부탁은 역시 싫으실 터이지."

마쓰노스케가 답을 하려한 그 순간이었다.

도자에몬은 바늘에 찔린 듯 몸을 일으키더니 요도에 손을 대었다. 그 순간 장지문이 열렸다.

"그……."

"다과를 가져왔습니다."

도자에몬의 말을 가로막은 것은 서늘한 음색의 여자 목소리였다. 마쓰노스케가 놀라서 쳐다보니, 장지문 너머엔 하녀인 오긴이 앉아 있었다.

"그대, 다, 다 들은 게로군."

도자에몬은 한쪽 무릎을 세웠다.

"다, 당치도 않사옵니다. 아무것도 들리지 않았습니다. 저는 방금 여기에 왔을 뿐인데……. 주인어른."

"알았으니 물러가라."

"과자는……?"

"거기에 두고 가도록 해라."

오긴은 터무니없는 결례를 범하였다고 하며 머리를 숙인 후 물러갔다.

도자에몬은 몸이 굳어 있었다.

"걱정할 필요는 없으십니다. 저 아이, 보시다시피 시골내기 같지 않게 말쑥한 용모이나, 그래 봐야 따지고 보면 관동의 인형사 딸로 이름은 오긴이라고 하지요. 외양은 세련되어 보이지만 그저 착실한 게 장점인 시골처녀입니다. 며칠 전에도 밤에는 인형이 무섭다며 울고 있었을 정도이지요. 혹 들었다고 해도 무슨 이야기인지 모를 것입니다. 그러하여도……."

베시겠습니까, 하고 마쓰노스케가 몰아붙이자 도자에몬은 고개를 가로젓고 어깨를 늘어뜨리며 칼을 내려놓았다.

"도자에몬 님은 원래 살생을 좋아하지 않으실 테지요."

"그 말씀이 맞소."

도자에몬은 고개를 끄덕이더니 그대로 머리를 떨어뜨렸다.

마쓰노스케 또한 고개를 끄덕였다. 그리고 말했다.

"도자에몬 님, 딱 부러지게 말씀드리겠습니다. 소인은 살인귀 놈을 용서할 마음이 없습니다. 숨겨줄 마음도 없습니다. 소인의 집 별채에 계시는 분은 어디까지나 병환을 앓으시는 나리, 당신의 주인이시지요. 그렇지요?"

"그, 그러하오."

"그렇다면 부탁은 받아들이도록 하지요." 마쓰노스케는 그렇게 대답했다. 늙은 사무라이는 방바닥에 손을 짚고 지체 낮은 예인에게 거듭거듭 머리를 숙였다.

철 지난 풍경소리가 들렸다.

별채의 식사는 삼시세끼, 요리점에서 만든 음식을 배달시켜 부엌에서 담은 후 하녀가 나르게 되어 있었다. 옮겨온 상은 복도에서 도자에몬이 독의 유무를 확인하고, 그런 다음 노복 자신이 안으로 들여가는 절차를 밟았다. 그 부분의 준비는 도가 지나칠 만큼 신중했다.

맨 처음 마쓰노스케는 안에 계신 분을 지키기 위해 그리한다고 생각했었다. 그러나 도자에몬의 이야기를 들어보니, 그것은 그 반대였던 듯하다. 상을 나르는 것도 술을 따르는 것도 위험하기 때문이다. 언제 그 칼을 맞게 될지 도저히 알 수가 없는 것이다. 모두 하녀의 생명을 지키기 위해 그렇게 했던 듯하다.

마쓰노스케는 저녁상을 들고 복도를 걷는 오긴의 모습을 바라보며 그런 생각을 하고 있었다.

식사 후는 목욕이다.

그 틈을 노려 마쓰노스케는 별채로 숨어들었다. 방은 역시 어지러웠고, 반침문이 떨어져나가 장궤도 방구석에 아무렇게나 놓여 있었으므로 숨는 것은 간단했다. 나무 조각을 끼워 뚜껑이 조금만 열리도록 해두고서, 마쓰노스케는 숨을 죽이고 밤을 기다렸다.

나리는 금세 돌아왔다.

욕실을 오갈 때도 뺨을 가리는 두건을 쓰고 있었다.

도자에몬이 이부자리를 까니, 나리는 그제야 두건을 벗었다.

마쓰노스케는 하마터면 소리를 지를 뻔했다.

두건 아래의 그 얼굴은 차마 보기 힘들만큼 여위어 초췌했던 것이다. 푹 꺼진 안와. 그 주위로 몇 겹이나 자리 잡은 눈그늘. 패인 볼. 마르고 갈라진 얇은 입술. 좌우의 옆머리는 몇 가닥이나 풀려 뺨에 드리워져 있었다. 안색은 검푸르고 이마에는 진땀이 맺혔다. 다만 핏발선 눈만은 유난히 번득거리고 있었다. 아직 삼십 줄에도 들지 않았으리라. 그러나 아무리 보아도 노인 같은 질감의 살결이었다.

수척한 나리는 쓰러지듯 자리에 엎드렸다.

도자에몬이 사방등의 불을 불어서 끄자 마쓰노스케의 시야 역시 끊기고 말았다. 혼흑(昏黑) 속, 안녕히 주무시라는 노인의 목소리만 울려 퍼졌다.

벌레소리가 들렸다.

얼마나 지났을까.

짤랑, 하는 소리가 났다.

요령 소리다.

짤랑.

마쓰노스케는 몸을 세웠다.

장지문에 희미하고 둥글게 어스름 불빛이 맺혔다.

그 속에 사람 그림자가 드리운다.

요, 요괴인가.

"조지로."

낮은 목소리가 들렸다.

끄응, 하고 자리 위에서 신음소리가 났다.

"조지로, 다시 찾아왔다."

요괴다.

마쓰노스케의 온몸에 있는 모공이 일제히 열렸다.

으어어어…… 하는 신음. 악몽에 시달리고 있는 것이다.

스르르르. 소리도 없이 장지문이 열렸다.

어둠 속에 어슴푸레 빛을 발하는 요괴의 모습이 떠오른다.

"조지로, 배반자 조지로는 여기에 있느냐."

"으……."

세간에서 이야기하는 가위에 눌린 상태일 것이다. 사무라이는 무언가 말을 하려 애쓰고 있는 모양이나, 신음소리밖에 나오지 않는 듯했다. 원하는 대로 말이 나오지 않는 것이리라.

"오오, 거기에 있었군, 조지로. 어떠냐. 결심이 섰느냐. 답을 하라."

요괴는 발소리를 내지 않고 들어왔다.

구름 사이로 비치는 희미한 달빛이 요괴의 윤곽을 어렴풋이 도드라지게 했다. 요괴는 빛을 발하고 있는 것이 아니었다. 흰옷을 두르고 있었던 것이다. 순례자의 백장속 같았다. 머리는 아마도 행자두건으로 싸매고 있으리라. 양옆의 두 매듭이 꼭 너구리의 귀처럼 보이지 않는 것도 아니다. 가슴에는 시주함을 걸고 손에는 요령을 들고 있다. 얼굴까지는 볼 수 없었다.

"어허, 비리다. 이리도 비린 방이 또 있을꼬. 피비린내가 자욱하구나."

요괴는 그렇게 말하며 사무라이의 머리맡에 웅크리고 앉더니, 그 얼굴을 들여다보듯 머리 위로 몸을 숙이고는 양손으로 사무라이의 관자놀이를 눌러댔다.

"자, 이제 그만 본성을 드러내도록 해라, 배반자 조지로. 이 로쿠에몬과 그 긴조, 어느 쪽에 붙겠다고 했더냐. 이 자리에서 답하는 것이 좋을 게다."

땅 밑을 기어 다니는 듯한 목소리였다.

"배, 배반, 배반 따위…… 아, 아니 하였다."

"닥쳐라, 비겁한 놈. 어이, 조지로 너구리. 잊었다는 말은 못할 게다. 네 이놈, 이 로쿠에몬에게 가세하겠다고 약속을 해놓고 모습을 감추었겠다? 둔갑해도 소용없다."

"나, 나는…… 너, 너구리가 아니다. 나, 나는, 마쓰다이……."

"닥쳐라. 속을 성싶으냐."

요괴가 손가락에 힘을 실었으리라.

사무라이…… 조지로는 끄으, 하고 소리를 지르더니 말을 멈추었다.

"네놈의 본성은 너구리, 천한 축생이 아니더냐. 그렇지 않다면 이처럼 비린내가 날 리 없지. 오오, 고약하구나, 고약해. 피와 살의 냄새다. 썩은 고기를 먹고 쥐를 씹어대는 너구리의 냄새다. 네놈처럼 피비린내를 풍기는 자가 대관절 어떻게 그토록 고귀한 출생일 수가 있다는 말이더냐."

"무, 무슨 소리를 하, 하는가. 나, 나는 마쓰……."

"네놈은 축생이다. 짐승이다. 아무리 사람인 척하여도 소용없다. 비천한 짐승이다. 짐승에게 그처럼 거창한 성(姓) 따위는 없단 말이다. 네놈은 너구리 조지로일 뿐이지. 그 증거로…… 자아, 생각해내라. 교토의 산조, 붓 도매상의 딸을 베어 죽인 날 밤의 일."

으으, 으으.

"그리고 그것은 오사카, 싸구려 국수집의 주인이었나. 그날 밤은 실가게 사동이었지. 뎅겅 베었잖은가. 얼굴을 쪼갰잖은가. 피가 콸콸 쏟아졌잖은가. 마시고 싶었을 테지. 자, 떠올려라."

으으, 으으, 으으.

"어떠냐? 네놈이 인간이라면 그런 악행은 저지를 수 없을 터. 어찌했느냐? 시바에몬의 손녀딸은…… 어떻게 죽였더냐?"

"으, 으어, 어."

"이마를 쪼갰나? 두 동강을 내었나? 피가 나왔나? 얼굴이 갈라졌나? 어떠냐? 어찌했느냐?"

"답을 해보라, 조지로!" 하고 요괴는 으름장을 놓았다.

"으어어어어!"

조지로는 괴성을 지르며 몸을 일으키더니, 미친 것처럼 벌떡 일어나 빙글빙글 돌며 외쳤다.

"다, 닥치렷다, 닥치렷다, 닥치렷다! 내, 내가 누구인 줄 아느냐! 한낱 백성 따위, 죽이는 것이 무어 잘못이란 말이더냐. 모두 나의 신하이다. 죽이건 살리건 누구의 지시도 아니 받을 것이야! 무, 무례한 놈. 처, 처형이다. 카, 칼로, 베어 죽이고 말겠다. 크아아아!"

짤랑.

요령이 울렸다.

"조지로……."

사무라이는 넋을 놓고 두 무릎을 털썩 꺾었다.

"잘 들어라. 앞으로 열흘 기다려주마. 열흘 후에 마음을 정하지 않으면 네놈은 개에게 물려죽게 될 줄 알아라. 알았나, 배반자…… 조지로 너구리."

요괴는 그렇게 말한 후 어둠 속으로 스윽 사라졌다.

어스름 불빛도 사라져 모든 것이 암흑에 휩싸였다.

짤랑, 하고 멀리서 요령 소리가 울리는 것을 마쓰노스케는 들었다.

3

 울타리를 둘러싼 많은 농부들의 등을 바라보며, 아다치 간베는 소나무 뒤에서 고심에 잠겨 있었다.
 울타리 안에서는 갈라진 목소리가 끊임없이 들려온다. 특유의 억양이 있는 변사 같은 어조이다. 아쓰모리가 어찌하였다, 이품 비구니가 저찌하였다 하는 것을 보니, 아마도 〈원평 단노우라 해전〉을 들려주고 있음이 틀림없다.
 농부 시바에몬의 집이 바라보이는 소나무숲 속이다.
 간베는 한숨을 내쉬었다.
 참으로 난감한 임무였다.
 농부 시바에몬의 앞에 모습을 드러낸 시바에몬 너구리의 소문은 순식간에 대처 근교의 마을까지 퍼졌다. 간베가 보고 있는 혼잡한 인파도 너구리가 둔갑한 어르신네를 한번 보려 애쓰는 구경꾼떼거리인 것이다.

다시 말해 지금 군담(軍談)을 펼치고 있는 것이 너구리다.

너구리라……

간베는 팔짱을 꼈다.

소문에 따르면 그 너구리는 실로 멋스럽고 달통한 데다 풍류인이기도 한 모양이었다.

그 까닭에 평소부터 그러한 면을 무척이나 동경하고 있던 시바에몬에게는 더 없이 좋은 이야기상대가 된 것이리라.

분명.

그 너구리로 자처하는 노인은 잡배(雜俳), 광가(狂歌) 등에도 조예가 깊고 서화 골동류에도 무척이나 박식했다. 악기와 춤 또한 상당히 능했으며 색도(色道)에도 열성을 쏟았던지 화류계의 지식도 풍부하게 가지고 있었다.

그중에서도 특히 연극을 즐기는 듯, 에도와 오사카에서 선보인 고금의 연극은 거의 다 보았다고 이야기했다 한다. 그 보람이 있어, 오사카 일대에서는 시바에몬이 아닌 시바이몬* 너구리로 불린다며 큰소리쳤다 한다.

듣고 또 들어도 바닥나지 않는 그 갖가지 매력적인 이야기에 시바에몬은 열심히 귀를 기울였다. 그리고 마치 자신이 보고 들은 일처럼 마음 설렜던 것이다.

궁벽스러운 시골의 호호야 눈에는 그 신비한 노인이 백삼십 년

---

* 시바이는 일본어로 연극을 뜻한다.

을 살았다는 말도 말짱 거짓은 아닌 것처럼 비쳤으리라.

아니, 그 무렵 시바에몬은 이미 시바에몬 너구리가 진짜 너구리임을 털끝만큼도 의심하지 않았다.

식솔들 또한 시바에몬 너구리의 그 표푯하고도 차분한 행동거지나 우직한 응대에 차츰 말려들어, 어느새 친밀감을 느끼게 되었던 것이다. 그렇게 되자 너구리이든 사람이든 더는 상관이 없게 된 듯하다. 그러다 보니 '본인이 그렇다고 하면 그 말이 맞을 테지' 하고, 분위기 상 시바에몬 너구리는 실제 너구리라는 것이 기정사실화 되어버렸던 것이다.

그 결과, 시바에몬 너구리에 대한 소문은 상당한 신빙성을 띠고 퍼져갔다. 그러자 이처럼 수많은 사람들이 시바에몬의 집을 찾아와 울타리 안을 들여다보는 상황에까지 이른 것이다.

울타리 안을 들여다보는 자는 항상 느긋하게 이야기를 나누고 있는 시바에몬과 시바에몬 너구리의 모습을 볼 수 있었다. 너구리는 공손했고 또 달변이었으므로 금세 인기인이 되었다. 물론 누구나 반신반의하긴 했을 것이다. 다만 믿고 말고 하기 이전에 이 영감이 너구리라는 것은 이미 사실로 굳어 있었던 것이다.

그리하여, 소문은 점점 퍼져나갔다.

넓다고 한들 섬이라, 아와지 전역에 시바에몬 너구리의 이름이 알려지는 데에는 보름도 채 걸리지 않았다.

이윽고.

그 괴이쩍은 소문은 아와지의 지배자이자 스모토 성의 성대인이와다 구로베의 귀에까지 도달했다.

이 이나다라는 가로(家老), 고지식한 인물이기는 하나, 한편으로는 그런 방면의 허무맹랑한 이야기라면 사족을 못 쓰는 사내이기도 했던 모양이다. 여하튼 여러 지방의 진담(珍談) 기담을 기록한 책은 대부분 읽는다고 한다.

그러나 간베가 생각하기에 이나다는 그저 불가사의를 좋아하기만 하는 선에서 그칠 단순한 사내가 아니었다. 그것은 혜안이었다. 이나다는 불가사의 그 자체보다도 거기에 내포된 불가사의가 진실인지 허위인지 판단하기를 좋아하는, 다소 삐딱한 애호방식을 보이는 좀 난감한 분이었던 것이다.

묘지의 도깨비불은 인골에 포함된 인이 스며 나와 타오르는 것이라는 둥, 귀신불은 대기의 음기와 양기가 충돌하는 약한 번개라는 둥, 어떠한 것에든 모조리 이유를 갖다 붙인다.

궤변이건 무엇이건 간에 일단 우기고 보는 사내인 것이다.

그러한 것이란 마음만 먹으면 대략 설명이 되어버리기 마련이므로, 유령은 모두 억새, 세상에 불가사의란 없다는 얘기로 귀결된다.

이나다라는 사내는 언제나 그런 식이었다. 좌우지간 되잖은 이치를 갖다 붙인다. 순순히 받아들이지 않는다.

그 한 예로, 그러한 눈으로 보고 있다 보니 아와 명물이자 아와지의 명물인 인형극도 도무지 석연치 않은 모양이었다.

이나다는 연극 자체가 싫은 것도 아니고, 인형이 싫은 것도 아니다. 줄거리는 재미있고 인형도 잘 만들어졌다고 생각한다.

다만 인형극 자체에 대해서 납득이 가지 않는 모양이었다.

이유는 간단하다. 굳이 인형을 조종할 바에야 인간이 분장하여 연기하는 편이 빠를 것이다.

이나다는 그런 생각이 들어버린다고 한다.

'뒤에 있는 대잡이가 거치적거린다. 흑의가 거치적거린다. 아니 보인다는 것이 암묵적 약속이라 우긴들, 실상은 그곳에 있다. 실제로 보이고 있지 않느냐.'

이나다는 그렇게 생각하는 것이다.

이나다의 주장은 이러하다. 원래 움직일 리 없는 나무 인형 따위를 억지로 움직이려 용을 쓰니 그렇게 묘한 존재가 필요한 것이다. 대잡이든 흑의든 스스로 분장하여 자신이 연기를 하면 그것으로 끝날 일이 아닌가. 얼굴이 변변치 못하면 가면을 쓰면 되고, 반대로 인형을 감상하고 싶다면 그저 두고 바라보면 된다. 그 편이 더 찬찬히 볼 수 있지 않은가. 움직이는 것은 움직이고, 움직이지 않는 것은 멈추어 있다. 이것이 세상의 섭리가 아닌가.

이나다는 그것이야말로 지극히 보편타당한 이치라고 생각하는 듯했으나, 그에 관해서 주위의 동의는 좀처럼 얻지 못했던 모양이다.

애당초 풍류를 모르는 사내인 것이다.

허나, 그것은 한편으로 인지(人智)를 초월한, 이치가 통하지 않는 신비를 강하게 원하는 마음의 표현이기도 하리라.

시바에몬 너구리

어떠한 논리도 맞설 수 없는 불가사의가 이 세상 어딘가에 있고, 그것이 언젠가 눈앞에 나타나주기를 이나다는 마음 한구석으로 바라고 있음이 틀림없다. 때문에 불가사의한 이야기라면 사족을 못 쓰는 것이다.

그렇기에 이나다는 너구리가 사람으로 변하여 떠들썩하게 이야기한다는 식의 소문을 흘려들을 수 없는 것이었다. 더구나 가신들의 말에 따르면 아무래도 그것은 사실인 듯싶다는 것이다. 그 너구리는 대낮에 사람들 앞에서 인간의 모습을 하고 떠들썩하게 이야기를 한다 하지 않는가.

이나다는 믿을 수가 없었다.

물론 이나다가 아니더라도 믿기 어려운 일이기는 했다.

너구리에게 인간이 홀렸다는 이야기라면 수많이 들었으나, 너구리가 인간으로 둔갑한 이야기는 좀처럼 없는 것이다. 아니, 있기는 있겠으나 전부 지어낸 이야기다. 공상 속의 이야기인 것이다. 현실에는 있을 리 없는 일이다. 홀리는 까닭은 홀리는 자가 바보이기 때문이다. 착각하거나 속거나 환각을 보고서 법석을 떠는 것일 뿐이다. 그러나 둔갑이라 하면, 이는 어떻게 생각해야 할 것인가.

진실이라면 대단한 일이나, 거짓이라면 이나다로서는 용납하기 어려운 일이었다. 사기인 것이다. 금품을 가로채는 것은 아니라 해도, 함부로 사람의 마음을 기만하는 망령된 거짓임은 분명하다. 망령된 거짓이 통하게 되면 이치가 서지 않는다, 이나다는 그렇게 판단한 것이리라.

그래서 이나다는 서둘러 간베를 불러들여 아와지 시바에몬 너구리의 풍문에 대해 탐문하고 그 진위 여부를 똑똑히 확인하라고 통고한 것이다. 만약 소문이 허위라면 반드시 그 가면을 벗겨 세상사의 이치를 천하에 내보이라는 명을 내렸다.

이치를 내보이라고 한들······.

어떻게 해야 할지.

간베는 당혹스러웠다.

이나다가 어떻게 생각하든 그것은 자유지만, 이는 달갑지 않은 이야기였다.

전혀 짐작이 가지 않았던 것이다. 윗분의 의향이라며 고래고래 소리치며 쳐들어가봤댔자 이 일만큼은 어찌 해결할 수 있는 것이 아닐 터. 일단 시바에몬 너구리는 악행을 저지르고 있는 것이 아니다. 잡아들여 몰아세웠는데 만약 사람이라면 그건 또 그 나름대로 문제가 아닌가. 그리고 진실로 너구리라면 나리는 천하의 웃음거리가 된다.

득도 없지만 해도 없다. 그런 소문은 내버려두는 것이 상책이다. 남의 소문도 오래가야 며칠, 가만히 있어도 조만간 사라질 것이다. 헤집어봐야 손해만 볼 뿐이다.

아무런 대책도 없이, 간베는 시바에몬의 집을 찾아온 것이다.

그리고 그저 멍하니 바라보고 있다.

시바에몬의 집을 찾아온 것은 석 달 만이었다.

시바에몬의 손녀딸 데이가 살인귀를 만나 목숨을 잃었을 때 전의(詮議)를 담당했던 이가 다름 아닌 간베였던 것이다. 끔찍한 사건이라 마음이 아렸다. 비참한 시신의 모습을 몇 번이나 꿈으로 꿨었는데, 설마 이처럼 이상야릇한 문제로 다시 찾아오게 될 줄은 생각도 하지 못했다.

환호성이 일었다.

커다란 농부의 집 뒤편, 울타리에는 관객들이 몰려 구경을 하고 있다. 분명, 이런 것은 문제라고 하면 문제다. 훤한 대낮에 백성들이 농사일을 내버려둔 채 놀고 있어서야 나라가 망한다. 허나 잡도리라면 구경하는 객을 해야 할 터, 그렇다면 오락이 적은 마을사람들을 닦달하는 것도 가혹하지 않은가, 간베는 그렇게 생각했다.

"관헌 나리."

불쑥 부르는 소리에 간베는 간이 콩알만해졌다.

소나무 뒤에 낯선 차림새의 사내가 서 있었다.

행장이기는 했으나 농민이나 상인은 아니다. 허리띠에 연갑을 꽂았고, 허리에 필첩이 매달려 있다. 간베는 수상히 여겨 "뉘시오" 하고 물었다.

"저는 에도 교바시에 사는 야마오카 모모스케라고 합니다. 여러 지방을 돌아다니며 기담을 듣고 수집해 기록하는, 뭐, 시답잖은 글쟁이지요. 수상한 자는 아닙니다."

"에도에서 왔나."

"예" 하고 젊은이는 목례를 했다.

"소문 참 자자하지요, 시바에몬 너구리……."

"으, 으읏, 무슨 말인가?"

"관헌 나리, 저것이 진짜라고 생각하십니까?"

"그, 그게 무슨."

간베는 몹시 허둥거렸다.

"저는 가짜라고 생각합니다."

젊은이는 단호하게 말했다.

"뭐, 아와의 도노우라에 시바에몬 너구리라는 너구리가 있었다는 전설이 있긴 하지만, 저는 믿지 못하겠습니다."

"그래서…… 그 근거는?"

젊은이는 근거는 없다고 대답했다.

기대하고 있었던 탓에 간베는 화가 좀 났다.

"그대의 말대로 이는 다짜고짜 믿기 어려운 일이지. 허나 근거 없이는 무어라 말을 말게. 사실이 아니라는 증거를 보이게. 그리할 수 있기 전에는 말을 함부로……."

간베는 어느새 너구리를 변호하고 있었다.

"글쎄요, 이것이 진실이라면 저도 엄청난 장면을 목도한 것이 되지요. 너구리가 둔갑한 인간이란 그리 쉽게 볼 수 있는 것이 아니니까요. 허나 거짓이라면 이는 어이없는 웃음거리이지요. 그래서……."

"그래서, 뭔가?"

"저는 저 노인에게 개를 보내볼까 합니다."

"개라고 했는가?"

"너구리는 개를 싫어하는 법. 개를 보면 겁에 질려 자지러지게 비명을 지르겠지요. 개 또한 그러한 과잉반응에는 공격적이 되기 마련입니다."

"그리하면?"

"저 노인이 너구리라면 아마 옴짝달싹 못하겠지요. 곧바로 너구리의 모습으로 돌아가 몸을 감출 것입니다. 만약 그리하지 못할 때는, 개에게 목을 뜯겨 죽은 후에 짐승의 본성을 드러내겠지요."

"허나, 사람 중에도 개를 싫어하는 자가 있지. 만약 물어뜯어 죽였는데 사람의 모습 그대로라면 어찌할 텐가?"

"만약 사람이라면, 설령 아무리 무서워도 개를 다루는 방법쯤은 알고 있겠지요. 저리도 박학한 달인이니까요."

젊은이는 울타리 쪽을 보았다.

'그건 그럴지도 모르겠군.' 간베는 그렇게 생각했다.

"어떠신지요? 시도해보아도 될지 어떨지……. 아까부터 그런 궁리를 하고 있었습니다. 그런 차에 관헌 나리가 나타나셨지요. 이것은 의논해보는 게 좋겠다, 그리 생각했습니다. 관헌 나리가 참관해주신다면 저도 안심이 되니까요."

"허나……."

간베는 여러모로 생각을 했다.

머릿속은 정리되지 않았다. 좋은 생각인 것 같았으나 왠지 꺼림칙한 느낌을 지울 수가 없었다.

"너구리를 죽이게 될지도 모르지 않나."

"너구리라면 그렇겠지요."

"허나 사람의 말을 알아듣는 목숨을 해치는 것은 좀……."

"어차피 축생입니다. 사람의 마음을 현혹하는 요물이지요."

"죽은 후, 사람의 모습 그대로라면 어찌할 텐가?"

"그때는 제가 죗값을 치르겠지요"라고 젊은이가 말했다.

석연치 않은 기분이기는 했으나, 성대의 하명대로 진위를 밝힐 방법도 달리 없다는 생각이 들었다. 게다가 혹 너구리라 해도 꼭 죽는다고 볼 수는 없다. 백삼십 년이나 묵은 너구리라면 개쯤은 쉬이 피할지도 모른다. 간베는 그렇게 생각했다.

결국 그 시점에서 간베는 팔 할쯤, 그것이 너구리임을 확신했다는 이야기가 된다.

"반각 후에 개를 데려오겠습니다." 젊은이는 그렇게 말하더니 송림 속으로 사라져갔다.

간베는 젊은이의 모습이 완전히 보이지 않게 되자 울타리로 슬금슬금 다가갔다. 그리고 인파 뒤에서 발돋움을 하고 눈에 띄지 않게 가장자리에서 들여다보았다.

작은 체구의 가뭇한 노인이 벙글벙글 넉살좋게, 허나 당당하고 조리 있게 무언가를 이야기하고 있다.

저것이 너구리인가. 너구리 영감인가.

그러고 보니 몸짓도 어딘가 모르게 너구리를 닮았다. 몸집도 땅

딸막하고 얼굴 또한 어떻게 보아도 둥글둥글한 너구리 얼굴이다. 여우나 고양이, 혹은 족제비 같은 면상은 결코 아니다. 어쨌거나 앞서 그런 말을 들은 연후에야 비로소 그렇게 생각하는 것이기는 했으나······.

너구리 옆에는 백발노인이 역시 웃는 얼굴로 서 있었다. 시바에몬이다. 석 달 전, 노인은 슬픔에 잠겨 있었고 그 주름진 얼굴은 눈물에 젖어 있었다.

손녀를 잃은 상처는 치유된 것인가.

그렇게 생각한 순간, 갑자기 간베 앞의 인파가 좌우로 갈라졌다. 구경꾼이 스윽 멀어져 간다. 간베만 홀로 울타리 끝자락에 남겨졌다.

둘러보니, 마을사람들은 무슨 무서운 것이라도 보듯 멀찍이 둘러서서 흘끔거리며 간베를 보고 있었다. 문초를 받을 것이다, 그렇게 생각했으리라. 그런 것도 당연지사. 관리가 오면 백성들은 움츠러들기 마련이다.

"잠깐······ 잠깐, 잠깐. 본관은 딱히 자네들을 문책하러 온 것이 아닐세."

간베는 해명했다. 그저 입에서 나오는 대로.

"나는 명령으로 온 것이 아니라, 그게, 음, 그렇지. 소문 자자한 시바에몬 너구리 공을······."

거기까지 말했을 때 시바에몬이 오오, 하고 소리를 질렀다. 그런 다음 관헌 나리, 역시 그때의 그 관헌 나리였다며 울타리로 다가와 간베에게 깊숙이 머리를 숙였다.

"어허, 이거 참, 관헌 나리. 이 먼 곳에 발걸음을 다 해주시다니 황송하기 그지없습니다. 손녀의 일로 무례가 지나쳤었습니다. 자, 그런 곳에 계시면 아니 되지요. 곧 안내하겠으니……."

"아니, 시바에몬. 본관은, 저어……."

"자, 자, 무얼 사양하십니까."

"허, 허나."

간베는 환영을 받을 이유가 없다.

손녀의 사건도 해결한 것이 아니니.

더구나 오늘은 소문의 확인. 게다가 반각 뒤에는…….

"자아, 이보게들. 오늘은 생각지도 못한 손님이 오셔서 이만 끝내도록 하겠네. 이어지는 이야기는 이 다음에. 이것은 구경거리가 아니니 사람들에게 퍼뜨리지 말게나. 입장료도 필요 없네. 다만 들일을 팽개치고 오면 돌려보낼 터이니 그리들 알게나."

시바에몬은 손을 펼치고 그렇게 말했다.

대문 쪽에서 시바에몬의 며느리가 달려왔다.

결국 간베는 방으로 올라가 환대를 받았다.

향응은 받을 수 없다고 거부했으나, 직무로 온 것이 아니라고 말을 해버리는 통에 매몰차게 거절하지는 못했다. 술만은 사양했다. 원래 주당이 아니다. 대강 인사를 받고 차를 마시며 경단 등을 먹고 있자니, 이윽고 시바에몬이 너구리를 데리고 들어왔다.

시바에몬 너구리는 말석에 납작 엎드려 코끝을 방바닥에 비비

다시피 하며 인사했다.

"처음으로 뵈옵고 인사 올리나이다. 저는 축생의 몸이기에 본시 이러한 장소에 있어서는 아니 되며, 황차(況且) 관헌 나리와 같이 존귀한 분을 뵐 수 있는 신분은 더더욱 되지 못하옵니다. 하오나 이 댁의 어르신께서 자비를 베풀어주시어, 이처럼 인간의 모습을 하고 호사를 누리고 있사온데……."

"거, 거북스러운 인사는 마시게."

간베는 크게 당황했다.

"그, 그대는 정말로…… 너구리인가?"

"너구리이옵니다."

"이, 이 자리에서 너구리로 돌아갈 수 있는가?"

"사람 앞에서 둔갑술을 쓰는 것은 저희 너구리들 간의 금제. 그 점만은 너그러이 봐주시옵소서. 소원하신다면 후에 짐승의 모습으로 다시 찾아뵙겠사옵니다."

"그……."

그리 해달라고 말하고 싶었으나, 생각해보니 소용없는 일이다. 너구리로 있는 동안에는 말도 통하지 않을 터.

"그럴 필요는 없네."

간베는 팔짱을 꼈다.

사람으로밖에 보이지 않는다.

그러나 이 영감이 들어오자마자 방의 공기가 비릿해진 것도 사실이다.

죽은 짐승의 고기 같은 냄새다.

시바에몬이 자리를 수습하듯 말했다.

"관헌 나리, 뭐어, 믿고 아니 믿고는 사람 나름이지요. 저, 시바에몬만 해도 처음에는 믿지 않았으니."

"지금은 믿고 있나?"

"믿고 있습니다. 아니, 그렇다기보다 이 영감, 혹시 너구리가 아니라면 또 그 나름대로 걸작이지요. 저는 이 사내의 인품에 감복했으니까요."

"너구리에게 인품은 없지요" 하고 너구리가 말했다.

시바에몬은 맞는 말이라며 웃었다.

그러나 너구리는 웃지 않고 "어르신" 하고 정색을 했다.

"왜…… 어찌 그러나?"

"이처럼 관헌 나리가 납시었다는 것은 저의 소문이 이곳 아와지 전역에 퍼졌다는 이야기일 테지요. 그만 물러갈 때이옵니다."

"물러갈 때라니?"

"관헌 나리, 좀 전에 나리께선 직무가 아니라고 말씀하시었으나, 사실은 아니 그러할 테지요. 저를 잡아들이러 오신 것이 아니옵니까?"

너구리는 그렇게 말했다. 간베는 신음소리를 냈다.

시바에몬은 입술을 일그러뜨렸다.

"관헌 나리, 그런 무법이……. 이 너구리, 악한 짓은 아니 하였습니다. 이놈은 실로 박학하고 멋을 알며……."

"괜찮사옵니다, 어르신. 어르신과 보내는 한때가 너무나 즐거웠기에 저도 좀 우쭐거린 게 아니었나 싶은 생각이 듭니다. 너구리의 몹쓸 버릇, 지나치게 나대었지요. 그래서 오늘은 관헌 나리도 이렇게 오셨으니, 긴히 드리고 싶은 말씀이 있사옵니다."

너구리는 앉음새를 바로 했다.

"실은, 어르신, 제가 이 댁을 찾아온 것에는 이유가 있사옵니다."

"이유……라?"

"그러하옵니다. 저는 아와 도노우라에 사는 묵은 너구리이온데, 얼마 전까지 우리나라의 너구리들을 다스리고 있었던 것이 마찬가지로 아와 히카이노의 긴초라고 하는 너구리이옵니다. 알고 계실 터이지만 지금도 정일품 긴초 대명신(大明神)으로 사당에 모셔져 있지요."

"이름이라면 들은 적이 있네만" 하고 시바에몬이 말했다.

"저는 그 긴초의 권속이옵니다. 긴초는 먼 옛날, 마찬가지로 아와의 묵은 너구리였던 로쿠에몬과 너구리 우두머리의 자리를 놓고 오랫동안 싸웠지요. 긴초가 이백여 세, 로쿠에몬이 삼백이십여 세였으므로 어느 쪽이나 뒤질 것 없는 묵은 너구리. 세력은 팽팽했습니다만, 긴초는 삼십 년 전 사당숲의 너구리 대전에서 로쿠에몬을 격파하고 아와 너구리의 우두머리가 되었지요."

"흡사 전국시대로구먼."

시바에몬은 감탄하듯 그렇게 말했으나, 간베는 앉아 있기가 거북살스러웠다. 너구리의 둔갑이 당연하다는 것을 전제로 펼쳐지는 이야기였기 때문이었다. 그런 이야기를 진지하게 듣고 있는 자신은 이미 눈앞의 영감을 너구리로 인정한 것이 되지 않는가.

"그 삼십 년 전, 천하를 두고 겨룬 너구리 대전이 후세에 한을 남기게 되었던 것이옵니다."

"한이라?"

"한이지요." 너구리는 몸을 앞으로 수그렸다.

"바로 이 긴초와 로쿠에몬의 정면 대결이온데, 이는 우리나라 너구리에게 있어 단순한 영지 다툼이 아니었던 것이옵니다. 아와는 너구리의 본고장. 어느 쪽이 다스릴지는 주목의 대상. 두 장수는 전국의 너구리들에게 격문을 날려 서로 자신에게 가세할 것을 요구했지요. 곧, 어느 편에 서느냐로 여러 고을 너구리의 세력도가 다시 그려지는 것이옵니다."

"그야말로 세키가하라*로군."

"그렇사옵니다." 너구리는 눈을 감았다.

"사도의 단자부로, 야시마의 하게, 이요의 이누가미교후……. 여러 고을의 너구리 대군이 몰려왔지요. 그것은 정말이지 격렬한 싸움이었사옵니다. 힘은 그야말로 대등. 격전의 결과 로쿠에몬 군이 패퇴하여 아와를 떠나게 되었으나, 그 한편으로 긴초 또한 승리를 거두었음에도 그때 입은 부상으로 병석에 드러눕게 되었고,

---

* 도쿠가와 이에야스파와 이시다 미쓰나리파가 자웅을 겨룬 전투. 이 전투를 끝으로 사실상 일본의 전국시대가 막을 내렸다.

십 년 전에 이백이십육 세로 세상을 떴던 것이옵니다."

시바에몬 너구리는 어두운 표정을 지었다.

"이때 승패를 결정짓는 원인이 된 것이 오와리의 조지로라는 배반자이옵니다."

"배반자라."

"예, 오와리의 조지로……. 잔인무도하기로 유명한, 사나운 너구리였지요. 너구리는 원래 느긋한 짐승이라 사람을 속이기는 하여도 잡아먹지는 않사옵니다. 그러나 이 조지로는 장수(長壽) 하고자 하는 욕심에 사람을 잡아선 정기를 빨고 생간을 뽑아먹는 무시무시한 너구리였던 것이옵니다."

너구리는 얼굴을 찌푸렸다. 시바에몬도 간베도 같이 찌푸렸다.

"이 조지로, 긴초는 매우 싫어했으므로 요청조차 하지 않았는데, 로쿠에몬은 그 흉포성을 높이 사 원군을 부탁했고, 조지로는 쾌히 승낙을 했다…… 그리 들었사옵니다. 허나."

"배반한 겐가?"

"그러하옵니다. 원래 조지로가 사람의 생간을 먹은 것은 오래 살기 위한 것. 명줄에 대한 욕심은 한도 끝도 없는 너구리였사옵니다. 너구리 간의 싸움에서 목숨을 잃기는 정말이지 싫다며 대전 직전에 내빼기로 작정을 했지요."

"오호라."

"로쿠에몬은 노기충천하여 격노했으나, 하늘로 솟았는지 땅으로 꺼졌는지, 조지로는 연기처럼 사라졌는데…… 아무래도 잠잠해질 때까지 인간으로 둔갑해 몸을 감춘 듯하였사옵니다."

"인간으로…… 말이지."

간베는 일단 되묻기는 했으나, 이 마당에 이르러서야 이미 그것은 사실로 인정하고 들을 수밖에 없을 터.

"예, 인간으로. 삼십 년간 조지로는 줄곧 너구리의 본성을 감추고 사람으로 살아왔을 것이옵니다. 그것은 매우 힘든 일이지요. 저도 이처럼 오랫동안 사람의 모습으로 있자면 몹시 지치고 나른해집니다. 기회 있을 때마다 본성이 튀어나올 것 같지요. 방심하면 송곳니가 솟고 꼬리가 생깁니다. 개를 보면 겁에 질리고……."

"개, 개는 싫어하나?"

"개는 아니 됩니다."

너구리는 매실장아찌를 씹은 듯한 표정을 지었다.

"먼 옛날 가마쿠라 건장사의 권진(勸進)을 위해 여러 고을을 행각했던 신심 깊은 너구리가 있었습니다. 그 너구리는 둔갑술의 명인으로, 동료 너구리들 사이에서도 이미 전설이 되어 있었지요. 몇 년이 흐르든 결코 정체를 드러내지 않았으니까요. 그 명인조차 마지막에는 개에게 당했습니다."

개만은 아니 됩니다, 하고 너구리는 거듭 말했다.

그렇구먼, 하고 간베는 중얼거리며 턱을 쓸어내렸다.

아무래도 야마오카 모모스케라는 젊은이의 말은 사실이었던 모양이다.

허나…….

간베는 너구리를 유심히 보았다.

너구리는 말을 이었다.

"조지로는 로쿠에몬의 보복이 두려웠을 것입니다. 줄곧 사람으로 둔갑해 있었지요. 그러나 아무리 두려워도 끝까지 감출 수는 없는 법. 삼십 년을 참아오던 조지로는 마침내 본성을 드러냈습니다."

"어떻게?"

"사람을 해치기 시작한 것이옵니다."

"사람을?"

"생간이 간절해졌을 테지요. 놈은 이렇게 사람의 이마를 갈라 일단 그곳에서 정기를 빨아들입니다."

"이마……라고?"

간베는 시바에몬의 얼굴을 보았다.

그때까지 열심히 이야기를 듣고 있던 노인은 확연히 핏기를 잃었고, 미세하게 떨며 눈을 휘둥그렇게 뜨고 있었다.

너구리는 고개를 끄덕였다.

"짐작하시는 대로, 교토와 오사카를 돌아다니며 죄 없는 사람을 참살한 살인귀가 바로 조지로, 그놈이옵니다. 로쿠에몬은 이미 좋은 시절을 다 보낸 은거의 몸. 긴초 역시 귀적에 들었으니, 조지로는 아마…… 아와로 건너가 이대 긴초를 치고 너구리 우두머리가 될 심산일 듯……."

"너, 너구리 공, 시바에몬 너구리 공. 그렇다면 데이를, 손녀를 해친 것은······."

"어르신의 손녀따님의 목숨을 빼앗은 것은 다름 아닌 조지로 놈이옵니다. 아무리 축생이라고 해도 이 일만큼은 용서받을 수가 없지요. 저는 너구리를 대표해 사죄의 말씀을 올리러 찾아온 것이옵니다."

무어라 사죄드릴 말씀도 없사옵니다, 하고 너구리는 이마를 바닥에 박았다. 그리고 몇 번이고 수없이 사죄했다.

"로쿠에몬은 지금 노구임에도 분발하여 토벌에 나서고 있습니다. 저는 같은 이름이기도 하여, 일원들과 의논을 하던 중에 좌우지간 시바에몬 님께 알리러 가야한다고 이야기가 되어······. 어쨌든 어르신께 있어서 조지로는 증오스러운 원수. 그 이름만이라도 알리지 않으면 울분은 영영 풀리지 않을 터이지요. 그렇게 명을 받고 찾아뵈었던 것이온데, 어찌된 흐름인지, 어르신의 따사로운 인품을 접한 후로 오늘 말하자, 내일 말하자, 하고 차일피일 미루는 사이에 이렇게 어물어물 오래 머물고 말았습니다. 실로 부끄럽고 천한 축생의 천성이옵지요. 자, 어르신, 저를 때려서 기분이 풀리신다면 얼마든 때려주십시오. 목숨을 거두시겠다면, 부디 죽여주옵소서."

"너, 너구리 공."

시바에몬은 당황했다. 간베 또한 그러한 것은 마찬가지였으나······.

"자네 잘못은 아니지 않소? 고개를 드시오. 맙소사, 자네를 죽이건 너구리탕을 끓이건 손녀는 아니 돌아온다오. 그러하지요? 관헌 나리."

간베는 대답을 망설였다. 그것은 분명 그렇지만, 그래도…….

너구리가 고개를 들자 시바에몬은 몇 번 고개를 끄덕였다.

"너구리 공, 아니, 시바에몬 공. 무에 사과할 일이 있겠소이까? 다시금 감사를 드리오. 그대가 와준 덕분에 나는 얼마나 위안을 받았는지 모른다오. 그만 됐소이다. 아무 말도 하지 마시게. 그 조지로란 놈도 로쿠에몬이라는 자가 정벌하러 갔다지 않았는가."

"예. 닷새 후, 스모토 끝자락에서 인형극이 열립니다. 그곳에서 모든 것을 끝내겠다고, 로쿠에몬은 그리 말하였지요."

"닷새 후라. 나리……."

"음. 하지만……."

범인이 너구리라면 체포할 도리도 없다.

어찌…….

어찌 믿고 있는 건가.

간베는 고개를 저었다. 잘 생각하라. 이런 이야기는 대부분 허풍이다. 믿다니, 믿다니……. 간베가 번뇌하고 있는 동안 시바에몬도 무언가를 생각하고 있었던 모양인데, 이윽고 노인은 결심하듯 너구리 공, 하고 입을 떼었다.

"앞으로도 계속 있어주시오."

시바에몬은 그렇게 말했다.

너구리는 다시 절을 했다.

그리고 이렇게 말했다.

"거듭 베풀어주시는 온정, 무어라 드릴 말씀도 없습니다. 일족의 긍지를 걸고 조지로 놈은 반드시 처단하겠습니다. 허나, 모든 것을 다 말씀드린 이상, 여기에서 그만 물러가도록 하겠습니다. 어찌되었든 저희 너구리들은 손녀따님의 원수. 혹 어르신께서 저를 용서해주신다고 하여도 그 양친의 분은 풀리지 않을 터. 그 사실이 알려질 테니, 저 또한 여태껏 해온 것과 똑같이 행동할 수는 없습니다. 저는……"

너구리가 무슨 말을 하려는 그 순간,

마당 쪽에서 삐걱삐걱, 수레를 끄는 듯한 소리가 들렸다.

시선을 돌려보니 울타리 너머로 커다란 상자를 실은 짐수레가 보였다.

"무얼까."

시바에몬이 발돋움을 한다.

짐수레 옆에는…….

젊은이, 모모스케가 서 있었다.

"아, 아니 되네! 하지 말게!"

간베의 외침과 거의 동시에 상자의 뚜껑이 열렸다.

상자 안에서 사나운 붉은 개 두 마리가 엄청난 기세로 튀어나오더니, 울타리를 훌쩍 넘고 마루턱을 뛰어넘어 시바에몬 너구리를 향하여 일직선으로 덤벼들었다.

"개, 개다."

순식간의 일이었다.

간베는 시바에몬 너구리의 그때 얼굴을 평생 잊지 못하리라.

열린 동공과 부푼 코. 그것은 진실로…… 공포에 질린 표정이었던 것이다.

이히익! 엄청난 쇳소리로 절규하며 시바에몬 너구리는 뒹굴다시피 마당으로 나갔다.

개는 가차 없이 덤벼들었다. 허벅지를 물고 늘어진다. 목덜미를 물어뜯는다.

"살려…… 살려주시길……!"

너구리는 소리치며 사나운 개들과 뒤엉키듯 땅을 구르더니 집 뒤 나무 쪽문을 부수고 울타리 밖으로 굴러나갔다.

컹컹, 개 짖는 소리가 들렸다.

단말마는 사람의 것으로 생각되지 않았다.

시바에몬은 고함을 질러 집안사람들을 불렀고, 너구리를 뒤쫓아 뜰로 나갔다. 간베는 칼에 손을 댄 채로 방안에 멈춰서 있었다. 개를 베려고 했던 것이다.

'이미 늦었나.'

간베는 느려터진 자신에게 화를 내며, 버선발로 마당으로 내려가 울타리 밖으로 향했다.

갑자기 두려워졌다.

분명, 개는 간베에게도 시바에몬에게도 눈길 한 번 주지 않고 주저 없이 시바에몬 너구리를 덮쳤던 것이다. 그것은 곧…….

역시 너구리인가.

아니면 사람인가.

시바에몬이 입을 막은 채 비틀거리며 서 있다.

두 마리 개가 낮게 으르렁대며 어슬렁거리고 있다.

상자를 실은 짐수레 앞에는 안색이 창백해진 모모스케가 그 자리에 못 박혀 있었다.

땅바닥에는 커다란 너구리 한 마리가 죽어 있었다.

4

 스모토 성 외곽에 있는 이치무라 마쓰노스케 극단의 상설무대에 도쿠시마 번주인 하치스카 공이 잠행으로 방문한 것은 가을도 깊어진 시월 중반의 일이었다.
 갑작스러운 왕림에 마쓰노스케는 당황했다.
 잠행이란 단지 공무가 아니라는 것일 뿐, 영주 나리쯤 되면 수행 사무라이가 줄줄이 따라붙고 으리으리한 가마를 타고 온다는 점에는 변함이 없다. 게다가 성대 이나다 구로베까지 동행했으므로, 잠행이어야 할 행차는 당연지사 이목을 끌었다.
 스모토 성에 입성하실 때 불현듯 마음이 내키셨다고 하는데, 갑작스레 '영주 나리 인형극 희망'이라는 소리를 들어봐야 그저 당황스러울 뿐이다. 황감하기 그지없다고 한 것은 좋았지만, 마쓰노스케의 고생은 이만저만이 아니었다.
 무대라고 해도 영주 나리의 눈에 들 만큼 훌륭한 것은 아니었다. 저택 뒤편의 부지 내에 세운, 거의 연습용에 가까운 허술한 것이다. 애당초 영주의 행차를 받아들일 준비 따위는 해본 적이 없다. 어떻게 해야 할지 전혀 알 수가 없다. 그럼에도 실수는 일절 용납되지 않으니 참으로 죽을 맛인 것이다.

길 청소와 관람석 정비부터 식사 마련까지, 그야말로 동분서주란 이를 두고 한 말이라며, 평소 푸념 따위 하지 않는 마쓰노스케도 한 마디 투덜거렸다고 한다.

부지의 둘레에 진막(陣幕)을 치고, 특별히 마련한 붉은 양탄자 관람석 중앙에는 금병풍을 둘렀다. 그 앞에 도쿠시마 번주가 위엄 있게 앉고, 그 옆에는 스모토 성 성대가 자리했다.

좌우로 사무라이가 줄줄이 열좌(列坐)했으니, 경호 사무라이에 하인과 허드레꾼까지 포함하면 백 명 남짓한 사람이 찾아왔다는 얘기가 된다.

그뿐 아니라, '이 고장 일반 백성도 보게 하라'는 명이 떨어졌다. 인형극은 사무라이만의 것이 아니라는 자비로운 번주님의 배려가 있었던 것이다.

소문을 듣고 근교에서도 찾아오는 사람들이 줄을 이었다.

평소라면 인적도 없고 적막할 따름인 스모토 외곽의 쓸쓸한 벽지가 그날만은 복작복작 와글와글 크게 붐볐던 것이다.

그러나.

만전의 경비를 하고 있었음에도 불구하고, 마쓰노스케가 인형극을 연기하고 있는 그때에…… 믿어지지 않는 사건이 벌어졌다.

그때, 무대 위에 있던 마쓰노스케는 자신과 자신의 눈을 의심했다. 처음에는 단순한 고함소리였다.

그것이 이윽고 소란으로 바뀌어 진막을 뚫었다.

놀랍게도, 그 젊은 사무라이가 몇 마리나 되는 개들을 몸에 매단 채 실성한 듯 날뛰며 관람석으로 난입해 들어온 것이다.

사무라이는 노성을 지르며 크게 날뛰었고, 몇 십을 넘는 사무라이가 겹겹이 쌓다시피 덮쳐눌렀으나, 장내의 혼란은 극심하여 사태가 수습될 때까지 상당한 시간이 걸렸다. 상연은 물론 중지 사태를 맞았다.

개는 도망친 듯했다.

사무라이는…… 급사했다.

목에 무수한 이빨 자국이 나 있었으나 그 상처는 직접적인 사인이 아닌 듯했다. 아마 사무라이의 몸은 이미 한계에 이르러 있었으리라. 신경도 심장도, 모든 것이 다 그 충격을 견뎌낼 수 없는 지경에 이르렀던 것으로 보였다.

그 자가 바로 교토에서 맞아들였던 객이라는 것을 알고, 이나다 구로베는 졸도할 것 같았다.

별채에는 배를 가른 도자에몬이 절명해 있었다.

유서는 없었다.

그리고 마쓰노스케는 떠올렸던 것이다.

그날이 꼭…… 열흘째 되는 날임을.

'네놈은 개에게 물려죽게 될 줄 알아.'

그 요괴, 로쿠에몬 너구리는 그렇게 말했던 것이다.

마쓰노스케는 자신이 알고 있는 이야기 전부를 이나다에게 털어놓았다.

"그 사무라이, 출신은 모르지만 너구리였사옵니다." 그렇게 고한 것이다.

성대는 눈을 희번덕거리며 들었다. 물론 믿어주지는 않은 듯했다.

그러나.

곧바로 탐문 차 나갔던 아다치 간베와 근교의 호농 시바에몬이 이나다를 찾아와서 그 사무라이는 너구리의 화신임에 틀림없다며 구로베에게 진언한 것이다.

이날의 참극은 시바에몬의 집에 나타난 너구리가 이미 예고했던 일이라고 한다. 두 사람은 그 전말을 확인하기 위해 이곳을 찾아온 것이라고 했다. 만약 그것이 사실이라면 그 너구리는 번주의 변덕을 예지했다는 이야기가 된다. 실로 불가사의하다는 말밖에 나오지 않는다.

그리고 두 사람은, 이어서 너구리와 살인귀에 얽힌 실로 괴이쩍은 악연을 보고하였다.

기괴한 이야기였다.

그러나 두 사람의 이야기는 마쓰노스케가 그날 밤 들었던, 요괴가 이야기했던 내용과 맞아떨어졌다.

이나다는 머리를 쥐어뜯었다.

설명이 되지 않는다.

아니, 이해할 길은 하나밖에 없다.

사무라이가 너구리……였다는 결론이다.

번주는 이나다로부터 일의 자초지종을 듣고, 이어 마쓰노스케, 간베, 시바에몬에게 직접 이야기를 들은 다음, 사무라이의 시신까지 직접 검분했다.

시신은 사람 모습 그대로였다.

이나다는 송장을 보고서 몇 번이나 실신할 것 같았다고 한다.

아마도 죽은 사무라이가 진짜라면 그것은 경악할 일이리라. 그럼에도 이나다는 너구리가 사람으로 둔갑한다는 망언을 전혀 믿지 못하는 상태로 있었던 것이다. 설령 탈 없이 지나가려면 그것이 너구리인 편이 낫다고 할지라도.

간베와 시바에몬은 송장이 언젠가 반드시 본성을 드러내어 너구리 모습으로 변할 것이라고 주장했다.

그러나 아무리 시간이 지나도 사무라이는 너구리로 바뀌지 않았다.

이나다는 격노하며 마쓰노스케를 포함한 세 사람을 포박, 투옥하라고 우겨댔다. 셋 다 세상을 어지럽히는 허언을 함부로 늘어놓았으니 용서하기 어렵다는 이유였다. 허나.

번주 하치스카 공은 그 자리에서 일어나 성대를 향하여 "그리할 필요는 없다"고 말씀하셨던 것이다.

"아와는 너구리의 본고장이라지. 그것은 그 나름대로 자랑거리이기도 할 것이다. 그렇다면 저기 있는 송장이 언젠가 너구리로 변할 것이라 한다면, 변할 때까지 기다려보지 않겠는가? 한 달을 두어보고, 그리 해도 송장이 사람의 모습 그대로라면 그때 다시 전의하는 것이 좋으리라."

"개의치 않으니 물럿거라." 연극을 좋아하는 번주는 그렇게 말한 것이다.

그리하여 마쓰노스케 이하 세 사람은 전전긍긍하며 한 달을 보내게 되었다.

송장은 매장되지 않고 그 모습 그대로 덧문짝에 뉘어져, 엄중한 경호 아래 마쓰노스케 저택의 별채에 안치되었다.

이치하라 마쓰노스케, 아다치 간베, 농부 시바에몬, 이 세 사람에게는 일이 명확해질 때까지 각자 칩거하라는 명이 내려졌으나 도주의 우려가 있다는 판단도 있어, 결과적으로는 세 명 다 마쓰노스케 저택에 발이 묶이게 되었던 것이다.

열흘이 지나고 보름이 지나도 송장은 사람 모습 그대로였다.

그렇다면 모든 것이 너구리의 환술이었나. 둔갑했다고 생각한 것은 홀렸던 것뿐인가……. 너구리를 의심하지 않았던 시바에몬마저 그리 생각하지 않은 것은 아니었다.

또한, 두려워 떨고 있었던 점에 관해서는 성대 이나다 역시 마찬가지였다. 일설에 따르면 이나다는 할복할 각오였다고 한다.

그리고 스무 닷새 후.

송장은 홀연히 너구리 모습을 드러내었다.

그날은 번주 하치스카 공이 다시 스모토에 들어온 날이기도 했으므로 영주 나리는 크게 놀랐고, 세 사람은 무사방면이 되었다.

그리하여 마침내 사건이 널리 알려지게 되었다.

해(亥)월 모일, 단슈 스모토에서 도쿠시마 번주, 인형극을 관람하실 제, 교토에서 사람을 베고 다니던 조지로라는 이름의 젊은 사무라이, 실성하여 관람석으로 뛰어들어 행패를 벌이고 맹견에게 물어 뜯기어 죽었는데, 그 송장, 사후 스무닷새를 지나 너구리의 모습으로 변하니 뭇사람들이 크게 놀라다. 그 조지로라는 젊은 사무라이, 너구리가 둔갑한 마물이라면…….

본인은 어드메에 있는 것이뇨…….

5

이자나기 사당의 뒤편, 나무들이 울창하게 우거진 숲속.
막 만들어진 봉분이 있다.
그 주위에 땀을 닦는 네 개의 그림자가 있었다.
한 명은 행장 차림의 젊은이. 곰곰궁리 모모스케, 곧 야마오카 모모스케이다.
또 한 명은 산속과는 어울리지 않는 화려한 남보랏빛 기모노에 풀색 겉옷을 입은 젊은 여인. 이치무라 가의 말쑥한 하녀, 산묘회 오긴이다.
그 옆으로는 항라 백장속에 시주함을 걸고 머리는 행자두건으로 싸맨 떠돌이 어행사. 요괴 로쿠에몬 너구리, 잔머리 모사꾼 마타이치가 있다.
마지막 한 명은 세로줄무늬 기모노에 갈색 하오리를 걸친 자그마한 노인. 신탁자 지헤이. 그렇다. 바로 시바에몬 너구리, 그 인물이다.

 웅크리고 있던 지헤이는 손에 든 삽으로 봉분 주위를 두드리더니 느릿하게 돌아보았다. 오긴이 짊어진 급(笈)에 꽂혀 있던 피안화(彼岸花)를 뽑아 살며시 놓았다.

 짤랑, 마타이치가 요령을 울린다.

"어행봉위!"

 모모스케가 합장하며 묵도를 올렸다.
 "딱한 사람." 지헤이가 말했다.
 "고칠 길이 없었던 걸까."
 "낫지 않을 거요. 나으면 낫는 대로 또 괴롭지. 해친 사람들은 돌아오지 않는다고. 돌아오지 않으면 용서도 받을 수 없지. 여자아이를 머리부터 쪼겠는데, 제정신으로 있으라고 하는 게 무리지."

 마타이치는 그렇게 대답했다. "하긴 그렇겠지" 하며 지헤이는 허리를 폈다.

 모모스케가 어두운 얼굴로 물었다.
 "여기 묻힌 분의 출신은……?"
 "이 인간은 오와리에서 왔어. 오와리라 하면 어삼가(御三家)*.

---

* 도쿠가와 이에야스의 아홉 번째, 열 번째, 열한 번째 자식을 각각 시조로 하는 가문.

그다음은 말하지 않는 편이 신상에 이롭지."

"그, 그럼 이 분은 쇼, 쇼군 가문의……."

오긴이 가느다란 손가락을 들어 모모스케의 입을 막았다.

"눈치가 없으셔, 글쟁이 선생. 이 몹쓸 병 걸린 너구리는 말이지, 마쓰다이라 조지로라는 어마어마한 이름을 가지신 분이라고. 선대 쇼군께서 들놀이에 나서셨을 때 농가 처녀에게 손을 대어 낳은 자식이라고들 하지만, 뭐, 사실은 모르는 거지, 마타 씨?"

음, 하고 마타이치는 말했다.

"부모가 누구든, 집안이 어떻든, 그런 거야 상관없지. 사실이야 알지도 못하고, 알아본들 자신이 달라질 것도 없으니까. 하지만 심히 번거로운 내력이 어른거리면 뒤틀려버리는 일도 있기 마련이지. 이놈의 부모는…… 뭐, 신분이 낮은 분이야 아니겠지만, 그 분인지 어떤지는 몰라. 허나, 이 녀석은 그렇게 생각했지. 굳게 믿고 있었어. 추종자 무리가 이 녀석을 내세워 단물을 빨려고 했다고. 이용하려 했던 거지."

"추종자들이 서자로 꾸몄다는 얘기?"

사실이었을지도 모르지만, 하고 지헤이가 말했다.

"어차피 악몽인 거지. 그렇게 잘 풀릴 리가 있나. 욕심에 눈이 먼 추종자들이야 치켜세울 만큼 세우다가 상황이 나빠지면 손을 놔버리지."

쿠웅, 하고 지헤이는 떨어지는 흉내를 냈다.

"그러자 이 녀석의 뭔가가 뒤틀려버린 거라고. 자신이 쇼군이 될 수 없는 것은 천한 모친이 살아 있기 때문이라 여겨, 몸을 숨기고 있던 모친을 찾아내서 베어버렸어. 그 후로는 패악을 거듭했지. 이 녀석은 강제로 꿈을 꾸게 되었고, 줄곧 그 꿈속에서 살았어. 높으신 분들께야 이미 짐이지. 그야말로 혹이라고. 더구나 이 녀석은 쇼군 행세를 했거든. 신하가 하는 말 따위는 듣지도 않아. 어쩔 수 없이 수행 사무라이를 붙여 추방했지. 표면적으로는 시기를 살피기 위해 일단 몸을 숨기시라……."

"교토의 모(某)가에 신병 의탁……입니까."

그렇지, 하고 오긴이 말을 이었다.

"욕심이 앞서서 속은 거지."

이런 녀석인 줄은 꿈에도 모르고, 하면서 오긴은 눈을 가느다랗게 뜨고 봉분을 곁눈으로 본다.

"솔깃한 이야기라고 생각했을 테지. 사무라이는 멍청하니까. 맡은 것은 좋았지만, 이 녀석은 사흘도 견디지 못했어. 대우가 나쁘다며 난동을 부렸고, 비위를 맞추려고 마루야마 쪽으로 연신 보내자 말썽을 일으켰지. 그러다 결국 마을 처녀를 베어 죽이고 만 거야."

교토에서 열 명을 베었다며 지헤이가 말을 이었다.

"조지로는 미쳐 날뛰며 흉행을 거듭했고, 오사카로 도주했다가 그곳에서 붙잡혔지. 허나, 아무런 손도 쓸 수가 없었지. 이 녀석은 이걸 가지고 있었거든."

마타이치는 시주함에서 서찰을 한 통 꺼냈다.

접시꽃 문장이 박혀 있었다.

"보, 보증문서입니까? 그렇다면……."

"진짜인지 어떤지는 몰라. 하지만 이건 사무라이들에게는 특히 더 각별한 것이지. 이걸 마주하게 되면, 녀석들에게는 진짜인지 아닌지 의심하는 것조차 허용되질 않는다고."

마타이치는 보증문서를 쫙쫙 찢더니, 더 잘게 찢은 다음 휙 날려버렸다.

종이 조각이 팔락팔락 춤추었다.

"내용은 보지 않았어. 우리와는 인연이 없는 물건이니까. 게다가 이런 물건, 만들려고 들면 언제든 만들어내니까."

"위조는 사양이야"라고 지헤이가 말했다.

마타이치는 부탁하지도 않는다고 응수했다.

"아무튼 온갖 사고를 친 후에……."

"거기서 도쿠시마 번이 신병을? 어째서?"

글쎄요, 하며 마타이치는 시치미를 뗐다.

지헤이가 모모스케의 어깨를 툭 쳤다.

"높으신 분의 생각이니, 비천한 자야 알 수가 없지. 그나저나 피곤하구먼. 대규모 작업이었어. 밑밥부터 셈해보면 반년이나 걸렸잖나. 이게 도적질이었다면 천 냥짜리 굵직한 건수라고."

"너구리 심보가 완전히 몸에 배었구려."

오긴이 웃었다. 모모스케는 말했다.

"참, 그 빠른 변신은 기가 막히더군요. 품에서 너구리 시체를 꺼낸 다음, 개가 들어 있던 상자에 스르륵……. 완전히 곡예사던데요? 저는 정말 멍하니 넋이 나가버렸습니다."

"그 노인장을 속이는 건 내키지 않았지만." 지헤이가 어울리지 않는 말을 했다.

본심인 듯했다.

"그 개는 어떻게 곧바로 지헤이 씨에게……?"

"까짓 거, 좋아하는 토끼고기 국물을 목덜미와 아랫도리 속옷자락에 배도록 해뒀던 거요. 얼마나 비리던지."

"하지만 위험하잖습니까? 정말 물지도 모르고."

정말로 물지는 않지, 하고 지헤이는 말했다.

"그건 노는 것이었다고."

"오호, 그렇게 보이지는 않았는데."

"글쟁이 선생." 마타이치가 말한다.

"이 영감은요, 낯짝도 짐승 비슷하지만, 짐승을 부리는 재주를 가지고 있습죠. 개든 원숭이든 원하는 대로 길들인다니까. 짐승들한테 아주 예쁨 받는 체질인 게지. 맨 처음 그 너구리도 보름 만에 길들였다고. 어이, 신탁자. 그 너구리는 어쨌소?"

옛날에 산으로 돌려보냈어, 하고 지헤이는 퉁명스럽게 답했다.

"그럼…… 그 죽은 너구리는?"

"그건 엽사한테서 샀지. 막 잡은 커다란 너구리를 찾느라 쌔빠지게 고생했어. 게다가 엄청나게 비쌌다고. 총상이 있어도 안 되니 까다롭기 짝이 없었지."

지헤이는 그렇게 말하고서 마타이치 쪽으로 고개를 돌렸다.

"이봐, 어행사. 이만큼 죽자고 뛰었는데 삯은 도대체 얼마나 되나? 잔돈푼이면 용서하지 않겠어. 나는 밑천이 들었거든. 생포한 너구리를 후다닥 길들이고, 붉은 개도 두 마리 길들이고, 스스로 너구리인 척하고, 게다가 엽사한테서 막 잡은 너구리를 통째로 두 마리나 샀다고. 알겠나? 적은 액수는 듣지도 않겠어. 앞으로 한바탕 늘어진 팔자로 살도록 해줄 수 있겠지?"

마타이치는 걱정하지 말라고 대답했다.

모모스케는 늘 보여주는 악당들의 교묘한 솜씨에 그저 감탄한 듯 고개를 저었다.

"그런데 오긴 씨는 어디에 있었던 겁니까."

"나는 마쓰노스케 씨가 출타중일 때 시골처녀로 위장하고 집에 들어가서 하녀가 되어 있었지. 너구리님 일행에게 수면제를 헌상하는 역할."

편한 역할이었지, 하고 마타이치가 말했다.

지헤이가 닥치라며 독설을 퍼붓는다.

"이봐, 마타. 말은 잘한다. 그러는 네놈은 사무라이의 침소에 숨어들어서 웅얼웅얼 경을 읊었을 뿐이지 않나? 그딴 건 바보라도 한다고."

"무슨 허튼 소리. 당신이야말로 타고난 너구리 영감이잖소. 본모습으로 놀았으니 불만은 없을걸?"

지헤이는 버럭 소리쳤다.

"어이, 마타이치! 애당초 이 성가시기 짝이 없는 의뢰를 받아들인 건 바로 너라고. 뭘 그리 뒤에서 꼼지락거릴 일이 많나? 시체 하나 바꿔치는 데 며칠이나 걸리는 거냐고."

송장은 썩어가지, 간이 콩알만해졌었어, 라고 지헤이는 말했다.

"닷새만 더 지났으면 그 노인장도 관리도 사형에 처해졌을 거다. 복수하기 위해 유족을 죽이면 어쩌자는 건지."

이건 복수가 아니우, 하고 마타이치가 대답했다.

"이봐, 마타. 웬만하면 자백해. 잔머리 모사꾼한테 부탁한 자가 누구야?"

마타이치는 싱긋이 웃었다. 모모스케가 말한다.

"부탁한 사람은 신분이 높은 분이군요, 마타이치 씨."

"선생은 왜 그렇게 생각하시는지?"

"번주는 알고 계시지 않았습니까. 그날 스모토 성에 들어가시면서 갑자기 인형극을 청하셨다는 것은 이상하지요. 시신이 변한 날도……."

뭐, 자세히 묻지는 말아주십쇼, 하고 마타이치는 말했다.

"미안하지만, 의뢰 상대는 사정이 있어 밝히지 못하겠소. 하지만 이건 살인귀에 대한 복수가 아니오. 이 세상에서 사람 하나를 지워달라……. 죽이는 것이 아니라 지워달라는 의뢰였어. 살아 있으면 비극이 계속되고, 죽으면 죽는 대로 우는 자가 있지. 그러니 시체도 남아선 안 되고, 죽었다고 알려져서도 안 되는 작업. 판도 커질 수밖에. 어쩌면 죽이지 않고 끝낼 수도 있지 않을까 싶어서 번거로운 너구리 덫까지 생각해냈건만, 이 녀석은 이미 구제불능이었어."

마타이치는 슬퍼 보이는 눈으로 봉분을 보더니, "정말 선대 쇼군의 혈육이라 해도, 어차피 너구리의 후예임에는 틀림이 없지" 하고 말을 맺었다.

짤랑, 요령이 울렸다.

시오노 초지

집에서 키우는 말을 죽여서 먹자
말의 영혼이 매일같이
초지로의 입을 드나들었다
이 일은 예로부터
다양하게 전해져 내려왔다

繪本百物語・桃山人夜話/卷第壹・第四

1

가가 지방에 오시오가우라라는 해변이 있다.

오른쪽으로 아마고젠 곶, 왼쪽으로 멀리 가사 곶에 임해 있는, 지극히 조용하고 풍광 수려한 모래사장이다. 거친 바다를 등지고 해변에 서서 멀리 시선을 던지면, 살포시 두 자락으로 나뉜 사구(沙丘)가 꼭 낙타가 엎드린 것처럼 보인다. 그 사이로 들어가 일직선으로 쭉쭉 걸어가면 이윽고 바다 내음도 파도 소리도 사라지고 길 한쪽으로 울창하게 잡목이 우거지는데, 그 쉼없이 이어지는 그늘을 벗어날 즈음 봇돌을 촘촘히 얹은 커다란 너와집과 맞닥뜨린다.

팔백 평이 넘는 광대한 부지 정면에 내림 열 간(間)은 족히 될 듯한 으리으리한 본채가 떡하니 서 있고, 그 밖에도 아래가 빈 이층 높이의 광이 네 개 정도에 마구간이 몇 동이나 줄지어 있다. 대체 얼마나 거부가 사는 집일까 하고, 그 앞을 지나는 나그네는 하나같이 눈이 휘둥그레지는 것이다.

그도 그럴 것이……

그 저택에 살고 있는 자는 부자가 그리도 많다는 가가 지방에서도 첫째 둘째를 다투는 갑부로, 마정(馬政)관리도 한 수 위로 여긴다는, 일명 시오노우라의 우마카이 초자*, 바로 그 인물이다.

기르는 말의 수는 총이말, 공골말, 구렁말, 부루말, 월라말, 설아마(雪阿馬)에 태마(駄馬)와 명마까지 삼백여 필이 훌쩍 넘고, 본채 이층의 하인방을 메우고 있는 안살림을 돕는 이 또한 워낙 많아 주인조차도 그 얼굴을 다 구분할 수 없을 정도라 하니, 정말이지 대단한 지체가 아닐 수 없다.

이 정도의 부는 도저히 당대에 이룰 수 있는 것이 아니다.

이 우마카이 초자는, 지금이야 그 이름대로 말을 키우고 길들이며 팔아치우는 말장수이기는 하지만, 선대까지는 이른바 부농이어서 단순히 시오노 초자**라 불렸다고 한다.

그 부자의 사위가 말 다루기에 능했으므로 선대의 부를 이용해 말 장사를 시작, 그 부를 두 배 세 배로 불린 것이다. 현재의 주인이 되고서 창고가 셋이나 늘어났기 때문에 사람들은 우마카이 초자라고 부르게 되었다.

현재의 주인, 이름은 이대 초지로라고 한다.

---

* 馬飼長者, 부자 말장수라는 뜻.
** 塩の長者, 시오 땅의 부자라는 뜻.

이 초지로, 근본을 따지면 딱 이십 년 전쯤 여윈 말 한 필을 이끌고 비실거리며 이 땅에 흘러들어온 마도위*였다고 전해진다. 예전의 이름은 오토마쓰, 또는 야조라고도 하는데, 어느 쪽 이름이 맞는지 아는 자는 이제 아무도 없다. 이 땅에 눌러앉은 그 무렵에는 또 다른 이름을 자처했다는 자도 있으므로, 어찌되었건 날 때부터의 이름은 아니리라. 태어난 고향도 모르고, 이름도 모르고. 그렇다면 제대로 된 신분은 아닐지도 모른다.

어디서 굴러먹던 말 뼈다귀인지도 모를 타관바치가 과연 어떠한 연줄을 잡았는지, 어떤 자비심을 얻었는지는 모르지만, 이 떠돌이 마도위는 선대 초지로 곁에 몸을 두었다.

그런데 이 사내, 써보니 매우 쓸모가 있었다고 한다.

처음에는 하인이었다고 하는데, 한 달도 지나기 전에 말과 소를 돌보는 일을 맡게 되었다.

말 다루는 일에 익숙하리라는 심산도 있었을 것이다.

그런데 참으로 일을 잘했다.

인품과 일하는 품새 모두 더할 나위 없었고 신령님 부처님에 대한 신심 또한 열심. 그 점을 선대 초지로가 높이 사서 외동딸의 사위로 맞아들였던 것이다.

생각하지도 못할 출세였다.

그러나 이 사내, 근본이 착실했는지 노는 재주가 없는 벽창호였

---

* 말을 사고 팔 때 흥정을 붙이는 사람.

는지, 사위로 들어가 초지로라는 이름을 이어받고 난 후에도 거들먹대거나 게으름을 피우지도 않고 유흥에 돈을 낭비하는 일도 없이, 전과 똑같이 몸이 가루가 되도록 일했다. 게다가 그저 부지런한 것만이 아니라 아무래도 장사에 재주가 있었던 듯, 한 해에 창고 하나, 다섯 해에 창고 둘과 본채까지 신축할 정도로 부귀를 얻었다. 단 오 년 만에 시오노 초자 이대는 우마카이 초자로서 두각을 드러낸 것이었다.

갑부에게는 왕왕 악독한 수전노라는 평판이 따르기 마련인데, 이 초지로는 어떻게 된 까닭인지 아주 씀씀이가 좋고 신심도 깊어 보시도 곧잘 베풀었다. 일대 말꾼들의 우두머리로서 그 신망 또한 두터워 의지하는 자도 존경하는 자도 많았다.

특히 매월 열엿샛날이 올 때마다 우마카이 초자의 떡 보시라고 하여, 온 고을의 가난한 자를 긁어모아 먹어라 마셔라 거하게 베풀었던 것이다. 이 보시의 소문은 먼 지방까지 퍼질 정도였다. 그날이 되면 이른 아침부터 굶주린 자, 궁한 자가 해변까지 줄을 이어 그야말로 문전성시처럼 성황을 이루었다고 한다.

일설에는 이것이 딸과 아내, 그리고 장인에 대한 공양이라는 소문이 자자했다.

전해 듣기로, 십이 년 전 정월 열엿새 야부이리 날*, 장인이었

---

* 정월 십육일 전후에 고용인이 주인에게 휴가를 얻어 고향으로 돌아가는 날을 말함.

던 선대 초지로와 아내, 그리고 당시 여섯 살배기였던 딸이 동시에 목숨을 잃었다고 한다. 산적 떼거리에게 습격당했다고도 하고, 둔갑요괴 부류에게 저주를 받았다고도 한다. 십이 년이라고 하면 짧은 듯도 하지만 또 길기도 하다. 주변 사람들의 기억은 흐려진 지 오래라, 진실은 전혀 알 수가 없다.

어쨌든 초지로가 아주 옛날, 한꺼번에 가족 전부를 잃었다는 것만은 아무래도 사실인 모양이었다.

참으로 호사다마라 하지 않을 수 없다.

초지로의 슬픔은 깊었던 듯하다. 이 사람이 어디에나 있는 범부였다면 억울한 불행에 화를 내거나 하늘을 원망하며 세상을 한탄해도 충분할 지경이었을 테지만, 초지로는 달랐다.

불행과 재앙이 들이닥쳤어도 '자신의 평소 품행이 나빴던 것이 틀림없다. 상인이라고는 하나 오로지 벌기만 했을 뿐, 세상에 대한 감사가 부족했기에 그러한 재앙이 들이닥쳤다'라고 생각했던 모양이다.

그것이 사실이라면 참으로 겸허한 사나이라 하지 않을 수 없다.

돈을 쌓는 것은 죄업을 쌓는 것과 마찬가지. 그렇다면 감사와 자비의 마음을 잊지 않기 위해서라도 세상을 위해, 사람들을 위해 사재를 쾌척하자. 초지로는 그러한 뜻을 세운 것이라고 한다. 그 이후로 우마카이 초자는 번 돈을 풀어 다리를 놓거나 길을 만들고, 사람들에게 보시를 하게 되었다고 한다.

떡 보시는 십이 년간 다달이 한 번도 빠지는 일이 없었다고 한다.

아무리 삼가 근신하고, 아무리 슬픔이 깊을지라도 이런 일은 좀처럼 할 수 있는 것이 아니리라.

그 때문인지 초지로를 생불이다 보살이다 하며 상찬하고 받드는 자도 적지 않았다.

얼마 지나지 않아 우마카이 초자에게 예를 다하면 복을 받는다는 밑도 끝도 없는 소문까지 나돌 정도였다. 그리고 누구랄 것도 없이 이 광대한 저택 앞을 스치는 자는 문전에서 일단 발걸음을 멈추고 머리를 조아린 후 지나가게 되었다고 한다.

다만.

그럼에도 초지로가 부자인 것은 틀림없었고, 아무리 성인군자의 면모를 발휘한다고 해도 성공한 이에 대한 시기와 질투는 으레 따르기 마련이므로 험담을 하는 이가 전혀 없는 것은 아니었다.

분명 이 우마카이 초자, 조금은 의아한 면도 있었다.

그 한 예로, 초지로는 무슨 까닭인지 사람들 앞에 나타나는 것을 꺼렸다.

사람을 만날 때는 발 너머로, 그러지 않을 때는 얼굴이 가려지는 두건을 썼으며, 어떤 때 어떤 상대에게도 즉답은 하지 않고 반드시 청지기를 통해 지극히 작은 목소리로 대화를 했다. 부자라고는 하나 상인 부류임에는 틀림없다. 손님을 상대하는 업임을 생각할 때 이는 약간 기묘한 것이다.

소문에 듣기로, 가족을 잃은 후 슬픔으로 목소리가 나오지 않게 되었다고도 하고, 그때 받은 상처가 원인이 되어 목이 망가졌다고도 한다. 또는 가족을 습격한 산적과 용감하게 싸우다 낭떠러지에서 떨어져 얼굴을 심하게 다쳤다는 이야기도 있었다.

또 어떤 이에 따르면 초지로가 사람을 아니 만나는 것은 겁에 질려 있기 때문이라고 한다. 십이 년 전 가족을 죽인 산적을 두려워한다는 것이다.

그 옛날 일가족을 습격한 도적들과 맞서 싸웠을 때에 적을 다치게 했기에 그 보복을 두려워하는 것이라고 하는 자도 있었고, 가족을 잃은 후로 도적 무리를 극단적으로 두려워하게 된 탓에 조심성이 도를 넘어 만나는 사람 전부가 악당으로 보이는 것이라고 말하는 자도 있었다.

둔갑요괴를 두려워하기 때문이라고 추측하는 자도 물론 있었던 듯하다.

그러나 결국 무엇이 진실인지는 알 수 없다.

왜냐하면 하인들 중에는 큰 소리로 호통을 맞은 자도 있다고 하며, 안채에서 쩌렁쩌렁 울리는 노성을 들은 자도 있다고 한다. 그렇다면 목소리가 나오지 않는 것은 아닌 것이다.

또 겁을 먹었다는 것에 대해서도 수긍할 수 없다는 자가 있었다. 사실 발 너머라고는 해도 그 행동거지는 당당하며, 두려워서 떠는 낌새는 털끝만큼도 없었다는 것이다.

또 안채에서 일하는 하녀의 말에 따르면 초지로의 얼굴은 지극히 매끈하여 언뜻 보기에도 흉터 따위는 없었다고 하니, 거래를 해본 적이 있는 말장수들은 모든 소문이 거짓일 거라고 수군거렸다.

 이만한 부를 이루어놓으면 으레 별의별 소문이 떠도는 법이다.

 허나 어찌되었든 초지로에 대한 험담을 주절대는 자는 많지 않다고 한다. 그것은 비교할 바 없는 재력 덕분일 수도 있고, 매우 뛰어난 장사 솜씨를 지녔음에도 불구하고 적대하는 자가 지극히 적다는 이유도 있을 것이다.

 우마카이 초자는 그런 사내라고 한다.

2

 자, 공놀리기, 칼놀리기 재주 다음은 기괴한 두레박 머리올시다. 볼일 없고 급한 길 아닌 분은 구경하고 가시구려. 어른은 서 푼, 아이는 한 푼, 눈이 나쁘신 분은 공짜! 자, 자, 들어오시라.
 손님을 끄는 호객꾼의 목소리가 들린다.
 곡마단의 무대 뒤다.
 지금 교토와 오사카에서 호평이 자자한 방하사(放下師)*가 마침내 에도에 왔소이다. 용죽술(龍竹術)에 출수술(出水術), 신통방통한 비익고(比翼鼓) 술법, 불을 붙잡고 불을 뿜는 묘기에 온갖 것들이 튀어나오는 신기한 나무통, 백지를 물속에서 오색으로 물들이는 비술까지! 그중에서도 제일 희한한 것은 시오야 초지의 마법술일 터. 오 척짜리 검에서부터 장창까지, 끝내는 말과 소도 꿀

---

* 거리에서 곡예나 마술, 연극을 보여주던 유랑 예인.

꺽 삼키는 시오야 초지의 탄마술(吞馬術)! 대륙에서 건너온 마복술(馬復術)을 환술사 초지가 연구에 연구를 거듭하여 완성한 탄마술을 펼쳐보여 드립니다. 자, 구경들 하시라.

자, 구경들 하시라.

사람들이 왁자하게 드나들어 술렁대는 느낌이 든다. 왕래도 부산하다. 아무래도 나들이객이 많은 모양이다. 입구의 거적문을 들치며 손님이 끊임없이 들어온다. 자리는 금방 채워질 것이다.

소개말이 있은 후 풍악이 신나게 울렸다. 이를 듣고 그때까지 무대 뒤 한구석에서 차를 홀짝거리던, 진묘한 이국의 옷을 두른 말라빠진 사내가 여섯 자루의 검을 들고 무대로 향했다.

"뭐야."

무슨 까닭인지 무대 뒤에 자리하고 있는 커다란 말, 그리고 그 바로 옆에 양반다리를 하고 있던 행자두건에 백장속을 차려입은 승려 차림새의 사내, 마타이치가 그것을 눈으로 쫓는다.

"다음은 기괴한 두레박 머리 아니었나? 그 엉성한 구조를 한번 보고 싶었는데 말이지." 마타이치는 실망한 듯한 어조로 그렇게 말을 이었다.

"무대 뒤에선 잘 보일 텐데."

마타이치는 그렇게 말하고 다시 무대 쪽을 엿본다.

무대에선 아까 그 마른 사내가 우스꽝스러운 반주에 칼을 이마에 올리거나 던지고 있는 것 같다.

"두레박 머리는 맞은 편이야, 마타 씨. 반대편은 기술(奇術)에

야바위 볼거리도 하는 모양인데, 나야 곡예 전문이라서."

좀 전까지 말을 돌보고 있던 단장, 네 구슬의 도쿠지로는 그렇게 말하더니 푸우, 하고 담배연기를 뿜었다. 올백머리를 뒤에서 묶고, 연노랑 겉옷을 걸치고 있다.

"장치가 되어 있는 무대는 거의 없소이다. 그보다 마타 씨, 오긴은 뭐하고 있수? 이번엔 도움 못 받는 건가."

"산묘회는 인형 머리가 상해서 머리 장인에게 갔어. 당분간 돌아오지 못할 터라 이번에는 빠졌지. 어떠한 작업인지 모르지만 여자는 없어."

"그런가. 그거 참 섭섭하군." 도쿠지로는 곰방대에 담배를 채운다.

"오랜만에 그 인형 놀림을 보고 싶었는데 말이지. 그 아이, 재주도 볼만하지만 그 요염한 눈매가 아주 죽여주거든."

한 모금 빨아들인다.

"허! 그런 악녀한테 쏙 빠지셨구먼. 그 암여우는 말이지, 시건방지게도 촌 출신은 싫다더만. 하코네 너머에 사는 촌것과 요괴는 질색이라나. 당신은 고향이 오가잖소. 그래선 기껏해야 반 요괴지. 상대도 해주지 않을걸."

마타이치는 그렇게 험담을 뱉으며 무대의 곡예를 곁눈으로 보고선 재주가 용하다며 중얼거렸다.

"방하(放下)란 선종 스님이 말하는 방하라는 것하고 다른 겐가? 스님이 말하는 그건 뭔가를 버린다는 의미이겠지? 먹고살기 바쁜 광대가 뭔가를 버린다니 납득이 안 되는구먼. 아니면 저렇게 다 던지기 때문에 방하라고 하나?"

"그렇지 않수다, 마타 씨." 도쿠지로는 웃으며 말했다.

"원래 그 선종 스님의 설교에서 온 것은 맞을 테지. 우리가 지금이야 방하사라고 불리지만, 옛날에는 방하승(放下僧)이라고 해서 스님이었던 모양이더군."

"그럼 당신도 중인 거요? 소생과 같구려." 마타이치가 그렇게 말하며 싱글거리자 도쿠지로도 웃는다.

"뭐, 방하라는 게 원래는 원악(猿樂)*이라오. 칼이나 구슬을 저런 식으로 손으로 가지고 놀면서. 손재주인 거야. 이게 원악에서 전악(田樂)**이 되었다는 모양이더라고. 그 후에 우리가 하는 환술 부류로 합쳐져서 대도예(大道藝)***가 된 게지. 거슬러 올라가면 선종 승려라기보다 대륙에서 건너온 거라고. 원악이라고 하면 또 하타노 가와가쓰****를 꼽지."

"그 탄마술이라는 것도 대륙에서 건너왔나?" 마타이치가 묻는다.

---

* 헤이안시대에 유행했던 민중 예능. 익살스러운 동작과 곡예를 주로 하는 것.
** 가무음곡이 민속 예능화한 것. 모내기할 때 농경의 신을 기리며 노래하고 춤췄던 것이 기원이다.
*** 거리 예능.
**** 秦河勝, 중국에서 건너온 진 씨 일족의 수장. 후에 광륭사를 세우는 등 쇼토쿠 태자 밑에서 활약했다. 원악 등에 종사한 예능 일족 중에 그의 후예를 자처한 사람들이 많다.

"그건 내가 연구한 거고." 도쿠지로가 말했다.

"마복술은 대륙 것이지만."

"마복술이라는 건 모르겠는데."

"마복술이란 입마고복(入馬鼓復)이라고 해서, 이렇게 말의 입으로 스윽 들어가 궁뎅이 구멍으로 빠져나오는 환술이지. 원래는 대륙의 산악잡희인 모양이야. 말이 원체 커다란 녀석이잖아. 커다란 녀석 안에 작은 게 들어가니 재미가 떨어지지. 그래서 나는 그걸 조금 비틀어서……"

"그래서 탄마술인 건가? 교토에선 꽤나 짭짤했겠군. 그 명성이 에도까지 들려오던걸. 대체 어디의 누가 그런 걸 생각해냈나 궁금했는데 시오야 초지라는 낯선 이름을 쓰고 있으니 알 수가 있어야 말이지. 설마 그 초지가 과심거사*의 환생이라고 칭송 자자한 주판꾼, 네 구슬 도쿠지로였을 줄은 이 마타이치도 생각지 못했다네."

"이유가 있지." 도쿠지로는 곰방대의 불을 껐다.

"뭔 이유? 동쪽에서는 익히 이름이 알려진 네 구슬 도쿠지로로 나오는 편이 더 잘 통했을 텐데."

"글쎄, 뭐, 소소하게 복잡한 사연이 있수다. 그래서 모사꾼을 부른 게 아니겠소."

---

* 果心居士. 전국시대의 유명한 환술사. 오다 노부나가, 도요토미 히데요시 앞에서 환술을 피로했다고 한다.

흥, 하고 마타이치는 콧방귀를 뀌었다.

"성가신 이야기는 거절이야."

그러지 마시고, 하며 도쿠지로는 평상 위에 놓아두었던 주판을 딱, 하고 튕겼다. 마타이치는 곧장 손을 뻗어 도쿠지로의 팔을 움켜잡았다.

"어허, 잠깐."

매섭게 노려본다.

"당신의 주판은 너무 위험해서 안 돼. 어떤 술법이 걸려 있는지 모를 물건이니 말이야. 금낭 같은 걸 슬쩍해버리면 나로선 완전히 망조 드는 게지."

마타이치는 귀를 막고 뒤에 놓여 있던 자신의 시주함을 손으로 더듬어 꼭 껴안았다.

"듣자하니 그 주판알을 튕기는 것만으로 금고 자물쇠까지 열린다던데. 서투른 도적보다 상대하기가 더 나빠. 무섭다, 무서워."

도쿠지로는 주판을 허리춤에 꽂고 싱글싱글 웃으며 "그만하셔"라고 말했다.

"미륵삼천인 댁한테 그런 말 듣고 싶지는 않네. 나야말로 그 세 치 혀에 홀랑 넘어가 무슨 일을 당하게 될지 도저히 알 수가 없는 것 아닌가. 뭐, 조금만 더 기다려주시게. 앞으로 사반각*만 지나면 이번 일의 장본인이 돌아올 테니. 지금 아사쿠사까지 심부름을 보

---

* 약 삼십 분.

내서 말이야."

"뭔 소리야?"

"사람 찾기. 아니, 출신 밝히기라고 해야 할까."

챙챙, 징이 울렸다.

"누구?"

"지금 이 극단에서 일하고 있는 처자인데, 오초라고 하지. 오 년 전에 신슈에서 거둔 처자로 올해 열여덟인가 열아홉이 되는데, 뭐, 키도 작고 얼굴 생김새도 오밀조밀한 게 아무리 봐도 꼬맹이로밖에 안 보이지만, 이게 참 착하고 바지런한 처자거든. 뜯어보면 미인이라고."

"흥! 그딴 거는 알 바 아냐. 거두었다는 말이 무색하구먼." 마타이치는 독살스럽게 웃었다.

"호박이라면 몰라도 미인이라니 수상쩍은걸. 십중팔구 주판알을 튕겨서 꾀어 온 것 아닌가?"

"그렇지 않아. 난 그런 종자가 아니라고. 게다가 거두었을 때는 아직 열세 살짜리 어린아이였어. 여관의 부엌데기였는데 끔찍하게 구박당하고 있었지. 하도 눈에 밟히기에 잠시 연유를 물어봤는데……."

오지랖도 넓다고 마타이치가 말했다.

"여자를 괴롭히는 걸 보면 참을 수 없는 성격이라서." 도쿠지로가 대답했다.

"오초라는 처자는 듣자하니 어린 시절의 기억이 전혀 없다고 하더군. 철들 무렵부터 오로지 죽어라 일만 시켰던 모양이고. 이 마을에서 저 마을로, 속아 팔리면서 전전하기만 했을 뿐. 어디서나 심한 대우만 받고. 그래서……."

"거둬들인 건가." 마타이치가 말했다.

큰북이 울리자 관객의 환호성이 올랐다.

대륙의 옷을 입은 사나이가 돌아오고, 이어 요란한 무사 옷을 입은 작은 사내가 반주소리에 맞춰 무대로 향했다.

"이번에는 뭐지?"

"저건 불을 먹고 잡고 부는 곡예야."

마타이치는 틈새로 내다본다.

머리가 크고 키가 작은 사내는 단상에서 샤미센 음색에 맞추어 종잇조각들에 잇따라 불을 붙여 우걱우걱 먹고 있다. 그러다 화르륵, 불을 토하기 시작했다.

"뜨겁겠다. 저건 속임수가 있나?"

"없을 거요. 요령이 있을 뿐이지. 아까 그 칼놀리기는 단련의 산물이라 수련이 필요하고."

한층 더 큰 환호성이 울렸다. 사내가 커다란 화염을 토했던 것이다.

"당신의 환술은 어느 쪽이지? 요령? 연습? 아니면 장치?"

"뭐, 착각이라 할까."

도쿠지로는 그렇게 말하며 주판을 튕겼다.

오가 지방에서는 마법사라는 별명을 갖고 있는 사내다.

"착각이란 말이지."

"마타 씨는 그 혀끝으로 다른 이를 홀리지 않소. 말로 속이지 않소이까. 나야 이 주판알로 속이는 거지."

따닥.

흠, 하고 마타이치는 감탄한 것 같기도 하고 어이가 없는 것 같기도 한 소리를 낸 다음, 의아한 얼굴로 말 궁둥이를 가볍게 쳤다.

"뭐, 모르는 바도 아니지. 세상사는 말한 대로 되는 법이니까. 말을 한 자가 이기는 거야. 빨간색을 흰색이라고 얼버무리는 거야 간단한 일이지. 하지만 내가 아무리 말을 삼킨다고 떠들어봐야, 이건 삼키지 못해."

<u>호호호</u>. 도쿠지로는 의미심장하게 웃었다.

키 작은 사내가 갈채를 받으며 돌아왔다. 관객은 꽤 흥분한 모양이다. 소개자가 끊임없이 무언가 말을 하고 있다. 요란하게 악기가 울렸다. 최고 연기자의 등장이다. 도쿠지로는 잠시 기다려달라고 한 다음, 겉옷을 벗더니 말고삐를 끌고 무대로 향했다.

마타이치는 슬금슬금 기다가 곧 일어서서는 무대 옆으로 가서 상황을 살펴보았다.

단상은 어두웠다. 그때까지 불이 밝혀져 있었던 사방등도 제등도 꺼져 있고, 도쿠지로 앞에 있는 촛대만이 불안한 빛을 발하고 있다.

도쿠지로는 촛대에서 초를 들어, 기묘한 박자의 반주에 따라 천천히 그것을 움직였다. 뒤쪽은 검은 천으로 바뀌었다. 그 전까지는 후지산을 그린 그림이었다.

촛불의 잔상이 궤적을 그린다.

촛불을 촛대에 되돌려 놓는다. 반주가 딱 멈춘다.

따닥.

도쿠지로는 "그럼 몸 풀기로 이 검을 삼키겠습니다"라고 말했다.

어느새 손에는 검이 쥐어져 있다.

도쿠지로는 검을 높이 치켜들었다.

자라락.

주판을 긁는 소리가 들렸다.

도쿠지로는 검을 탁자 위에 올리고 손을 입가로 가져갔다.

그뿐이었다.

그런데 우와, 하는 술렁거림이 퍼졌다. 자라락, 하는 소리.

도쿠지로는 다시 검을 손으로 잡고 머리 위로 치켜들더니 두세 번 흔들었다.

박수갈채. 악기. 반주.

"예, 이것은 그저 맛보기. 다음은 이 창을 삼키겠습니다." 도쿠지로는 기다란 창을 손에 들고 있다.

마찬가지였다. 도쿠지로는 아무것도 하지 않는다. 단지 관객이 와아와아 술렁거리고 있을 뿐이다.

도쿠지로는 여러 물건을 삼킨다고 말하고서 같은 행위를 되풀이했다.

"대단히 감사하옵니다. 자, 여러분, 아까부터 옆에서 대기하고 있는 이 명마……."

도쿠지로는 다시 촛불을 손에 들고 말을 비추며 담담하게 말의 혈통과 성질, 길이와 무게는 몇 척 몇 관인지를 말했다.

"자아, 지금부터 이 시오노 초지가 이 명마를 여러분들 앞에서 뱃속에 담겠습니다. 어허, 걱정하실 필요 없습니다. 삼키기는 삼키나 아니 먹는 것이 규칙. 먹어버려서야 장사를 계속할 수가 없으니까요. 자아, 주목하십시오. 교토와 오사카에서 호평을 받은 시오노 초지의 탄마술. 이 몸이 십이 년이란 세월 동안 인적이라고는 찾아볼 수 없는 첩첩산중에서 수련을 하여 체득한 기상천외한 탄마술을 마침내 보여드리겠사옵니다. 거짓인지 참인지 똑똑히 지켜보십시오."

따닥.

자라락.

관람석은 물을 끼얹은 듯 조용해졌다.

도쿠지로는 말을 오른쪽에서 왼쪽으로 슬금슬금 이동시켰다.

합! 하는 기합이 들어간다. 그와 동시에 터져 나오는 대량의 한숨. 끄응, 하는 소리도 나온다. 아아, 후우, 하고 관객이 신음 소리를 낸다.

단상에서는 도쿠지로가 애를 쓰고 있을 뿐이다. 말은 새침한 얼굴로 그저 어둠 속에 서 있다.

무너질 듯한 큰 박수, 엄청난 갈채.

그 사이에 도쿠지로는 말을 원래 위치로 되돌렸다.

자! 하는 구호와 함께 한층 더 큰 박수와 환호성이 천막 안을 뒤흔들었다. 악기가 일제히 울리고, 샤미센과 피리가 신나는 음색을 연주했다. 검은 장막이 걷히고 공연장은 단숨에 밝아졌다. 도쿠지로는 그치지 않고 터져 나오는 박수 속에 몇 번이고 절을 한 다음 말을 끌고 무대 왼편으로 사라졌다.

 마타이치는 얼굴을 찌푸리고는 바로 옆에서 칼을 손질하고 있던 마른 사내를 보았다. 사내는 무뚝뚝하게 "도쿠 씨의 곡예는 옆에서 보면 재미없수다" 하고 말했다.

 도쿠지로는 곧 돌아왔다.

 "이봐, 도쿠. 방금 그건 뭔가?"

 "뭐긴요, 마타 씨. 그게 탄마술이지."

 도쿠지로는 싱글싱글 웃으며, 종자가 내민 사발에 술을 부어 벌컥 들이켰다.

 "탄마술이라니? 오른쪽에서 왼쪽으로 말을 끌고 간 것뿐이지 않나. 당신은 아무것도 안 하고."

 "맞수다. 나야 아무것도 안 하지" 하고 말하며 도쿠지로는 사발을 비운다.

 "아무것도 하지 않으니 환술 아니겠수. 눈을 흐리게 하는 거지. 마타 씨도 볼 거라면 정면에서 봤어야지."

 도쿠지로는 사발을 종자에게 돌려주고 입을 닦은 다음 "아무 장치도 술수도 없잖수" 하고 말했다.

 "그건 그렇지만, 완전히 사기로군."

"남들이 들으면 오해하겠수, 마타 씨. 나는 처음부터 눈속임이라고 단언했으니 사기가 아니지. 눈속임이라고 노래를 불렀는걸. 사람이 살아 있는 말을 삼킬 수 있을 리 만무하지. 삼키는 것처럼 보이니까 곡예가 아니겠나. 삼키지 않았는데 삼킨 것처럼 보인다, 그게 탄마술이지."

쯧, 하고 마타이치는 혀를 찬다.

"악질이구먼. 그렇다면 말이 아니라 사람을 삼킨 게야. 사람들로 제 뱃속을 채운 것이잖냐. 이건 탄인술이지. 나, 원. 그나저나 그 많은 사람들을 속이다니 정말 대단한 기술이구려. 평판이 자자할 만도 해."

도쿠지로는 머리를 긁었다.

"헤헤헤, 당신이 칭찬을 다 하다니 거짓말 같구먼. 그리고 어쩐지 쑥스럽네. 하지만 뭐, 보다시피 매일 밤 만석이지. 대성황이야. 고마운 일이고말고. 하지만 마타 씨."

도쿠지로는 거기서 진지한 표정을 지었다.

"이것도 평판이 오른 덕분일까? 흥행 단 사흘째에 흥미로운 이야기를 듣게 됐어. 교토에서도 오사카에서도 인기가 있었지만 며칠을 해도 소득이 없었는데, 과연 눈 뜨고 코 베어간다는 에도는 다르더군. 정보의 수가 달라. 그래서 모사꾼 나리가 납셔주었으면 하는데……."

"확실하게 말을 해."

마타이치는 눈을 가늘게 떴다.

"솔깃한 이야기란 게 대체 뭔가?"
"진짜 시오야 초지의 이야기요."
도쿠지로는 그렇게 말했다.

3

용케도 알아내셨구려.

어느 분한테 들으셨는지?

예에, 끼리끼리는 통한다 그 말씀이지요. 허어, 그거 또 무서운 일이구먼요. 말씀대로 내가 지금이야 이런 차림새에 걸식으로 먹고살지만, 원래는 마부였습죠. 에도에 흘러든 것은 이래저래 칠 년인가 팔 년 전이었을까요.

예? 그 전엔 엔슈에. 그 전?

예에, 저는 아무래도 한곳에 오래 있지 못하는 성격이라 고슈에도 있었고, 에치고에도 있었지요.

가가?

가가에도 있었지. 백만 석으로 유명한.

아아, 당신, 그 얘기를 듣고 오신 건가? 듣고 보니 이야기를 한 것 같기도 하구먼.

오오, 이런 걸 받아도 되나.

고맙구려. 아아, 오랜만이구먼.

입에 짝 붙누먼. 술은 참 좋다니까. 술기운이 도는걸. 형씨, 씀씀이가 좋으시구려. 주머니가 두둑하신가 보오.

그래.

나는 가가에 있을 때부터 마부였는데, 그래도 나, 말은 좋아해도 마누라 얻는 것은 도무지 좋아지지가 않아. 여자는 좋아하지만 살림은 차리지 않았지. 내가 원체 시원찮다 보니 금세 질려버리는 거지. 빈둥거리는 게 성격에 맞아. 그래서 태어난 고향 버리고, 바람 부는 대로 떠돌다 결국은 에도에 흘러들고 말았는데, 한심하지.

아?

초지? 시오야 초지?

으음, 이보쇼, 시오노 초자 말인가?

아아, 알지. 하지만 그거라면 초지가 아닌데. 초자지. 시오 지방의 부자라는 뜻의. 그래, 초지로 씨인데. 아, 초지로가 줄어서 초지로구먼.

그런데 시오노 초자는 선대 얘기라오. 지금의 초지로 씨는 이대째니까, 구별하려고 마도위 갑부라는 뜻의 우마카이 초자님이라고 불렀었는데. 암암, 알다마다. 오토마쓰라고 말꾼 동료였지. 그 양반, 원래 부지런했거든. 데릴사위로 들어가 갑부가 되어버렸지만.

참 사람 좋았지.

내가 신세 꽤나 졌거든. 이보쇼, 원래는 한솥밥을 먹던 사이야. 사람 부리는 처지가 되어도 스스럼없이 이런 나한테 신경을 써주고 그랬다고. 뭐, 신세 져놓고서 인사도 제대로 안 하고 나와버렸으니 나도 참 인정머리 없는 놈이지.

음, 알고 있지. 알고 있고말고.

아, 이거 고맙수다. 어이쿠, 이런.

참말로 달구만. 아주 극락일세.

그렇군, 옛 생각 나누먼. 으음, 안개가 낀 것처럼 묵은 기억인데, 참으로 그리운 이름을 들었수다. 초지로 씨는 잘 계시는지. 어? 잘 지낸다고? 그렇구먼. 책장수가 가까까지? 하아, 그러시구려.

그래서? 아아, 건재하시다고. 더욱 번창했단 말이지?

듣던 중 반가운 소리일세. 어? 얼굴을 보이지 않는다고? 그야 쑥스러워 그럴 테지.

조신한 사람이었으니.

그래, 신심이 깊은 사람이었지. 맞아, 조석으로 축생묘(畜生墓)에 꼼꼼히 절을 올렸지. 물도 올리고. 말 다루는 솜씨도 끝내줬어. 오토마쓰가 쓰다듬으면 말도 말이지, 뭐랄까, 기분 좋아 보였거든. 나야 줏대가 없지만, 그 사람은 차분했어. 훌륭한 마도위 우두머리였다니까. 나보다 젊은데도 말이지.

어, 그렇고말고.

그렇지, 그건 말을 좋아하지 않으면 그런 식으로는 다루지 못하지. 아주 타고난 마도위였어. 말을 위한 제문도 얼마나 잘 읊는데. 낭랑하게 읊거든.

어?

아아, 말 매매 건이 결정이 되면 소젠님께 기도를 올리지.

소젠님이라 함은 말의 신이신데, 말이 건강하도록, 말이 일을 잘하도록, 건강하게 헌신하라고 소망을 담아 비는 게지.

참으로 솜씨가 좋았어.

물론.

기억하고 있지.

으음…… 여기 대좌에 오시어 삼가 뵈옵고 비옵나니, 에비스, 대흑천, 복록수(福祿壽), 칠복신 내려서시고, 대신(大神)은 아마노사카호코*의 신이시니. 거룩하신 천조대신, 천지신명, 대일여래님, 소젠님, 마두관음님, 백락천님, 오늘 하늘이 내리신 경사에 축문을 올리나이다.

그다음에 말의 복을 이야기하지.

이게 말이지, 서투른 마도위 우두머리는 영 모양새가 안 난다고.

아아. 오토마쓰…… 아니, 초지로 씨는 솜씨가 좋았어.

엉?

---

* 일본 신화에서 이자나기, 이자나미 두 신이 나라를 만들 때 사용했다는 옥으로 장식한 창.

이건 구전이지. 마도위한테서 마도위로, 입으로만 전해지는 거야. 마도위가 아니면 몰라.

어, 그렇지.

아아, 또? 벌써 취한 것 아닌가.

오, 이것 참. 헤헤.

어? 십이 년 전?

아아, 그 일 말이구먼. 그 책장수는 그런 이야기까지 듣고 왔나? 아직도 소문이 돌고 있나 보구먼. 뭐, 그렇지. 어? 요괴는 아니야. 음, 도적이지.

도적한테 죽임을 당한 게야. 무섭기도 하지.

아주 끔찍했어.

나도 울었다고. 선대께도 물론 신세를 졌으니. 아가씨도, 그 딸도. 무자비했지.

살해당했어.

초지로 씨만 남았지. 아니, 여차했으면 초지로 씨도 죽었을 거야. 그 무렵엔 걸핏하면 죽였어. 오슈에서 고슈에 걸쳐 휘젓고 다녔던 도적, 미시마의 야교 일당이야. 야교마루, 핫키마루 형제를 두목으로 하는, 피도 눈물도 없는 흉악한 놈들이었지.

오, 들은 적이 있으신가?

그렇지, 그 야교 일당한테 당한 게지.

그게 정월이었나. 벌써 십이 년이나 지났구먼.

뭐, 듣기로 한 해에 두 번 휴양으로…… 그래, 야부이리 날이었지. 고용인들을 모두 돌려보내고 가족끼리 온천에 가는 것이 대대로 내려온 관습이었다는구먼.

그 길을 가는 중에 도적놈들의 습격을 받은 거지.

덮쳐온 것은 한 열 명 정도였다고 하더구먼. 별안간 산에서 구르듯 나타나 말을 탄 선대와 부인, 그리고 아이까지 덮쳤다지.

그때 초지로 씨는 말을 끌고 있었어.

아무리 주인이 되었다 한들, 아무리 재물을 쌓았다 한들, 크게 은혜를 입은 선대 앞에서야 하인이나 마찬가지. 말을 다루는 것은 자신의 역할이라며 이대 초지로는 조신하게 있었던 게지.

그게 생사를 갈랐던 게야.

장인은 한칼에 죽었다고 하더구먼.

마누라도 뎅겅. 보고 있는 사이에 도적들의 칼에 쓰러졌다는 이야기야. 끌고 가던 말 두 필은 짐만 뜯기고, 어린 딸을 태운 채로 골짜기 아래로 떨어졌다고 하더구먼.

참말로 귀여운 딸아이였는데.

끔찍하지. 바로 눈앞에서.

난 본 사람한테 직접 들었다고. 초지로 씨는 거의 빈사상태였으니, 그것에 관해선 묻지 못했지만서도. 뭐? 아아, 동행했던 사내가 딱 한 명이 있었거든.

가족이 없는 하인이 함께 있었어. 왜, 초지로 씨는 아랫것들을 차별하지 않았으니까, 돌아갈 곳이 없는 하인을 야부이리에라도 데리고 갔던 게지.

하인은 다리가 풀려버렸다나. 당연하지. 나라도 다리가 풀렸을 걸. 아주 허둥지둥 거품 물고 나무 뒤로 숨었다는구먼.

그 하인의 말에 따르면 초지로 씨는 용감하게도 주눅 들지 않고 혼자 몸으로 도적들한테 맞섰다고 하더구먼. 눈앞에서 처자가 죽었는데 가만히 있을 수는 없었겠지.

초지로 씨, 필사적인 형상으로 도적 두목으로 보이는 사내한테 덤벼들어 얼싸안았다지.

이렇게 상대의 품에 뛰어들었을 거야. 이쪽은 맨손이잖수. 상대는 칼이나 뭘 들고 있었을 테고. 그래서 같이 죽을 기세로 달려든 게지. 그야말로 필사. 상대가 야교마루였는지 핫키마루였는지는 모르지만 보통 종자는 아니지. 그런 놈에게 목숨 걸고 달려든 거야.

그래서 그 두목과 초지로 씨는 엎치락뒤치락, 함께 절벽으로 굴러 떨어졌다는구먼.

두목이 떨어졌으니 부하들은 당황했겠지. 난리가 났을 게야. 부하들이 정신을 못 차리는 틈에 하인은 다리야 나 살려라 도망쳐 돌아왔다는 얘기지. 알리러 말이야.

그 하인의 이름? 헤이스케였어.

헤이스케. 초지로 씨보다 열 살쯤 젊은데.

아아, 당연히 놀랐지. 나는 말꾼 동료와 술 마시고 있었거든. 엉, 고맙수, 고맙수. 이런 고급 술은 아니었지. 탁주로 정월 기분 내고 있었어.

그런 차에 갑부 일가가 습격을 당했다. 이 말이 날아든 것이잖나.

헤이스케의 소식을 받고서 마을은 완전히 발칵 뒤집어놓은 듯이 난리법석이 났지. 마을사람에 마부무리에, 초지로 씨를 따르는 자들이 구름떼같이 숨이 턱에 찰 정도로 현장으로 달려갔다고. 나도 드물게 허둥지둥했어. 가보니 선대도 마누라도 한참 전에 목숨이 끊어졌더구먼. 말도 죽은 채 낭떠러지 아래로 떨어져 있고. 아아, 한 필. 다른 한 필은 안 보였으니까 어쩌면 도적이 타고 달아났을지도 모르지.

어어. 짐은 모조리 빼앗겼어.

절벽 중간의 뽕나무에 딸내미의 소맷자락만 딱 걸려 있더라고.

아주 무참한 꼴이었지. 얼마간은 꿈까지 꿨다고.

지금이야 더는 안 꾸지만.

무참하고 무자비하고 그리 무법할 수가 없다. 다들 입을 모아 그리 말했어. 어? 내가 달려갔을 때, 초지로 씨의 모습은 보이질 않았지. 어어.

낭떠러지로 떨어졌으니.

관리뿐만 아니라 말을 관장하는 지체 높은 마봉행(馬奉行)께서 납시었더라고. 우마카이 초자란 지체 높은 마도위니까. 총출동해서 수색하던 열흘째에 가까스로 낭떠러지 옆 자락에 말이지, 절벽 동굴 같은 장소 안에 쓰러져 있는 초지로 씨가 발견된 거야. 아래로 떨어지진 않은 거지. 나무뿌리나 덤불 같은 것에 걸렸던 게야. 같은 동굴에 도적 두목의 송장도 있었다고 하는데, 초지로 씨는 살아 있었어. 신심 덕분이었을까.

마봉행의 칭송이 자자했지. 마부라 해도 사무라이 못지않는, 실로 훌륭한 원수 처치라고 말이지.

소문이 자자했어.

하지만 초지로 씨는 오직 혼자만 살아남은 거잖나.

비탄에 잠겼을 테지.

그래도 그 양반은 대단해. 격노하다 울다가 곧 마음을 다잡았으니.

어?

마음을 다잡았다니까.

신심이 깊다니까. 악당이든 원수든 해친 사람은 다름 아닌 자신이다, 하고 말이지.

그뿐만이 아니야. 선대도 처자도 지키지 못한 것은 부덕의 소치. 뭐가 훌륭하냐면서. 그런 말, 보통은 못하지.

못해. 못하고말고.

뭐, 당연히 그랬을 테지. 가족이 남의 손에 죽었는데 괴롭고말고.

그래서 나는 그때 그런 생각이 들더라고.

초지로 씨처럼 이렇게 쓰라린 일을 겪을 바에는 평생 마누라와 자식은 가지지 않겠다, 하고 말이지. 생각해 보슈, 총각. 암, 그렇고말고. 죽음으로 잃으면 슬프고말고.

미련이 남지. 남고말고.

어?

딸?

아아, 딸은 발견이 되질 않았지, 아마.

어, 떠내려갔으려나? 아니면 납치됐으려나? 도적한테.

헤이스케는 낭떠러지에서 떨어졌다고 했거든.

강으로 떠내려갔으면 살지 못했을 거야.

찾기야 찾았지, 나도.

어쩨 좀 미안허이. 재촉하는 건 아닌데 잔 들고 있으면 저절로 손을 내밀게 된다니까. 아이구, 고맙소.

이름?

이름이라…… 오타마…… 아니, 오키누였던가? 뭐랄까, 자그마하고 귀여운 여자아이였지. 살아 있으면 지금쯤 한창때일 텐데. 으으음.

음, 오산이로구먼.

오산.

딱하게 됐지. 응? 도적들 말인가? 잡히지 않았지.

내가 가가에 있는 동안에는 잡혔다는 이야기를 못 들었거든.

아아, 그거야 그 때문이지.

뭐가?

뭐긴? 왜, 아까 총각이 말했잖은가. 초지로 씨, 사람 앞에 나서지 않는다고.

응, 그래서 사람 앞에 나오질 않는 거라고. 복수가 두려운 게 아닐까?

복수 말이야.

아, 왜, 초지로 씨는 도적을 한 명 해쳤잖아.

게다가 해치운 건 두목이었고.

도적의 우두머리는 형제였다고. 햣키마루와 야교마루. 초지로 씨가 해친 것이 형인지 동생인지는 모르지만, 어쨌든 한쪽이 남아 있다는 결론이지. 그런 패거리는 집요하거든. 독하지.

남은 쪽이 앙갚음을 하러 오는 경우도 있지 않은가.

적반하장이고 뭐고, 못된 짓을 하지 않을까?

아무래도 형제 아닌가. 악당이라도 말이지.

4

"그럼 그 도쿠지로가 데리고 있다는 오초가 오산이다, 그런 애긴가?"

행객차림의 자그마한 노인이 물었다. 신탁자 지헤이다.

백장속의 마타이치는 낭떠러지 끝에 웅크린 채 "뭐, 그렇지" 하고 건성으로 대답했다.

"오초가 맨 처음 발견된 곳은 어떻게 된 까닭인지 도야마의 산속이었는데, 발견한 자는 약장수였다더군. 그때 오초는 초지, 초지, 시오, 시오, 하고 잠꼬대처럼 되풀이했다는구먼. 그래서 오시오라는 이름을 붙이는 것도 이상하니 오초로 했다는 이야기지."

흐음, 하며 지헤이는 팔짱을 꼈다.

"시오는 오시오가우라, 초지는 초지로였다는 얘기로군. 시기도 일치하고."

"일치하지."

"그나저나 용케 알아냈는걸. 그 당시에는 몰랐을 텐데."

"거두어들인 약장수로서야 그런 일을 캐내볼 이유가 없지 않나. 게다가 확인하려고 해도 확인할 길이 없을 테고."

"그러게." 지헤이는 고개를 끄덕인다.

"그나저나 기똥찬 생각을 해냈구먼. 그래서 그 도쿠 녀석은 시오야 초지라는 별스런 이름으로 장사를 시작했다? 어이없는 짓을 다 하는구먼. 깃발 세우고 교토, 오사카, 에도로 요란하게 설레발 떨고 다니면 눈에 띌 거라 생각했나?"

"사실, 눈에 띄지 않았소." 마타이치는 일어선다.

"책장수 헤이하치가 우연히 작년에 가가노토*를 돌았는데 말이지. 해서 그 저택에도 출입했다더라고. 도쿠 녀석은 그래 봬도 만만찮은 책사거든. 얕볼 수 없지."

"뭐, 얕보지는 않지. 어떤 경우든 제 잇속은 챙기는 놈인 줄이야 알았지만, 결국 여행지에서 거둔 처자가 아까 말한 그 커다란 저택에 살고 있는 갑부 양반의 딸이었다는 얘기잖나."

"그렇지."

"도쿠 녀석은 선의를 가장하고 있는 모양이지만, 이거 아주 짭짤한 이야기잖나."

지헤이는 주름진 얼굴을 찌푸리면서 웃었다.

"오초야 당연하고, 그 갑부도 기뻐하겠지. 죽은 게 분명했던 딸

---

* 加賀能登. 현재의 이시카와 현 일대를 뜻함.

이 살아서 훌쩍 돌아오는 거잖나. 단 하나뿐인 피붙이 아니냐고. 십이 년 만에 이루어지는 눈물의 상봉이지. 사례금도 듬뿍 나올걸. 이봐, 마타 공. 그 처자는 언제 도착하나? 도쿠지로는 지금 어디에 있고?"

"하여간 독한 영감이라니까." 마타이치는 그렇게 말하고서 절벽 아래를 살펴보았다.

"주판꾼은 지금쯤 대성사 주변에 있을 거야. 그보다…… 어떻소, 신탁자? 이 절벽은 내려갈 수 있나?"

질문을 받은 지헤이는 허연 수염을 쓰다듬었다.

"뭐, 그렇지. 칡이나 덩굴이 많으니까 디딜 데는 있겠지만 쉽지는 않겠는걸. 이봐, 어행사. 넌 어쩔 생각이야? 그 오초를 데리고 가면 되는 이야기 아닌가?"

"아니."

마타이치는 얼굴을 찌푸렸다. 지헤이도 떫은 표정을 짓는다.

"참말로 갑갑한 놈일세. 나한테 뭘 어쩌라는 거냐고, 이 사람아. 여기는 뭐야, 그 십이 년 전에 초지로 일가가 습격당한 장소인가?"

맞소, 하고 짧게 대답한 어행사는 시주함에서 부적을 꺼내 절벽에서 뿌렸다.

"여기서 선대 시오노 초자와 그의 딸, 그리고 도적 한 명이 죽었지."

"미시마의 야교 일당인가. 잔인한 녀석들이었다고 하던데, 요

십 수 년 동안 이야기를 듣지 못했어."

"얼마나 알고 있소? 십사오 년 전이라면 신탁자 당신이 아직 손 씻기 전일 때 아니오?" 마타이치는 행자두건을 풀어 땀을 닦았다.

"씻기 전이지." 이번엔 지헤이가 웅크리고 앉는다.

"아직 노뎃포 어른이 있는 곳에서 신세 지던 무렵이야. 야교 일당은 관동과 북쪽 지역에서 활개 치던 흉악한 도적이었지. 산에서는 놈들을 못 당했어. 우리 같은 에도나 오사카 주변의 도둑은 신슈 쪽 너머에서 일을 할 때 얼마나 조심했는데. 뭐니 뭐니 해도 형인 핫키마루란 놈은 잔인하고 가차 없었거든. 동생인 야교마루란 놈은 민첩한 놈이라서 히요도리고에도 척척에, 이런 산비탈에서도 말을 타고 돌아다녔지. 그놈들, 산에서 맞닥뜨리면 승산은 없었어."

"산적이로군."

"아니, 그게 꼭 그렇지만도 않아. 제대로 첩자를 심어서 만전의 준비를 한 다음, 몰래 밤일을 하는 적도 있었다지."

"그렇게 야만스러운 놈들이 잠입을 해?"

"그러니까." 지헤이는 입을 팔 자로 구부렸다.

"형제인데도 방식이 달랐다고. 아까 말한 대로 형은 잔인하고 야비해서 품이 드는 행동은 싫어했거든. 동생은 똑똑하고 날래니까 위험한 경우는 피하지. 누가 작전을 짜느냐에 따라 방법이 완전히 달라지는 거야. 뭐, 죽이지 않아도 될 만한 때에도 죽이거나 했던 모양이지만서도. 여하튼 가끔 잠입을 하는데, 어떻게 된 까닭인지 그럴 때에도 죽여. 만반의 준비를 갖춘 후 창고를 열고, 쉽사리 일이 끝난 후에 자고 있던 본채 사람들을 죽여. 죽이는 건 형 쪽이었다고 들었지만……."

지헤이는 짚신의 끝을 다시 묶는다.

커다란 한숨을 토한다.

"놈들이 다케다*의 잔당이라는 둥, 요시쓰네**의 후예라는 둥, 웃기지도 않은 소리만 들렸는데 말이지. 아무래도 거짓말일 테지. 그 녀석들은 원래 산골을 떠돌거나 강가를 떠도는 유랑민 무리들을 긁어모은 집단이야. 마을 사람들한테 증오심을 가지고 있는 거지. 그래서 필요 없는데도 죽이는 거라고."

"만난 적은?"

"낯짝을 본 적은 없어. 일을 도왔다는 사내를 딱 한 번 만난 적이 있었을 뿐이지. 예전에 형제 중 누가 죽었다는 소문은 들었는데, 여기서 죽은 겐가?"

지헤이는 허탈한 듯 한숨을 토했다.

"그보다 마타이치, 이제 슬슬 좀 불지 그래? 볼일도 없을 때는 나불나불 잘도 주절대는 주제에 정작 중요한 때에는 그렇게 입을 다물고 있다니까. 쩐을 받으면야 뭐든 하지만, 이래서야 뭐가 뭔

---

* 武田信玄, 용맹한 기마대를 이끌고 전국시대를 주름잡았던 호걸.
** 源義経, 가마쿠라시대 초기의 무장.

지 알 수가 없지 않나. 내가 뭘 해야 하는 거냐고."

"그러니까······."

마타이치는 지헤이 너머로 골짜기 아래를 본다.

"이 절벽에 동굴이 있어. 거기를 좀 보고 왔으면 싶은데."

"동굴?"

지헤이가 코 평수를 늘린다.

"초지로가 들어가서 목숨을 건졌다는 동굴 말인가?"

"그래."

"무슨 얼어 죽을. 그런 동굴에 뭐가 있다는 건데? 설마 야교마루의 송장이라도 남아 있다는 건 아니겠지? 그렇다고 한들 그딴 거, 이제 와서 뭐가 어떻게 되든 상관없지 않나. 도적의 뼈다귀 같은 건 수습해봐야 한 푼도 안 나온다고."

"정말이지 인색한 영감일세." 마타이치는 눈을 가늘게 떴다.

"도적의 뼈다귀 따윈 없어. 시신은 초지로와 함께 나갔으니까. 검분했던 관리한테 다 듣고 왔다고. 장소가 장소인 만큼 들어내는 데 엄청 고생을 했다지. 너덜너덜 참혹한 송장이었다는구먼. 형인지 동생인지 그것도 알 수가 없었던 모양이야."

"그래서?"

마타이치의 뺨이 긴장으로 씰룩거렸다.

"아무래도 잘 들어맞지가 않거든."

"뭐가?"

"초지로 말이야. 나는 말이지, 어젯밤 그 저택에 잠입을 해서 이래저래 이야기를 모았는데, 녀석은 열흘 전에 말 한 마리를 잡았어. 쓸모도 없고 이제 와서 팔리지도 않을 늙은 말이었지만 죽여 버린 거라고. 최근, 놈의 말이 잘 팔린다더구먼. 그래서 말이 마구간에서 죽지를 않는 거라고."

"모르겠구먼. 그래서?"

"초지로의 얼굴도 보고 왔지."

"상처는?" 지헤이가 묻는다.

"그런 건 없어. 목소리도 나오고 겁에 질리지도 않았어. 소문은 전부 거짓인 거지. 다만, 초지로는 병을 앓고 있었어."

"병이라."

"그래, 내가 본 그 녀석은 이제 살날이 얼마 안 남았어. 오늘일지, 내일일지, 모레일지……. 그러니 진실을 알아내기 위해 남은 시간이 얼마 없지. 그래서 여기 동굴 안에 말의 뼈다귀가 남아 있지 않은가, 가서 보고 와줬으면 하는 거라고."

마타이치는 그렇게 말하고 절벽 아래로 시선을 던졌다.

6

 그 초지로가 신심이 두텁다고? 농담 작작하시오, 손님. 무슨 신심이 두터운데? 누구한테 들었는지 모르지만 말이지, 그따위 놈, 사람을 사람으로 보지도 않아. 말을 말로 생각하지 않는, 그저 악식(惡食)이나 하는 놈이라고, 초지로란 놈은 말이지.
 음? '초' 자만 들어도 지긋지긋해. 초지로란 말은 꺼내지도 마쇼. 메스꺼우니까.
 뭐, 세상 사람들이 보면 말 많이 가진 갑부이긴 하겠지. 저택도 으리으리하고. 하지만 그놈은 말꾼도 마도위도 아니라고. 말을 파는 걸 보면 알 수 있거든. 알 수 있다니까! 얼마나 끔찍하게 다루는데. 장사 수완은 좋을지도 모르지. 뭐, 숫자는 많으니 명마도 있지.
 그러니 팔리기야 팔리지.
 그래도 말이지, 그건 물건 취급이야. 마도위가 말한테 할 짓이 아니라고.

　우리처럼 말 다루는 마부는 말이지, 말을 짐승으로 생각하지 않거든. 그렇게 생각하면 말하고 잘 지낼 수가 없다고.

　인마일체. 어디든 다 그럴 거라고.

　암.

　에도에서 오신 분은 모를걸. 말을 기르는 백성은 말과 같이 자고 같이 일어나지 않소. 나요? 원래 무쓰 출신이지. 북쪽이지만, 본채 안에 마구간이 있수다. 봉당에서 바로 이어지지. 내마구간이라고 하는데, 정월에 다는 장식도 차별하지 않수다. 마구간에는 소젠님이 거하시거든. 정월에는 맛코모치라고 해서 말의 떡도 만들고.

　집안에 할배가 있고 할매가 있고, 아버지가 있고 어머니가 있는 것처럼 말도 있지 않소. 그렇게 키우는 거지.

　마도위라면 훨씬 더 말하고 가깝지.

　말과 함께 살고 말과 함께 죽는 게 마도위라고. 말에 대해선 뭐든지 다 알지. 내 자식보다 예쁘고 부모보다 고맙다고. 마누라보다 사랑스러울 때도 있어. 헤헤헤, 참말이오. 좋은 말은 말이지, 보내고 싶지 않거든. 반면에 변변찮은 말에도 정이 붙고.

　말을 다루는 것도 그래서 험하게 하지 않는다고. 팔고 사는 것도 그래. 물건이 아니라니까.

　이 녀석들, 말이란 놈은 일하고 또 일하고 죽어라 일만 하다가 죽어. 길이란 길마다 걷고 또 걷다가 길바닥에서 쓰러져 죽는 거지. 우리 마부도 마찬가지니까. 그래서 말은 웬만한 짐승하고는 다르거든. 죽으면 고이 제를 지내지 않소? 정성들여 묻어서 말이지. 암, 친구가 죽은 거나 다를 바 없지. 어떻게 내버려둘 수가 있겠어. 공양을 해야지.

그러니 우리는 데리고 있던 말이 길에서 쓰러지면 두 갈래로 갈라진 나무를 가져다 축생탑을 세워서 제를 올려. 정성들여서. 아, 왜, 가도를 가다보면 갈라지는 길마다 서 있지 않더이까? 그게 바로 그거요.

그건 말 공양이지. 원래 유서나 유래는 모르겠지만 말이오. 우리처럼 말 다루는 자들한테 마두관음님은 말의 신령님이라고. 소젠님하고 똑같지.

말은 귀해.

그야 당연하지. 얼마나 애지중지 키운 말인데. 자신이 죽은 것과 똑같지 않나.

그걸 말이지.

그놈은 처먹어.

처먹는다고, 말을 말이지.

어이쿠, 죄송하오. 길이 울퉁불퉁해서. 떨어지지 마십쇼. 이 근방은 아직 괜찮은 편이지만.

손님, 에도에서 오셨소? 그러셨구먼.

예? 악식하는 놈이라고. 그 녀석은 뭐든 다 처먹으니까 말이오. 자기가 키우던 말이 죽으면 생가죽을 벗겨서 말이지, 저며서 소금에 절이고 된장에 절여서 처먹는다니까. 말고기 절임인 거지.

사족을 못 쓴다고 들었수다.

너무하지 않소? 믿어지지가 않는다고.

안 먹지.

손님, 말 먹어본 적 있소? 말뿐만 아니라, 에도 사람은 짐승고기를 먹소? 안 먹지 않소. 홍모인이 아니니까 거의 먹지 않지. 산촌 백성이야 곰이다 사슴이다 잡아서 먹지만 말이오. 짐승 고기를 먹는 건 비천한 자들이나 하는 짓이지. 불심 있는 자는요, 그런 비린 것은 절대 입에 대지 않는다고.

나야 마바리꾼이니까 당연히 스님처럼 까다로운 건 몰라. 그렇지만 살생은 안 된다는 정도의 도리는 알고 있다고. 살아 있는 생물을 해쳐서 함부로 먹으면 등활지옥*에 떨어진다고. 그쯤은 촌놈이라도 다 듣고 살지. 그러니까 키우는 말을 먹다니, 신심 두터운 자가 할 짓이 아니잖소.

그놈은 천벌받아야 한다니까.

우리 마바리꾼이 보자면 인육을 먹는 종자나 다름없어. 도저히 믿을 수 있는 이야기가 아니거든. 산들에 있는 짐승이라면 또 몰라도, 사람의 노고를 돕는 가축을 죽은 다음에 먹어치우다니, 천부당만부당하지 않소?

---

* 等活地獄, 팔열지옥의 하나. 갖은 형벌로 죽었다가 찬바람이 불면 살아나 다시 같은 형벌을 받으므로 고통이 끝없는 지옥이다.

말이나 소는 더더욱 위로를 받아야할 존재지. 그러니까, 그놈은 마도위도 마바리꾼도 아니라고.

아예 아니지. 그 초가 놈은 원래 이름이 야조라고, 태어난 곳도 모르는 떠돌이야. 말 다루기라고는 눈곱만치도 할 줄 모른다고. 그러니 중개인이라면 또 몰라도 마바리꾼 사이의 평판은 나쁘지. 그건 퇴마(頹馬)가 씌었다고 하는 사람도 있다고.

퇴마 모르나?

퇴마란 말이지, 악한 바람을 뜻해. 말이 걸리는 병 같은 건데, 뭐랄까, 돌풍이 화악 불어와. 갈래길 같은 데서 맞닥뜨리지. 끌고 가던 말이 그 바람을 맞으면 이렇게 부들부들 떨고 오른쪽으로 빙글 돌아가는데, 세 번을 돌면 죽어.

얼마나 무서운데.

사람은 괜찮아. 말만 죽지.

이건 말이지, 바람 속에 등에 같은 벌레가 있어서 말의 코로 들어갔다가 똥구멍으로 빠져나온다고도 해. 콧속에 들어가 있으면 갈기가 바짝 선다고. 이렇게 빳빳하게 선다니까. 세 번 돌면 궁둥이에서 빠져나가는 거지, 그건. 빠져나가면 말은 아주 시리코다마*가 빠진 것처럼 허리부터 주저앉으며 풀썩 쓰러진다고.

나도 소싯적에 한 번 당했던 적이 있어. 벌레는 안 보였지만 말이지. 말은 죽어버렸어.

---

* 항문에 있다고 믿었던 구슬. 이게 빠져나가면 얼이 빠진 것처럼 된다고 함.

좋은 말이었는데.
뭔가? 꼼꼼하게 기록까지 하고.
퇴마를 피하는 방법?
별 걸 다 알려고 드는 손님일세.
이보시오, 퇴마에 걸려들었다는 생각이 들면 말의 귀를 잘라서…… 뭐, 이건 임시방편이지만, 오른쪽으로 돌리고 하는 것을 억지로 왼쪽으로 돌린다고 하더구먼. 그럼 벌레는 편치가 않으니까 당황해서는 말한테서 나간다고들 하지. 나야 젊었으니까 몰랐지만서도.
이 등에가 말이지, 보는 사람에 따라선 작은 여자라고 하더구먼. 히나인형처럼 빨간 때때옷에 금으로 된 장신구를 두르고, 콩알만큼 작은 말을 타고서 팔랑팔랑 날아온다지.
뭐? 요괴?
음, 요괴라고 할까.
듣기로는 이건 말가죽 벗기는 일꾼의 딸이라고 하더군.
그래, 가죽 벗기는 일꾼. 우리 마바리꾼도 전혀 제대로 된 대접은 받지 못하지만, 가죽 벗기는 일꾼이란 완전히 사람 취급을 못 받지 않소? 그야 그들도 분명 사람이라고 생각하지만 말이지. 뭐, 천하다고 생각되는 거라고.
에도란 곳은 그나마 좀 나아. 오골오골 먼지뭉치처럼 사람이 있으니까. 신분이고 개코고 뭐고 없지. 직공도 유랑민 무리도 거들먹댄다지 않소. 하지만 이 근방처럼 촌티로 둘둘 싸매고 돌아다니는 것 같은 깡촌은 말이야, 편치가 않지. 아주 독해. 더럽다, 냄새 난다, 옆에 오지 마라, 등등. 자신의 지체가 높은 것도 아니면서 말이지. 사무라이가 백성을 내려다보듯이 한다 이거야. 아니, 더 끔찍하려나. 일반 백성들도 놈들을 내려다본다고.

말보다도 아래야.

에도도 마찬가지라고?

뭐, 그럴지도 모르겠군. 나도 잘난 척은 못하겠어. 마음속으로 는 내려다보고 있었을지도 몰라. 손님도 그렇지 않소?

참말로 희한한 걸 물으시네, 손님.

그 백정의 딸이 멸시당하는 자신의 처지에 애끓이다가 강에 몸을 던져 죽고 말았다지. 그리고 죽고 나서 퇴마로 다시 태어난 거야.

그리해서 말을 죽이는 요마가 된 거지. 말이 없어지면 가죽 벗기는 직업도 없어질 것이라 생각해서 말을 잡아 죽였다는 말도 있고, 말이 죽으면 가죽 벗기는 일이 늘어나니까 생활이 편해질 거라는 생각에 말을 죽였다는 말도 있지.

어찌됐든 슬픈 이야기야.

그래서 난 그런 것하곤 다르다고, 그 애송이 놈은 그렇게 슬픈 게 아니라고 말하고 있지만, 말 많은 마바리꾼 동류들은 초가 놈한테는 퇴마가 들러붙었다고 말을 해.

왜냐고?

아, 그 떡 보시 때문이지.

유난히도 초가 놈에 대해 알고 싶어하는구먼. 뭐? 대단한 평판? 그런가? 흥! 부자에게 꼬랑지나 흔들어대는 개놈이 하는 말일 뿐이야.

그야 분명, 누구랄 것도 없고 차별도 없이 널리 베풀고 있는 모양이지만, 사실은 그렇지가 않다고.

아니야.

듣기로 녀석은 목기장(木器匠)*이다, 떠돌이다, 걸식승이다, 주린 양민이다, 그런 녀석들에겐 아주 기꺼이 보시를 한다지. 평소에 차별받는 무리한테는 묘하게도 친절하거든. 하지만 마바리꾼에겐 차가워. 마바리꾼은 부리는 것, 쥐어짜고 두들겨 부려먹는 것이다, 그렇게 마음먹고 있다고. 말과 함께 장사의 도구다 이거지.

거래 상대인 마도위한테는 일단 예를 다하는 듯하지만 그것도 장사가 되니까 그러는 거라고. 마도위, 마바리꾼한테 얼마나 독하게 대하는데. 나도 재작년에 한 석 달 정도 신세를 졌었는데, 두 번은 사양이야. 아이구, 독해라.

청지기인 헤이스케라는 녀석이 또 얼마나 난폭한 놈인데. 패고, 차고.

임금은 깎고, 말은 험하게 다뤄. 태연히 속이고 말이지.

---

* 여러 고을을 떠돌며 목기 등을 만들어 파는 유랑민을 뜻함. 에도시대에는 양민들에 비해 상대적으로 천대받았다.

병에 걸린 몹쓸 말을 입 싹 닦고 비싸게 팔아 처먹어. 다섯 필에 한 필은 그런 놈을 섞는다니까.

교묘하게 말이지. 사기야, 사기.

그렇게 번 돈을 비천한 무리에게 베푼다는 둥 주절대면서 호탕하게 토해놓지. 당연히 불평도 나올 수밖에. 그래서 마바리꾼들은 초가 놈은 출신이 비천하다, 그래서 그런 무리한테 베푼다, 그렇게 입을 모아 말한다고. 그래서 퇴마와 엮는 걸지도 모르겠구먼.

내 보기엔 전혀 상관없지만 말이야.

성(姓)도 출신도 상관없어.

요는 사람이야. 놈은 인간이 글러먹었어. 그것뿐이지.

말 다루는 게 끔찍해. 마바리꾼 다루는 게 끔찍해. 장사는 악독하고. 그러니 인면수심이지. 그걸로 충분하지 않나? 뭐, 출신이 비천하다, 본심이 악하다 할 것도 없고, 둔갑한 요괴의 탓으로 돌릴 필요도 없다고.

응?

하지만 분명히 말이지.

방금 생각났는데, 그러고 보니 초가 놈, 한참 옛날에 퇴마하고 맞닥뜨린 적이 있었다는 소리를 들은 기억이 있어. 그러니까 그런 소문이 생겼는지도 모르겠군.

누구한테 들었더라?

그래, 내가 초가 놈 저택에 있을 때 들었으니까, 맞아, 십 년 전 쯤이었다고 했으니 벌서 십이 년 전 일일까? 잘은 모르겠어. 거짓말일지도 모르고.

아니, 거짓말이야.

왜냐면 초가 놈은 말에 대해선 풋내기거든.

말 같은 건 끌고 다닐 줄도 모르니까 무리지. 일단, 말을 타지도 못하거든. 만지지도 못해. 말을 처먹기만 할 뿐이지.

옛날에 무슨 일을 겪었던 게 분명해.

뭔가 희한한 손님일세. 손님은 뭐하고 먹고사쇼?

뭐?

글쟁이? 글쟁이면 뭐해서 먹고사는 거요?

배 가지 괴담? 모르겠구먼. 마바리꾼은 학문이 없지 않소. 아하, 책장수가 들고 다니는 책을 쓰는 사람이오? 나도 봤지. 글자는 별로야. 까막눈이라 그림이 좋아. 니시키에*가 좋지. 에도에는 그렇게 아리따운 여자가 있는가?

흐음, 나는 성 근처에도 가본 적이 없어. 오로지 말이지. 이런, 왜 그러쇼, 당신. 절벽 끝에. 위험해. 거기는 험한 곳이라고. 떨어지면 끌어올리는 것만도 얼마나 고생인데.

여기면 되겠소? 마을까지는 아직 제법 남았는데.

참말로 묘한 손님일세, 당신.

---

* 錦繪, 다색으로 색칠된 판화. 풍속화. 우키요에의 대명사.

6

 우마카이 초자의 저택에 괴이한 일이 벌어지기 시작한 것은 오월 중순경의 일이었다.

 매우 청명한 저녁의 일이었다고 한다.

 그날은 마침 떡 보시날이라, 저택의 부지고 문전이고 발 닿는 곳마다 여기저기에 어디에서 왔는지도 모를 엄청난 무리가 백 명도 넘게 들이닥쳐 떡과 음식을 먹고 있었다고 한다.

 저택도 마을도 상당히 혼잡했다.

 해가 서쪽으로 기울고 사람의 얼굴이 흐릿해지기 시작했을 무렵의 일이다.

 자라락, 낯선 소리가 들렸다고 한다.

 문전이다. 몇 명은 하늘을 보았던 모양이다.

 스르르르, 하늘에서 마로 꼰 새끼줄이 내려왔다고 하는 자도 있었다.

그때 하늘이 한순간 빛났다고 하는 자도 있었다.

덴구*가 웃으며 사라졌다고 하는 자도 있었다.

물론 그런 것은 나중에 갖다 붙인 소리일 뿐이고, 그때는 그저 몇 명이 하늘을 올려다보았을 뿐이었던 것 같다.

그것은 풀썩 떨어져내렸다.

그것만은 사실이다. 어디에서 떨어졌는지는 모른다. 그것이 지면에 떨어지고, 떨어진 후에 많은 사람들이 웅성거렸던 것이다. 그도 그럴만한 것이, 아무것도 없는 하늘에서 무언가가 떨어져내린다고 생각하는 자는 일반적으로 없으니까.

떨어져내린 것은 처녀였다.

마침 떡국을 나누어주라는 지시를 하고 있던 청지기 헤이스케가 그 소란에 문전으로 나왔다.

헤이스케는 말문이 막혔다.

그곳에 쓰러져 있던 사람은 십이 년 전에 자신의 눈앞에서 죽었던 주인의 딸, 오산이었기 때문이다.

아니, 정확하게 말하자면 오산이 성장한 것으로 보이는 용모의 처녀였던 것이다.

얼굴 생김새가 똑같았다.

흔적이 남아 있다고 하는 정도가 아니다. 몸만 커졌을 뿐, 그 오밀조밀한 얼굴은 십이 년 전 그대로 어린아이의 흔적이 남아 있는

---

* 天狗. 얼굴이 붉고 코가 큰 상상의 괴물.

순수한 얼굴이었다.

헤이스케는 몹시 당황하여 집안사람들을 불러 의식을 잃은 처녀를 저택 안으로 옮겼다.

물론 생판 남이 우연히 닮은 것일 수도 있다. 하지만 자비롭기로 소문난 우마카이 초자의 저택 문앞에서 생긴 일이다. 사람들 눈도 많다. 무엇보다 보시하는 날에 길에서 쓰러진 이를 내버려둘 수도 없는 노릇이었던 것이다.

어찌 다루어야할지 난감했던 헤이스케는 일단 객실에 이불을 깔고 쓰러진 이를 뉘였다. 처녀는 전혀 눈을 뜨지 않았지만 죽은 것은 아니었다. 지저분한 차림새이긴 하나 자그마한 몸매에 딱히 외상은 보이지 않았다. 옛날 일을 아는 고용인 몇몇을 불러 검분을 했는데, 모두 입을 모아 오산이라고 했다. 헤이스케도 그렇게 생각했다. 허나 아무리 닮았다 해도 증거가 없다. 신분을 판단할 수 있는 소지품도 가지고 있지 않았다.

그러나.

사람의 입이란 문을 닫을 수가 없는 것이어서 처녀가 하늘에서 내려왔다, 그것은 갑부의 딸이라더라, 하는 반쯤 단정적인 소문이 눈 깜빡할 사이에 퍼지고 말았다. 이미 그 현장에는 셀 수 없을 정도의 목격자가 있었기 때문이다.

처녀는 꼬박 하루가 지나도 의식을 차릴 낌새가 전혀 없어 사실을 확인하는 것이 불가능했다.

헤이스케는 갈피를 잡을 수 없었다.

주인 초지로에게 뭐라고 설명해야 할 것인가.

아니, 알려야 할 것인가 아닌가, 갈피를 잡지 못했다.

원래대로라면 고민할 일이 아니었을 것이다. 문 앞에서 여차여차해서 불가사의한 일이 일어났사옵니다. 생김새와 나이로 짐작하건데 오산 아씨를 닮았기에, 어쩌면 그렇지 않을까 생각하여……라고 솔직히 말하면 될 일이다. 상황의 옳고 그름은 헤이스케가 판단할 일이 아니다.

허나 그럼에도, 헤이스케는 그렇게 하지 못했다.

경솔한 말은 할 수가 없다.

설령 처녀가 오산을 닮지 않았다 해도 '하늘에서 처녀가 떨어졌습니다'라고 해야 할지, 행려병자가 쓰러졌다고 보고해야 할 것인가. 그걸 일단 판단할 수가 없다. 특히 오산에 대해서만은 얼렁뚱땅 넘어갈 수가 없는 것이다. 다른 일이라면 몰라도 이 일만큼은.

진중해져야만 할 것이다.

그러나 이대로는 어찌 해볼 길이 없다.

헤이스케는 곤경에 빠졌다.

다행히 주인은 방에서 나오지 않을 듯했다.

그래서 일단 안채 고용인들의 입단속을 시켰다.

초지로는 고용인과 직접 대화를 나누지 않는다. 그리고 그때, 표면적으로는 덮어두었으나 주인 초지로는 병상에 몸져누워 있었던 것이다.

일어나 거동을 못할 정도의 병은 아니었으나 하루에 몇 번쯤 극심한 복통이 발작적으로 일어난다. 음식도 넘기지 못하고, 먹어도 토하고 만다. 게다가 심한 설사에 시달렸다. 건강체인 초지로에게 이는 무엇보다 괴로운 일인 듯했다. 초지로는 발병한 지 열흘 만에 부쩍 여위었다. 그리고 빈번히 뒷간으로 가는 것 외에는 거의 방에서 나오지 않았다.

그 와중에 벌어진 일이다.

숨기자. 명료해진 후에 알리자.

헤이스케는 일단 그렇게 생각했다. 그러나 숨긴 것이 나중에 알려지면, 진짜 딸이든 단순한 행려병자이든 초지로가 격노할 것이 틀림없다.

헤이스케는 다시 갈등했다.

초지로는 매우 까다로운 사내다. 아니, 이해하기 어려운 사내인 것이다. 진중한가 싶으면 성급하고, 책략가에 배포가 큰 듯하면서도 묘하게 인색하다. 자비심 깊은 행위를 베푸는 그 손으로 헤이스케를 패기도 했다.

어쩔 수 없다.

그렇게도 생각한다.

그것도 이것도 십이 년 전의 그 악몽 같은 사건이 원인이다.

헤이스케는 알고 있었다. 아니, 헤이스케는 그렇게 생각하고 있다. 그 사건 이후, 초지로는 변한 것이다. 어쩔 수 없는 일이다. 그런 것이다.

그렇기에, 그렇게 생각하기에 더욱 요 십이 년 간 헤이스케는 묵묵히 견디어온 것이다. 초지로가 하는 말은 무엇이든 다 가만히 들었다. 어찌되었든 주인에게 절대복종하겠다고, 헤이스케는 마음속으로 정하고 있었다.

그런 일을 겪으면 누구라도 변모하리라고 생각한다.

헤이스케는 여전히 꿈을 꾼다.

말 위에서 피를 뿜고 쓰러져가던 큰 주인어른. 말에서 굴러떨어지던 피투성이의 안방마님. 그리고 울면서 짐과 함께 끌어내려지던 어린 오산 아씨.

멈춰! 무슨 짓이냐! 초지로의 비명.

헤이스케의 눈앞에 내리쳐지던 칼.

그리고.

초지로는 목숨을 걸고 헤이스케를 구해주었다.

물론 아내와 장인의 원수가 미웠으리라. 그러나 초지로가 그 털보 산적에게 덤벼든 진짜 이유는 그 녀석이 헤이스케에게 칼을 내려쳤기 때문이었다. 초지로는 헤이스케를 구하기 위해 폭도에게 달려들었던 것이다.

그 때문에.

헤이스케를 구했기 때문에, 초지로는 오산을 구할 수가 없었다.

그때 초지로는 말에서 떨어져 울부짖는 자신의 아이를 구하고자 일직선으로 달려갔었다. 그러나 자비심 깊은 주인은 고용인의 위기도 차마 못 본 척할 수가 없었으리라. 흉도를 막아선 결과, 초지로는 그대로 산적과 함께 절벽 아래로 떨어져버리고 말았다.

그러나 헤이스케는……

오산을 구하기는커녕 그대로 달아났다.

적어도 오산은 그때 아직 살아 있었다. 함께 도망치는 것도 가능했으리라. 아니, 그렇게 해야만 했던 것이다. 그 경우, 한 목숨과 바꾸어서라도 오산을 구하는 것이 헤이스케의 사람 된 도리였던 게 아닐까.

그러나 그것은 목숨을 구한 뒤에 드는 생각일 뿐, 그 자리에서는 도저히 그럴 여유가 없었다. 변명에 불과하지만, 헤이스케는 그렇게도 생각한다.

도적들은 두목을 잃자 당황했던 것 같다. 그럼에도 손마다 무기를 든 흉악한 폭도가 총 열 명 정도 있었다. 저항해봐야 오산과 함께 죽을 뿐이다.

그렇다고 해도, 목숨까지 던져 한낱 하인을 구해준 주인의 딸을 못 본 척하고 달아났다는 사실에는 변함이 없다. 헤이스케의 한심한 행위는 보답은커녕 은혜를 원수로 갚은 것이나 다름없지 않았나.

헤이스케는 살아남았다. 하지만 살아 있어도 살아 있는 것이 아니었다. 그래서 오산을, 그리고 초지로를 찾고 또 찾고, 찾아 헤매었던 것이다.

초지로가 살았다는 것을 알았을 때, 그 무어라 표현하기 어려운 복잡한 기분을 헤이스케는 평생 잊지 못할 것이라고 생각한다. 아니, 잊기는커녕 헤이스케는 그것을 아직도 마음에 담고 있다. 매일 곱씹으며 살고 있다.

헤이스케는 초지로가 구출되었다는 보고를 들었을 때 한시라도 빨리 달려가 예를 다하고 싶었다. 솔직히 다행이라고, 무사함을 기뻐하는 마음도 있었다. 진심으로 인사를 올리고 싶다는 감사의 기분도 있었다. 더불어 사죄하고 싶다는 기분도 물론 있었다. 죄책감도 자기혐오도 필요 이상으로 있었다.

그러나.

오산은 아직 발견되지 않았던 것이다.

이 배은망덕한 놈! 애써 구해주었더니 딸을 버리고 도망친 게냐! 그렇게 호통을 들으리라 생각하니 헤이스케는 몸이 움츠러들었다. 초지로와는 얼굴을 마주치고 싶지가 않았다.

은혜를 원수로 갚은 찢어지는 듯한 그 기분. 그것은 십이 년이 지난 지금도 헤이스케의 가슴에 고스란히 그 모양 그대로 남아 있다.

왜냐하면 살아 돌아온 초지로는 헤이스케에게 아무 말도 하지 않았기 때문이다.

초지로는 인간성이 좋은 사내다. 원래 은혜를 갖고 거들먹대는 사내도 아니었고, 원망하는 소리를 주절댈만한 사내도 아니었다. 그것은 알고 있었다. 그렇다고 해도······.

아무 말도 하지 않는다는 것은 괴로웠다.

초지로가 헤이스케에게 말을 한 것은 사건 이후 거의 일 년이

지난 후의 일이었다. 사건의 충격으로 말을 하지 못하게 되었으리라고, 그렇게 생각했다. 그렇게는 생각했지만, 그렇다고 해도 그 일 년은 괴로웠다.

이후, 초지로는 사람이 변했다.

그것은 사실이다. 장사 수완은 원래 좋았으나, 더 교활하고 더 노회하게 장사를 하게 되었다. 경쟁자는 가차 없이 밀어내고 거래처도 신뢰하지 않았다. 횡포한 행동도 보였다. 돈이 되지 않는 상대와의 교류는 거침없이 끊어버리고 돈이 된다면 무엇이든 했다. 실패하면 매섭게 호통을 쳤다. 호통을 맞는 것은 언제나 헤이스케였다. 왜냐하면 초지로는 헤이스케 이외의 사람과는 대화를 하지 않기 때문이었다.

신뢰하지 않는 것이다.

무리도 아니라고 생각한다.

지금도 초지로는 장사상의 간단한 것밖에는 헤이스케에게 이야기하지 않는다.

그것도 어쩔 수 없나, 하고 헤이스케는 생각한다.

그리고 무슨 일이 있을 때마다 헤이스케는 호통을 듣고 걷어차였다.

그래도 헤이스케는 견디었다. 더러운 장사다. 이것은 옳은 일이 아니라 생각되어도, 그렇게 하라는 말을 들으면 그대로 따랐다. 외부에 대한 악역은 모두 헤이스케가 도맡았다. 지시대로 하고, 좋지 않은 결과가 나와도 그것은 자신의 탓이라고 기꺼이 벌을 받았다.

그렇게 하기로 마음먹었기 때문이었다.

그러다 보니 헤이스케는 자연스레 고용인을 심하게 대하게 되었다. 그렇게 하지 않으면 몸이 견디지 못한다는 사정도 있었지만, 역시 나쁜 쪽은 자신이지 나리가 아니라는 것을 세상에 알리고 싶다는 마음도 있었다. 무리를 해서라도 악역을 연기하고 싶었다.

모든 것은 굴절된 속죄의 표명이었다.

그래도 초지로는 좋은 사람이다. 떡 보시도 모두 초지로의 생각이다. 그처럼 자비심 깊은 사람이 이토록 삐뚤어지고 말았다는 것은 전부 그 불행한 사건 때문이고, 그때 헤이스케가 오산을 구할 수만 있었다면 적어도 이런 식으로는 되지 않았을 거라고, 헤이스케는 그렇게 생각하는 것이다.

그렇기에 헤이스케는 세상이 어떠한 눈으로 자신을 보아도 묵묵히 참아내며 초지로를 보좌하자, 나쁜 것은 모두 자신이 덮어쓰자, 마음속으로 그렇게 정한 것이다.

그런데.

그 결의의 근본인 오산이…….

별안간 살아 돌아왔다.

십이 년 간 후회로 점철되어온 그 씨앗이 별안간 하늘에서 떨어져 내린 것이다.

헤이스케는 머리를 쥐어 싸맸다.

만약 이 처녀가 정말 오산이라면 초지로는 당연히 기뻐할 것이다. 이로써 원래 초지로로 돌아올지도 모른다. 그러나 만약 그렇지 않다면……

결코 입에 담아서는 아니 될 것이다.

그럴지도 모른다며 희망을 주었다가 결국 그렇지 않음이 밝혀진다면, 초지로에게 드리운 마음의 그늘은 한층 더 깊어질 것이다. 그것은 헤이스케의 마음의 그늘이 깊어진다는 얘기도 된다.

확인이 될 때까지는 결코 나리께 알려서는 아니 될 것이다. 하지만 이미 마을에서 소문이 돈다고 한다. 과연 끝까지 덮어둘 수 있을 것인가.

헤이스케는 계속 잠을 자고 있는 처녀의 얼굴을 응시했다.

이 아이가 혹시 진짜 오산이라면, 그것은 또 그 나름대로 불가사의라는 말밖에 할 이야기가 없으리라. 도적에게 습격을 당했던 그때에 가미카쿠시*나 무언가를 만나 십이 년의 세월을 거쳐 다른 세계에서 돌아왔다, 이런 것이라도 되는 걸까.

그런 희한한 일이 있기나 할까.

이렇게 생각할 수는 없을까. 헤이스케는 생각에 생각을 거듭한다. 본인이든 본인이 아니든 이 처녀는 하늘에서 내려주신 사람이다. 초지로의 장년에 걸친 보시와 선행이 하늘에 통했기 때문이다. 설령 본인이 아니라도, 오산의 환생 아니면 쏙 빼닮은 아가씨를 내려주신 것이다.

---

* 어린아이들이 갑자기 행방불명되는 것.

그럴 일은 없다.

초지로는 그렇게 꿈같은 이야기는 절대 믿지 않으리라 결심했다.

그 여자는 재산을 노리는 사기꾼이다. 당장 내쳐라. 주인은 그렇게 말할 것이 틀림없다. 아무리 진짜라 해도 여간한 증거가 없는 한 그렇게 말할지 모른다.

그러나 정말로 친부녀사이라면 증거 따위는 필요 없는 것이 아닌가. 진위 정도는 얼굴을 보자마자 알 수 있을지도 모른다. 그렇다면.

아니, 섣불리 판단할 수가 없다.

그러나 보면 볼수록 닮았다.

살아 있기를 바라는 마음이 왜곡되어 그리 보이게 하는 것일지도 모른다. 그럴 게 틀림없다. 그럼 틀림없이 다른 사람이다. 다르다고 말하고 쫓아내자. 헤이스케가 그렇게 마음먹었을 때……

다그닥.

뭐지?

다각다각, 하는 소리.

헤이스케는 고개를 들었다.

장지문 너머 복도로 뭔가 거대한 것이 달음질쳐 달아났다.

"뭐냐!"

소리를 지른다. 장지문을 연다.

복도는 아무 일도 없었던 것처럼 고요했다.

그럼 방금 달음질쳐 달아난 것은 무엇이지?

"말이다! 말이 안채로!"

"뭐가 어째!"

웅성웅성 소리를 치며 하녀와 하인들이 달려왔다.

"웬 법석을 떨고 있는 게냐! 여기엔 환자가 누워 있단 말이다!" 헤이스케는 일갈했다.

"아, 지금 이쪽으로 말이……"

"말? 헛소리. 어찌 말이 집 안을 달리겠느냐!"

그렇게 버럭 호통을 쳐보긴 했으나 분명 무언가 커다란 것이 달음질쳐 달아난 것은 사실이다.

하인들은 얼굴을 마주보며, "하지만 역시 말이었는걸요" 하고 저마다 한마디씩 했다.

"이 앞은 나리의 처소다. 너희들은 들어가지 못해. 헛소리도 작작……"

그때, 카악! 하고 짐승이 울부짖는 듯한 소리가 들렸다.

"주인어른!"

헤이스케는 복도를 달려 안채의 처소로 행했다.

장지문을 열자 이불 위에서 초지로가 발광하고 있었다.

"어르신! 초지로 어르신!"

헤이스케는 들어가 손을 내밀었으나, 금세 떨쳐졌다.

초지로는 팔다리를 버둥거리고, 반라가 되어 배를 쥐어뜯었다. 온몸이 땀에 흠뻑 젖어 있다. 눈가가 새빨개지고, 반대로 얼굴 전체는 검푸르게 물들어 있다.

"마, 말이, 말이 왔어."

정말 말이 온 것인가. 헤이스케는 방 안을 둘러보았다.

있을 리 없다. 그렇게 큰 것이 있다면 금세 알 수 있다. 애당초 장지문은 닫혀 있었다. 진실로 말이 왔다고 해도 장지문을 여닫으며 방에 들어올 리는 만무하지 않은가.

으아아, 하고 초지로가 울부짖었다. 이 정도의 발작은 경험한 적이 없다.

헤이스케는 약, 약! 하고 외쳤다.

약은 듣지 않는다. 일부러 성 아랫마을에서 내밀히 의원을 불러 질리도록 맥을 짚은 뒤 큰돈을 들여 약을 지었으나 전혀 나아지는 기색이 없었다. 다만 수면제만은 잘 들었으므로 괴로워할 때는 재우기로 했다.

하인을 네댓 명 불러 몸을 잡고 억지로 약을 먹였지만, 초지로는 그러고도 사반각을 괴로워하다가 간신히 잠들었다.

잠든 직후에 이번에는 부엌 쪽에서 말이 나왔다는 소동이 벌어졌다. 말꾼을 불러 모아 이야기를 들어보니, 아무래도 하루 종일 말들이 안정을 하지 못하고 있다는 이야기가 있었다. 다만 마구간을 벗어나 본채로 돌진하는 일은 있을 수 없다는 이야기였다.

당연하다.

녹초가 된 헤이스케가 객실로 돌아와 보니 오산은 여전히 잠들어 있었다.

오산.

처녀의 자는 얼굴을 보고 있는 사이, 헤이스케에게 심한 수마가 덮쳤다. 그리하여 헤이스케는 처녀 옆에 풀썩 쓰러져 바닥 위에서 잠들고 말았다.

완전히 잠들기 전에 뭔가 튕기는 듯한 소리를 들은 듯한 느낌도 들었다.

다음날도 같은 일이 있었다. 초지로의 용태는 여전히 좋지 않았고, 말 소동 탓에 더 악화된 듯 보였다.

그런데도 오산은 깨어나지 않았다. 하지만 혈색은 좋고 딱히 쇠약한 것처럼은 보이지 않았다.

사흘 째, 역시 같은 일이 되풀이되었다.

말꾼들은 저택 내에 나타나는 것은 지난달 죽은 늙은 말의 유령이 아닐까 하며 수군거렸다. 헤이스케는 말꾼들을 모아 시답잖은 풍문을 흘리지 말라며 엄하게 주의를 내렸다.

그리고 나흘 째 오후에 그 사내가 나타났다.

데려온 여종의 말에 따르면 방문한 자는 무척이나 예의바른 사내로, 꼭 청지기를 만나고 싶으니 자신의 뜻을 전해주었으면 한다, 그렇게 말했다고 한다. 주인이 그런 상태라 장사도 뜻대로 되지 않는 상황에 수상쩍다고는 생각했지만, 일단 만나기로 결심했다.

이 근방에서는 자주 볼 수 없던 풍채의 사내였다. 사무라이는 아니지만 단정한 차림새였다.

사내는 야마오카 모모스케라고 자신을 소개했다.

에도에서 왔다고 한다.

"실은 말입니다……."

모모스케는 단도직입적으로 말을 꺼냈다.

"저는 에도 교바시에서 글을 쓰고 있는 자이온데, 여러 고을을 돌아다니며 진담, 기담을 수집하고 있습니다. 호사가라고 해야 하겠지요. 이번에는 이 지방의 괴어(怪魚) 이야기를 듣고자 이렇게 멀리멀리 찾아와서 이곳 대인의 저택 앞을 지나고 있었습니다만……. 아니, 실은 어제 대성사에 묵었는데, 모처럼 여기까지 온 김에 후학을 위해 소문으로만 듣던 우마카이 초자님의 저택을 보아두려고 들르게 되었지요. 그런데 문전에서 한 행자와 지나치게 되어서……."

"행자 말입니까?"

"예, 떠돌이 승려 부류라고 보아야지요" 하고 모모스케는 말했다.

"눈매가 날카로운 백장속 사내였는데, 그 행자가 도저히 듣고는 지나치지 못할, 이런 말을 중얼거리고 있더란 말입니다. 그래서 고민을 하다, 결국 말씀을 드리러……."

"듣고는 지나치지 못할 말?"

예에, 하고 모모스케는 고개를 한 번 갸우뚱했다.

"사정이 있으시다면 대답을 해주시지 않아도 무방합니다만, 이곳 대인께선…… 지금 어딘가 편찮으시지 않습니까?"

"뭐라고 하시던가?"

초지로의 병은 대외적으로 덮어두고 있다. 만약 새어나갔다고 해도 단지 마을 안에 불과할 터.

어제오늘 이 땅을 막 밟은 이런 나그네의 귀에 들어갔을 리가 없다.

"혹시 건강하시다면 그 행자는 당치도 않게 수상한 자, 단순한 사기꾼이겠습니다만, 만약, 저어, 배를 앓고 계신다든가……."

"그, 그 행자는 대체 뭐라고 한 것인가?"

헤이스케가 별안간 큰소리를 낸 탓인지, 모모스케는 눈을 휘둥그렇게 떴다. 그리고 "정말 병환중이십니까?" 하고 물었다.

"이 집의 주인이 병환중이라고, 그렇게 말씀하셨습니까?"

"예에, 그것도 살날이 그리 길지 않다고. 아, 이런 실례를. 저기, 그게, 저……."

"아니, 됐소이다. 그 자가 말한 그대로 말씀해주십시오. 부탁드립니다."

모모스케는 의아한 표정을 지었다.

"예에. 그 자는 이렇게, 저택을 둘러보더니 말이지요, 어두운 얼굴로 '이거 참 큰일이군' 하고……."

"큰일?"

"예에. 이 땅은 저주를 받았다, 분노한 말의 영이 떠돌고 있다, 그러더군요. 마두관음께 제를 올리지도 않고, 설상가상으로 그 고기를 먹고, 결국에는 살아있는 말까지 잡다니……."

"사, 살아있는 말을."

분명 지난 달 초지로는 헤이스케로 하여금 병들고 늙어 쓸모없는 말을 한 마리 죽이게 했다.

 초지로는 십이 년 전의 그 사건 이후로 무슨 까닭인지 말을 아끼지 않게 되었다. 아니, 그렇다기보다 오히려 증오하는 행동을 보이는 적이 있다. 마상에 있던 가족이 참살되었기 때문이다, 헤이스케는 그렇게 생각하고 있었다.

 그러나 아무래도 그것이 이유의 전부는 아닌 듯했다. 초지로는 생환 이후로 죽은 말의 고기를 즐겨 먹게 되었다. 말이 죽으면 소금이나 된장에 절여 보존해서 매일 밤 먹었다.

 그러나 최근에는 말고기 조달이 어려워졌다.

 쓸모없는 말이나 병에 걸린 말도 속여서 팔아치우게 되었으므로 죽는 말이 좀처럼 나오지 않는 것이다.

 더구나 보유하고 있는 말도 여행 중 타지에서 죽는 비율이 많아지고 있었다.

 헤이스케는 그 까닭을 알고 있다. 말꾼들은 공들여 키우는 말이 예쁜 것이다. 남의 입으로 들어가는 것이 싫은 것이다. 때문에 말꾼들은 죽을 것 같은 말이 있으면 일부러 먼 곳까지 데려가 노상에서 임종을 맞이하게 한다. 그렇게 하면 당연히 여행지에서 매장하게 된다. 말 시체를 가져올 수도 없는 노릇이다. 말 공양을 할 수 있다. 이런 것이다.

 지난 달, 마침내 말고기가 바닥이 났다. 그러자 초지로는 헤이스케에게 살아있는 말을 죽이라는 명령을 내렸다. 헤이스케는 말꾼이 아니므로 말을 죽인 적이 없다. 게다가 말꾼들에게 부탁해본들 받아들여줄 리가 없었다. 헤이스케는 울며 겨자 먹기로 한밤중에 가장 쇠약해진 말을 죽이고 말았다.

"말의 저주라고?"

그러한 사연은 밖에 새어나가지 않았을 터였다. 결국 그 행자의 안력은 진실을 꿰뚫어보고 있다는 이야기다.

"마빙(馬憑)이라는 것이 있습니다."

모모스케는 몸을 수그리고 작은 소리로 속삭였다.

그리고 허리에 매달아둔 필첩을 넘기며 이렇게 말을 이었다.

"제가 다니며 들은 것만 해도 말이지요, 도오에, 미카와, 오와리, 무사시노, 교토…… 이렇게나 많습니다. 대부분 실수로 말을 죽이거나 말을 험하게 다룬 결과지요. 말에게 낙인찍기를 좋아했던 사내라든가, 말을 괴롭히다 죽인 사내에게 빙의되지요. 대부분은 별안간 말 흉내를 시작하거나, 흙을 먹고 흙탕물을 마시기도 합니다. 그 이후는 그저 발광하거나 할 뿐인데, 그 행자는 묘한 소리를 하더군요."

"묘한 소리?"

"이렇게 눈을 가늘게 뜨고선, '오오, 말이 달려가고 있군' 하더구먼요. 그리고 '이리도 천박할 수가. 주인의 입을 통해 배로 들어가 오장육부를 휘젓고 있다니'라고 했습니다."

"말이 입으로?"

"그렇게 말하더군요. 그러니 이대로 가면 앞으로 며칠도 버티지 못할 거라며, 악행은 하지 말아야 한다고……."

"마, 말이 뱃속에?"

헤이스케는 전율했다.

매일 밤 복도를 뛰어다니는 말은 초지로의 뱃속에 들어가 날뛰고 있었단 말인가. 괴로워하는 초지로의 배에 그 말이 들어가 있었단 말인가.

듣고 나서 생각해보니, 초지로가 잠들면 다시 말 소동이 있었다. 그것은 배에서 나온 말이란 말인가.

"그, 그 행자는 또 무슨 말을?"

"글쎄요. 너무 기이한 소리를 하기에 있을 수 없는 말을 해 트집을 잡고 금품을 뜯어내는 사기꾼이나 협박꾼 부류인가, 그렇게 생각했지요. 그런데 그 행자는 그저 슬픈 표정을 지으며 그대로 휙 가버리더군요. 저도 뭐, 남의 집안 사정이기도 하니 주제 넘는 말은 안 하는 편이 낫다고 생각했는데, 아무래도 신경이 쓰이고 또 쓰여서……"

모모스케는 면목 없다는 듯이 몸을 움츠렸다. 그러나 헤이스케의 입장에서 보자면 사태가 보통 일이 아니다.

그 행자는 영험한 인물이다. 그런 인물로밖에 생각되지 않는다.

그렇다면 일찌감치 알려준 것에 감사해야만 할 것이다.

"아니, 알려주셔서 정말 고맙습니다. 그런데 그 행자라는 분은 어느 쪽으로 가셨는지?"

쫓을 것인가. 쫓아가야 하리라.

"서쪽으로." 모모스케가 대답했다.

"시간은?"

"반각쯤 전이군요."

"정말로 뭔가 답례를 하고 싶습니다. 변변한 대접은 못하지만, 아무쪼록 오늘은 이 저택에 머물러주십시오."

헤이스케는 사람을 불러 모모스케에게 후한 대접을 하라고 명하더니 문을 박차고 나갔다.

은혜를 갚을 기회는 지금밖에 없다.

헤이스케는 그렇게 생각했다. 주인어른의 목숨을 구하는 것이다.

오산도 돌아왔다. 그러니 지금밖에 없는 것이다.

신령님이나 부처님이 자신을 시험하고 계신 것이다. 헤이스케는 달리며 그렇게 생각했다. 불미스러운 행동을 반드시 속죄하라는 계시다. 매듭짓지 못한 과거를 청산하라. 이것은 그러한 계시인 것이다. 그러기 위해 하늘이 헤이스케에게 내려준 마지막 기회가 틀림없다.

달리고 또 달려도 사람 하나 보이지 않았다.

들판에서 농민의 모습을 보고 헤이스케는 물었다.

분명 그런 인물이 지나갔다고 했다.

거짓은 아니다.

헤이스케는 엉덩이를 걷고 겉옷을 벗어던졌다.

지금 헤이스케는 우마카이 초자의 청지기가 아니다. 단지 하인일 뿐이다.

주인의 목숨을 구하기 위해 달리는 머슴이었다.

언덕을 넘고 숲을 지났다. 온힘을 다해 달렸다. 그날과 정확히 반대였다.

십이 년 전, 헤이스케는 마찬가지로 온힘을 다해서, 저택을 향해 이 길을 달렸던 것이었다.

산길에 접어들었다. 앞에는 커다란 저녁 해가 보였다.

작은 고개를 넘는다. 비탈을 뛰어오른다. 그러자 별안간 시야가 펼쳐진다.

그 장소다.

참극의 장소. 헤이스케가 비열한 사내임이 증명되었던 장소다.

낭떠러지에서 길 중심으로 기다란 그림자가 드리워져 있다. 사람이다. 절벽 끝에 사람이 서 있다.

행자두건에 백장속. 시주함에 요령. 석장.

사내는 스윽 움직였다.

"잠깐 기다리시라."

짤랑.

요령이 울렸다.

"해, 행자님, 기다려주시길."

헤이스케는 사내 앞으로 가서 땅바닥에 무릎을 꿇었다.

"소, 소인은 우마카이 초자님의 고용인으로, 헤이스케라고 하는 자이옵니다. 송구하오나 행자님을 영험 있는 분으로 보았습니다. 모쪼록, 모쪼록 도움을 주시기를……."

짤랑.

"그렇게 정색을 하시고 나오시니 난감하군요. 소행은 법력이 있는 고승도 아니고, 음양술을 쓰는 술사도 아닙지요. 부적이나 뿌리고 다니는 한낱 어행사일 뿐."

사내는 "자, 일어서시지요" 하고 말한 후 정중하게 절을 하고 헤이스케를 피해 걷기 시작했다. 헤이스케는 그 다리에 매달렸다.

"기다려주시길. 기다려주십시오. 제발, 제발 힘을 빌려주십시오. 우리 주인님의 목숨을……. 이것이 저의……."

"보은이라고 하시는 겐가."

"예."

사내는 헤이스케 쪽을 향해 몸을 돌리더니 정면에서 내려다보았다.

"당신의 주인은 이대 초지로 님이시지요?"

"그, 그렇습니다."

"옛날, 여기에서 많은 피가 흘렀던 듯하군요. 이번 일, 아무래도 뿌리가 깊은 듯합니다."

사내는 그렇게 말하고 다시 낭떠러지에 섰다.

"말이 죽었소."

"예?"

사내는 절벽에 쭈그리고 앉아 덤불에서 커다란 해골을 주워들었다. 말의 두개골이다.

"이것은 당신 주인의 말인 듯합니다."

"주, 주인의 말?"

"그런 듯합니다. 하지만 이것은……."

행자는 찬찬히 백골을 응시하더니 "이미 늦었을지도 모르지만……"이라고 말했다.

헤이스케는 두려움에 떨며 다시 납작 엎드려 머리를 조아리고는 사내를 저택으로 초청했다.

사내는 자신을 어행사 마타이치라고 소개했다.

마타이치는 저택 안을 구석구석 관찰했다. 그러더니 이윽고 객실에 이르러 잠만 계속 자는 오산을 보았다. 헤이스케는 왠지 당황했다.

"이, 이 처녀는 말이지요……."

"이 집안의 아가씨로군요."

어행사는 단호하게 말했다.

"아, 알아보시겠습니까?"

마타이치는 고개를 끄덕였다.

그리고 오산이 누워 있는 바로 위의 천장을 올려다보았다.

"이 아가씨는 말의 보호를 받고 있습니다. 걱정 없어요. 흉사가 사라지면 깨어날 겁니다."

마타이치는 그렇게 말하고 객실에서 나왔다. 복도에는 모모스케가 있었다. 마타이치는 모모스케에게 눈인사를 하고, 안내도 하지 않았는데 곧바로 침소로 향했다.

헤이스케는 허둥지둥 뒤를 쫓았다.

어행사는 장지문을 열자마자 자고 있는 초지로를 뚫어질 듯한 시선으로 보았다.

"이건……."

"어떻습니까?"

"역시 한발 늦은 듯하군요."

마타이치는 그렇게 말했다.

"그, 그래도 어떻게 좀……."

"알고 있습니다."

마타이치는 그렇게 말하고 시주함에서 부적을 꺼내 기둥에 붙였다.

"수단은 하나밖에 없습니다. 말이……."

"예."

"말이 배에 들어갔을 때, 과거의 모든 죄업을 씻어내고 모든 것을 고백하는 겁니다. 그것밖에 이 자가 목숨을 구할 길은 없어요. 진심으로 참회하면 말은 나갈 겁니다. 참회할 수 없다면 말은 죽을 때까지 찾아오겠죠."

"주, 죽을 때까지?"

"말이 오면 집안사람들, 하인들 전부를 거기 있는 마당에 모으고 염불을 외워주십시오. 죄의 고백을 들을 자가 필요합니다. 가능한 한 아까 그 아가씨를 이웃한 방에 뉘어두도록 하시지요."

"오, 오산 아기씨를?"

"만약 말이 주인어른을 용서하면, 혹은 이 주인어른이 죽어서 말의 재앙이 지나가는 즉시 그 아가씨는 눈을 뜰 테니까요."

마타이치는 그렇게 말을 맺었다.

하룻밤이 지나고, 헤이스케는 집안 고용인들을 모아 일련의 사정을 설명했다.

고용인들은 크게 놀랐으나 절반 가까이는 믿지 않는 듯했다. 그도 당연하다. 말이 사람의 뱃속으로 들어가다니, 천지가 뒤집혀도 있을 수 없는 일이다. 매일 말을 다루고 있는 말꾼들이 본다면 가소롭기 짝이 없다고 말할 일인 것이다.

마타이치는 하루 종일 초지로의 머리맡에서 용태를 살폈다.

이윽고.

그 시각이 차츰 다가왔다.

여종, 고용인, 마바리꾼, 찬모들……. 대략 오십 명이 마당에 모였다. 모모스케도 동석을 자청했다. 분명 여러 고을을 돌아다니며 기담을 수집하고 있는 사내에겐 놓칠 수 없는 사건일 것이다. 꼭 부탁한다며 사정하니 헤이스케도 싫다고 할 수가 없었다. 애당초 모모스케가 찾아오지 않았더라면 모든 것은 없었을 일이기 때문이다.

헤이스케는 계속 초지로 곁에 붙어 있었지만, 서서히 그 시각이 다가오자 마타이치가 마당으로 나가라는 소리를 했다. 마당으로 내려가 늘어선 고용인들의 맨 앞에 엎드렸다.

마당에 면한 장지문이 열리고, 병풍 앞에 완전히 여윈 초지로가 누워 있다.

이웃한 방에는 오산이 뉘어져 있다.

헤이스케는 마른침을 삼켰다.

말이 온다고는 하지만 평소에는 기척뿐이다. 모습을 본 자는 없다. 그러나 이 모양새라면 어디에서 무엇이 온다고 해도 훤히 다 보이게 된다. 대체 어떠한 것이 찾아올 것인가.

헤이스케는 불안해졌다.

고용인들은 모두 하나같이 반신반의하는 듯했다. 모두들 어딘가 자포자기하는 낌새다. 생각해보면 초지로도 헤이스케도 인망이 없다. 외부인이라면 또 몰라도, 고용인들로부터는 결코 존경받고 있지 못하다.

그리고.

다각다각.

다각다각다각.

복도를 달리는 소리와 함께 정말로 말이, 실체를 가진 거대한 푸른 말이 나타났다.

일동은 크게 놀라 간이 콩알만 해졌고, 너무나도 기이한 일에 전원이 말을 잃었다.

초롱을 든 마타이치가 스윽 일어섰다.

말이 두 번, 푸르르 콧김을 내뿜고 짧게 울자…….

스윽, 촛대의 불이 꺼졌다.

돌연, 초지로가 힘없이 일어났다.

헤이스케는 눈을 휘둥그렇게 떴다. 그리고 자신의 눈을 의심했다.

말이…….

말이 스르르르, 마치 연기처럼 변해서 초지로의 입속으로 들어갔기 때문이다.

"어, 어, 으으윽."

"주, 주인어른!"

"움직이지 마시오!"

마타이치가 마당에 선 자들의 움직임을 제지했다.

"자, 염불을. 큰 소리는 내지 말고."

하나둘, 나무아미타불 소리가 들리기 시작했다. 헤이스케는 아직도 목소리가 나오지 않았다. 당연하다.

말이 사람의 뱃속으로 완전히 들어가 버렸으므로…….

그러자 초지로는 일성 절규를 내뱉고는 버둥대며 괴로워하기 시작했다. 고통을 뛰어넘어 완전히 광란이다. 쿵, 콰당, 엄청난 소리가 들렸다. 병풍은 이미 쓰러진 지 오래였다.

마타이치가 스윽, 방울을 들었다.

짤랑.

"자, 초지로 님. 자신의 뱃속에서 날뛰는 것은 자신이 해친 자들이니. 이 자리에서 과거의 죄업을 참회하고 모든 것을 고백한다면, 그것은 당장이라도 빠져나갈 것입니다. 어떻습니까."

"으, 으, 으."

"자아!"

"사, 사람을 속였어."

"그런 것은 괜찮습니다."

"마, 말의, 죽은 말의 고기를 먹었어."

"그리고."

"히익, 마, 말을 죽였다."

"그뿐입니까."

"주, 죽여서 먹었소."

"어째서, 어째서 그런 짓까지 하며 말고기를 먹는가!"

"그, 그건……. 괴, 괴로워. 살려주시오."

"그 동굴에서 말을 먹었구려."

"크으……."

"먹었구려."

"먹었소. 그 맛을, 그때의 맛을……."

"그러시군. 그렇다면 넌 누구냐!"

"나, 난, 난. 으윽, 괴로워, 괴로워."

"넌 십이 년 전 그 산길에서 무엇을 했나! 썩 불지 않으면 죽으리라!"

"나, 나는, 나는 말 위의 영감을 칼로 죽였다. 그리고 그의 여자도 죽였다."

"주인어른! 대체 무슨 말씀을!"

"조용히!"

마타이치가 일갈했다.

"그리고 동굴 속에서……."

"초지로의 얼굴 가죽을 벗기고, 자신은 수염을 깎고 초지로로 변신을 했군!"

"뭐, 뭐라고요! 그, 그럴 수가!"

"헤이스케 씨, 이놈은 아무래도 당신의 은인이 아닌 듯합니다. 은인을 살해한 원수인 듯하군요. 그렇지? 미시마의 햣키마루!"

"햣키마루라고?"

헤이스케는 외쳤다. 초지로는, 아니, 초지로로 변장하고 있던 사내는 장을 도려내는 듯한 고통스런 표정을 짓고는 배를 움켜쥔 채 비명을 질렀다.

"어행봉위!"

짤랑.

초지로는, 아니, 햣키마루는 단말마의 비명을 짜내더니 입에서 거품을 뿜으며 기절했다.

그것은 마치 말이 숨을 거두는 듯한 목소리였다.

파라락.

이질적인 소리가 들렸다. 그러자 쓰러진 햣키마루의 입에서 검푸른 덩어리가 스르르르 흘러나왔다. 그것은 서서히 말의 모양으로 바뀌어갔다. 푸른 말은 작게 울부짖더니 그대로 복도 너머로 사라졌다.

마당에 있던 오십 명 중 대부분이 다리가 풀려 주저앉았다.

"마, 마타이치 님. 저, 저어……."

"들으신 바대로 본인이 한 말을 믿을 수밖에 없겠지요. 천망회회소이불실이라. 이 사내는 극악한 흉적이었소. 허나, 헤이스케 씨."

세상에는 나쁜 일만 있지는 않지요, 하고 말하고서 마타이치는 초롱으로 복도를 비추었다.

그곳에는 오산이 서 있었다.

7

 덧문짝에 실린 햣키마루의 시신이 우마카이 초자 저택에서 실려나간 것은 다음날 이른 아침의 일이었다.
 곰곰궁리 모모스케는 감개무량하게 그것을 바라보았다.
 옆에는 마타이치가 서 있다. 멀어져가는 송장을 눈으로 쫓으며 모모스케가 물었다.
 "저는요, 마타이치 씨. 딱 하나 납득할 수 없는 점이 있어요. 저 사내가 햣키마루였다니, 어떻게 된 일입니까? 수염을 깎고 옷을 갈아입었다고 해도 얼굴까지는 바꿀 수 없지 않습니까? 모르는 사람이라면 속일 수 있을지도 모르지만, 어째서 가족까지 완벽하게 속일 수 있었던 겁니까? 게다가 십이 년 동안이나……."
 "그야 같은 얼굴이었기 때문이지요, 선생."
 "같은 얼굴?"
 마타이치는 본채 쪽을 돌아보며 비밀입니다, 하고 말했다.

"진짜 이대 초지로는 햣키마루의 쌍둥이 동생이었던 야교마루입니다. 말을 잘 다루었던 미시마 야교 일당의 또 한 명의 두목이지요."

"그, 그렇다면?"

"오토마쓰라는 게 야교마루의 본명이지요. 십이 년 전, 녀석은 시오노 초자의 거처에 첩자로 잠입했지요. 원래 말 다루는 솜씨는 자신의 특기. 첩자로서의 오토마쓰는 완벽했지요. 신뢰받고 데릴사위까지 되었습니다. 그 단계까지 오니 오토마쓰는 도둑으로 있을 생각이 없어졌을 테지요. 바르게 일하는 것에 익숙해지고 말았어요. 그걸 석연치 않게 생각한 것이 형인 햣키마루. 아무리 지나도 연락이 되지 않자 화가 치밀어 가족이 지나는 길을 습격했다. 아마 동생이 동조했다면 일가를 모두 참살하고 그대로 저택까지 들이닥칠 작정이었을 테지만, 이게 잘 풀리질 않았던 겁니다."

"초지로, 아니, 야교마루가 반격했던 거군요."

"예에, 시오노 초자의 사위란 것은 거짓된 모습. 원래는 도적 두목인 야교마루였어요. 실력은 비슷하니까 당연히 반격을 하고 말고요. 형제는 싸우다 낭떠러지로 떨어졌어요. 그리고……."

"오호라, 동생 야교마루는 죽고 형이 남았는데, 이것은 훔치는 것보다 바꿔치기를 하는 편이 안전하고 효율적이라고 생각한 것이로군요?"

"예. 뭐, 처음부터 그럴 생각은 없었겠지만요. 그 동굴의 죄가 큰 게지요."

"동굴 속에서 그런 마음을 먹은 겁니까?"

"아마도요." 마타이치는 소나무 뿌리에 걸터앉았다.

"어떻게 알아내신 겁니까?"

모모스케가 묻자 마타이치는 웃었다.

"그야 뭐, 평판이 뒤죽박죽이었기 때문이죠. 에도에서 만난 걸인과 선생이 타고 온 말을 끌었던 마부의 이야기는 같은 사람으로 생각되질 않으니까요. 책장수 헤이하치의 이야기부터 아무래도 아귀가 삐걱대지 뭡니까. 이거 어딘가 성품이 바뀌었나, 아니면……."

"고스란히 바뀌쳤다고?"

"그렇지요. 무슨 일이 있었다면 십이 년 전 일이 틀림없다. 동굴 속에서 무슨 일이 있었는지는 알 수 없지만, 소생은 시체를 검시한 관리에게 이런 이야기를 들었습니다. 초지로와 같은 동굴에서 죽은 도적은 아사했다는 이야기를 말이지요."

"아사라니……?"

"예, 짐작컨대 동굴에 들어간 단계에선 둘 다 살아 있었던 듯합니다."

"양쪽이라면, 형도 동생도 말입니까?"

"그런 듯합니다. 그런데 그 동굴 속에서, 체력을 소모하고 부상까지 입었는데 한겨울에 열흘이나 먹지도 마시지도 않고 살아 있었다는 게 더 이상하지요. 허나 초지로는 살아 있었다. 어째서라고 생각합니까?"

"전혀 모르겠습니다."

"말의 사체 하나가 모자랐다는 이야기를 들었지요. 처음에는 아이와 함께 말을 도둑맞았다고 판단한 듯하지만, 아무래도 아니더군요. 오초…… 오산이 발견된 것은 도야마의 산속이라는데 말을 타고 갈 만한 장소가 아니지요. 아마 아이만 데리고 가서 동냥질 패거리에라도 팔 작정이었을 겁니다. 그러다 거치적대니 도주하던 도중에 버렸던 거고요."

"그럼 말은……."

"뭐, 우연이란 이상야릇한 것이라서, 그 절벽에 맨 처음 떨어진 것이 말. 한 필은 낭떠러지 아래로 떨어졌지만, 다른 한 필은 버둥대다가 그 동굴 입구에 걸렸던 겁니다. 거기에 핫키마루와 야고마루 형제가 떨어지다가 말에 부딪혀서 살았던 게지요. 동굴에는 형제 외에, 입구 가까이에 말도 있었습니다."

"그렇다면……."

"말은 무겁습니다. 부상자 둘이서 동굴로 끌어들이는 것은 무리. 허나 말의 백골은 동굴 가장 안쪽에 있었습니다."

"먹은…… 것입니까?"

"그 외에는 생각할 수가 없지요." 마타이치는 말했다.

"그렇군! 하지만 말을 좋아하는 야고마루는 말을 먹을 수 없었던 것이군요. 그래서 아사를……."

"예. 그것이 생사의 갈림길이었던 겁니다. 한편 야만스러운 핫키마루는 태연히 말고기를 잘라 먹어치웠다. 결국 동생은 굶주려서 죽고, 형은 살아남았다. 남은 형은 동생으로 변신하고자 마음먹었다. 허나 악행에는 대가가 따르는 법. 햣키마루는 자신의 생명줄이었던 말고기의 맛을 잊지 못하게 되어버린 겁니다. 먹고, 먹고, 또 먹었습니다. 소금에 절인 것이라면 또 몰라도, 병에 걸린 말을 죽여서 육회로 먹어버렸다면 그것으로 끝장. 뱃속에 벌레를 키운 거지요. 내장이 다 먹혀서 더는 살지 못할 몸이었던 겁니다."

어느 새 등 뒤에는 도쿠지로와 지헤이가 서 있었다.

"마타 씨, 아주 기막힌 탄마술입니다."

도쿠지로는 크게 웃었다.

"그 헤이스케라는 이는 평판과는 달리 아주 착실한 점이 있수다. 뭐, 주인이 뒤바뀐 것도 알아차리지 못했던 것은 얼빠진 짓이지만, 그만큼 성실하다는 견해도 가능하고. 오초, 아니 오산과 함께 시오노 초자란 이름을 키워가겠지. 뭐, 이것도 마타 씨가 알아차려준 덕분이야. 그저 데리고만 갔으면 쫓겨나거나 죽음을 당했을지도 모르니까."

"오초 씨가 떨어져 내린 것도 환술입니까?" 모모스케가 물었다.

"그건 과심거사의 전래입니다요. 뭐, 저는 오초를 문 앞에 뉘어 놓고 소동을 틈타 잠입해서 천장 대들보 위에……. 그리고 바닥에서는 지헤이 씨가……."

"지헤이 씨도 있었습니까?"

"있었지. 도쿠 씨가 헤이스케를 잠들게 한 뒤에 오초에게 밥을 먹여야만 했으니 말이야. 뒷간에 데려갈 때는 아주 조마조마했지. 하여간 손해만 보는 역할이라니까."

"그것도 다 자네 업보지." 마타이치는 웃으며 말했다.

그리고 도쿠지로에게 고개를 돌리고 "또 당신 재주를 정면에서 보지는 못했구려"라고 말했다.

야나기온나

젊은 여인이 아이를 안고서

바람 거센 날에 버들 밑을 지나다

목에 가지가 감겨 죽었는데

그 일념이 버들에 남아

밤이면 밤마다 나와서

원망스러운 버들이라고 한탄했다고 한다

繪本百物語・桃山人夜話/卷第二・第十二

1

 북 시나가와슈쿠 입구에 야나기야(柳屋)라는 숙소가 있다.

 야나기야는 숙소 중에서도 손에 꼽을 정도로 유서가 깊은 곳으로, 무려 십대를 이어져 내려왔다. 여관은 크고 훌륭했고, 장소 면에서도 더할 나위 없었으며, 드나드는 손님의 풍모도 좋아 매우 번성했다.

 그 건물 주위에는 강기슭도 물가도 아닌데 버드나무가 많이 군생하고 있고, 특히 여관의 안뜰 연못가에는 한층 더 큰 수양버들이 서 있다. 그것이 야나기야라는 옥호의 유래가 된 것이다.

 크기는 본채 지붕을 훌쩍 넘고 밑동의 굵기는 어른 셋도 다 안지 못할 만큼 커서 신목이다, 영목이다, 베면 저주가 내린다는 소문이 끊이질 않아 남겨둔 것이라고 한다.

 실제로 옛 일이기는 하지만 베려고 하다가 목숨을 잃은 자도 있었다든가 없었다든가 하는 전승이 있고, 모습도 기기묘묘함의 극치였으므로 흠을 내기는커녕 손을 대는 자도 그리 없었던 모양이다.

야나기야가 서 있는 대지는 금기의 땅이었다. 야나기야는 그 불길한 전설의 땅에 저주의 버드나무를 품에 안듯이 세워진 것이다. 넓게 생각해 보면 이것은 어리석은 일이다. 베고 말고를 논하기 전에, 보통은 그러한 장소에서 장사를 하려는 생각을 않으리라.

그러나.

야나기야의 창업자는 미치기라도 한 것인지, 아니면 마가 끼기라도 한 것인지, 무슨 까닭에서인지 그 사악한 장소에 여관을 세우고 장사를 하겠다는 뜻을 세웠다고 한다.

십대 전의 일이라고 하니 아직 가치신슈쿠*도 가케차야**도 미즈차야***도 없었던, 신군이 그 땅 시나가와마치를 도카이도**** 제일숙(第一宿)으로 정했던 그 시기였을 것이다.

그 창업자, 전해지는 이름이 소에몬이라고 하는 사람은 버들에 홀린 미치광이라며 당시에는 크게 따돌림을 당했다고 한다.

확실히 아무리 입지가 좋다 해도 그토록 무시무시한 사연과 악연이 이어진 괴이쩍은 장소라면, 여관은커녕 움막조차도 웬만해

---

* 步行新宿, 북 시나가와슈쿠와 남 시나가와슈쿠만으로는 숙박 시설의 역할을 다할 수 없어서 18세기 초에 신설한 숙박지.
** 掛茶屋, 길가나 공원 등에 평상과 햇빛가리개를 설치하고 차나 과자를 팔던 간이 가게.
*** 水茶屋, 에도시대에 길가나 사찰 경내 등에서 차를 마시며 휴식을 취하던 가게.
**** 東海道, 에도에서 해안 길을 따라 교토까지 이어지는 길.

서는 지으려 들지 않았을 것이다.

소에몬은 원래 오와리* 출신 상인이었다고 한다.

훌쩍 이 땅을 찾아와 저주받은 버들을 보자마자 단숨에 눈을 빼앗겨버리기라도 했던 것일까.

일설에 소에몬은 버들의 정령에게 반했다는 말도 있다. 사실 소에몬은 시나가와에서 만난 오류라는 이름의 여자를 아내로 삼고, 부부가 같이 여관을 시작했다고 전해지고 있다.

분명 오래된 나무는 곧잘 사람으로 둔갑한다고 한다. 특히 버들은 대부분 여자로 화생(化生)한다. 그러한 이야기는 에도뿐만 아니라 멀리 조선과 대륙에도 많이 퍼져 있다. 무엇보다 여인으로 변하여 사람과 연을 맺은 버들의 이야기는 조루리로 완성되기까지 했다. 교토에 있는 연화왕원(蓮華王院)의 삼십삼간당(三十三間堂) 마룻대에 쓰인 버들 역시 여자로 둔갑하여 사람과 연을 맺고 아이까지 낳았다고 한다.

그러나 조루리는 결국 지어낸 이야기이다. 아무리 옛일이라고 해도 옛날이야기나 야담을 무턱대고 신뢰할 자는 그리 없을 것이다. 유언비어로는 들을지언정, 지금 이 시대에 정말로 나무가 사람으로 둔갑한다는 이야기를 믿을 자는 없으리라. 처의 이름이 '류(柳)'라는 것도 너무 인위적인 느낌이 나서 믿기 어렵기는 하리라.

---

* 尾張, 현재의 아이치 현 서북부, 나고야를 중심으로 하는 지방.

그러나 소에몬의 아내 오류란 이름은 야나기야가 대대로 공양을 올리는 보제사의 과거 장부에도 기록되어 있다고 한다. 설령 그 존재가 사실이었다 해도, 그것이 버들의 정령이었다면 이후 야나기야의 가계는 모두 나무의 자손이라는 이야기가 되어버리는 것이니, 버드나무가 아무리 아름답다 하더라도 그것만은 믿는 자가 없을 것이다. 더구나 나무의 정령이 죽은 후에 인간으로서 절에 모셔졌다는 것도 납득할 수 없는 이야기이다. 그렇다면, 오류라는 이름은 우연에 불과하다는 것인가?

어찌하였든 야나기야 소에몬이 시나가와에서 오류라는 이름의 여자와 함께하게 된 것만은 사실일 것이다. 그럼에도 소에몬이 저주의 버드나무가 펼쳐진 땅에 여관을 세운 것은 아마 그가 무언가에 홀린 탓도, 아내가 버드나무의 정령이었던 탓도 아니고, 오히려 소에몬이 그러한 미신을 믿지 않는 부류의 인물이었기 때문이 틀림없다고 소에몬의 자손들은 이해하고 있었던 듯하다.

소에몬이라는 사람은 정말로 상재에 뛰어난 인물이었던 것이다.

무슨 까닭으로 시나가와까지 흘러왔는지 전후 사정은 소상히 전해지지 않지만, 오와리에서는 큰 정미소와 반찬가게를 몇 개나 가지고 있었다 하고, 지금도 그 가게는 대를 이어 남아있다고 한다.

그 정도의 인물이므로 나무가 저주를 내린다는 미신에 귀를 기울이지 않았음이 분명하다. 오히려 그러한 풍문이 있어서 아무도 손을 대지 않는다는 그 땅을 헐값에 입수했다는 것이 사실일지도 모른다.

  창업자 소에몬은 시나가와가 숙박지로서 발전할 거라 내다보고 밑천을 마련해 여관을 세운 것이 아닐까. 그렇게 생각하는 것이 현실적일 것이다.

  실제로 야나기야는 숙박촌 입구에 서 있어서, 여관을 경영하는 입장에서는 더할 나위 없는 입지조건이다. 상인이라면 누구나 눈독을 들인다. 게다가 미신을 믿지 않는다면서 거목 한 그루를 계속 내버려두는 일도 어리석은 짓이다.

  필경, 소에몬도 그렇게 생각했음이 틀림없다.

  그렇다면.

  저주로 점철된 풍문을 이용하자고 생각했으리라.

  그렇게 생각해본다면 '이게 저주받은 버들이다. 버들 정령의 자손이다'라는 어리석기 짝이 없는 풍문도 오히려 평판을 불러일으키기 위한 방편으로 소에몬 본인이 흘린 소문이었을지 모른다. 나쁜 소문일수록 빨리 퍼지기 마련이다. 달리 본다면 좋은 선전도 됐으리라.

  언젠가 진위 여부가 밝혀지더라도 여관의 옥호가 그 거대한 버드나무에서 따온 것은 틀림없고, 어찌되었든 저주받은 버들 거목을 품에 안은 여관이었기 때문에 야나기야가 평판을 얻었다는 것도 틀림없으리라.

  그 후 시나가와 숙박촌은 소에몬이 예상했던 대로 도카이도의 현관으로서, 또 에도의 유락지로서 발전에 발전을 거듭했다. 위치

상 행객뿐 아니라 에도에서의 유흥객도 많았던 듯, 이윽고 야나기야는 시중드는 여종의 수도 숙박촌에서 제일이라고 일컬어지는 으리으리한 여관으로 성장해갔다.

언제쯤이었을까. 안뜰의 버드나무 옆에는 작은 사당이 세워졌다.

이름은 없으나 버드나무를 모시는 것이었다.

저주받은 버들은 야나기야의 수호신이 되었던 것이다.

악신이 수호신으로 변한 것인데, 이 수호신이 상당한 이익을 가져다주었던 듯하다.

몇 년, 몇 십 년을 지나도 버드나무는 마르기는커녕 점점 더 무성해졌고, 야나기야 역시 버드나무처럼 긴 세월에 걸쳐 번영을 이어갔다. 버드나무를 보기 위해 들르는 객도 적지 않은 모양이다.

야나기야는 유서 깊은 여관으로서 반석 같은 지위를 얻은 것에 그치지 않고 전당포, 방물점, 초밥집 등 장사를 폭넓게 확대하여 모두를 성공시켰던 것이다.

그야말로 위대하신 버들님이라고 해야 할까.

그랬기에 소에몬의 자손들은 백중이다, 정월이다, 일이 있을 때마다 사당에 제를 올려 버드나무를 받들어 모셨다. 그런 것을 생각하면 소에몬의 자손들 스스로가 버드나무 정령의 피를 이은 자라는 말을 했을지도 모르겠다.

허나 그 사당은, 지금은 없다.

철거되고 만 것이다.

그리 오래되지 않은 일이라고 한다.

철거한 것은 하필이면 소에몬으로부터 십대 후의 자손, 지금의 야나기야 주인이라고 한다.

지금 야나기야의 주인, 이름은 기치베라고 한다.

기치베는 학식이 상당하여 원래 뜰에 있던 사당에 신심을 가지는 일에 의문을 가지고 있었던 모양이다.

그러다 딱 십 년 전, 남 시나가와의 천체황신당(千體荒神堂), 이른바 시나가와 황신(荒神)*의 설법회에 참가한 것을 계기로 신심을 싹 바꿔버렸다고 한다.

무언가에 씐 것이었을지도 모른다.

"부처님이나 성인을 숭상한다면 몰라도 고작해야 나무, 그것도 예전에는 저주받을 우려가 있다고 전해지던 수상쩍은 물건을 숭배하다니 어불성설!"

기치베는 그렇게 말했다고 한다.

그리고 삼월 이십칠일 황신님의 제삿날에 뜯어말리는 식솔들의 손을 뿌리치고 뜰의 사당을 부수고 호마불로 태워버렸다고 한다.

기치베는 다음으로 뜰의 버드나무 자체를 베어내겠다는 말을 꺼냈다고 한다. 그러나 버드나무는 안뜰에 있다. 큰 지붕을 넘어가는 거목이므로 건물을 부수지 않는 한 베려야 벨 수가 없었다.

그 후 기치베는 뭔가가 납득되지 않았던 것인지 잇따라 신앙을

---

* 일본에서 악신을 뜻함. 저주나 재앙을 내리기 때문에 사당을 세워 공양을 올렸다고 한다.

바꾸었다. 그러나 뜰의 사당이 다시 세워지는 일은 결국 없었다.

신목은 남았다. 그러나 당주부터가 그런 지경이다 보니 나무를 숭상하는 자들은 표면적으로는 끊어지고 말았다는 얘기가 된다.

이래서는 애써 있어주던 수호신도 다시 저주의 신으로 돌변하지 않을까, 아니, 야나기야의 운명도 여기까지일까, 하는 소문이 숙박촌에 적잖이 퍼졌던 모양이다.

그러나.

야나기야에 별다른 변화는 보이지 않았다. 객의 발길은 여전했고, 영업에 지장도 없었다. 오히려 장사는 더욱더 번성했던 것이다.

돌이켜보면 창업자 소에몬이 이 땅에 여관을 세웠던 것 자체가 천벌받을 우려가 있는 행위였을 테니, 기치베의 행위 또한 그 피를 이어받은 것이라고 볼 수도 있다. 어차피 전승이란 전승일 뿐, 아무런 근거도 없는 미신이라며 누구나 그렇게 생각을 고쳐먹었던 것이다.

그러나.

그것이 저주인지 아닌지는 별개로 치더라도, 야나기야에 전혀 재앙이 없었던 것은 아니었다.

화는 가게가 아니라 기치베 본인에게 슬그머니 내렸던 것이다.

그 무렵, 기치베에게는 처자가 있었다.

그런데 사당을 부수고 나서 얼마 지나지 않아, 기치베는 자식을 잃고 말았다.

사고사였다고 한다.

그리고 얼마 후, 아내도 죽었다고 한다.

자식을 잃은 까닭에 착란을 일으켜, 결국 자해까지 이르렀던 모양이다.

소문에 따르면 기치베의 아내는 뜰의 버드나무 아래에 죽어 있었다고 한다.

그리고 삼 년 후, 기치베는 후처를 들였다.

그런데 이 후처에게는 어쩐 영문인지 아이가 생기지를 않았다.

삼 년이 지나도 생산이 없으면 떠난다는 말대로, 후처는 삼 년 후에 고향으로 돌려보냈다고 한다.

그 이듬해 기치베는 세 번째 처를 맞아들였다.

이번에는 바로 자식이 태어났으나 그 아이 역시 불과 석 달 만에 죽어버렸다는 것이다.

병사였다고 한다.

세 번째 아내는 아이를 잃고 광란, 그대로 집을 뛰쳐나가 행방불명되었던 모양이다.

기치베는 그 후로 다시 네 번째 아내를 들였으나 그 여자 역시 아이를 유산하고 스스로 목숨을 끊었다고 한다.

결국 기치베는 십 년 사이에 네 명의 처를 잃었고, 유산한 자식까지 셈에 더하면 세 명의 자식을 잃었다는 얘기가 된다. 부부의 연이 박했다고 말해버리면 그뿐이겠지만, 이 수는 아무리 생각해도 너무 많다.

생각하기에 따라 이만한 흉사의 연속은 명백한 저주로 받아들여도 전혀 지장이 없는 수준이다. 무엇보다 그것은 사당을 부순 것과 같은 시기에 시작되었다. 더구나 부순 본인의 몸에만 그 불행이 이어지고 있는 것이다.

그것은 자손을 끊어버리겠다는 버들의 의지가 아닐까. 기치베가 신목의 분노를 살 만한 행위를 했기 때문에 불길한 저주가 발동되어 아이를 죽이고 처를 죽인 것은 아닌가. 적어도 미신을 두려워하는 마음이 조금이라도 있다면 그렇게 생각하는 것이 보통일 것이다.

실제로 저주라고 하는 자도 없었던 것은 아닌 모양이다. 그만큼 불행이 여러 번 거듭되면 설령 불씨가 없더라도 연기 정도는 피어날 것이다. 좋지 않은 소문도 적지 않게 흘러들었던 듯하다. 만약 그렇다면, 기치베가 신심을 이래저래 닥치는 대로 바꾸는 것도 어쩌면 아이나 처의 공양을 위해서일지 모른다고 말하는 자도 있었다.

그러나.

정작 본인인 기치베는 신심은 있었어도, 한시에 정통한 식자이기도 한 까닭에 미신은 완고하게 믿지 않았던 것이다.

"이것은 우연이 반복되는 것뿐이다. 그렇지 않다면 내 자신의 정진이 부족한 탓이다. 결코 뜰의 수목 때문 따위는 아니다."

기치베는 이렇게 공언하기를 마다하지 않았다.

그처럼 의연한 태도는 나쁜 소문을 이겨냈다.

흉사가 계속 이어져도 '야나기야의 주인은 여복이 없다. 자손신의 축복을 받지 못한 것은 안됐다' 라는 식으로, 일반적인 불행으로서 여겨졌다.

그러나 그러한 것도 장사가 잘 풀려갔기 때문에 그랬던 것일지도 모른다.

번영하는 것에 반항하는 자는 역시 적었던 것이다.

2

 어머.
 오긴이 아니니?
 역시 오긴이구나. 오랜만이다.
 몇 년 만일까.
 벌써 칠 년 정도 지나지 않았을까. 뭣보다 그 무렵엔 나도 너도 요만한 계집아이였고.
 어?
 나이 얘기는 하지 않는 게 좋다고? 하긴 그렇지.
 그보다, 뭐니? 그 차림새. 엿장수도 아니고, 어째 화려한 옷인걸. 뭐? 오긴, 춤을 가르치고 있어? 그렇구나. 어머나. 너, 노래도 춤도 샤미센도 정말 잘했었지. 너라면 한 일파를 이룰 수 있을 거라고 생각했다니까.
 어머, 그렇구나. 응?

뭐, 많은 일이 있었던 것은 똑같지. 어때, 잠시 쉬고 가지 않을래? 경단이라도 대접할게.

아이참.

왠지 옛날이 그리워져서 눈물이 나와버렸네.

있지, 오긴.

정말 하나도 안 변했구나. 처녀 때 그대로야. 정말 부러워.

응? 나?

뭐, 일이 많았지.

응.

고생했어.

아무래도 난 스승님한테 인사도 안 하고 몰래 그만둬버렸잖아. 걱정했어? 정말로? 기쁘네. 그때 내가 무엇보다 슬펐던 것은 너랑 헤어지게 되어버리는 거였거든.

아버지가 돌아가셨잖아. 응.

그 후론 비참했지. 가게는 접고, 공동주택으로 이사하고, 연습도 못하게 되어버렸어.

어머니가 일을 하셔야 했으니까. 나도 바느질이다 뭐다 했지만, 빚이 좀.

응.

결국 도망쳤어.

가게 쪽은 아버지가 살아계셨던 무렵부터 기울었고. 아주 지독했어. 그 주변의 고리채로부터 닥치는 대로 정말 정말 많이 빌렸어.

큰맘 먹고 몸이라도 팔았다면 그나마 편했을지도 모르겠다. 지금은 그렇게 생각해. 창기(娼妓)라고 해도 딱히 나쁜 건 아니잖아. 안 그래?

흙탕물을 마시는 듯한 생활이었어.

그래도 계속 에도에는 있었지. 농부는 하려고 해도 할 수가 없잖아. 어머니는 원래 에도사람인걸. 응. 그래서 어딘가 다른 땅으로 가서 산다는 생각은 못했어. 교토 쪽으로 건너가겠다는 배짱은 없었고. 에도에서 안 되면 교토도 안 되겠지. 어쨌든 여자뿐인 가족이니까.

쓰레기 소굴 같은 곳을 서로 갔다가 동으로 도망쳤다가, 얼마나 괴롭던지. 그러다가.

어머니가 결국 병으로 떠나버렸어.

그것도 노해*였어.

몸조리시킬 수 있는 처지가 아닌 거지. 약을 사기는커녕 의원에게 보이지도 못했어. 기껏해야 음식만 먹이는 것도 고작이었지. 응. 맞아. 반년도 버티지 못했어. 완전히 객사인 거지. 나는 어머니 시신과 아버지 위패를 안고서 망연자실했어. 눈물도 안 나오더라.

장례식도 감히 못해. 묻는 것도 못했으니까. 어쩔 수 없어서 야

---
* 결핵.

밤에 절 앞까지 어떻게든 옮겨서, 하지만 공양을 부탁하고파도 땡전 한 푼 없는걸. 그래서 놔두고 올 수밖에 없었어.

무연고 시체인 거지.

한심하고 비참해서 얼마나 울었던지.

응. 아버지가 돌아가시고서 딱 삼 년쯤 되었어. 그러니까 스물이 될락 말락할 때였지. 충분히 일할 수 있었어. 하지만 그렇게 신분도 모르는 거지같은 처녀는 어디에서도 써주질 않았어.

틀렸었지.

옛날에는 약 도매상 딸이었습니다, 하고 아무리 말을 해봐야 아무도 들어주지도 않아. 사실이란 걸 알아도 옛날이야기잖니. 대수롭지도 않은 거지. 돈을 가지고 있는 것도 아니고, 고용해봐야 아무런 이득도 없는걸.

아아, 돈이 있으면 그런 고생도 안 했겠네.

그래도 몸을 팔겠다는 생각은 들지 않았어.

어머니가 신에게 맹세코 그것만은 안 된다고 입이 닳도록 얘기했거든. 응.

유언 같은 거지.

그 때문에 결국 당신이 몸을 망가뜨려서 돌아가셨는데. 죽어버리면 아무 소용도 없는데 말이야. 어머니는 자신의 명을 깎아가면서도 내가 몸 파는 것을 싫어했어.

그래서, 그래서 말이야.

응.

뭐, 대수로운 일은 아니었지만 말이야. 창기가 되었다면 얘기는 빨랐겠지만.

그래서 말이야.

응.

괜찮아. 미안해. 오랜만에 만났는데 이런 칙칙한 이야기만 해서. 너하고 노래나 춤을 연습했던 시절이 나한테는 가장 좋은 추억이야. 그래서 말이야.

응. 그때를 떠올렸더니 또 눈물이 배어나오네.

아아.

결국 난 요릿집 하녀 같은 것을 했어.

처음에는 지저분하고 작은 가게였지만 열심히 일했어. 하지만 오래 가지는 않더라. 주인이 말이야, 손을 대더라고. 나한테. 그래서 그만뒀지.

아니야. 그런 거 아니야.

뭐, 계집아이라 불릴 나이가 아니니까 그래도 어쩔 수 없는 일이지. 그런 나이가 되어서 그런 일 하면서 남자를 모른다는 것도 안 통하잖아. 아무리 시집가기 전이라도. 뭐, 시집갈 수 있는 처지가 아니지만 말이야. 여하튼 편하게 넘어갈 수 있는 나이가 아니잖아, 스무 살이 넘었다는 건.

응.

그 무렵 난 큰 가게의 귀한 따님이 아니라 밥집의 종이었는걸.

그래도 안 되더라. 안 됐어.

여주인한테 쫓겨나고 말았어. 내가 잘못하지 않아도 그쪽에서 용서해주지 않는걸.

내가 음탕하다고 생각했을 테지.

인색하게 구는 거지. 질투하는 거라고.

그런데 어디를 가도 곧바로 희롱당하게 돼. 빠른 곳은 그날 바로 손을 대더라니까. 몸을 목적으로 고용한 곳도 있었어.

거부하면 거부하는 대로 건방진 소리 하지 말라고 꾸중 들었어. 이년아, 다른 장점이라도 있냐고 버럭 호통을 치지. 쫓겨나는 게 고작이야. 거부하지 않으면 이번엔 도둑년이라고 질책받으며 쫓겨나.

결국은 그만두게 돼. 그런 거지 뭐.

그중에는 돌봐주겠다며 나오는 엉큼한 영감도 있었지. 그건 싫었어. 뭐, 숫처녀는 아니라도 나는 파는 게 아니라고, 그런 처지가 되어서도 아직 그렇게 생각했던 거지.

응.

흘러 흘러 여기에 정착했어.

메시모리온나*. 맞아. 결국 창기인 거지. 메시모리온나란 것은 요컨대 여관에 속한 창부인걸. 몸을 던져야 돈이 되는 거지. 참 웃기지. 슬프지.

하지만 에도 길거리에서 손님을 찾는 것보다는 나아. 밤길에서

---

* 에도시대. 숙박소에서 손님 시중을 들며 몸도 파는 여자.

소매를 끄는 일도 없고, 돗자리에서 자는 일도 없으니까. 그리고 오카바쇼* 따위와도 달라서 숙박지 생활은 편하거든. 왜냐면 팔린 게 아니니까. 계약되어 있는 것도 아니지.

  그리고.

  응?

  후후후.

  그게 말이지.

  응.

  지금은 행복해.

  실은 내 처지를 듣고서 굉장히 동정해주는 사람이 있었거든. 뭐랄까.

  아니, 왠지 말하기가 어렵네.

  쑥스러워.

  몸값을 누가 치러준 건 아니야. 나는 팔려온 게 아니니까.

  돈도 모았어. 응. 그런 거지.

  아니, 손님은 아니야.

  응. 실은…… 나리님이야. 내가 있는 여관의 주인어른.

  맞아. 응? 팔자 고쳤다고?

  아이참, 오긴. 왠지 부끄럽잖아. 아유, 정말. 맞아. 그래서 난 손님은 받지 않아.

---

* 岡場所, 관아의 허가를 받지 않은 유곽.

하지만 아무리 원래는 상인의 딸이라고 해도 메시모리온나인 것은 다름없잖아. 여기저기서 반대하는 소리도 많아서 고생도 했지만, 당연하지. 나는 벌써 스물다섯인걸. 하지만, 음.
 가까스로 혼례일이 결정됐어. 사흘 후야.
 아기가 생겼거든.

3

"세상은 참 좁아, 오긴." 백장속으로 몸을 감싼 사내는 그렇게 말하고서는 손에 든 백목면을 수건 삼아 최근 밀어올린 알머리를 쭉 쓰다듬었다. 그 목면은 좀 전까지 자신의 알머리를 감싸고 있었던 행자두건이었다.

사내는 잔머리 모사꾼 마타이치다.

"어디 보자. 우연히 맞닥뜨린 여자가 네 소꿉친구에, 그 소꿉친구가 방랑의 끝에 여관의 메시모리온나가 되고, 그 메시모리온나가 그 기치베의 다섯 번째 마누라로 낙점되었다, 그 말이렷다?"

"맞아."

산묘회 오긴은 그렇게 대답한 후 장지문을 스윽 열고, 격자에 팔꿈치를 걸고 시선을 밖으로 던졌다.

화려한 남보랏빛 기모노와 풀색 겉옷. 비칠 듯 새하얀 살결과 갸름하니 요염한 눈. 산묘회란 길거리 인형사를 말하는 것이다.

오긴은 눈을 가늘게 떴다.

그 위치에서는 정면의 여관 지붕기와와 지붕보다 높은 버드나무가 보일 터다.

야나기야의 정면에 있는 작은 여관, 미요시야의 이층이다.

"그나저나 정말 커다란 버드나무인걸." 오긴이 말했다.

"얘기를 피하지 마. 어쩔 셈이야, 오긴." 마타이치가 말했다.

"어쩌긴, 뭘."

마타이치는 각반을 풀면서 말을 이었다. 지금 막 도착했던 것이다.

"이번 이야기의 출처는 너니까. 그만두려면 이쪽은 상관없어. 돈도 돌려주지."

"마타 씨야말로 무슨 소리야."

오긴은 그렇게 말하고 장지문을 닫았다.

"이대로 둘 수는 없잖아."

샤미센 소리를 연상케 하는 목소리다.

"하지만."

"하지만, 뭐?"

"들어보니 그…… 야에 씨? 야에 씨라는 이는 고생이 아주 심했을 텐데. 오랫동안 고생하다가 이제야 잡은 행복이다, 그런 이야기 아닌가?"

"맞아."

오긴은 눈을 감고 하얀 목덜미를 쭉 폈다.

"야에는 말이지, 가야바 초의 약 도매상집 아가씨였어. 마타 씨라면 알고 있지? 왜, 칠 년 전에 목을 매서 죽었잖아."

"가야바 초의 약 도매상 말이지. 칠 년 전이라……."

마타이치는 약지로 턱 끝을 긁더니 이윽고 탁하고 손을 쳤다.

"아, 그…… 하타모토얏코*에게 트집을 잡혀서 신세를 망친, 그 스마야 말인가?"

"맞아, 바로 그 스마야라고."

"어허, 알다마다. 그건 재난이었다고 하더구먼. 이거 약이 신통치 않다, 배가 아프다, 그러다 결국은 손님 접대가 나쁘다, 등등. 근거도 없는 소재로 협박당해서……. 그래서 그렇게 됐나. 아이구, 그곳의 아가씨였구먼."

마타이치는 얼굴을 굳히고는 잠시 입을 다물었고, 곧 씨익 웃더니 소리를 내지 않은 채 어깨를 부들부들 떨었다.

"뭐야? 뭐가 우스운 건데?"

"그러면 오긴, 넌 그 무렵엔 아직 여염집 계집아이로, 큰 상점의 규중처녀와 함께 공부를 했다, 그런 소린가?"

"그런데?" 오긴은 마타이치에게서 얼굴을 돌린다.

기름한 눈초리만이 불그스름하다.

---

* 旗本奴. 하타모토란 전쟁에서 주군의 깃발을 지키는 무사단을 말한다. 쇼군의 최측근이자 고급 무사.
하타모토얏코란 전쟁이 사라진 에도시대에 자신의 권한을 믿고 도당을 짜서 에도 시내를 돌아다니며 행패를 부리던 하타모토의 청년 무사를 뜻한다.

"그게 어쨌다는 거지?"

마타이치는 소리를 내어 웃었다.

"너한테 규중처녀 시절이 있었다는 이야기가 웃기잖아. 우는 아이도 입 다물게 만드는 산묘회 오긴 누님께도 그렇게 촌스러운 시절이 있었단 말이지."

"사람 무시하네. 유감이지만 난 옛날부터 세련됐었다고. 게다가 그 얘기를 하려면 때가 묻지 않았다든가, 청초하다든가, 좀 더 좋게 말하면 어디가 덧나? 촌스럽다든가, 웃긴다든가, 말발이 달리지 않는 것도 정도가 있어야지, 이 어행사 놈아."

흥, 하고 어행사는 콧방귀를 뀌었다.

"농담 아니야. 따박따박 말하는 것은 오히려 너라고, 산묘회. 그 시건방진 말을 해 제치는 입이 없었다면 말이지, 나도 조금은 널 보는 눈이 달랐을 거야. 내가 보건대 남을 우습게 보는 그 말투는 오 년이나 십 년 사이에 붙은 게 아니야. 조막만할 때부터 너란 여자는 그랬을 게 틀림없지."

"뭐야? 하여간 여전히 입만 청산유수고 여자를 보는 눈이 없네. 난 말이지, 사랑스러운 미녀라고 평판이 자자했던 처녀였어. 야에는 나보다 딱 한 살 아래였고. 착하고 좋은 아이였어. 춤 솜씨도 괜찮았고 말이지. 그런데……."

오긴은 고개를 옆으로 돌린다.

"뭐……."

마타이치는 백목면을 펼치고는 마찬가지로 고개를 옆으로 돌렸다.

"뭐, 재난이란 소나기 같은 거라서 별안간 들이닥치는 법이니까. 피하려고 한들 피할 수도 없지. 언젠가 나나 너나 어떤 일을 당할지 알 수 없는 거야. 일단은 죽지 않고 살아 있으니까 된 걸로 칠 수밖에는 없겠지."

"그래, 살아 있는 게 뭣보다 좋지. 살아 있으니까 팔자가 펴지기도 하고."

"확실히 팔자가 폈지. 이렇게 유서 깊은 가게의 주인이 메시모리온나를 처로 맞아들인다는 건 좀처럼 없는 일이야. 확실히 팔자가 핀 거긴 하지만……." 마타이치는 몸을 내밀며 말했다.

"알고 있어. 결국엔 아기가 생겼기 때문일 테지. 야나기야는 요십 년 간 뒤를 이를 자손이 전혀 없다는 것만이 고민의 씨앗이었다고 하니까. 메시모리온나든 하녀든 씨를 품으면 내력은 상관없다는 거겠지." 오긴이 말했다.

마타이치는 행장 차림을 완전히 풀고 책상다리를 하고는 "출신은 문제가 되지 않잖아?"라고 물었다.

"야에가 지금이야 신분이 비천한 창기지만 근본을 따지자면 상인의 딸. 근본부터 유녀도 아니고, 농사꾼 딸도 아니라고."

"그렇겠지. 아니, 내가 생각하기에 그 야에 씨는 메시모리온나가 된 지 얼마 되지 않은 것 같은데. 기치베는 죽었다 깨도 여관의 주인이야. 자기 집의 메시모리온나한테 손을 댄다고 한들 몇 년이나 일을 해온 시답잖은 여자는 건드리지도 않겠지."

"그야 그럴지도 모르지만."

"그래. 잘 들어, 오긴. 스마야가 망한 것은 칠 년 전이야. 그 삼 년 후에 모친이 죽었어. 그럼 야에 씨가 혼자 살기 시작한 것은 겨우 사 년 전이잖아. 게다가 모친의 유지를 이어서 얼마간은 몸 팔 생각은 없었다고 하고, 밤에 손님을 받을 생각도 없었다. 그렇다고 에도에서 나가고 싶지도 않았다. 그럼 틀림없이 메시모리온나가 된 것은 이 시나가와가……."

"처음이라는 거야?"

"그렇지. 도카이도의 첫 숙박지는 여기라고."

"그럼 야에는 야나기야가 처음……."

"아마 그럴걸. 숫처녀였는지 어땠는지는 별개로 치더라도, 손님을 받거나 하는 일은 여기에 오기 전까지는 분명 하지 않았을 거야. 기치베는 아마 야에 씨를 받아들일 때부터 눈독을 들였을 게 틀림없어."

"결국 메시모리온나로 거두어놓고서는 돌봐준 거나 다름없다는 얘기?"

그게 분명해, 하고 마타이치는 말했다.

"자신이 반해 고용한 거라면 다른 남자 품에 주거나 할 리가 없지. 야에 씨의 손님이라는 건 기치베뿐이었을걸? 그럼 아무런 지장도 없다는 얘기지. 하지만 오긴, 그러니까 더 걱정이 되는 거야. 분명히 야에 씨는 지금 행복하겠지. 하지만 네가 그 오몬인가 하는 여자에게서 들었다는 이야기가 사실이라면……."

당치도 않은 일이 벌어지게 된다며 어행사는 심각한 얼굴로 오긴을 바라보았다.

"오몬의 이야기가 사실이라면……."

"그 사람은, 오몬 씨는 거짓말을 하지 않아!" 오긴은 약간 거친 목소리를 내뱉었다.

"오몬 씨의 말은 사실이야. 그 사람은 지옥을 봤다고. 믿을 수 없는 경험을 한 거야. 다만, 그 사람은 자신에게 일어났던 일밖에 몰라. 그것이 사실인지 아닌지는 섣불리 판단을 내릴 수 없겠지. 그건 그렇고, 당신은 어떻게 생각해?"

오긴의 그 말에 마타이치는 몸을 움츠렸다.

"기치베란 사내는……."

"오몬 씨가 말한 대로의 인간이겠지. 그런 일, 그리 쉽사리 할 수 있는 게 아니잖나."

"하지만 증거가 없다, 그런 얘기지?"

"그것을 찾아내러 온 거잖아."

마타이치는 몸을 한층 더 낮추고 말을 이었다.

"그러니까 찾아내려면 시간이 필요하다는 뜻이지. 혼례일까지는 이제 사흘밖에 없어. 내가 하는 말은 그런 얘기야. 시간이 부족하다고. 기치베 놈이 오몬 씨가 말하는 대로의 남자라면 쉽사리 꼬리를 드러내지는 않을 거라는 얘기지. 그렇다고 진위도 밝혀지지 않은 일을 시집가려고 하는 새색시한테 알릴 수도 없는 노릇이고."

"그게 만약 사실이라고 해도 믿는 사람은 없어, 마타 씨. 그냥 생각하면 그런 놈이 있을 리가 없지 않겠냐고. 믿지 않는다면 말해봐야 소용이 없어. 그러니 그저 트집에 지나지 않는 거지."

"그야 그렇지만……. 그럼 어쩔 거야? 아무것도 알리지 않고 혼례를 포기하게 만들 건가? 진실은 차치하더라도 위험을 피할 생각이라면 그게 가장 좋아. 뭣하면 내가 문제가 없도록 이번 혼사를 파탄내주지."

이 마타이치라는 사내, 겉모습은 승려차림의 어행사이지만 세 치 혀로 천 냥 빚을 갚는, 마치 입에서 태어난 것 같은 소악당이다. 속이고 후려치고 사기치고 모함하는 것은 특기 중의 특기. 때문에 잔머리 모사꾼이라는 별명을 가지고 있다. 인연을 끊는 중신애비는 그중에서도 자신 있는 특기이다. 분명 이 사내에게는 여자 한 명을 홀랑 넘기는 것도, 혼담을 깨버리는 것도 식은 죽 먹기와 같으리라.

"혼례가 성사된 다음에는 늦지. 혼례 전에 어떻게든 해야 해. 그렇다면 간단하지. 작업이고 덫이고 필요 없어."

"그럼 안 돼." 오긴이 제지했다.

"안 된다는 게 무슨 소리야?"

"뱃속의 아이는 어떻게 할 거냐고."

"어떻게 하긴?"

"아이한테는 죄가 없을 게 아니냐고. 모처럼 얻은 아이를 없애라고 하는 건 너무 잔인하지. 그렇다고 여자 혼자 내던져지면 길

바닥에서 헤매게 돼. 아기 업고 손님을 받을 수도 없을 테고. 마타 씨, 그 정도는 당신도 알고 있을 텐데."

오긴은 가느다란 목을 갸웃거리며 마타이치를 바라보았다.

마타이치는 의아한 표정을 한다.

"하지만 그래서는 이야기가 진전되지 않잖아. 결국 상관하지 않는 편이 나아. 오긴, 그러니까 나는 이번에는 몸을 빼자고 말하고 있는 거라고."

"뭐야, 평소의 마타 씨답지 않네. 생각할 것도 없는 일이잖아."

오긴은 단호하게 선언한다.

"야에는 행복해지고, 오몬 씨의 부탁도 완수한다. 그래야 잔머리 모사꾼 아니겠어?"

산묘회는 더욱 매서운 말투로 말을 이었다.

"저쪽을 챙기자니 이쪽이 운다. 결국 쌍방 어느 쪽도 챙기지 못한다는 촌스러운 소리는 누구나 다 늘어놓을 수 있는 거 아니냐고. 챙기지 못할 쌍방을 챙겼을 때 비로소 잔머리 모사꾼이잖아. 그러기 위해 큰 돈 처들이고 있는 거고. 받은 돈값만큼은 일을 해줘."

"되게 시끄럽군. 말발 센 인간이 대체 누군지 모르겠다니까."
마타이치는 그렇게 중얼거리고 목면을 자신의 머리에 솜씨 좋게 둘렀다. 그리고 옆에 두었던 시주함을 끌어당겨 목에 걸고 힘차게 일어섰다.

"어디 가는데?"

"어쩔 수가 없잖아. 슬쩍 근처에 가서 장사라도 하는 수밖에.

다행히 곰곰궁리 선생도 아직 도착하지 않았고. 작업을 한다고 해도 이래저래 사전준비가 필요한 거라고. 일단 단나사에 인사하러 가서 그 주변을 한 바퀴 돌고, 이 영험하기 그지없는 고마운 부적이라도 뿌리고 옵지요."

마타이치는 그렇게 말하고는 시주함 속에서 괴물 그림이 찍힌 부적을 한 장 꺼내 허공에 뿌렸다.

4

그건 저주야.

저주가 틀림없다고.

그런 것을 저주라고 하지 않으면 무엇을 저주라고 한단 말인가.

그야 당연히 버드나무의 저주지.

아니, 저주를 내렸다기보다 노했을지도 모르겠군.

끔찍한 대접을 받고 말이지, 버드나무도 화가 난 거야.

나무는 저주를 내려. 암, 저주를 내리고말고.

믿지 않는구먼.

나는 신슈에서 태어났는데 말이지, 그런 시골에도 저주를 내리는 나무는 많이 있었다고.

있었지. 그런 건 어디에나 있다고.

내가 태어난 곳인 오오쿠마라는 곳에도 말이지, 이이모리마쓰라는 소나무가 있는데…….

아름드리 소나무였는데, 마치 나뭇가지 모습이 밥을 퍼담은 것처럼 보였거든.

아름다운 소나무였지.

아주 옛날, 미나모토노 요리토모 공이 그 앞을 지날 때 말이지, 이 이이모리마쓰에 달이 걸리는 것을 보시고 그 지극한 아름다움을 극찬했다는 전승도 남아 있을 정도로 유서 깊은 소나무였어.

이 소나무의 잎을 밥에 넣어서 지으면 태워먹을 염려가 없다는 얘기도 있었지. 내 고향에서도 넣어서 지었어.

옛 생각이 나는구먼.

그런데 이 이이모리마쓰를 베려고 하는 자가 있었어.

내가 어렸을 적 일인데, 이렇게 도끼로 찍었더니 갑자기 피가 뿜어나왔다지. 나무꾼은 깜짝 놀랐어. 그런데 상처에서 뱀이 한 마리 기어 나와서 나무꾼에게 덤벼들었다더구먼.

뭐?

난 못 봤어. 난 나무꾼이 아니니까. 하지만 그 나무꾼에 대해선 알고 있지. 그놈은 그 후에 정말 죽어버렸거든. 이이모리마쓰에 흔적이 남아 있는데, 거기에는 검은 피가 굳은 것이 계속 남아 있었으니.

그러한 것은 있다니까.

나무도 살아 있으니 말이지.

세월이 지나면 지날수록 여러 가지 병도 생기고.

그 야나기야의 버드나무는 말이지…… 자네도 보았는가? 음,

그야 보았을 테지. 숙박촌에 들어오면 싫어도 보게 되는 거니까. 아름드리나무야.

나도 이 나이가 되도록 그런 버드나무는 달리 본 적이 없어.

이이모리마쓰보다 훨씬 더 커. 그러니까 오래 묵은 게지.

이이모리마쓰 정도라도 그렇게 영묘한 힘이 있는데, 그만큼 크면 실로 무서운 힘을 드러낼 게야. 음, 나는 그리 생각하는구먼.

응?

아니, 나쁜 일만 하지는 않겠지.

사람도 그렇지 않은가. 누구나 좋은 대접을 받으면 은혜를 느끼고, 은혜를 알면 보은도 하고. 반대로 악하게 대접받으면 원한도 가지게 되고, 그렇게 되면 앙갚음도 하지. 사람의 경우에는 은혜를 원수로 갚는 경우도 있지만 말이야. 동물이나 수목은 그런 짓은 하지 않아.

그러니 소중하게 아껴주면 좋은 일도 있기 마련이야.

소홀하게 다루면 저주도 내리고.

저주를 내려, 거목은.

아, 당연하지 않나, 자네. 저렇게 커다란 것을.

안 그래도 저주 내리는 버드나무라는 평판이 자자한 나무였어. 수령 수 백 년, 아니 천 년도 훌쩍 넘길 만한 나라 최고의 버드나무니까. 이이모리마쓰는 아니지만, 베이면 피가 나오고 쓰러질만 하면 반드시 저주를 내린다는 전승이 있는 모양이더라고. 실제로 그런 짓을 하려다가 죽은 자도 있었다더구먼. 그 커다란 나무가 재앙을 부르면 보통 무서운 일이 아닐 테지.

맞아, 그렇지. 그곳은 원래 사람이 살 만한 장소가 아니었어.

그렇지. 버드나무가 있는 곳 말이지. 야나기야는 그곳에 억지로 여관을 세운 게야. 결국 공간을 빌리고 있는 거나 다름없지. 빌리고 있다면 감사를 드려야만 할 텐데. 그것이 도리지. 아무것도 없다고 해도 말이지. 감사하고, 인사하고, 소중하게 아끼는 것이 당연하지 않나. 아니 그런가.

뭐?

그야, 자네, 그 기치베는 사물의 이치는 알지 몰라도 그런 도리만은 전혀 챙기지 않거든. 나무의 신성(神性)이라는 것을 전혀 믿지 않아. 나무는 나무다. 나무를 베는 것이 두려우면 집은 어떻게 짓겠나. 국자도 깎지 못한다. 그렇게 설을 풀어.

뭐, 그것도 도리라고 하면 도리겠지만, 이러쿵저러쿵 하면서 우리는 나무를 베어 집을 짓고 있고 장작을 때어 음식을 만들고 있지 않은가. 하지만 자네, 그래도 말이지, 마음의 문제 아닌가?

그렇지. 마음의 문제라고.

산천초목 어떠한 것에도 불성이 있다고 스님도 말씀하셨어.

그러니 나무 따위는 어떻게 되든 상관없다는 것은 발칙하기 짝이 없는 게지. 고맙다는 생각은 못할지언정 소홀히 다루어도 좋다는 이야기는 아니지 않느냐고.

수목이 있기에 집도 지을 수 있고 음식도 할 수 있으며 국도 뜰 수 있다. 그렇게 생각하는 것이 올바른 자인 게지.

십 년 전에 버들 사당을 부술 때 말이지.

그건 다시없을 광경이었다고 들었어.

그래도 뭐랄까, 신심이라도 있었다고 한다면 얘기가 다르지. 아미타불님이나 관음님을 지극 정성으로 믿는다면 설령 버들이 저주를 내려도 믿고 있는 신불이 보호해주시겠지. 신령님이나 부처님은 고마우신 분이니 믿어서 나쁠 것은 없다 이거야.

그러한 신심을 관철하기 위해 나무를 베었다든가 사당을 폐했다든가 하면 그나마 이해할 수 있어. 나도 말이지.

엉?

아닐세, 아니야.

황신님에 대한 신심 따위는 말만 그런 것이야.

마음의 방황이었을까. 채 반년도 가지 못했을걸.

맞아. 금세 그만두어버렸어.

그러니까 그런 어중간한 신심은 가져봐야 오히려 나쁜 일만 생겨. 나는 그렇게 말을 하거든.

일단 조상대대로 모시던 보리사가 턱하니 있는데, 뭐 하러 이웃 마을 사당까지 가느냐 이거지. 진짜 신심이 있으면 그런 짓은 하지 않아.

나는 말이지, 어렸을 때부터 기치베라는 사내를 잘 알고 있어. 선대와는 달리 기치베는 말이야, 외면은 좋고 장사도 잘하지만 결국은 신심이 없는 사내야.

신심이란 게 아예 없다고.

묘한 지혜는 있어. 그것이 방해를 하는 걸까?

신심은 이치로 따질 게 아닐 터인데.

무언가를 받들 생각은 있는 모양이지만, 이치를 따지고 들어봐야 결국은 소용이 없다니까.

어, 그렇지. 그 말 그대로야. 이래저래 모시고 있었던 것 같은데.

뭐, 기치베는 말이지, 장사를 하고 있을 뿐이야. 황신에게서 벗어난 후에도 이것저것 종교를 바꾸고 있는 모양인데, 모두 이득이 목적이거든. 이득이라는 것도 기치베의 경우는 기분의 문제가 아니라고. 눈에 보이는 이득이야. 돈 말이지.

신심이라고 하는 것은 그런 게 아닐 텐데.

돈을 내려달라고 비는 건 신심이 아니라고. 아니, 어쩌면 그것도 약간은 있을지 모르겠군.

그뿐만 아니야. 아무래도 말이지, 그 양반, 요즘에는 에도에서 유행하는 신에게 잇따라 갖다 바치는 모양이더라고. 아이구, 절조가 없어도 너무 없다니까. 아무래도 마음 속 깊이 믿고 있는 건 아닌 모양이야.

그건 손님 끌기도 겸하고 있는 거지.

경신회(庚申會)*다, 대흑천(大黑天)** 모임이다 해서 들어가잖나. 그래서 잠시 독실한 모양을 보이고 거기 동료와 친해져서는

---

* 밤새도록 음악이나 염불을 외는 모임.
** 삼전신의 하나. 삼보를 지켜 먹을 것을 넉넉하게 하는 신을 이른다.

그 동료들을 줄줄이 자신의 가게로 데려와서 돈을 후려내는 거지.

뭐, 멀지도 않아. 여기는 시나가와잖나.

에도에서는 가깝지. 그리고 어지간한 장소보다 번화하지 않은가, 이 주변은. 하지만 에도에서 놀러 오는 놈은 대개 가치신슈쿠 쪽으로 가지. 그걸 말이지, 교묘하게 자신의 집으로 불러들여 놀게 하는 게야.

뭐, 그것도 나쁘지는 않지.

아니, 그 양반은 말이지, 나쁜 사람은 아니야. 오히려 기분파지. 잘생겼고, 친절하고, 사람도 좋아. 평민은 좋지. 장사에도 열심이야. 뭐, 그건 좀 과하게 열심인 정도이지만.

수전노? 아니, 그렇게 벌벌 떠는 건 아닌 것 같더구먼. 돈 버는 것을 좋아한다기보다 성실한 것인지도 몰라. 성실한 아이였거든. 대대로 번성한 야나기야의 십대째 주인으로서 책임감을 느끼는 것일지도 모르지. 그럼 딱하다고 해야 하나.

그래도 신심이 없는 것 또한 사실이야.

신심이 부족하면 저주도 내려지겠지.

설령 본인에게 악의는 없다 해도 돈 계산을 염두에 둔 신심은 오히려 더 질이 안 좋아.

그것도 유행하는 신뿐이잖나? 보호해주지 않지. 상대는 수령 천 년이야. 그러니까 말이지.

그렇지. 인간이란 두려움을 잊으면 끝이야.

신령님이든 부처님이든 뜰의 거목이든 뭐든 상관이 없어. 진심으로 두려움을 가지고 모시면 겸허한 기분이 되잖나. 그게 중요해. 신불도 믿지 않고, 나무는 베어버려. 그래서야 아무리 사람이 좋은들, 뭔가에 저주받더라도 할 말이 없어.

저주라니까.

뭐?

아니, 그래서 나도 몇 번인가 의견을 올려봤지.

그렇게 영문도 알 수 없는 신을 믿을 바엔 뜰의 신목에 신주(神酒)라도 한번 올려보라고.

귓등으로도 안 들어.

오기를 부리더라고.

그러니 아이가 죽지. 마누라도 버티지 못하고.

아, 그게, 기치베의 첫 아이는 말이지, 아이구, 정말이지 귀여운 사내아이였는데.

그 아이는 말이지.

음, 딱하게 됐지.

그 아이는 버들이 죽인 거야.

아니, 그 말이 딱 맞아. 버들이 죽였어.

그 아이는 말이지, 그 안뜰에서, 게다가 애보는 여자 등에서 죽었어. 이제 막 고개를 가누던 시기였지.

이렇게 업어서 달래지 않는가. 그날은 좀처럼 잠을 자질 않아서 애보는 여자가 안뜰로 나와 자장가를 부르며 재우려고 애썼던 모양이야.

바람이 불었다지.

휘익, 하고.

그러자 울던 아이가 조용해졌어.

이제야 잠이 들었구나 싶었다더군.

그래서 이불에 뉘려고 이렇게 걸어갔어. 그러자 뭔가 끌어당기는 느낌이 들더란 말이지.

이상하다 싶어서 돌아보니 수양버들의 기다란 가지 하나가 등에 걸려 있었다고 하더구먼.

뭔가 싶어 툭 떨쳐봤지.

이게 떨쳐지지가 않아.

몇 번을 떨쳐도 안 떨어져.

잡아서 세게 당겨보니 등이 들썩 하더라는 거야.

그제야 정신이 확 들어서 포대기를 벗기고 아이를 내려놔보니…….

그래.

버드나무 가지가 몇 겹이나 아이의 목을 감고 있었다더구먼.

바람을 타고 휘감긴 거지.

아기는 그렇게 목이 졸려서 목소리가 나오지 않았던 거야.

그렇지.

아이는 버드나무에게 목이 졸려서 죽은 거야.

애보는 하녀는 반쯤 미쳤지. 마누라, 오도쿠 씨라고 했던가, 오도쿠 씨도 제정신이 아니었지. 나도 가봤는데, 아주…… 지켜보는 내가 다 가슴이 아프더구먼.

결국 하녀는 없어지고 오도쿠 씨는 버드나무 아래의 딱 사당이 있었던 자리에서 가슴을 찔러 죽었어.

얼마나 슬펐을까.

기치베는 넋이 나간 사람 같았어.

하녀?

아, 애보는 하녀 말인가. 그 아이는 그 후 바다에서 발견됐어. 몸을 던진 거지.

저주일 게야.

이걸 저주라고 하지 않으면 뭘 저주라고 하겠어.

버들가지가 아기의 목을 휘감아 조르다니.

아이구, 무서워라.

하지만 기치베는 버드나무를 전혀 소중히 하려하지 않아.

나도, 그리고 다른 여관 사람도 모두 몇 번이나 설득을 했지만 헛수고였어. 뭐, 아이와 마누라를 죽인 버들이니 어쩔 수 없을지도 모른다고 생각했지. 처음에는 말이야, 원망하고 있으니 베어버리지 않을까 걱정했어. 처자의 원수를 모시는 것도 좀 그렇다 싶어서 말이지. 하지만 아니더라고. 그놈은 그런 건 털끝만치도 생각하지 않아. 기치베는 말이지.

그건 불행한 사고였다고 하더라고.

뭐, 사고는 사고지만, 지붕에서 떨어졌다든가 개한테 물린 것과는 다르잖나? 다르고말고. 하지만 기치베 그놈은 같다고 하지 뭔

가. 그렇게라도 생각하지 않으면 견뎌낼 수 없었을지도 모르지만서도. 그래도 말이지……
 그 후로도…….

5

저주?

저주는 아닐 거예요.

예에, 저주랄지, 오히려 원한일까요.

예?

버드나무의 저주?

그런 건 말이죠, 글쎄 어떨까요.

에비야의 요키치 씨가 그렇게 말하던가요? 글쎄요, 노인들은 다들 그렇게 말씀을 하시지요. 하지만 그건 좀 아니다 싶어요. 이 근방에선 모두 그곳 절의 신자일걸요? 그곳 화상께서 그렇게 말씀하시니까 그렇게 말을 한 거예요.

그건요, 난 기치베 씨와는 어렸을 적부터 알던 사이라 이 근방 사정은 잘 알고 있는데요.

순서가 틀립니다, 순서가.

잊고 잊는 거겠지요.

뭐, 어르신들이시니까 그것도 어쩔 수 없는 일일 테지만요. 아무래도 십 년 전이라면 한참 옛날. 요키치 씨만 해도 연세가 상당하고요. 작년 일도 그리 잘 기억 못하시지 않을까요? 뭔가 착각하고 계신 걸지도 모르겠군요.

기치베 씨가 버들 사당을 부순 것은 도련님이 돌아가시고 난 다음의 일입니다.

예.

도련님이 돌아가신 것은 가을 초입이었으니까요. 왜냐면 버들가지가 아직 푸르렀거든요. 틀림없습니다.

예, 버들가지가 목을 감아 돌아가신 건 사실입니다. 저, 부리나케 뛰어갔습니다. 도련님의 목에는 버들잎이 아직 붙어 있었는걸요.

마음이 쓰렸지요.

불행한 사고였어요.

예, 사고로.

기치베 씨가 사당을 부순 건 이듬해 봄이었습니다. 왜냐면 황신제의 호마불로 불태웠으니까요. 천체황신당의 대제는 삼월에 합니다. 그 대제는 황신을 진정시키는 것과 더불어 화재를 막아주는 이득이 있지 않습니까. 부뚜막신이니까요. 우리처럼 손님 상대하는 직업이라면 신을 모시는 건 별로 문제될 일이 아닙니다.

예.

황신을 모신 곳은 지금도 아주 북적대고말고요.

예, 그러니 이유는 있지요.

기치베 씨는 결코 신심이 없는 건 아닙니다.

순서를 잘못 알고 있기 때문에 기이한 상황이라는 생각을 하는 거예요.

그러니까요, 우선 도련님의 사고가 먼저 있었어요. 기치베 씨, 그때는 아주 미친 듯이 울었지요.

아이에 대한 사랑이 지극한 사람이니까요. 아주 애지중지 귀여워하고 그랬지요.

무엇보다 첫 아이 아니었겠어요? 기치베 씨, 혼담이 좀처럼 정해지지 않아 몸을 정착한 게 서른이 넘어서였으니까요.

어엿한 후계자가 생겼다고 기치베 씨가 얼마나 기뻐했는데요. 눈에 넣어도 아프지 않다, 그런 느낌이었는데. 그러니 슬픔도 얼마나 컸을지.

나도 따라서 울고 말았습니다.

어찌됐든 그 일이 먼저입니다. 그리고 그 후 오도쿠 씨가 사당 앞에서 가슴을 찔러 죽었지요.

예, 사당터가 아니라 사당 앞입니다. 도련님이 죽어 이래저래 일이 많던……. 예, 장례식 전이었으니까요. 사당은 아직 있었어요. 사당에 피가 튀었던 것을 기억하고 있으니. 이건 틀림없어요.

애보는 하녀는 그날 중에 몸을 던져버렸고.

익사체가 해변에서 발견된 것은 꽤 나중 일이지만요. 그래서 기치베 씨는 격노해버린 거지요.

예? 물론 버드나무에 화를 낸 거지요.

그야 누구라도 그런 생각이 들지 않겠습니까.

아이가 죽은 것은 버드나무 때문이잖아요. 그 일로 마음을 끓이던 마누라에 하녀까지 죽어버렸어요.

모든 불행의 원흉은 버드나무인 게지요.

조석으로 신주를 올리고 백중이나 정월에 성찬을 올리면서 그렇게 성대하게 모셨는데, 그 결과가 그런 앙갚음이었으니까요. 화가 날만도 하지요. 은혜를 원수로 갚는다든가, 기분의 문제라든가, 그런 문제가 아니라고요.

그런 것은 믿어버리면 설명이 되지 않지요.

왜냐면 선조 대대로 아무 일도 없다가 갑자기 불행한 일이 터진 겁니다. 버드나무의 축복이라든가 저주라든가, 그런 걸 믿어버리면 어째서 그런 재앙이 나한테 쏟아지는지 설명이 안 된다고요.

게다가 처자를 죽인 버드나무를 귀하게 받들어 모시는 건 무리지요. 예? 요키치 씨도 그렇게 말했다고? 그야 당연하지요. 당연하고말고요. 귀여운 아이의 목을 조른 버들이잖아요. 게다가 사당에는 아내의 핏자국이 남아 있는 거잖아요.

그래서 기치베 씨는 그 정월에 사당 참배를 그만두었지요. 집안 사람들에게도 금지시켰고. 물론 상중이었고요. 아무래도 당연하겠지요.

그렇지 않아요?

예.

뭐가 이쁘다고 처자의 원수에게 합장을 해야만 하는지. 그렇지 않습니까? 그런 바보는 없고말고요. 그래도 주위의 노인네들은 버들님의 저주다, 더 소중하게 하지 않으면 더 나쁜 일이 생길 거라고 얼러대는 겁니다. 그래서 기치베 씨는요, 이러지도 저러지도 못하다가 다른 사람 편에 들은 평판 자자한 황신을 믿기 시작한 겁니다.

그래서 사당을 부수고 호마에 넣어버렸어요. 아주 화가 났던 거죠. 원망도 많았고. 오도쿠 씨의 혈흔은 닦아도 닦아도 지워지지 않았어요. 그래서 기치베 씨, 사당을 볼 때마다 떠오르는 겁니다. 괴로운 기억이요. 그래서······.

하지만 버드나무는 남아 있잖아요. 싫지요. 아이의 목을 조른 나무니까요. 이가 갈릴 정도로 증오하는 나무를 아예 베어버리자고······. 하지만 그건 무리였어요.

그 후로도, 아무리 열심히 다른 신들을 믿어도 그 분한 마음은 씻어낼 수가 없었던 것 같습니다.

그래서 기치베 씨는 잇달아 신심을 바꾸었어요.

그렇죠.

그러니 순서가 거꾸로인 거죠.

신심을 바꾸었기 때문에 저주를 받은 게 아니죠. 버들을 소홀하게 대접해서 저주를 받은 것도 아닌 겁니다. 맨 처음에 사고가 있었고, 그 결과, 기치베 씨가 신심을 바꾼 거니까요. 그리고 그 결과, 버들을 원망했던 겁니다.

아시겠습니까?

모든 일이 버들의 저주라고 해버리면 그뿐이지만요. 그렇다면 왜 몇 백 년이나 가만히 잘 서 있었던 버드나무가 갑자기 저주를 내리기 시작한답니까?

이상하잖아요.

저주라고 하는 편이 훨씬 더 이상하지요.

아니, 선조대대로 저주를 받았다면 그건 이해할 만도 해요. 하지만 초대 소에몬 씨부터 아무런 저주도 받지 않았고, 이후 대대로 계속 괜찮다가 십대 째에 저주를 받는다는 건 납득하기 어려워요.

나도 이상하다고 생각해요.

그러니 아무리 불행이 이어진다 해도 그건 버드나무의 저주 같은 게 아니다, 그렇게 생각할 수밖에 없지요. 내 생각엔 기치베 씨의 원망으로 버드나무 쪽이 말라버려도 이상할 게 없을 정도입니다.

그야, 그 후로도 십 년 전의 사건이 계속 뒤를 잇고 잇는 거니까요.

예, 그렇죠. 말씀이 딱 맞습니다. 그러니까요, 요 십 년 간 기치베 씨의 불행이 이어졌잖아요. 뭘 믿은들 좋은 일은 있지도 않으니 믿는 신을 바꾸고 싶을 만도 하지요.

예.

첫 후처인 오키미 씨도, 다음 오몬 씨도, 그다음 오스미 씨도, 누구나 결국은 그렇게 됐지요.

예, 기치베 씨는 그 후로 더는 부인을 들이지 않겠다고 선언했지요. 얼마나 완고했는데요. 하지만 후계자는 있어야 하잖아요.

주위에선 꽤 집요하게 권했습니다.

그래서 오키미 씨와 합쳤지만요.

예.

그런 면은 깔끔한 분이었지요, 기치베 씨는요. 왜, 풍채도 좋잖아요. 사물에 대해서도 많이 알고, 말도 안 되는 주장은 하지 않아요. 후처를 들인 이상 결연하게 옛일은 잊고 다시 시작하겠다고 말을 했으니까요.

나도 안심했지만.

그런데 말이죠.

예, 아이가 생기질 않았어요.

아니, 부부 금실은 좋았어요. 맙소사, 아이가 생기지 않는다고 못살게 구박할 시어머니 시누이가 없기도 했고요. 친척들도 딱히 그렇게 재촉했던 것도 아닌데요. 왜냐면 이봐요, 그 무렵 기치베 씨는 아직 서른 서넛이었잖아요. 오키미 씨도 스물 두셋이었고요. 아이야 앞으로 얼마든지 생겼을 거라고요. 쉰이나 예순이라면 얘기가 또 다르지만.

예, 예.

아니, 잘해나갔어요. 맞아요, 무리하게 만들 필요 없이 양자라도 들일까 하는 얘기가 나온 것 같기도 했어요.

그런데 별안간요, 별안간.

오키미 씨, 친정으로 돌아가버렸어요.

쫓겨난 게 아니라 도망친 거예요.

이유야 모르죠. 뭔가 무섭다면서요.

예, 무섭다고.

친척이 몇 번인가 데려오러 갔는데, 그래도 무섭다면서 돌아오질 않았어요. 한 번인가 두 번은 데리고 돌아왔던 것 같은데 결국 다시 가버렸죠.

예.

기치베 씨는 아무 말 하지 않았지만요, 나중 일을 생각하면 도망간 게 천만번 잘한 것처럼 느껴지네요. 오몬 씨나 오스미 씨는 당해버렸으니까요.

예? 그러니까요.

나오는 겁니다, 분명히.

이거요, 이거.

유령 말입니다. 오도쿠 씨의.

아무래도 버들 아래니까요. 아니, 농담이 아닌데요. 홀쩍대는 울음소리가 들린다는 소문은 얼마 전에도 제법 들었고요.

아까도 말했잖아요.

버들의 저주가 아니라니까요.

저주를 내리고 있는 건 오도쿠 씨라니까요. 아이가 죽어서 행복을 잡으려다 놓친 그 원혼이 남아서 나타나는 거죠.

예, 그렇겠지요.

후처에게 질투를 하는 건지도 모르겠네요.

그야 자신이 이루지 못했으니까요. 게다가 남편에 대한 미련도 있을지 모르겠네요.

오도쿠 씨는 정말 안됐죠.

그렇다고 해도 너무 겁나네요, 여자의 집념이라고 하는 건요. 서로 주의를 해야겠지요.

예.

그야, 버들이 저주를 내린다면 일단 가게를 말아먹어야 하는 거 잖아요.

보통은 그렇죠. 그런데 이봐요, 야나기야는 대 번창중인걸요. 엄청나게 북적대지 않습니까? 그렇게 어중간한 저주는 없을 거예요. 불길한 일은 모두 기치베 씨 혼자 몸에 내리고 있는 거잖아요. 아뇨, 기치베 씨라기보다는 그 부인, 나아가서 아이의 몸에 내려지고 있어요.

세 번째는요, 오몬 씨, 그 사람도 얼마나 무서운 꼴을 당했는데요.

아이는…… 그 아이는 아쓰타로, 아쓰 도련님이라고 했는데 생후 불과 석 달 만에 죽었죠.

원인불명이라고 들었어요. 오몬 씨는 그 후 열흘 정도인가 자리에 누워 있었던 모양이지만, 결국은 집을 뛰쳐나가 행방을 알 수 없게 되고 말았어요. 그것도 그냥 집을 나간 게 아니에요. 울부짖으며 이 가도를 맨발로 뛰어갔다죠. 얼마나 놀랐는데요.

정신을 놓아버린 거죠.

예삿일이 아니죠.

그걸로 끝이에요, 오몬 씨는.

오스미 씨도요.

벌써 네 번째니까 우리도 걱정을 했지요. 뭐, 기치베 씨는 상냥한 분이라서 오스미 씨도 얼마간은 행복해 보였어요. 배가 금세 이만큼 불러서는 기치베 씨도 기뻐 보였지요.

예, 지극정성이었어요.

아이를 좋아하겠죠. 나 같은 경우엔 또 생겼나, 여하튼 귀찮다고 생각해버리지만요. 그분은 달라서 배부른 여자한테는 친절하거든요. 완전히 들면 꺼질세라 불면 날세라, 장사도 아랑곳 않고 보살폈으니까요.

하지만.

어느 날 갑자기.

오스미 씨의 모습이 전혀 안 보이게 된 거예요.

이젠 태어날 때가 됐다고 생각했으니까, 이거 분명 고향으로 돌아가 낳은 건가, 그런 식으로 생각을 했는데 말이죠.

그런데…….

그때까지는요, 오스미 씨, 어딘가 몸이 안 좋다는 얘기는 들은 적이 없었는데요…….

예.

아이를 유산하고 오스미 씨도 죽고 말았어요.

경사스러운 일은커녕 상이 난 거죠.

그 일이 생겼을 땐 저도 얼마나 놀랐는지요. 예, 이건 틀림없이 오도쿠 씨의 원한 때문이에요.

용서를 하지 않는 거죠, 오도쿠 씨가. 기치베 씨가 금쪽같은 자식 얻어 행복해지는 것을요.

저주예요, 저주.

그러니까 기치베 씨, 그렇기 때문에 여러 신불에 매달린 거예요. 어쩔 수가 없잖아요. 아무도 그걸 책하지는 못하죠.

버들도 아무 관계없을 거고요.

관계없어요.

그렇죠.

그러니까요.

전 걱정하고 있는 거예요.

맞아요, 맞아. 이번 혼담 말이죠. 그, 야에 씨라던가요? 그 사람도요.

아뇨, 신분의 문제가 아니라요. 보기에는 품위도 있어 보이고 참한 미인이잖아요. 들은 바로는 그 아가씨, 원래는 에도의 커다란 가게의 외동딸이었다고 하잖아요.

예, 들었어요.

예?

당신, 혹시 야에 씨의……?

그 아버님에게 옛날, 신세를 졌던 분이라고?

아하, 그래서…….

아뇨, 이제 알겠네요. 어째서 이런 일을 미주알고주알 묻나 싶었거든요. 그렇군요. 예에, 예. 칠 년이나? 행방을 찾았다? 아, 예, 그렇군요. 그렇다면 그 아가씨도 고생을 아주 많이 했겠네요. 예, 예, 그렇죠.

물론 걱정이겠지요.

아니, 메시모리온나라고 해도 실제로 손님을 받진 않았어요.

예, 내가 보증하죠.

그럼요. 그 아가씨, 처음부터 처로 들일 참으로 고용했지요.

그렇습니다. 분명하죠. 제가 본 바로 그 야에 씨라는 사람은 오도쿠 씨의 얼굴을 좀 닮았더군요. 예에, 그런 느낌이 드네요. 그러니까 소개꾼이 데리고 왔을 때부터 기치베 씨는…….

예, 예.

하지만.

예에, 아무래도 저기, 이미 생긴 것 같더라고요.

예? 아니, 저기, 예에, 아이 말이죠. 태아.

야에 씨, 뱃속에는 이미 아이가 있는 듯하더라고요.

그렇습니다. 기치베 씨도 그렇게 말을 했으니까요. 아이라도 생기면 혼례를 올릴 생각이라고. 예, 기치베 씨가.

그럼요. 이미 혼례는 모레인걸요.

하지만 왜, 방금 말씀드린 그런 상태니까요. 사정을 아는 나는 걱정이지요. 또 예전의 전철을 밟는 게 아닐까 싶어서. 물론 기뻐하는 기치베 씨와 얼굴 마주보고는 그런 말, 못하지만요.

못하죠. 이번에도 또 처자를 잃어버리는 게 아니냐는 소리.

못하고말고요.

예?

오키미 씨 말인가요? 두 번째?

오키미 씨는 아직 살아 있어요. 예, 딱히 무슨 일이 벌어지진 않았지요. 고향으로 돌아갔을 뿐일걸요. 아이가 생기지 않았던 게 다행이었던 거겠죠. 아마, 오오이 쪽의 방물점 후처로 들어갔다던가……

6

 기치베와 야에의 혼례는 성대하고도 엄숙하게, 무엇 하나 모자람 없이 치러졌다.

 걱정하고 있었던 친척들과의 약간의 다툼, 즉, 야에의 근본을 둘러싼 분란도 야에의 과거를 안다는 사내가 나타난 덕분에 일단은 원만하게 수습되었고, 표면적으로는 아무런 문제도 없이, 축하연은 실로 조용히 치러졌던 것이었다.

 친척들이 근심하고 있었던 원인은 야에가 천한 직업을 갖고 있었던 것도, 주종(主從)의 혼례라서 소문이 안 좋게 날까 염려하는 것도 아닌, 한마디로 기치베가 속고 있는 게 아닌가 하는 의심이었다. 설령 천한 자라 해도 야나기야 역시 사무라이의 신분이 아닌 양민에 불과할 뿐, 큰 신경을 쓸 필요까지는 없을 것이다. 그러나 만약 야에가 야나기야의 돈을 노린 악당이라면…….

 이는 별개의 이야기가 된다.

야에가 단순한 메시모리온나였다면 친척들도 이 정도로 신중하게 나오지는 않았을 것이다. 아이를 품은 것도 있다. 창기나 게이샤 부류라면 돈을 주고 그 업에서 몸을 빼게 하면 될 일이다. 그러나 야에는 메시모리온나도 게이샤도 아니고, 단순히 전락한 거상의 딸이라는 줄거리였다. 이것이 의심스럽게 보였던 모양이다. 야에의 신분을 보증하는 것은 아무것도 없었던 것이다.

그래서 강경하게 반대하는 친척이 나타난 것이다. 그러나 그중 대부분은 야에의 인품을 접해보고는 자신들의 의심이 단순한 기우에 불과하다고 생각하기 시작했던 모양이다. 그래서 기치베는 배가 눈에 띄게 불러오기 전에 혼례일까지 잡았건만, 그럼에도 여전히 반대하는 자가 있기는 있었던 것이다.

그러나 옛날에 야에의 아버지인 스마야 겐지로에게 신세를 졌다는 사내, 교바시에 산다는 작가 야마오카 모모스케가 나타난 덕분에 의심은 일거에 풀렸던 것이었다.

애당초 야에는 모모스케를 기억하지 못했다.

그러나 모모스케가 말하는 야에의 과거는 하나하나 야에가 하는 이야기와 일치했고, 조사해보니 모모스케의 신분이라는 것도 확실했다.

그와 더불어 우연히 소문을 듣고 왔다는 야에의 소꿉친구이며 네즈에서 춤을 가르치는 선생이라 자처하는 오긴이라는 여자까지 나타났다. 오긴에 대해서는 야에도 똑똑히 기억하고 있었고, 이 여자 역시 야에가 스마야의 딸이라는 것을 증언했던 것이다.

그리하여.

야에는 많은 사람들의 축복을 받으며 드디어 야나기야의 안주인이 되었다.

하얀 혼례복을 입는 일은 평생 없으리라 생각했었다며 야에는 홍루(紅淚)를 흘렸고, 열석했던 사람들 역시 그 청초한 눈물에 마음이 움직여 동정의 눈물을 흘렸다는 것이다. 의심하고 있었던 친척들까지도 따라서 눈물을 글썽거렸을 정도이다. 이는 실로 하늘이 내려준 인연이라며.

좋은 혼례라며.

그 혼례에서 손을 꼽아 이틀 째 밤의 일이었다.

맨 처음 본 것은 허드렛일을 하는 여자였다.

심야에 뜰의 버드나무가 빛을 발하고 있었다는 것이다.

쭈뼛쭈뼛 주저하면서 확인해보니 도깨비불이 안뜰을 흐늘흐늘 날고 있었다고 했다.

기치베는 헛소리라며 전혀 상대하지 않았던 모양인데, '역시'라고 생각하는 자도 적지 않았던 듯했다.

역시 나왔나, 하며.

다시 그 다음날.

훌쩍이는 울음소리가 들렸다.

물론 안뜰 쪽에서 들렸다고 했다. 이는 야경꾼 할아범도 듣고, 숙박객 중에서 알아차린 자도 있었다. 하인과 하녀들도 들었다.

드디어 나왔나, 하고 생각한 것은 기치베의 죽마고우이자 야나기야의 맞은편에 있는 산지야의 젊은 주인 산고로였다.

이 산고로, 남들보다 배는 겁이 많은 성격인데, 겁쟁이임에도 불구하고 구경거리를 좋아하기도 하는 어이없는 사내였다. 산고로는 소문을 듣고 안절부절못하게 되어 야나기야로 향했다.

산고로는 기치베를 넌지시 떠보았으나, 기치베는 젊은 시절부터 지극히 합리적인 종류의 인간이라 미신이라면 철저하게 싫어하는 사람이기도 해서인지, 아무래도 전혀 개의치 않는 듯했다. 그러나 산고로는 바지런하게 일하는 새댁 야에의 얼굴을 볼 때마다 마음이 아렸다.

일단 산고로는 친구의 처자가 잇따라 흉사를 겪는 모습을 벌써 네 번이나 보았기 때문이었다. 그것도 단순한 불행이 아니었다. 자살, 가출, 발광병사 등, 차마 눈 뜨고는 볼 수 없는 불행이었던 것이다.

그렇기에 야에가 밝게 행동을 하면 할수록 산고로는 더욱 우울해졌다.

야에 자신의 불행한 처지를 들었던 것도 있었으리라. 산고로가 보고 있는 정경은 가련한 처지의 처녀가 갖은 고난을 극복한 끝에 가까스로 거머쥔 행복의 광경이다.

이대로 괜찮을 것인가.

산고로는 그렇게 생각했다.

착한 사람인 것이다.

그래서 산고로는 야나기야에 머무르고 있는 그 야마오카 모모스케가 있는 곳으로 향했다. 모모스케와는 혼례 이틀 전에 알게 되어 이 건에 관하여 긴 이야기를 나눈 적이 있었다.

들자 하니 모모스케는 작가 지망생이며, 실제로 에도에서 수수께끼 등을 짓고 있다고 한다. 수수께끼라면 아이들이 좋아하는 재치 문제집 같은 것인데, 그중에는 어른도 풀지 못할만한 것도 있다. 그렇다면 상당히 지혜로운 이이기도 할 것이다. 더구나 여러 지방을 돌아다니며 괴담과 기담을 수집하여 지금 유행하고 있는 백 가지 괴담집을 개판할 생각이라고 하니, 이러한 괴이나 유령, 요괴에는 소상할 듯했다.

좋은 지혜라도 있을까 생각한 것이다.

문을 여자마자 산고로는 말했다.

"나왔습니다."

봉발의 작가는 붓통을 열고 붓을 핥으며 필첩에 무언가를 기록하고 있던 참이었다. 며칠 전에 산고로가 한 이야기도 그 필첩에 기록되어 있을 터였다.

모모스케는 고개를 들고서는 "그런 듯하더군요"라고 말했다.

"오늘 아침에도 여종업원이 법석을 떨고 있었어요. 저는 알아차리지 못했지만."

"이 방은 큰길에 면해 있으니까요. 우리 집이라면 잘 보이지만."

열어둔 장지문 너머로는 산고로의 부친이 하는 여관 산지야의 이층이 보인다.

"여기, 집의 안뜰에서는 멀겠지요."

"그렇지요."

모모스케는 붓을 붓통에 넣고 좌탁에서 떨어지더니 일단 앉으시죠, 하며 산고로에게 방석을 권했다.

"하지만…… 사실일까요?"

"그야 사실이겠지요. 얼마간 끊어졌던 훌쩍이는 울음소리가 들리기 시작한 것이 혼례 후부터니까요. 더구나 혼례가 있던 날 밤에는 버드나무 옆으로 도깨비불이 켜졌다고 하지 않습니까."

"하지만 안뜰에 불이 켜진 것은 경사의 다음다음날인데요? 그날이 아닙니다."

"첫날엔 '아무도 못 봤을 뿐'이라는 경우도 있겠지요. 더구나 도깨비불이 나온 것은 오도쿠 씨가 돌아가신 장소잖습니까. 당신은 보았습니까?"

"뭘요?"

"안뜰에서 말입니다. 그 버드나무."

"아아."

모모스케는 필첩을 펼쳤다.

"보았습니다. 안뜰을 둘러싼 복도에서 보니, 그건 압권이더군요. 버드나무란 그렇게 크게 자랄 수도 있는 법일까요? 하지만 사당이 있던 장소는 못 알아봤습니다."

"수풀이 잔뜩 우거져 있지요. 그곳은 손을 댈 수도 없을 지경이 되어 있습니다. 기치베 씨의 뜻으로 말이지요. 예를 올리지도 않고 관리도 하지 않아요. 뭐, 겁이 나서 아무도 손을 대지 못하지만요. 하지만 어엿한 뜰이 이 지경이어서야. 이 여관의 장점이니까요. 아깝다는 자도 많습니다만."

"그런 다듬지 않은 수목도 나름의 향취가 있어서 좋지 않습니까?"

"이것 참, 무서운 말씀을 하시는 분이군요. 하긴, 저주의 버드나무라는 느낌은 드니까 그런 것은 아무래도 상관이 없겠지만요. 여하튼, 사당이 있었던 곳은 연못가입니다."

"연못…… 아, 이 근방이군요?"

모모스케는 그렇게 말하며 펼쳤던 필첩을 산고로에게 보여주었다. 안뜰의 그림이 그려져 있다. 틈새로 여러 메모가 적혀 있었다.

"아이쿠, 그림도 그리시는구먼. 솜씨가 상당하시군요. 참참, 맞아요, 맞아. 이 근방이로군요."

"여기, 조금 불거진 곳일까요?"

"그렇죠. 십 년 전과는 모습이 달라져버렸으니까요. 예에, 오도쿠 씨는 이 근처에 이렇게 쓰러져 있었지요. 다리는 연못에 잠겨 있었고. 이렇게, 이 근처에 사당이 있었고 피가……."

산고로는 손가락으로 여러 곳을 가리켰다.

모모스케는 붓을 꺼내어 산고로의 이야기를 필첩 여백에 써넣었다.

"그렇군요."

"모모스케 씨, 이대로 가면 야에 씨가 위험하지 않겠습니까? 가만히 있어도 될까요?"

"그래선 안 되지요. 은인의 따님이니까요." 모모스케가 대답했다.

"하지만 오도쿠 씨의 저주는 강력한데요. 저는 전처들이 어떻게 됐는지 잘 알고 있습니다. 저분이 그런 꼴을 겪게 해서는 안 돼요. 앞으로 반년쯤 지나면 아이가 태어나는데, 그 전에 무슨 수를 내야……."

"무슨 수를 낸다고 한들 당사자인 야에 씨에겐 아직 아무 일도 일어나지 않아서 말이죠. 울음소리도 도깨비불도 사실일지 어떨지." 모모스케는 팔짱을 끼며 말했다.

"의심이 많군요. 당신은 여러 지방의 기담과 괴담을 수집하고 있다, 그렇게 말씀하시지 않았습니까." 산고로는 굳은 얼굴로 말했다.

"맞습니다. 그렇기에 진중해지는 것이지요. 이러한 이야기 중에는 거짓이 많습니다. 무엇이든 다 그대로 받아들였다간 웃음거리가 되고 마니까요."

"그런 겁니까?"

"그렇습니다." 모모스케는 필첩을 넘기며 말을 이었다.

"이곳 이야기 말이죠……. 뭐, 딱히 주인장이나 요키치 씨를 의심하는 것은 아니지만."

"뭔가 의심스러운 점이라도?"

"예에, 그냥 좀……." 모모스케는 말끝을 흐렸다.

"요키치 씨나 그 외에 많은 분들이 버드나무 저주설을 주장하고 계시잖습니까. 그래서 저는 요 얼마간 주인장이 이래저래 말씀하시는 것도 들었고, 그 야나기야의 보제사를 방문해서 주지스님한테서도 말씀을 들었습니다."

"각전 화상 말이군요. 말씀하셨지요? 조상의 공양을 하지 않아서 그렇다든가."

"예에. 그렇게 말씀하시더군요. 저는 말이지요, 주인장이 말씀하시던 전후 관계가 뒤바뀐 것에 관해서도 질문을 했습니다. 버들을 소홀히 해서 저주를 받았다는 것과 버드나무에게 심한 꼴을 당했기 때문에 그만 모시게 되었다는 것은 정반대잖습니까."

"무어라 하십디까?"

"예, 초대 소에몬 씨의 부인이 오류 씨, 그분이 버드나무 정령이었다고, 그리 말씀하시더군요. 기치베 씨가 저주를 받은 것은 그 오류 씨의 공양을 게을리 했기 때문이라고. 그래서 벌어진 불행인데, 당사(當寺)에 기대지 않고 타종(他宗)을 믿으니 이리 되는 것이라고."

만사는 말하기 나름이죠, 하고 산고로는 어이없다는 목소리를 냈다.

"그럼 오도쿠 씨의 유령은?"

"그건 자신이 제대로 공양했으니 걱정할 필요 없다고 하시더군요. 오도쿠 씨와 아드님은 제대로 보냈다고."

"저런. 정말이지 자기 편한 대로만 말씀하시는 스님이로군요.

그럼 보내다 말았던 거겠지요."

산고로는 머리를 북북 긁었다.

"버드나무 정령이라니, 그런 것이 있을 리 없지 않습니까. 당신, 자신의 할머니가 은행나무였다든가 삼나무였다는 말을 들으면 믿겠습니까?"

"그야 믿지 않겠지요. 그래서 뭐, 화상의 말로는 말이지요, 무슨 일이 일어나더라도 모든 원흉은 첫아이였던 신키치가 죽었던 일일 것이라고."

"그야 그럴 테지만요."

"그것이 버드나무의 저주라고."

"저주라니, 그것도 조상 공양을 게을리했기 때문이라고 하고 있는 거지요? 그런 얘기가 어디 있답디까? 도대체가 조상이 버드나무라면 죽은 아이도 그 피를 이어받은 게 되지 않습니까? 버드나무는 자신의 귀여운 자손을 죽인답디까? 그건 이치가 맞지 않는 이야기네요. 게다가 자꾸 공양 공양 그러는데, 애당초 버드나무는 저기에 기운차게 살아서 무성하지 않습니까? 보시에 아주 눈이 멀었나보군요, 그 스님."

"진정하시고." 모모스케가 산고로를 달랬다.

"뭐, 그건 그렇다 쳐도, 제가 의문을 품고 있는 것은 그 첫아이의 사인입니다. 요키치 씨나 다른 분들을 이야기를 믿는다면 그건 버드나무의 저주라고 할 수밖에 없겠지요. 이렇게 버드나무 가지가 스르르르 뻗어 와서 목에 감겼다 하니. 스님도 그렇게 말씀하셨고요. 버드나무가 죽였다. 그러니 버드나무의 저주다. 그런 이치입니다. 그래서 말인데……."

아이의 목에는 정말 버드나무 가지가 감겨 있었습니까, 하고 모모스케는 나지막한 소리로 물었다.

산고로는 팔자눈썹을 하고 대답했다.

"전에도 말씀드렸는데, 버드나뭇잎은 봤습니다. 그 작고 앙증맞은 목에요, 이렇게 졸린 자국이 있고, 거기에 이렇게 파릇파릇한 잎이……. 아아, 싫군요. 떠올리기만 해도 딱해서 마음이 저려 오는군요."

"그렇습니까." 모모스케는 팔짱을 끼고 생각하기 시작했다.

"그게 무슨……?"

"대륙의 고사인데, 송나라 시대에 사첩이라는 사람이 버드나무 가지에 목이 감겨 죽었다고 하지요."

"아, 예에. 역시 같은 이야기가 있군요."

"그게 아닙니다. 그런 이야기는 그것 하나밖에 못 들었어요." 모모스케가 말했다.

"예?"

"분명 버드나무는 여인으로 둔갑한다고 하지요. 조루리의 〈기온뇨고코코노에니시키(祇園女御九重錦)〉 같은 데서도 취급될 정도니까 꽤 일반적인 이야기이겠지요. 유령이 나오는 것도 버드나무 아래인 경우가 일반적입니다. 이는 이유가 있지요. 예를 들어, 소나무란 아무래도 늠름한 법입니다. 용맹하기에 무사의 모범이 되는 거지요. 반대로 버들은 나긋나긋하고 유연한 형태로 되어 있어요. 이것이 여자의 겉모습에 비유되는 이유입니다. 유령의 손 모양, 즉 음(陰)의 형태지요. 그리고 버들은 물가에 서 있어요. 아무래도 음이지요."

학식이 있는 분은 말씀하시는 게 다르군요, 하고 말하며 산고로는 묘하게 탄복했다.

"그래서?"

"그래서 버들과 유령은 떼려야 뗄 수 없는 법이란 얘기지요. 에도에서는 밤거리에서 손님을 잡기 위해 서 있는 창기들도 버들 아래에 서 있으니까요. 개천가의 어두침침한 곳에 여자가 서 있다는 것은 그림으로서도 쉽게 받아들여지는 형태이고요."

"오호라. 그래서?"

"그러니 주인장의 말씀처럼 버들 아래에 현세에 원한을 가진 망령이나 미련이 남은 망자 부류가 나온다는 이야기라면 이는 정말 일반적인 현상이라 할 수 있어요. 누구든 그런 생각을 하는 법이지요. 실화라 해도 통하겠지요. 그렇지만 말이지요, 버들가지가 스르르르 뻗어 와서 아이의 목을 조른다는 이야기는……."

"드물다?"

"드물다기보다도 뜬금없는 발상입니다. 대륙의 고사를 알고 있었다면 또 몰라도……."

"예에. 하지만 실제로 일어났지 않습니까?" 산고로는 고개를 갸웃거렸다.

"아니, 그건 확실히 묘하기는 합니다. 버들이 저주를 내린다는 것은 이상하다고, 저는 지금 이 입으로 말씀을 드린 참이지요. 저주가 아니라면 그런 사고가 있을 수 있을까요, 선생?"

"그런 사고에 관해서는 과문하여 잘 모르겠군요. 자연스럽게 발생하는 것이 아니지요. 만약 그것이 사실이었다면 아이가 죽었다고 격노하는 기치베 씨의 마음도, 둔감해서 나타나는 오도쿠 씨의 마음도 조금은 이해하겠지만, 거의 볼 수 없는 사고니까요."

"하지만." 모모스케는 붓통 뚜껑을 따닥, 하고 열었다.

"저주를 긍정하는 노인들이 마지막으로 매달리게 되는 것이 바로 그런 점입니다. 맨 처음 재앙은 버드나무에 의해 초래된, 매우 특수한 것이죠. 그렇기에 일련의 불행은 버드나무의 저주라는……."

산고로는 으음, 하고 팔짱을 끼고는 뭔가 신묘한 얼굴로 생각에 잠겼다.

"그래도 역시 버드나무의 저주는 아니겠지요. 저는 그렇게 생각합니다. 분명 드문 일이기는 하지만, 만약 그것이 저주라면 오도쿠 씨도, 두 번째 아이인 아쓰타로도 똑같이 되어야 마땅하잖습니까? 이렇게 침소로 스르르르 뻗어 와서 꽈악. 그게 맨 처음만이라는 건 좀……."

그리고 잠시 고개를 숙이고서 맞다, 맞아, 하고 무릎을 쳤다.

"기치베 씨는 그래 봬도 학식이 상당해요. 대륙의 시 같은 것도 읊은 적이 있지요. 저야 무슨 말을 하는지 어리벙벙했지만요. 어찌면……."

 모모스케는 오호라, 하고 시원하게 말하며 붓통 뚜껑을 닫았다.

 "버들의 저주와 오도쿠 씨의 유령이라……. 둘 다 내버려둘 수는 없겠지요. 다만, 뜰에서 매번 무슨 일이 일어나고 있는지 확인해볼 필요는 있습니다."

 "확, 확인하실 겁니까?"

 "그걸 확인해보지 않으면 일의 진위를 알 수가 없지요. 그저 겁을 먹고 있어본들 한도 끝도 없어요. 기치베 씨도 뭐라 하진 않을 거예요. 어떻습니까, 주인장. 저와 당신이 안뜰에 잠복해보는 것은."

 으햐아, 하고 산고로는 소리를 질렀다. 이미 식은땀을 흘리고 있다.

 "그, 그랬다가 후환을 당하지 않을까요?"

 "버들의 저주라면 당할지도 모르지만, 우리에게는 오도쿠 씨의 원망을 들을 만한 이유는 없어요. 정말 유령이 나온다면 나는 야에 씨를 지켜야만하니까요."

 두려우시면 됐습니다, 하고 모모스케는 자세를 가다듬었다. 산고로는 허둥지둥 손사래를 쳤다.

 "두렵다고 할지, 그런 건 저어……."

 "그렇습니까. 그럼 뭔가 준비도 필요하니 내일 밤, 아니 모레 자시에라도 바로……."

 모모스케는 그렇게 말을 맺었다.

7

 아이구, 들으셨습니까, 어행사 양반.
 그 야나기야, 예, 그거요.
 오늘밤, 그 왜, 어행사 양반이 머물고 있는 산지야의 아드님이요, 예, 그 여자 같은.
 맞아요. 그 사람, 괴짜거든요. 그 산고로 나리가요, 그 야나기야의 손님, 에도에서 온 글쟁이 선생 말이죠. 그 사람과 함께 그 저주의 뜰에서 잠복한다고 하던데요.
 목숨 아까운 줄도 모르다니.
 아뇨, 그게 말이죠, 그 야나기야의 주인은 말입니다. 그런 건 털끝만큼도 믿지 않는 분이잖습니까. 그렇다니까요. 그분은 학식이 있어요. 그, 뭐지요? 자왈 어쩌고, 괴력난신을 주절대지 말라 하는 거 있잖습니까. 그거지요.
 그렇게 꼬장꼬장한 분이니까 그 소문을 듣고서요, 산고로 씨와 그 손님을 불러서 한심한 짓은 그만두라고 했다는 모양이던데요.

하지만 어행사 양반, 그 손님은 야나기야의 새댁과…… 아, 그 왜 얼마 전에 혼례를 올린 부인 말입니다. 그 부인하고 무슨 깊은 인연이 있다던데요.

소문이 사실이라면 방관할 수 없다, 이렇게 말을 하더랍니다. 주인은 거짓이니까 안심하라, 그렇게 맞받아쳤고요. 하지만, 음, 그 손님도 학식이 있다지 않습니까. 거짓말이라고 한다면 거짓이라도 좋다, 정말 거짓이라면 하룻밤 정도 뜰에 있는 것쯤이야 상관없을 테지, 하고 마무리를 했대요.

뭐, 기치베란 분은요, 담력도 만만치 않은 분이고 이치를 아는 분이니까요. 이치에 맞으면 받아들입니다. 본인은 불덩이다 울음소리다, 그런 세상을 미혹하는 말은 아주 안중에도 없으니, 그래서 납득이 가겠다면 해보시라고 했다지 뭡니까.

어떻게 생각하십니까?

아니, 하지만, 죽은 아내의 원령인지는 모르겠지만, 아무튼 나온다니까요.

아, 여보시오. 산지야의 아드님은 입이 가볍기로 유명하지 않습니까요.

아니, 그렇다니까요. 그 사람한테 알려지면 가와라반*에 실리

---

* 瓦版. 에도시대에 천재지변, 화재, 살인 등의 사건을 속보기사로 다루던 유료 인쇄물.

는 것과 다름없습니다요. 일이 정해지기도 전에 온 동네에 죄다 퍼뜨리고 다녔다지 뭡니까.

그렇다니까요.

이 시나가와에서 모르는 이가 없습니다. 그 정도라고요. 아니, 이미 에도까지 퍼졌을걸요? 어제쯤부터 사람이 많지 않습니까? 사실은 말이죠, 이게 모조리 야나기야의 귀신을 구경하러 온 겁니다.

헤헤헤.

쉰네요?

갔었습니다요, 어제.

아니, 쉽사리 보이지는 않습디다. 안뜰이니까요. 건물에 숨어들 수는 없지 않습니까요. 하지만 한밤중인데도 사람들이 바글바글합디다.

악취미?

예, 이렇게 솔깃한 일은 없을걸요?

그게, 들리더라고요. 아니, 참말입니다요.

큰 소리는 아니고요. 왔다 갔다 하면서 귀를 기울이고 있었으니까요. 그 으리으리한 여관 너머이다 보니 또렷하게 들리지는 않습니다.

하지만.

이렇게, 훌쩍 훌쩍 하고 우는 듯한……

예, 그러다 곧 뭔가 닭하고 모기 우는 듯한 목소리로 히이 히이…….

아니, 들렸습니다요. 저도 찬물 뒤집어쓴 것처럼 화들짝 놀랐어요. 불알이 쪼그라들어 붙었지요. 아주, 오만 사람들이 이렇게, 몸이 뻣뻣하게 굳어버렸지요. 아주 섬뜩했다니까요.

예, 그렇게 얼마쯤 지나고 나니 아무래도 뭔가 이야기를 하듯 들리는 겁니다요. 그게 뭐, 잘은 모르겠지만요, 뭔가 아이를 내놔라, 아이를 돌려줘, 하는.

이건 참말입니다요.

제가 이 두 귀로 똑똑히 들었으니까요.

그래서 대부분의 구경꾼들이 다 도망쳤어요. 쏴악, 하고 사람이 빠져서는. 예, 무서웠으니까요.

이건 아까 들은 말인뎁쇼, 어제는요, 야나기야에 묵은 손님들도 많이 들었답디다. 우는 소리를. 게다가 안이니까 한 구절, 한 마디, 똑똑히 들렸던 겁니다요.

밉다. 버들이 밉다. 아이를 내놔라. 돌려줘. 버드나무의 피를 이어받은 자, 대를 끊어놓겠다. 여자의 목소리로 그렇게 외쳤다지요.

아이구, 무서워라.

너무나 꺼림칙해서 여관을 바꾸겠다는 손님도 몇이나 있었답니다. 저는 그중 한 명을 붙잡고 물어봤습니다요.

그랬더니, 어행사 양반.

아니, 저는요, 어제 그 일로 꼬리 내린 건 아닙니다. 그런 일로 돌아가버려서야 불구경꾼 우마타로 형님이란 이름이 울 겁니다요.

구경꾼? 그야 그렇지요.

그 후에 저는 이렇게 문득 위를 쳐다봤는데, 어제는 달밤이었잖습니까? 그랬더니 왜, 거기 오른편에 화재 망루가 있잖습니까? 거기에 사람들이 오골오골……. 뭐긴요, 구경꾼이지요. 내 동료.

뛰었습니다.

아래까지 가보았더니, 어행사 양반, 아무래도 의심스러운 환성이 들리는 겁니다.

오오, 라든가 히이, 라든가.

사다리를 올라갔지요, 저도.

보입디다, 안뜰이.

그래도 그 커다란 버드나무가 이렇게 뒤덮듯이 있으니까 캄캄해서 잘은 안 보이지만요. 위에서 달빛에 보고 있자니 이렇게 가지가 술렁술렁 넘실대더구먼요. 아주 여자의 감은 머리 같아서 참말이지 무섭더군요.

그 틈새를 이렇게, 사람 혼이 스윽, 하고.

아니, 거짓말이 아니라니까요, 어행사 양반.

그건 사람 혼이었다니까요.

아니, 도깨비불일까요? 사람 혼과 도깨비불, 그게 대체 어떻게 다른 겁니까?

아무튼 불덩어리였습니다. 먼눈으로 봤지만 틀림없어요.

제가 이 두 눈으로 똑똑히 봤습니다요. 누가 안 믿는다고 해도 저는 제 눈을 믿습니다요.

그러니까, 나오는 것입지요.

유령인지 요괴인지 모르지만, 나오는 건 확실해요. 이건 틀림없어요. 부정할 수 없는 귀신이라고요, 그건.

아이구, 섬뜩해라.

그래서 산지야의 주인장이든 누구든, 오늘밤 그 뜰에 누군가가 들어가기라도 하면 아주 큰일이 벌어지지 않을까, 그렇게 생각했어요, 저는.

이런 건 위험하잖아요.

어행사 양반은 아주 영험이 있는 분이지요?

어떻습니까요?

예?

저, 저도 위험해요?

그, 그건 무슨 말인지?

예? 듣기만 한 것이 아니라 보고 말았으니까? 후환이 있을 게 틀림없다? 참, 싫은데요, 어행사 양반. 겁주지 마세요. 좀 봐주십시오.

예? 정말로? 싫다니까요. 어, 어, 어떻게 해야.

어, 어행사 양반.

예? 운이 안 좋았다고요?

무슨 수를 써주십시오, 예에.

이, 이 부적을? 절대로 떼놓지 않고 말입니까?

당연히 가지고 있습죠. 양친이 죽는다고 해도 안 떼어놓을 겁니다. 아이구, 고맙습니다.

　예에, 예에. 받지요, 받지요.

　사례금은…… 예에, 예에. 그래서 악령이 물러간다면 싸게 먹히는 것이지요. 이거, 효험은 있겠지요? 예. 그렇습니까요. 이야기하기를 잘했군요.

　잠깐만요. 저만 해도 그렇게 위험한데, 야나기야 사람들은 어떻게 되어버릴지?

　어, 어행사, 어행사 양반!

8

그날 밤.

산고로와 야마오카 모모스케, 그리고 기치베 등 세 사람은 버들 거목이 드리운 야나기야의 안뜰에 섰다.

주인 기치베는 원래 동행할 예정이 아니었으나, 어쩌다 보니 그렇게 하지 않을 수 없는 상황이 되어버린 것이었다.

그날, 야나기야에는 많은 사람들이 찾아왔다.

야에는 그때까지는 저간 사정을 거의 전해 듣지 못하다가, 소문을 듣고 달려온 친척 노인들에 참견하기 좋아하는 무리가 풀어놓는 있는 이야기 없는 이야기를 한번에 듣는 바람에 크게 겁을 먹고 말았다. 기치베는 그때마다 괜찮다, 걱정 말라, 하고 거듭 말했으나, 그 단계에서 안뜰의 괴이를 부정하는 자는 기치베 한 사람뿐이었으므로 효과는 전혀 없었다.

이건 저주다, 저건 원령이다, 아니 아무것도 아니다, 이러저런

밀고 당기는 문답이 몇 시간이나 이어졌다.

당연히 소동의 원천인 산고로와 모모스케도 그 자리에 불려나와 '분수도 모르는 사람들, 위험하니까 묘한 짓은 그만 두어라. 버들님이 노하실만한 행위는 그만두어라' 하는 소리를 들어야 했다.

더욱이 보제사에 대대적인 조상 공양을 해야만 한다, 아니, 결국 요마의 소행이니까 액땜을 해야 한다는 의견으로 갈려, 흑백이 가려질 때까지 여관을 닫으라는 이야기까지 나왔던 것이다. 야에는 그저 떨기만 하고, 기치베는 고군분투한 끝에 결국 솔선하여 오늘밤 주인인 자신이 확인을 하겠다고 선언을 한 것이었다.

친척 일동이 맹렬히 반대하는 가운데, 일의 해결은 요원해 보였다.

허나 마침 그 자리에 초밥 장인 우마타로가 떠돌이 행자라는 자를 데리고 옴으로써 사태는 급변했다. 그 행자라는 자는 며칠 전부터 시나가와에 머물던 스님으로, 큰길에서 가지기도를 하거나 액막이 부적을 팔았는데 영험이 있다고 평판이 자자했던 사내인 것이다.

주변에 살던 사람들은 이미 알고 있었던 연유로 크게 환영했으나, 친척들의 의심은 쉽게 풀리지 않았다.

그러나 이 어행사가 보제사 주지 각전과도 아는 사이라는 것이 판명된 후에는 노인들의 태도도 크게 변했다.

어행사는 일단 액막이 부적을 사방에 붙이고 야에를 그 방으로 들인 후, 날이 밝을 때까지 절대 나오지 말라고 했다. 그리고 먼동이 트는 것과 동시에 각전을 불러 타개책을 협의하겠다고 제안했다.

대부분은 그 이야기로 납득했으나, 납득하지 않는 자도 있었다. 물론 기치베와 모모스케였다.

기치베는 "이 세상에 괴이 같은 것이 그리 많이 있을 리도 없지만, 그래도 이토록 세간을 떠들썩하게 만든 것은 모두 내 부덕의 소치이다. 야에를 안심시키기 위해서라도 내 눈으로 직접 확인하고 싶다."

이렇게 말한 것이다.

아무리 어행사가 설득을 하고 친척들이 만류해도 기치베의 결의는 변치 않았다. 모모스케 역시 원래 자신이 꺼낸 말이라며 부득부득 말을 듣지 않았다.

산고로는 흘러가는 상황을 어쩔 수 없다고나 할까, 그야말로 한심한 태도였으나, 여기서 꼬리를 내릴 수도 없어서 결국 셋이서 가게 된 것이다. 나머지 사람들은 불상이 놓여 있는 방에서 염불을 외며 기다리기로 했다. 어행사는 세 사람이 뜰로 가기 전에 다음 세 가지에 관하여 엄중한 주의를 주었다.

우선 버드나무 옆에는 절대로 다가가지 말 것. 다음으로, 만에 하나 기이한 형체가 나타났다고 해도 결코 눈을 맞추거나 말을 나누어서는 아니 된다는 것. 마지막으로, 액을 막는 호부를 몸에서 떼어놓지 말고 간직할 것.

어행사는 집요할 만큼 거듭해서 말하며 부적을 각자에게 전했다.

그러나 기치베는 그 부적을 받지 않았다.

"괴이는 내 뜰에 있지 않으니, 그러한 주술종이는 불필요하다"며 완고하게 그것을 거절한 것이다.

어행사는 서글픈 표정을 지었다.

이윽고 심야를 알리는 종이 울렸다.

그리고 세 사람은 마당으로 내려섰다.

전날 밤과 달리 안개가 끼어, 안뜰은 칠흑 같은 어둠에 휩싸여 있었다.

그저 쏴아 쏴아, 풀이 비벼대는 소리와 연못의 수면이 술렁이는 소리만이 어둠 속에서 배어나왔다.

그중에서도 가장 큰 기척을 발산하고 있었던 것은 물론 뜰 한가운데에 서 있는 저주의 버드나무였다. 보이지는 않으나 그 뱀처럼 늘어뜨린 머리칼이 바람에 넘실넘실 일렁이고 있다는 것은 쉽게 알 수 있었다.

소리를 내는 자는 없었다. 모두 숨을 죽이고 있었다.

그런데.

휘익. 바람이 세 사람의 뺨을 어루만졌다.

쏴아 쏴아 쏴아.

그리고.

밉다.

밉다.

산고로가 화들짝 몸을 떨었다.

밉다, 이 버들.

흐릿한 버들 그림자에서 어두운 빛이 새어나왔다.

이윽고, 허연 여자 모습이 어둠 속에 떠올랐다.

산고로는 비명을 지르며 복도로 뛰어올라가 기둥 뒤로 몸을 숨겼다.

모모스케는 눈을 휘둥그렇게 뜬 채 경직. 반면 기치베는 앞으로 나섰다.

쏴아 쏴아 쏴아.

여자는 가슴에 회검을 꽂고 버들가지가 감긴 아기를 안고 있었다.

쏴아 쏴아 쏴아.

밉습니다, 나리. 이 증오스러운 기치베. 네 이놈, 이러한 악행을 저질러놓고도 뻔뻔하게 후처를 얻다니, 무슨 심산인 게냐.

여자는 참을 수 없을 정도로 음산한 목소리로 그렇게 말했다.

"이, 이년! 정체가 무어냐!"

기치베는 그렇게 외치고는 품에서 비수를 뽑아들고 뜰 중심으로 돌진했다.

여기에도 묻었구나.

"닥쳐라, 이 요괴야!"

이 인두겁을 쓴 놈.

쏴아, 하고 버들이 일렁였다.

갑자기 모든 것이 사라졌다.

"으아아아!"

창백한 얼굴의 산고로가 호들갑스럽게 비명을 지르며 염불을 외고 있는 방으로 구르듯 뛰어들었으므로, 그곳에서 대기하고 있던 친척 일동과 어행사는 뭔가 심상치 않은 일이 벌어졌음을 깨닫고 부리나케 안뜰로 향했다.

그러나 그때, 뜰의 상황은 딱히 달라진 것도 없었다고 한다.

회랑 옆의 지면에 야마오카 모모스케가 엎드려 있을 뿐, 기치베의 모습은 어둠이 집어삼켰는지 전혀 보이지 않았다고 한다. 그래도 기척만은 예사롭지 않았다고, 모두가 입을 모아 말했다.

다만, 요키치 노인을 비롯한 몇 명의 귀에는 기치베의 비명과 여자의 웃음소리가 들렸다고 한다.

마타이치는 뜰을 똑바로 노려보며 요령을 들어 한 번 휘두르고는,

"어행봉위!"

라고 말했다.

그러자 으스스하던 기운이 사라졌다고 그 자리에 있었던 일동이 증언했다.

이윽고 마타이치의 지시로 횃불이 지펴졌다.

횃불에 비친 밤의 뜰은 기이한 분위기를 자아내고 있었다. 캄캄

한 연못의 수련이나 버드나무의 괴이한 표면이 야음에 떠올랐지만, 기치베의 모습만은 홀연히 사라지고 없었다고 한다.

애써 해준 어행사의 충고도 듣지 않고 부적을 가지지 않고 나갔기 때문에 요괴에게 먹혀버렸다며, 노인들은 하나같이 경직된 표정으로 어깨를 축 늘어뜨렸다.

가까스로 진정된 산고로와 모모스케의 이야기에 따르면, 아기를 안은 여자 유령이 나타나 원망하는 소리를 늘어놓자 기치베가 격노하여 칼을 뽑아들고 소리를 지르며 돌진했다고 하니, 그 주인은 어행사의 세 가지 주의를 모두 어긴 것이 된다. 따라서 이것은 어쩔 수가 없는 일이라며 친척들도 납득한 것이었다.

"여러분."

거기서 어행사는 일동을 둘러보고는 "이번 일은 버들의 소행이 아닙니다"라고 말했다.

"이분들의 이야기를 듣고 다시 곰곰이 살펴본 바로, 이 버들은 악한 것이 아니옵니다. 이것은 이 집의 수호신이지요. 저주다, 저주다, 하는 것은 무례하기 그지없는 소리."

어행사가 매섭게 말을 하므로 노인들은 놀란 표정을 지었다.

"모든 것은 이 버들 옆에 묻혀 있는 어떠한 것이 초래한 재앙입니다. 이 버드나무는 그 어떠한 것의 마력으로부터 필사적으로 이 집을 지켜온 것이겠지요. 기치베 님은 그 버들의 공덕을 믿지도 않고, 또 고마운 부처님의 자비도, 신령님의 가호도 물리쳤기에 요물에 사로잡혀버린 듯합니다. 안타깝지만 돌아오지 못할 겁니다."

 어행사는 그렇게 말하고 다시 한 번 방울을 울렸다.

 노인들은 그 자리에 털썩 주저앉아 그저 버드나무에게 사죄하고 기도를 올렸다.

9

 마타이치의 말대로 기치베는 두 번 다시 야나기야에 산 채로 돌아오지 못했다.
 뜰에서 홀연히 사라진 기치베의 수색은 밤을 넘어 아침 해가 뜨도록 이어졌으나, 하늘로 솟았는지 땅으로 꺼졌는지 그 모습을 도무지 찾을 수 없었다고 한다. 결국 그로부터 열흘 후, 기치베는 송장이 되어 해변에 떠올랐다. 외상은 없었다고 한다.
 한편, 야에는 무사했다.
 야나기야의 친족들은 어쨌든 여주인만이라도 무사해서 다행이라며 가슴을 쓸어내렸다.
 산고로에게도 특별한 이변은 없었다. 이것도 모두 어행사님의 은덕이라며 예를 다하려 찾았으나, 정신을 차렸을 때는 이미 늦어 숙박촌 어디에서도 그 모습을 볼 수 없었다고 한다. 어행사는 모모스케를 이끌고 먼동을 기다리지 않고 모습을 감추어버렸던 것이다. 그 후로도 야나기야 사람들은 시나가와 전체를 샅샅이 뒤졌지만 어행사의 모습은 찾을 길이 없었다.

이윽고 보제사 주지 각전 화상을 중심으로 근처에서 많은 승려들이 모여서 대규모의 기치베 법요가 실행되었다. 이때는 천체황신당의 주직(住職)도 가세하여 종파를 넘은 공양이 되었다.

그것은 참으로 성대했다고 한다.

이후 길일을 골라, 그 안뜰에 새롭게 버들 사당을 건축하였다.

사당을 지을 때, 흙속에서 작은 백골이 두 개 정도 나왔다고 한다.

이것이 바로 그 어행사가 말하던 불길한 것이 아니겠냐며 일동은 거듭 놀랐고, 새롭게 무덤을 만들어 매장해서 해마다 공양을 했다고 한다.

야에는 그 후 무사히 사내아이를 낳았다.

기치베의 유복자, 집안을 이을 후계자의 어머니가 된 야에는 명실상부한 야나기야의 여주인이 된 것이다. 그 평판은 매우 좋았다. 물론 뜰의 버드나무는 점점 더 무성해져, 야나기야는 전과 다를 바 없는, 아니, 그 이상의 번영을 구가했다.

기치베의 사후 반년, 북 시나가와는 평온을 되찾았던 것이다.

그리고.

시나가와 숙박촌 입구가 바라보이는 나지막한 언덕 위에 서 있는 세 개의 그림자가 있었다.

"잘됐구먼."

이야기를 마친 오긴을 흘낏 바라보며 마타이치는 싱글거렸다.

"야에 씨도 이제 안심이지. 저곳은 친척들이 몹시 야무진 것 같으니까. 그리고 약속대로 오긴 씨의 의뢰도 달성했다고."

좀 늦었지만 후사금이야. 오긴은 그렇게 말하며 등에 진 짐에서 비단보로 감싼 돈을 건넸다.

"나는 역시나 전혀 모르겠습니다."

그 돈꿰미를 받아들면서 그렇게 말한 것은 곰곰궁리 모모스케였다.

"제가 알고 있는 것은 그때의 유령이 오긴 씨였다는 것과 도깨비불의 정체가 횃불을 든 마타이치 씨였다는 것뿐입니다. 나머지는 두 사람의 말대로 연기를 했을 뿐, 전혀 이해하지 못하겠습니다. 언제나 그렇습니다만, 과연 이번에 저는 도움이 되었습니까? 이 돈을 받아도 되는 걸까요?"

모모스케는 황송하다는 듯 그렇게 말했다.

"바보 같은 소리를 다 하시는구려, 선생. 선생이 오키미 씨의 행방도, 오스미 씨 아이의 행방도 찾아낸 덕분이잖습니까. 그렇지, 오긴?"

맞아, 하고 오긴은 간살스러운 목소리로 대답했다.

"덕분에 오몬 씨의 이야기가 진실이라는 것을 알았으니까요. 하지만 그 오키미 씨가 무사했다는 점은 무엇보다 반가웠죠. 유일하게 살아남은 증인이니까요."

"하지만 그 오몬 씨라는 사람이 의뢰한 내용으로 봐도 저는 모르겠는데요."

모모스케는 한심한 목소리를 내었다.

"오몬 씨란 분은 아마 기치베 씨의 세 번째 부인이었지요? 그, 아쓰타로 도련님이라는 아기를 병으로 잃고, 착란을 일으켜 집을 뛰쳐나갔다던."

"맞아. 착란이라기보다는, 조금만 더 있었더라면 정신을 놓을 뻔했을 정도라 할 수 있지. 무서운 꼴을 당했는걸, 그 여자. 오몬 씨는 그 야나기야를 뛰쳐나온 후 오늘날까지 목숨을 연명한 것이 희한할 정도다, 그렇게 말했어."

"그토록 무서운 꼴이란 무엇이고, 의뢰 내용은 무엇이었습니까?"

아이의 원수를 갚아달라는 것이었지요, 하고 마타이치는 말했다.

"아이는 병사한 게 아니었습니까?"

"그렇지 않습니다. 소생도 말이지요, 처음에 오긴한테 들었을 때는 좀 그렇다고 생각했지만요. 아무리 그래도 그런 일은 없겠지, 아이를 잃은 슬픔 탓에 보게 되는 망상이 아닐까 하고 생각했지요. 하지만 오몬 씨의 아이를 죽인 것은 기치베였습니다."

모모스케는 입을 쩍 벌렸다.

"하, 하지만 그 기치베라는 사람은 아이를 아꼈다고⋯⋯. 그리고 그런 짓을 할 만한 사람으로는 도저히⋯⋯."

"도저히 보이지 않았지요." 마타이치는 그렇게 말하고 눈을 가늘게 뜨며 얼굴을 구겼다.

"하지만 그랬던 거라고 오몬 씨가 말하더군요. 그뿐만이 아니죠. 첫 아이를 죽인 사람도 버들이 아니라 기치베 본인이었어요."

모모스케는 벌어진 입을 다물 수 없는 모양이었다.

"미, 믿어지지가 않습니다."

"그 기치베라는 사람은 말이죠, 평판대로 사물의 이치도 알고, 학식도 있고, 상재도 있었어요. 인간관계도 좋고 여자에게 상냥한 미남이지요. 아이도 몹시 좋아했던 모양이었습니다. 첫 부인이 아이를 가졌을 때는 정말이지 기뻐했다고 하더군요. 그런데……."

"그런데, 뭡니까?"

"그건 태어나기 전까지의 일이었다고 합니다. 이건 말이죠, 나중에 기치베 자신이 오몬 씨에게 고백한 말이라고 합니다만, 아기의 얼굴을 보자마자 기치베는 참을 수 없는 충동을 느꼈다고 하더군요."

"충동?"

"죽여버리고 싶다."

"그, 그럴 수가……."

"때려죽이고 싶다. 목을 비틀고 싶다. 그런 식의 억누를 수 없는 강력한 충동이 솟구쳤다고 합니다. 이성적으로는 귀엽고 사랑스럽다고 생각을 했던 모양입니다만, 억누를 수 없는 검은 욕구가 솟구쳐 올랐던 모양이에요. 일반적으로는 믿을 수 없는 이야기지요. 기치베 자신도 믿지 못했던 듯하니까요. 밉다든가, 괴롭히고 싶다든가, 죽이고 싶다기보다 부숴버리고 싶다는 감정이었다고 기치베가 말했다고 합니다."

"말했다니, 오몬 씨에게 말입니까?"

"예. 기치베는 자신의 과거 죄악을 전부 오몬 씨에게 자백했어요."

마타이치는 그렇게 말한 후 오긴을 흘깃 보았다.

"뭐, 보통이라면 그런 고백은 하지 않겠지요. 했다고 한들 농담이겠지요. 그래서 소생도 좀처럼 믿을 수가 없었던 거고요."

"그런데 사실이었던 겁니까?"

"병이야." 오긴이 말을 이었다.

"하지만 병으로 생각하기 어렵지. 사람이란 행동에 뭔가 이유가 있을 것이라고 생각하는 법이니까. 첫 아이, 오도쿠 씨가 낳은 아이를 왜 그렇게 부숴버리고 싶다고 생각했는지, 기치베는 이래저래 번민하고 고뇌했어. 아, 왜 안 그렇겠어? 귀엽고 예뻐서 어쩔 줄 모르겠는 아이였을 텐데, 얼굴을 볼 때마다 죽이고 싶어지니까. 이건 무언가 이유가 있을 것이라고 생각했겠지."

"그래서 이유를?"

"그래. 그 기치베라는 사람은 번민한 끝에 나중에 억지로 이유를 갖다 붙여서 그걸로 납득을 했던 거야."

"맙소사. 그런 짓에 대체 무슨 이유가 있다는 겁니까? 어떠한 사정이 있든, 자신의 아이를 죽이고 싶어질 만한 이유 따위, 저로선 상상이 안 됩니다."

"이건 자신의 아이가 아니니 죽이고 싶어지는 것이 아닐까 하고, 그렇게 생각했다더군, 그 사람은. 말도 안 되는 이유지. 하지만 한번 그렇게 생각해버리자 더는 벗어날 수 없게 되어버린 거야. 그래서 말도 안 되는 이유로 오도쿠 씨를 추궁했다지. 오도쿠 씨는 그런 남편의 이해하기 어려운 거동, 아이에 대한 살의를 민감하게 느끼고도 모르는 척하면서 나름대로 경계를 했다더군. 그래서……."

"기치베는 하루 종일 오도쿠 씨의 틈을 노렸습니다. 그러던 중 어느 날 애보는 여자가 아이를 업고 있는 것을 보고 더는 참을 수 없게 된 거지요. 그래서 우선 하녀를 습격하고, 그 후에 버드나무 가지로 아이의 목을 졸라 죽였어요."

"너무하군요." 모모스케의 얼굴에서 핏기가 빠졌다.

"잔인하다. 자신도 그렇게 생각했다더군요. 이것은 사람이 할 짓이 아니라고, 그렇게 생각했다고 오몬 씨에게 말을 했다지요. 하지만 후회해봐야 소용없는 일. 죽은 사람은 돌아오지 않아. 그래서 얼결에 선생도 얘기한 바 있는 대륙의 고사를 떠올린 거지요."

"그래서 버들의 저주로 꾸민 겁니까?"

"저주라기보다, 애초에는 사고로 꾸밀 생각이었겠죠. 버드나무는 단순한 흉기였던 거니까…… 버드나무가 저절로 감겨들었다는 식으로 꾸몄죠. 하녀는 몰래 바다로 흘려보냈고요. 사고라는 것으로 해버리면 책임을 느낀 하녀가 자해하는 일도 있을 수 있으니까요. 우선, 아무도 기치베가 진범이라고는 생각하지는 않겠지요. 하지만, 세간을 속일 수는 있어도 오도쿠 씨만은 속이지 못해요. 그래서 결국은 찔러 죽인 겁니다."

"자해로 보이게 하려고 죽였다? 그 사람이 말입니까?"

"예, 그 사당 앞에서 찔러 죽인 겁니다. 단호하게 말했다더군요. 이건 완전히 살인귀라고, 스스로 그렇게 말했다더군요. 기치베 씨가 잇달아 신앙을 바꾼 건 자신이 두려웠기 때문이랍니다. 그렇게 오몬 씨에게 고백했다더군요."

모모스케는 입을 막았다.

"그런 얘기가 있을 수 있는 겁니까?"

"실제로 있었는걸요. 그걸 본인의 입으로 듣고, 오몬 씨도 완전히 당황했을 테지요. 그것도 왜 고백했느냐면……."

"오몬 씨의 배가 불러왔기 때문에?"

"그렇습니다. 기치베는 아이가 뱃속에 있을 때는 더할 나위 없이 좋은 남편입니다. 하지만 만삭이 가까워짐에 따라 자신이 또 전처럼 되는 게 아닐까 하는 공포에 휩싸였던 거였겠지요. 그래서 오몬 씨에게 모든 것을 고백했어요. 하지만 한번 생각해보십시오. 임산부가 남편한테서 그런 말을 들었다면 어떻게 되겠습니까?"

"오호라, 그건……."

그건 더 없는 공포지요. 모모스케는 말했다.

"예, 최악이지요. 그래도 달이 차면 아이는 태어나고 맙니다. 도망갈 수도 숨을 수도 없어요. 예상대로 아이를 보자마자 기치베의 눈빛이 변했어요."

"정말이지 무섭군요, 무서워."

"그렇죠, 무섭죠. 전전긍긍. 그래도 태어나서 석 달은 어떻게 버텼지만, 결국 기치베는 틈을 보아 오몬 씨의 아이도 죽여버렸어요. 병사했다고 우긴 모양이지만 오몬 씨는 알았겠지요. 연못에 처넣어 죽였다고 하더군요. 그래서 오몬 씨, 미칠 것만 같아서 야나기야를 뛰쳐나온 겁니다."

"그럼 네 번째, 오스미 씨도?"

"예. 오스미 씨는 유산했고, 그래서 죽었다는 얘기로 굳은 듯한데, 아이는 어쨌든 태어났던 모양입니다. 기치베는 이번에는 곧바로 죽여버렸지요. 오스미 씨는 아이를 잃은 충격으로 죽었는지 아니면 역시 살해당했는지…… 두 사람의 시신은 저 사당터에 묻혔지요."

"그것이 불길한 시신이었던 겁니까?" 모모스케가 물었다.

"정말이지 안타깝기 짝이 없지요."

"기치베가 다섯 번이나 그런 짓을 반복하게 할 수는 없잖아."

오긴은 그렇게 말하고 긑 속에서 인형 머리를 꺼냈다. 흡사 살아있는 것 같은 아기 인형이다. 버들 아래에서 안고 있었던 그것이다.

"허나 근거가 없었던 거지. 그런데 선생이 사당의 위치를 산지야 주인장한테서 캐내주었으니 마타 씨가 오스미 씨나 그 아이의 유골을 발견할 수가 있었고, 나는 살아있는 오키미 씨를 만나 왜 도망쳤는지 들을 수가 있었던 거지."

"그럼 오키미 씨는 기치베의 본성을 꿰뚫어보고 도망친 겁니까?"

"그런 거야." 오긴은 말했다.

"하지만 가장 괴로웠던 것은 역시 기치베 본인이었어. 내 얼굴을 가까이서 보자마자 손도 대지 않았는데 심장이 멈춰버린 것 같았으니까. 슬픈 일이지."

슬픈 일이야. 오긴은 한 번 더 그렇게 말하고 아기 인형의 머리를 쓰다듬었다.

가타비라가쓰지

단림황후의 시신을 버린 까닭에
지금도 종종 여자의 송장이 보이는데
개와 까마귀 따위가 먹는 모습을 보면
그리 괴이할 수가 없다

繪本百物語・桃山人夜話/卷第三・第二十二

1

교토 서쪽에 가타비라가쓰지라는 갈림길이 있다.

동으로는 우즈마사, 북으로는 히로사와에 이르고, 북동으로는 아타고토기와로 빠지며 서로는 사가아다시노로 이어지는 사통팔달한 도로의 갈림길이기는 하나, 그래도 어딘가 오갈 데 없는 감상이 피어오르는…… 길이 갈라지는 곳이 아니라 길의 끝 같은 풍취의 갈림길이다.

그도 그럴 터.

갈림길에 서서 서쪽을 바라보면 그 앞은 인간들이 덧없는 생을 마치고 마지막으로 가는 곳, 무덤이다. 염불사 팔천 석탑 아래에 잠든 무연불과 오구라 산기슭에서 바스러져 모래가 된 셀 수 없을 정도로 많은 사자가 거하는, 그야말로 이 세상의 끝인 것이다.

한 옛날.

사가천황의 황비 다치바나노 가치코, 세간에서 말하는 단림황후가 몸을 뉘었을 때의 일. 고요히 나아가던 장례행렬이 이 땅, 이 갈림길에 접어든 그 순간 일진광풍이 불고 관을 덮은 비단천이 펄럭 날아가 떨어진 곳이 이 장소로, 그래서 이런 이름이 붙었다고도 전해진다. 신심이 두터웠던 황후께선 사가노베에 비구니들을 위한 단림사를 세우셨던 분이기에 인연이 있었다는 설이다.

그러나.

참인지 거짓인지는 알 수 없으나 황후가 승하하시기 전에 "내 시신은 제도 지내지 말고 묻지도 말고, 갈림길에 버리고 들판에 내놓으라"고 하셨다고 말하는 자도 있다.

황비의 시신을 하필이면 길바닥에 버려두다니 무슨 연유냐고 묻는다면, 그 유지야말로 무상(無常)이라는 두 글자를 체현하기 위해서였다고 전해져 내려온다.

만물이 끊임없이 변화하며 멈추는 일이 없는 것처럼 인생도 인체도 그저 허무할 뿐. 그 무엇도 영원한 것은 없다는 것을 세상에 알리기 위해서였다는 것이다.

생명이 있었을 때의 황후는 비할 바 없이 아리따운 여인으로 많은 자가 떠받들었고, 한 번 보기만 하면 마음이 아니 움직이는 자가 없어 음험한 마음을 품는 자 역시 적지 않았다고 한다. 그 까닭에 사십구재 동안 그 시신을 들판에 내놓아 비를 맞히고 그 변모하는 모습을 노골적으로 드러내면 연심에 휘둘려 불심을 잊었던 어리석은 자도 세상의 무상함을 깨우칠 거라는 것이다. 이것은 모두 황후의 두터운 신심에서 우러나온 말씀이라 전해진다.

당나라 승려 의공의 간청으로 일본에 첫 선원이 건립되니, 고귀한 불법자인 황후가 아니라면 도저히 남길 수 없는 말씀이었으리라.

그 썩어가는 모습, 바스러져 사라져가는 모습, 금수에게 먹히는 모습은 색에 번민하고 향에 이끌리는 무리들에게 큰 깨달음을 주었다고 전해진다.

그 옥체를 버린 곳이 가타비라가쓰지였다는 것이다.

가타비라는 죽은 이에게 입히는 흰옷을 말하는 것이리라.

다만.

옥체가 스러진 후에도 어찌 된 일인지 이 가타비라가쓰지에 가끔 여자의 시신이 홀연히 나타나 개와 까마귀에게 먹히는 모습이 목격된다고 한다.

갈림길이 무상을 느낀 것인가.

무상이 갈림길에 물든 것인가.

정녕 이 세상이 무상하다면, 같은 상이 세월을 지나 보인다는 것은 이치에 맞지 아니한 일. 이는 부처님께 깊이 귀의한 황후의 공덕에 반하는 상인 것이다.

그렇다면 요괴여우나 요괴너구리들의 못된 장난질이 분명하리라.

그렇지 않다면 환각이나 백일몽의 부류이리라.

어찌되었든 먼 과거의 일이다.

아무래도 이는 괴담이나 옛날이야기의 한 종류로 치부하며 믿는 자도 없으리라. 이윽고 시간은 흘러, 애당초 그 고사를 아는 자조차도 적어져갔던 모양이다.

그러나.

머나먼 옛 고사로부터 여름과 겨울이 바뀌길 수십 수백 차례가 지난 훗날, 이 도읍 외각의 스산한 갈림길에 괴이가 일어난 것이다.

단림황후의 환영 그대로 여인의 썩은 시체가 밤마다 가타비라가쓰지에 나타나게 된 것은 여름도 한창인 팔월의 일이었다.

2

"이거 엄청난걸."

아라시 산의 끝, 찾아오는 이조차 없는 다 쓰러져가는 사당 안이다. 여기에 펼쳐진 한 폭의 그림족자를 들여다보고 있는 것은 흰 명주 홑옷에 행자두건을 쓴 부적 뿌리는 나그네, 어행사 마타이치였다.

"하지만 즐겨 볼 만한 것은 못 되는군."

마타이치는 팔짱을 끼고 마주선 사내의 얼굴을 올려다보았다. 상대는 승려 차림새이다.

삭발을 하고 먹빛으로 물든 법의를 걸치고는 있으나 제대로 된 승려는 아니다. 도깨비라도 삼킨 듯한 우락부락한 면상만 봐서는 경건한 신심을 느끼기가 어렵다. 하지만 그 외양은 이 사내의 정체와 성질을 발가벗기듯 그대로 드러내고 있다.

이 사내, 이름은 무동사의 옥천 스님이라고 한다. 도읍을 근거지로 하고 있는 소악당 중 한 명이다.

 그 이름은 히에이 산 칠대불가사의 중 하나인 무동사 계곡 옥천 스님 요괴로부터 가져온 것이다. 물론 별명도 포함한 이름이다. 본명과 출생지는 알려져 있지 않았다. 승려 차림을 하고 있는 것 또한 세상을 살아가기 위한 방편일 뿐, 히에이 산과는 아무런 관련도 없다. 오쓰 근방에 터를 잡고 있는 무뢰한이다.

 "영험한 그림인데 말이지." 옥천 스님이 말했다.

 "이거, 모야부네 녀석한테 부탁받아 내가 아주 유명한 문적(門跡)*에게 머리를 숙이고 큰돈까지 들여 빌려온 것이니 더럽히지 말아주었으면 싶은데."

 "이미 더러워져 있잖나." 마타이치가 쏘아붙였다.

 "그보다, 모야부네 녀석은 잘 지내나?"

 "그 녀석이야 여전하지. 이제 곧 여기로 오는데, 그 전까지 이걸 잔머리 모사꾼한테 보여 두라고 부탁받았다고."

 "어떤가?" 옥천 스님이 목을 내밀며 말했다.

 "어떻고 자시고 할 것도 없지. 이렇게 색기라곤 전혀 없는 그림을 보여 봐야 아무런 공덕도 쌓이지가 않는다고. 에도에서도 잔인한 그림이 유행하고는 있지만, 이렇게까지 추잡하지는 않아. 흐늘흐늘 문드러진 활인형(活人形) 쪽이 훨씬 더 매력이 있겠구먼."

 마타이치는 얼굴을 찌푸렸다.

---

* 조사의 법문을 이어받은 중.

그림족자에는 여자가 그려져 있었다.

그러나 그 여자가 살아있는 것은 맨 처음 한 장뿐이다.

두 번째 그림에서 여자는 임종, 그리고 그 이후의 그림은 그 시신이 썩어들어 가는 모습을 극명하게 좇고 있다.

모두가 차마 눈 뜨고 볼 수 없을 만큼 무참한 그림이다.

속세에서 구상시 그림족자*, 오노노 코마치 상혼화** 등으로 불리는 것이다.

요컨대 사후에 인체가 흙과 재로 돌아가기까지, 아홉 개의 모습을 그린 그림인 것이다.

"이런 것이 영험이 있단 말인가?" 마타이치가 물었다.

"영험이 있고말고. 이건 세상의 무상을 설법하고 있는 게야."

"무정하구만. 꽃마저 부끄러워할 미인이 그저 썩어가는 것을 내버려두다니, 무자비도 분수가 있어야지. 일단 이것은 하루나 며칠만의 일이 아니지 않나. 이렇게 오랜 시간 방치해두다니, 제정신은 아니야. 성급한 에도 사람에겐 안 맞아."

"아니, 무자비하기는커녕 다 깊은 뜻이 있는 것일세. 잘 들어, 마타 씨. 이건 세상이란 변화하는 거라는 사실을 나타내는 그림이야. 아무리 생전에 아름다웠던 여자라도 죽으면 썩는다. 부풀고,

---

* 九相詩繪卷. 미녀의 시체가 길에 버려져 썩고 짐승에게 먹혀 백골만 남는 모습을 생전의 모습부터 아홉 장에 걸쳐 순서대로 그린 그림.
** 헤이안 시대의 여류 가인 오노노 코마치의 시체가 부패되어 가는 모습을 그린 그림.

구더기가 들끓고, 개한테 먹혀 뼈만 남는다는 얘기라고. 세월이 흐르면 아름다움도 추하게 바뀐다. 미추는 같은 것이다. 변하지 않는 아름다움 따위는 없다. 색은 변하는 것이니 그처럼 허무한 것에 마음을 빼앗기는 것은 어리석다. 그런 그림이지."

"흥."

마타이치는 콧방귀를 뀌었다.

"그런 거야 나도 백 번도 더 잘 알고 있어. 이봐, 불제자. 너, 중이 되려다 만 지 몇 년이나 지났나? 비린 것 먹으며 살고 있는 것치고는 아주 중 냄새 솔솔 풍기는 소릴 하는구먼. 색은 변하고 향기는 엷어지는 법. 그것이 세상의 이치라고. 그런 건 당연하지. 모르는 녀석이 바보일 뿐. 이렇게 불쾌한 건 보지 않아도 누구나 알고 있는 일이라고. 한순간의 꿈이란 걸 알면서 반하고, 알면서 매달리지. 그게 멋이라는 것 아닌가. 너한테 에도의 불꽃놀이를 보여주고 싶구먼."

마타이치는 손가락으로 맨 처음 그림을 가리킨다.

"이 한 장으로 이미 족하다는 이야기야. 에도 토박이한테 나머지는 필요 없는 것. 여기서부터 뒤는…… 알고서도 모르는 척하는 게 낫다고. 보여주게 되면 누설인 거지. 특별한 장치가 되어 있는 무대 뒤를 엿보는 것이나 다름없어. 거짓인 걸 알고 있으면서도 놀랄 생각이 없다면 귀신의 집 같은 걸로 돈벌이를 하는 이들은 죄다 굶어죽으라는 소리지. 그건 촌스런 짓이야. 하코네 저 너머에서나 할 짓이라고."

"여기는 하코네보다 더 서쪽이잖나. 뭔 소리를 주절대는 거야?" 하며 옥천 스님은 웃었다.

"이봐, 마타 씨. 이런 유의 그림은 구상도라고 한단 말이지. 구상시라는 한시가 있는데 그걸 그림으로 만든 거라고. 아주 오래된 거라서 자네가 얘기하는 멋이고 촌티도 없는 거라고. 연지에 분, 푸른 먹으로 백피를 채색할 뿐. 남녀의 음락, 서로의 역겨운 몸을 안는다는 그거 말이야. 잘 들어. 사람은 죽으면 아홉 가지 상을 보여. 그 첫 그림은 생전(生前)의 상이지."

옥천 스님은 마타이치가 말한 그림을 가리켰다.

"봐, 꽃처럼 색향을 자랑하는 미인이지. 네 말대로 이 정도면 반하고말고. 펑, 하고 펼쳐진 불꽃놀이의 꽃이야. 하지만 말이지, 어떠한 미인도 죽으면……."

옥천 스님은 다음으로 그 옆의 하얀 천을 쓴 채 거적에 뉘어져 있는 여자 그림을 가리켰다.

"이게 죽은 직후의 그림. 뭐, 죽었으니 안색은 나빠. 병으로 죽었다면 생전부터 쇠약해져 있었을 테고. 그래도 이 정도면 자고 있을 때와 다를 바 없지."

"죽은 직후라면 다르지 않겠지."

"그렇지. '은애하는 옛 벗은 여전히 머물러 있건만, 혼은 사라져 어디로 가느뇨'라는 구절이지. 생전의 모습이 있으니 이거 차마 등 돌릴 수가 없는 거잖아. 그렇잖아?"

"미련이 남았다는 건가?"

마타이치가 그렇게 말하자 불제자는 "맞아. 미련이지. 집착이지"라고 말했다.

"집착이 있는 거겠지. 아무리 봐도 살아있을 때와 같은 얼굴인 걸. 죽었다고 생각되지를 않아. 움직이지 못하는 것뿐이야. 마타 씨, 자네 아까 여기서부터 뒤는 필요 없다고 했지."

"필요 없어." 어행사가 말했다.

"죽었으면 묻으면 될 일이지."

"그렇게 하지도 못해. 자고 있을 때와 똑같잖아. 이걸 보고 있으면 사모의 정을 좀처럼 끊기가 어렵다고. 다시 살아나서 눈을 떠달라고 생각하겠지." 옥천 스님이 말했다.

"그러니 묻어야지."

"그렇겠지. 하지만 이건 어때?"

불제자는 그 옆의 그림을 다시 가리켰다.

부풀어 있다. 살결도 시커멓게 변색되어 있다.

얼굴 모양도 완전히 변해서 원래의 용모는 그 어디에서도 찾아 볼 수 없다.

"어때? 이건 팽창(膨脹)의 상이라네. 죽으면 부풀어 오르잖아. 내장은 썩고, 수족은 굳어서 이렇게 나무막대기처럼 되지. 홍안이 어둡게 변하여 고운 빛을 잃고 검은머리가 먼저 쇠하여 초근에 얽히누나. 또한 오장육부가 흘러내려 관에 남으니⋯⋯ 뭐, 이렇게 되는 거지."

"보고 싶지 않군." 어행사가 말했다.

"그렇지? 그렇다니까. 좋아하고 반해서 애태우고 사모하던 상대라도 이렇게 되면 끝장인 게야. 어때?"

"그러니까 나는 처음부터, 이렇게 되기 전부터 사양한다고 말을 했잖아. 비린내 나는 불제자의 설법 따위는 듣기 싫다고."

그렇겠지, 그렇겠지, 하고 옥천 스님은 웃었다.

"모야부네가 오기 전까지 잠깐 동안 이 옥천의 영험한 이야기를 더 들어보는 게 어때? 어이구, 그렇게 얼굴 구기지 말고. 이게 다음 상, 혈도(血塗)의 상인데……."

불제자는 다음 그림을 가리켰다. 피부색은 점점 더 검어지고 살결은 여기저기 터지기 시작했다. 안구도 흘러나와 있다. 더 보기가 힘들 정도다.

"뼈가 부서지고 근육이 무너지고 색이 변이하는 정도가 미루어 짐작하기 어렵도. 썩은 살결, 모조리 흩어지는 검푸른 얼굴, 농혈이 흐르는 부패한 내장……이라는 거야. 사람은 고결한 존재일지도 모르지만 사람의 몸이란 부정한 것이니까. 이 상에 이르러 그 부정함이 얼굴을 내미는 거라고. 이어서 이것이 방란(肪亂)의 상이지."

이미 인체라고 말하기 어렵다.

구더기가 끓고 있다.

"구더기 온몸에 크게 들끓고 파리떼 살 위를 날아다니니…… 이제는 역겨움 그 외의 무엇도 아니야. 바람이 악취를 이삼 리나 나르지. 부정함 그 자체라고 할 수 있는 몸이야. 이건 사람에게는 불길할 뿐인 것이지만, 반면 금수에게는 좋은 먹잇감일세."

옥천 스님은 두루마리를 스르르 펼쳐 숨겨져 있던 그림을 가리켰다.

개 같은 짐승이나 까마귀, 매 등이 시신에 떼로 몰려들어 부패한 사체를 뜯고 있는 그림이다.

"담식(噉食)의 상이라고 하지. 굶주린 개 울부짖고 게걸스러운 까마귀 군집하니……. 먹이지, 뭐. 인간의 존엄성이라곤 흔적도 없어. 하지만 개를 꼴사납다고 생각해선 안 돼. 이것이 개한테는 당연한 일이니까. 이렇게 되어버리면……."

승려 차림의 소악당은 그림족자를 더 펼쳤다.

"자, 이번엔 청어(靑瘀)의 상이야. 그림족자에 따라선 이것이 먼저 나올 때도 있지만, 이 그림족자는 이 순서대로지. 한번 봐. 얼굴은 이미 해골이야. 살도, 남은 가죽도 거의 없어. 이 다음은 이제 뼈밖에 없다고."

불제자는 두루마리를 끝까지 스르르르 펼친다.

"이건 골산(骨散)의 상이지. 백골이라고. 거죽을 덮고 있어야 남녀의 구분이 되는 법. 이렇게 되어버리면 남자도 여자도, 하물며 미인도 추녀도 없어. 마지막은 고분(古墳)의 상이야. 뼈도 흩어져버려서 이제 남은 것은 먼지와 재뿐. 오온(五蘊)은 애당초 모두 허무한 것. 무엇으로 평생 이 몸을 사랑하랴. 어때, 잔머리꾼. 조금은 엄숙한 기분이 되셨나?"

시끄러워. 얼른 치워, 하고 마타이치는 말한다.

"운우지정을 나눈 상대가 하룻밤 지나고 나니 늙은 할망구였다는 거나 똑같아. 역겨운 심경이지. 도대체가 기름기 쪽 빠진 고덕(高德)한 법사의 설법을 들었다면 그런 마음도 들겠지만, 너처럼 주색에 빠져 퉁퉁 불은 몸뚱이한테 들어봐야 꿈자리만 사납지 않겠어?"

"입은 여전히 험하구먼."

"유감스럽게도 장점이라곤 그거 하나여서." 어행사가 대답했다.

"그야 그렇겠지. 그런데 마타 씨, 어째 안색이 영 안 좋구먼. 정말 속이 메스꺼워진 거 아닌가? 그렇다면 미안하게 됐는걸. 설마하니 바다와 산에 천 년씩 살아온 미륵삼천 잔머리 모사꾼이 요깟 그림에 어떻게 되리라는 생각은 하지 않았다니까."

"여자의 송장이 싫을 뿐이야. 특히 지저분한 건 사양이라고. 맨처음 말한 그대로 인간의 본성이 더럽고 추하다는 건 알고 있어. 하지만 진흙인지 똥인지 모를 지저분한 것이 거죽 뒤집어쓰고 때때옷 입고 열심히 깨끗한 척하며 살고 있는 거 아니냐고. 벗기고 쪼개서 정체를 드러내봐야 즐겁지도 기쁘지도 않다고."

말은 그렇게 하면서도 마타이치의 시선은 여전히 그림족자를 내려다보고 있었다.

왜 그러나, 마타 씨, 하고 옥천 스님이 묻는다.

어어, 하고 어행사가 대답한다.

어두운 눈빛이다.

"참말로 왜 그러나, 마타 씨. 무슨 일이 있었는지 모르겠지만 영 기운이 없어 뵈네. 나와 함께 교토를 휩쓸고 다니던 시절엔 그런 눈빛 하지 않았잖은가. 게다가 그 차림새, 신심 모르는 모사꾼이 어행사 시늉을 하고 다니다니, 이 몸도 눈을 의심했다고."

내버려 둬, 하고 마타이치가 말했다.

"뭐여, 고향이라도 그리워진 건가? 참으로 희한하이. 양친이라도 돌아가신 건가?"

쯧, 하고 마타이치는 혀를 찼다.

"모사꾼에게 부모는 없어. 난 말이지, 땡중. 사실대로 말하면 에도 사람도 아니야. 부슈*에서 태어난 농사꾼 자식이라고. 아버지라는 사람이 한심하기 짝이 없는 구제불능의 술고래여서 여덟 살 때 죽어버렸어. 모친은 내가 태어나자마자 남자하고 도망갔지. 그야말로 천애고아라고."

"오호."

옥천 스님이 눈을 휘둥그렇게 떴다.

청산유수 모사꾼이 신상 이야기를 하다니, 한 번도 없었던 일이다.

"그랬구먼. 난 또 에도 사람인 줄만 알고 있었는데 말이지. 뭐, 앞으로 내 쪽에서 부탁할 일도 있을 테니, 뭔가 할 말이 있다면 하시게나."

"시답잖은 일이야. 대수롭지 않은 일이라고."

---

* 武州, 일본의 옛 행정구역 중 하나. 현재의 사이타마와 도쿄 일부 지역을 뜻함.

"이야기해봐."

여자가 말이지, 하고 마타이치가 말하니 여자가 뭐 어쨌는데, 하고 불제자가 묻는다.

"벌써 몇 년도 더 됐는데, 에도에서 말이지, 기억에 남는 여자를 만났어. 여자라기보다 노파였나. 여하튼 이 여자가 말이지, 못 말릴 정도로 색에 미쳐 있었어. 사내 없이는 하룻밤도 지낼 수 없는 여자야. 나이를 먹어서 두 번 다시 눈길을 받지 못할 정도로 늙어빠졌는데도 검버섯에 분칠하고 갈라진 입술에 연지 찍어 바르고. 더러워. 구역질이 날 정도로 더러워. 그런 괴물이 밤마다 사내의 소매를 끌었더란 말이지."

"사내 사냥인가."

"맞아. 그 여자, 꿈을 꾸고 있더라고."

"꿈이라니?"

"자신은 젊다. 젊고 아름답다는 꿈. 자신의 진짜 모습은 더러운 노파이고, 추한 괴물이라는 현실을 그 여자는 외면했어. 아니, 외면하며 살고 있었던 거라고."

서글프구먼, 하고 불제자는 두툼한 입술을 찌그러뜨렸다.

"그렇지. 나는 말이지, 그 여자 손에 이끌려서……."

거기서 마타이치는 입을 다물었다.

"그래서 어떻게 했나, 마타 씨. 결국은 산 건가?"

"안지는 않았어. 난 그 여자한테 현실을 보여줬어."

"꿈에서 깨웠다, 그런 소리인가?"

그랬더니 그 여자가 어떻게 됐을 것 같나, 하고 마타이치는 물었다.
"글쎄. 낙담했든가, 망신스러워했든가, 후회했든가."
"죽었어. 목을 매달고."
"죽었나."
"그래, 딱 이 그림처럼 부풀어서. 침 흘리며 죽었더라고."
옥천 스님은 입을 다문 채 마타이치가 가리키는 그림을 보았다. 팽창의 상이다.
이렇게 죽었다고, 하고 마타이치는 되풀이했다.
옥천 스님은 미간을 좁혔다.
"그렇구만……. 하지만 마타 씨."
"알아버리면 살아 있지 못할걸."
마타이치는 한층 더 어두운 눈빛을 했다.
"이 세상은 참으로 서글퍼. 그 노파만이 아니라고. 너도 나도, 인간은 모두 같아. 자신을 속이고 세상을 속이면서 가까스로 살고 있는 거라고. 그러지 않으면 살아있지 못해. 더럽고 악취 풍기는 자신의 본성을 알면서도 속이고 어르면서 살고 있는 거야. 그러니까……."
우리의 인생은 꿈같은 게 아닐까.
마타이치는 그렇게 말했다.
"무리하게 쥐어흔들고, 찬물 끼얹고, 볼때기 때려서 눈을 뜨게 해봐야 좋을 것 없어. 이 세상은 모두 거짓투성이야. 그 거짓을 진실로 착각하니 어딘가에서 무너지는 거야. 그렇다고 눈을 떠서 진짜 현실을 보게 되면 괴로워서 살아가지 못해. 사람은 약해. 그러니까 거짓을 거짓으로 알고 살아간다, 그것밖에 길이 없는 거라고. 연기 피우고 안개 속에 숨으며 환상을 보고, 그래서 만사가 원만하게 수습되는 거라고. 그렇지 않나?"

마타이치는 거기까지 말하고 급하게 고개를 들었다. 덩치 큰 승려도 고개를 돌렸다.

사당 입구에 깔끔한 차림새를 한 작은 사내와 꽃을 담은 키를 머리에 인 여자가 서 있었다.

"오랜만이구먼, 모사꾼."

그것은 모야부네 린조였다.

3

　모야부네 린조. 표면적으로는 지전(紙廛)*을 생업으로 삼고 있는 소악당이다.

　모야부네(靄船)란 연무를 헤치고 산으로 오르는 배를 말한다. 백중이 되면 비와호에서 히에이 산에 이르는 사카모토 고개를 망자가 배를 타고 오른다는 이야기가 있는데, 이것도 히에이 산 칠대불가사의 중 하나다. 이 사내의 손에 걸리면 진실인지 거짓인지 모르는 채로, 마치 안개 속이라도 걸어가듯 속아 넘어가 시키는 대로 농락당한다는 데에서 유래된 별명이다.

　원래는 조정을 섬기는 귀족 출신이라는 소문도 있지만, 사실 여부는 알려지지 않았다.

　"마타이치, 의형제의 술잔까지 나눈 이 몸에게 서찰 한 통도 안

---

* 종이와 붓 등을 파는 가게.

주다니 참말이지 매정한 놈이군 그래. 얼마간 풍문을 못 들었는데, 여러 고을을 돌아다니고 있다면서? 찾아내느라 얼마나 고생을 했다고. 오호, 자신의 악행을 참회하며 순례라도 나선 것인가?"

마타이치는 린조를 다시 쳐다보며 "뭐, 그렇지. 지금은 보시다시피 어행사 나그네일 뿐"이라고 말하고는 품에서 요령을 꺼내 짤랑, 하고 울렸다.

"이거 더 놀랠 일일세. 정말로 순례 아닌가."

"뭐 잘못된 것 있나? 그보다도 모야부네, 보아하니 큰 가게의 주인 나리처럼 차려입었는데, 너도 언제까지고 악한 짓만 할 수는 없을걸. 후딱 이 불제자처럼 머리 깎는 게 신상에 이로울 게야. 차림새만이라도 조신하게 하고 있으면 조금은 분별력도 생기는 법이니."

네 꼴을 보건대 도저히 그렇게 될 것 같지는 않다며 린조는 웃었다.

"불상을 녹여서 팔아치운 놈이 누구였더라."

"그러니까 머리 깎고 정진하고 있지 않나. 그보다 나에 대해선 누구한테 들은 게야." 마타이치는 양반다리를 고치며 물었다.

린조는 히죽 웃더니, 미아카시의 고에몬이라고 대답했다.

"얼마 전에 영주를 낚은 작업은 엄청났었다면서?"

"흥! 그 죽다가 만 놈이." 마타이치가 욕지거리를 했다.

"그런데 무슨 볼일인가? 이런 구석까지 불러들이고. 이래봬도 바쁜 몸이라고."

"도와줬으면 하는 일이 있어서 말이지."

그렇게 말한 다음 린조는 사당 안으로 들어가 "참, 소개하지"라고 말하며 등 뒤의 여자를 안으로 끌어들였다.

무명천을 접어 쓰고 검은 겉옷에 두터운 어깨끈. 세 폭 앞치마에 고상한 빛깔의 염색을 한 좁은 오비……

교토의 꽃장수 시라카와메*의 차림이다.

"이쪽은 요카와의 오류라고 하는데, 이 년 전쯤부터 손잡고 있는 한 식구지. 이쪽이 잔머리 모사꾼 마타이치라고 하는데, 내가 에도에 있었을 무렵의 동료야."

잘 부탁한다며 오류는 눈인사를 했다.

얼굴선이 우아한 여자다. 린조와 오류는 문을 닫고 그림족자 옆에 앉았다.

"봤나, 마타이치."

"어, 봤어. 하지만 봤을 뿐이야. 이건 대체 무슨 수수께끼 놀이야?"

"그게 말이지…… 일단 설명을 할까?"

"불제자한테서 들었어."

이 중늙은이는 무학이라서 말이지, 하고 린조가 말했다.

"시끄러워. 이래봬도 열다섯 때부터 절에 있었다고. 그깟 설법

---

* 교토 시라카와 지방에서 특유의 복장을 하고 꽃을 파는 여성.

은 타령으로 읊을 수 있어. 들어봤을 텐데. 안 그런가, 마타 씨?"

"절에 있었다고 해봐야 묘지기나 물장수인지 알 게 무엔가. 절에 있다는 게 우쭐댈만한 일이면 절 부엌간의 쥐새끼는 모조리 대승정이겠구먼. 문전의 동자승이라면 차라리 귀엽기라도 하지. 너 같은 놈은 덩치가 너무 크다고. 네가 설법을 한다고? 넌 쇠몽둥이 들고 날뛰는 편이 더 어울려."

"말은 청산유수인 녀석이구먼." 옥천 스님은 그림 족자를 다시 감기 시작했는데, 그 손을 린조가 제지했다.

"아, 좀 기다리라니까 그러네. 이 그림이 중요하다고."

마타이치는 어두운 표정이 되었다.

"요점을 말하쇼, 모야부네. 난 도적질은 하지 않아."

"짭짤한 이야기는 아닐세."

린조는 오른쪽 검지와 중지를 모아 수염을 스윽 쓰다듬었다.

짭짤할 일이 아니라면 물러나겠네, 하며 마타이치가 떠본다. 그러자 린조가 사례금은 낸다니까, 하고 대답했다.

"누가 내는데? 당신이 내는 거요?"

"그 대답은 할 수가 없군. 다만, 이야기를 좀 들어, 마타이치. 이건 원래 내 일이었어. 그런데 아무래도 내가 감당하기 어려워서 말이지. 도무지 어디부터 손을 대야할지 모르겠다고. 그런데 나는 내일부터 이치몬지 어르신의 일로 나가사키에 가야하거든."

"그래서 대신 맡으라고? 돌아와서 하면 늦나?"

린조는 늦을지도 모르겠다고 말했다.

"일의 시작은 말이지, 작년 여름이었어. 우즈마사 앞의 가타비라가쓰지에 별안간 썩은 여자 시체가 나타난 게야."

린조가 이야기를 풀어놓기 시작했다.

"썩은……."

마타이치가 그림족자에 시선을 던졌다.

"그래, 사후 열흘이나 스무날 정도가 아니야. 눈알은 빠지고, 내장은 녹고, 머리카락은 참새둥지처럼 이렇게 엉망진창으로…… 딱 이 그림 같은 상태였다고."

혈도의 상이다.

"잠깐만."

마타이치가 말을 끊었다.

"아무리 교토의 외각이라고 해도 갈림길 아닌가. 행객은 없었나? 산 쪽에 사는 녀석들도 좀 있고, 보부상이든 뭐든 지나다닐 텐데."

"지나지. 많이 지나지."

"그럼 이상하지 않나. 어째서 그렇게 왕래가 많은 길에 여자가 죽어 있는데 아무도 알아차리지를 못한 거냐고. 아무리 교토 놈들이 느긋하다고 해도, 열흘이고 스무날이고 그렇게 썩어빠질 때까지 사람이 왕래하는 길에 송장을 방치해두는 건 제정신이 아니지. 박정하고 바쁜 에도 사람들조차 길바닥에 여자가 쓰러져 있으면 돕는다고."

"그게 아니라니까. 교토 사람도 그렇게 얼빠지진 않았어." 린조가 말했다.

"흥! 진짜로 희한하구먼. 일단 축제만 봐도 알겠어. 뭐야, 그 둔하기 그지없는 축제는. 축제란 말이지, 좀 더 위세가 좋아야 하는 것이라고. 한 골목 지나는데 몇 각이나 걸리는 축제나 하고 있으니 행려병자도 썩는 거야."

마타이치는 욕을 하더니 일어섰다.

"미안하지만 손 떼겠어."

"기다리시게. 성급하면 손해야. 에도 사람은 이래서 탈이라니까. 멋이 어떻고 저떻고 위세만 당당하지, 실속은 전혀 없지. 죽을 맛인데 참고 있는 것뿐이잖나. 에도와 교토, 어디가 더 윤택한지 입성을 보면 척 알 수 있을 텐데. 허세 부리지 말고 실속을 차리라고, 실속을."

"시끄러워, 린조. 조금 좋은 옷 입었다고 우쭐대지 말라고. 돈이든 금이든 처먹다 쓰러지는 것도 꽤나 볼품없긴 마찬가지야. 물론 나야 하루 벌어 하루 먹고 살아. 하지만 그냥 가난뱅이가 아니라고. 너 같은 구두쇠는 평생 경험하지 못할 돈 씀씀이를 알고 있을 뿐이지. 돈이란 모으기 위해 있는 게 아니야."

"하여간 입 하나는 청산유수구먼, 마타."

린조는 피식 웃으며 마타이치를 끌어당겼다.

"차림새는 변했지만 알맹이는 전혀 달라지지 않았군 그래. 아무 말 말고 일단 앉게. 자네가 돈으로 움직이는 사내가 아니라는 것쯤은 누구보다도 잘 알고 있으니까."

"그럼 이야기가 빠르겠군. 나는 손 떼겠어."

"이야기를 전부 다 듣고 나서 정해도 되지 않나. 손해 보는 장사는 아닐 거야."

그럼 어서 이야기하라며 마타이치는 꼬리를 내리고 다시 앉았다.

"잘 듣게, 마타이치. 여자의 시신은 말이지, 처음부터 썩어 있었어. 그 자리에서 썩은 게 아니라고."

"무슨 소리야?"

"그러니까…… 시신은 썩은 상태로 버려진 거라고."

"그럼 뭐야? 그 여자가 왜 죽었는지는 모르지만, 갈림길에 시체를 버리고 간 범인은 썩을 때까지 자기 곁에 송장을 방치했다가 그다음에 버렸다는 소린가?"

그런 게 되겠지, 하고 린조가 대답하자 그런 멍청이가 어디에 있겠냐고 마타이치가 말했다.

"뭐, 그렇게 재촉하지 말고. 순서대로 이야기를 할 테니 듣기나 해."

린조가 풀어놓은 사건의 줄거리는 다음과 같은 것이었다.

일 년 전 여름.

가타비라가쓰지에 여자의 썩은 시신이 버려졌다.

당연히 구경꾼에 관리에 우르르 몰려와서 조용한 갈림길은 난리법석이었다고 한다.

시신의 상태는 눈에 띄게 안 좋았고 얼굴 형태도 체격도 알아볼 수 있는 상태가 아니었던 모양이지만, 의복으로 판단하기에 신분이 낮은 여자가 아니라는 것만은 확실했다고 한다. 허술한 차림새의 시체였다면 아무리 수상한 점이 있다 하더라도 행려병자로 치부되었을 상황이었겠지만, 아무리 보아도 무가(武家) 여인의 외출복이었기 때문에 교토 봉행소도 교토 소사대*도 방관할 수는 없게 되었다고 한다.

시신의 신원은 얼마 가지 않아 판명되었다.

교토 봉행소 요리키** 사사야마 겐바의 아내 사토. 그것이 그 유해의 생전의 성명이었다.

사토는 사건 두 달 전쯤에 행방을 알 수 없게 되었고, 요리키와 도신이 총출동해서 수색을 하고 있던 참이었다.

그러나.

그럼에도 그 사건이 즉시 알려지지 않은 데에는 사정이 있었다.

사토는 납치된 것이 아니었던 것이다. 또한 살해된 것도 아니었다.

사토는 두 달 전쯤에 감기가 악화되어 이미 죽었던 것이다.

사라진 것은 살아 있는 사토가 아니라 사토의 시신이었던 것이다.

사토의 유체는 다비되기 전의 경야(經夜) 자리에서 연기처럼 사라지고 말았다고 한다.

---

* 京都所司代, 교토의 치안유지 기관.
** 与力, 무사의 직급 중 하나.

드물게 보는 괴사건이었다. 죽었다고는 하나 요리키의 처, 이는 방관할 수 없는 사태였다. 조정에 대한 도전인지, 아니면 무가를 우롱하는 소행인지……. 봉행소는 이를 갈았다고 한다. 그러나 대대적인 수색의 보람도 없이 범인조차 짐작할 수 없었다. 듣기로, 고양이는 시신을 부린다고 한다. 고양이 혼이 들어간 시신은 걸어 다닌다고도 한다. 또한 고양이 같은 짐승이 탄 불수레, 화차라는 이름의 요마가 있어서 장례식 자리에서 시신을 훔쳐낸다는 고사도 있다. 그러한 요괴의 소행이라면 설령 봉행소나 소사대라 해도 손을 대려야 댈 수 있는 일이 아니다.

그러할 즈음 일이 벌어진 것이다.

시신을 도둑맞은 이후 심로 때문에 초췌해져 있던 사사야마 겐바는 변해버린 처의 시신에 매달려 그저 통곡했다고 한다. 그 시신이 몹시도 무참했기 때문이기도 해서, 주위에 있던 자들도 안타까운 마음을 금할 길이 없었다고 한다. 그런데.

가타비라가쓰지 사건은 그것으로 끝나지 않았다.

그해 말.

가타비라가쓰지에 다시 여자의 시신이 버려진 것이다.

더구나 그것 역시 사후 두 달 이상은 지난 것으로 보이는 시체였다. 계절상 여름보다는 그나마 나은 상태였던 모양이나, 지독하게 상해 있다는 점은 다를 바 없었다.

이윽고 소지하고 있던 장신구를 통해 기온 기노지야의 시즈노라는 게이샤임이 판명되었다.

시즈노는 두 달 반 전쯤부터 행방이 묘연해졌던 모양이었다. 다만, 사토 사건과는 다르게 시신을 도둑맞은 것은 아니었다. 시즈노는 산 채로 사라진 것이다. 주위 사람들은 유괴나 행방불명이라는 인식은 가지고 있지 않았던 듯하다.

누구나 몸값을 받고 어디 다른 데로 간 것이라고 생각했던 모양이다. 어떠한 서방이 붙었는지 그건 전혀 알 수 없었던 모양이지만 팔자를 고친다든가 만다든가 하는 소문은 그 얼마 전부터 있었던 듯, 실제로 실종 직전, 포주에게 시즈노의 명의로 한 무더기의 돈꿰미가 도착했었다고 한다.

그러나 시즈노를 아는 자들의 기억이 정확하다면, 시즈노의 유체는 모습을 감춘 날의 차림 그대로였다고 한다. 사인도 아무래도 교살로 추측되었다. 결국 시즈노의 경우는 신병이 구속되자마자 살해되고, 일정 기간 어딘가에 감추어져 부패되기를 기다려 버려졌다는 이야기가 된다. 필사적으로 수색한 보람도 없이 범인의 윤곽조차 잡을 수 없었다.

그리고 봄.

가타비라가쓰지에 세 번째로 시신이 놓였다.

세 번째 시신은 손상이 한층 더 심해, 안면 등은 거의 백골화 됐다고 한다. 그러나 그 신원은 부적주머니를 통해 금세 밝혀졌다. 시신은 요릿집 유키야의 하녀 도쿠였다. 도쿠의 사인은 특정할 수 없었으나, 날붙이 따위는 아니고 역시 교살로 추측되었다.

그리고.

"그저께 또 나왔네."

린조는 그 말만 하고 입을 다물고는 마타이치에게 시선을 던졌다.

"뭐야, 이번에는 골산의 상이라도 나왔다는 소린가?"

마타이치는 그림족자를 가리켰다.

"처음 부인이 혈도, 다음 게이샤가 방란, 그리고 하녀가 청어의 상이었잖아. 점점 심해졌지. 여기까지 오면 다음은 개한테 먹히든가 백골이 되는 것뿐일 테니 그 갈림길에 뼈라도 뿌린 건가."

"그렇지 않아. 이번엔 그나마 나왔어. 발견된 것은 시라카와메. 꽃장수지. 꽃장수인 오키누라고 하는데, 참한 처녀였어. 성실하고, 사람 챙기기 좋아하고. 그렇지, 오류?"

오류는 고개를 끄덕였다.

"눈물겨운 이야기는 내 성격에 안 맞아."

"알고 있어."

"진실이야 어떤지 도저히 알 바 없지만, 린조, 당신도 이젠 옛날 같지 않구먼. 아는 처자가 독수에 걸려서 동정심이 동한 것 아닌가? 그래서야 십만억토 망자들의 갖은 원한을 실어 나르는 모야부네 린조란 이름이 울겠구먼."

마타이치는 백장속 소매를 걷어 올린다.

바깥에는 보슬비가 흩뿌리고 있다. 사당 안도 덥다.

"따박따박 시끄럽구먼. 잘 들어, 모사꾼. 오키누는 말이지, 분명히 사후 며칠 동안 어딘가에 감추어졌다가 별안간 가타비라가쓰지에 버려졌어. 버려지기는 했지만 오키누는 살해당한 게 아니야."

"뭐?"

"오키누는 자살했어." 린조가 말했다.

"목을 맸어. 그건 틀림없지. 매화나무에서 대롱거리는 모습을 몇 사람이나 봤으니. 급히 내리려다가 잘 안 되니 조력을 청하러 갔는데 그 사이에 사라진 게야. 갈림길에 내팽개쳐졌을 당시에도 밧줄이 그대로 감겨 있었다지."

"또 죽은 뒤에 채갔다는 건가?"

"그런 게 되지."

"거 황당하기 짝이 없는 일이군."

마타이치는 굳어진 표정으로 말했다.

"내키지 않는 모양이군." 린조가 말했다.

"내키고 자시고 간에, 얘기를 줄줄이 다 들어도 맥락이 전혀 안 잡힌다고. 대체 뭘 어떻게 도우라는 건데? 설마 범인을 찾으라는 얘기는 아니겠지?"

"그건 아니지. 범인은 대략 좁혀져 있는 상태거든."

"그럼 봉행소에 찌르면 될 일 아닌가. 오라 받고, 그것으로 끝인 거지."

마타이치는 북을 치는 시늉을 했다. 린조는 미간에 주름을 그리면서 그게 안 되기 때문에 자네를 부른 게 아니겠는가, 하고 말했다.

4

가타비라가쓰지의 괴이는 연일 이어졌다.

저녁 무렵 갈림길을 지나는 사람 수가 줄기 시작하고 오가는 자의 인상도 어스름에 흐릿하게 배어들 무렵, 그것은 홀연히 나타났다.

거적 위에 누운 여자의 시신이었다.

시신이라는 점은 한눈에 알 수 있었다. 검푸르게 부풀었고, 파리가 들끓었고, 구더기가 우글댔으며, 가끔 그 내장을 개가 뜯고 있었기 때문이었다.

맨 처음 본 자는 약장수였다.

약장수는 또인가 싶었다는 듯하다. 그곳은 작년 여름부터 네 번, 썩은 여자 송장이 방치되었던 장소이기 때문이다. 통보를 받고 관리가 쏜살같이 달려갔지만 시신은 이미 사라진 상태였다. 장난질이냐고 닦달을 하자 약장수는 분명히 보았다고 했다. 약장수

뿐만 아니라 그 외에도 많은 자들이 보았다. 정말이지 희한한 일일세, 하고 고개를 갸웃거리며 조사해봐도 흔적도 없었다.

그런데 이튿날도 같은 일이 벌어졌다.

역시 같은 시각, 비슷한 목격자가 나오고, 관리가 달려가자 사라지고 없었다.

사흘째도, 나흘째도 같은 일이 벌어졌다.

머리를 짜내어 닷새째에는 봉행소의 도신 몇 명이 잠복하기로 했다.

사실이라면 시신을 두었다가 다시 회수하고 있는 자가 있을 터였다.

그러나.

결국 도신들은 꼬리를 내리고 봉행소로 도망가게 되었다.

분명 시체는 나타났다.

그러나 그런 것이 운반되어오는 모습은 전혀 없었다고 한다. 운반되어온다면 짐수레나 말, 우마차, 아무튼 그러한 도구를 쓸 터였다. 시신은 시신이라도 썩은 상태이므로 짊어지거나 등에 업지는 못할 거라 생각하는 것이 상식적인 판단일 것이다. 그래서 관리들은 그러한 것에만 주의를 기울이고 있었던 것이다.

그런 종류의 도구는 전혀 보이지 않았다고 한다.

잠복하던 전원이 아주 짧은 한 순간 시선을 돌린 틈에 그것이 나타났다.

도신들은 하나같이 자신들의 눈을 의심했다.

분명히 시신이 뉘어져 있었다고 한다.

들은 대로 파리가 우글대고 있었다. 악취도 엄청났다.

허둥지둥 범인의 모습을 찾았으나, 그러한 인물은 그림자도 흔적도 없었다.

그 부근에는 그저 탁발승이 있을 뿐. 그 승려는 시신이 나타나기 전부터 그곳에 있었다. 확인 차 질문을 했으나 의심스러운 점은 전혀 없었다고 한다.

"그 중이…… 바로 날세."

옥천 스님은 그렇게 말했다. 불제자는 사람 한 명이 들어갈 만한 커다란 덩굴바구니를 등에 지고 있다.

"진짜 흥미진진하더구먼. 그 망할 도신들, 아주 혼이 쏙 빠져버린 것 같더라고. 입도 못 다물 지경이었겠지. 우왕좌왕하는 사이에 시신은 사라졌고, 그래서 완전히……."

"망혼(忘魂)*……이라는 것이 되어버린 거군요."

곰곰궁리 모모스케는 거기서 붓통의 뚜껑을 따닥, 하고 닫았다.

광륭사 뒤쪽의 좁은 비탈길이다.

"요즘은 듣기 힘든 유령이야기다 싶어서 먼 길을 죽어라 와보니 아무런 일도 없다. 결국은 마타이치 씨가 엮여 있었으니까……."

그렇게 유명해진 겁니까, 하면서 앞서 걷고 있던 옥천 스님은 고개를 돌려 수염 덥수룩한 면상을 보였다.

---

* 성불하지 못한 채 헤매고 있는 영혼.

"적어도 오사카에서는 평판이 자자했지요." 모모스케가 대답했다.

"하지만 세상은 좁습니다. 설마, 서관(書館)* 이치몬지 어르신이 마타이치 씨의 지인일 줄은 미처 몰랐거든요. 저는 에도 서관의 소개로 개판 상담을 하러 왔을 뿐이지만요."

"이치몬지 너구리 영감에게는 나도 신세를 지고 있지요."

불제자는 그렇게 말하고는 비탈 중간에 멈춰 섰다. 짐이 무거운 것이리라.

"하지만 소문이란 참 빠르군요. 일은 어떻게 되고 있습니까?"

"예에, 제가 맨 처음 들었던 것은 단림황후의 망령이 나온다는 이야기였습니다. 이것은 그냥 듣고 넘길 수 없죠. 이 몸으로 말할 것 같으면 진담과 기담을 수집하고 있는 자이니까요."

들었습니다, 하고 불제자는 덩굴바구니를 고쳐 메며 물었다.

"백 가지 괴담집을 쓰고 계신다면서요? 특이한 분이라고 마타 씨도 그러더군요."

"뭐, 특이하지요. 그 사람과 알고 난 이후로는 특히 더. 하지만 저에 관해선 됐습니다. 여하튼 교토에 와서 돌아다니며 물어보니 아무래도 상황이 좀 달라요. 그곳에 버려진 네 여자들이 번갈아서 둔갑해 나온다고 합디다. 어떤 때는 게이샤, 또 어떤 때는 꽃장수, 그리고 요릿집 하녀에 무가의 부인……."

---

* 출판사, 또는 서점을 뜻함.

오호, 하고 옥천 스님이 걷기 시작한다. 모모스케도 그 뒤를 따랐다.

"그 살인, 살인이라기보다 시체를 버린 사건이랄까요? 그것 자체는 그렇게 멀리까지 알려지지 않았어요. 들어보니 일 년 전부터 발생하고 있다는 모양인데, 적어도 에도에는 전해지지 않았습니다."

"뭐, 한 건 한 건 간격이 있었으니까요. 게다가 네 건 중에 두 건은 아무래도 살인은 아니고요. 여하튼 범인의 윤곽도 잡히지 않고 하니 봉행소로서도 이대로는 체면이 서지 않겠지요. 그러니 딱히 입을 열고 싶지도 않았을 겝니다. 그리고 묘한 이야기이지만, 장소를 생각하면 이건 그다지 특별한 사건도 아니지요."

"장소…… 말입니까."

그렇지요, 하고 옥천 스님이 대답했다.

"이곳 교토라는 곳은 말이지요, 사방이 죄다 시신으로 둘러싸여 있거든요."

"시신? 묘지가 있다는 건가요?"

"묘지가 아니라 시신 말입니다." 중이 말했다.

"이 도읍은 보다시피 삼방이 산에 둘러싸여 있지 않습니까?"

옥천 스님은 고개를 들어 빙 둘러보는 몸짓을 했다.

"저 산은 사람이 사는 곳이 아니지요. 구라마*도 그렇고 히에이

---

* 鞍馬, 교토의 지명 중 하나.

산도…… 이건 뭐, 귀문(鬼門)을 막는 부적이지요. 다른 산도 그래요. 게다가 히라노, 기타노, 무라사키노, 우에노에 오기노, 우치노, 렌다이노 등등, 들판이 엄청 많지요. 이것이 그냥 들판이 아니거든요."

"그렇다면?"

"당신, 후나오카 산의 센본 염마당에 가보신 적이 있습니까?"

있습니다, 하고 모모스케는 대답했다. 절과 신사는 가능한 한 둘러보는 사내이다.

"후나오카 산이라고 하면, 그건 형장(刑場)이죠. 게다가 그 센본도오리 말이죠, 주작대로가 뻗어는 있지만, 그것도 원래는 센본소도바라고 했어요. 그 우치노라는 곳은 아주 옛날, 시신을 버리는 곳이었어요."

"버렸다?"

"예, 렌다이노 쪽은 지금도 무덤이고. 지금이야 묘석을 세우고 있지만, 옛날에는 그냥 버려두고 가기만 할 뿐이었어요. 그리고 동산(東山) 삼십육봉 중 아미다 봉의 언덕 일대, 그곳은 도리베노라고 해서요, 역시 장송의 토지지요."

"기요미즈데라 맞은편…… 육도진황사 주변 말입니까?"

"그렇지요. 그곳도 명계의 입구 아니겠습니까. 그리고 이쪽."

불제자의 몸이 서쪽을 향했다.

"오구라 산 아다시노지요. 아다시노 염불사의 천등공양. 그건 본 적 있습니까?"

안타깝게도, 하고 모모스케가 대답했다.

"그렇군요. 그건 말이지요, 서글픕니다. 아름답기는 하지만요. 무상하지요. 그 스산한 석탑은 옛날부터 쭉 그곳에서 스러져간 셀 수 없는 시신의 공양이지요. 이 도읍은 몇 번이나 불태워지고 몇 번이나 황폐해졌지요. 시신은 모두 도읍 주위에 버려졌지요. 가타비라가쓰지 앞의 아다시노는 죽은 이를 버리는 장소였어요."

"버린다……. 장사를 지내는 것이 아니고요?"

"도리베노*는 말이지요, 불태웠던 모양입니다. 하지만 아다시노는 버렸죠. 풍장이지요."

"풍장……이라고요?"

"그렇지요. 지금이야 그런 것이 없지만 옛날부터 얼마 전까지 그 주변에는 썩어가는 시신이 지천에 널려 있었을 터입니다. 구상도는, 그건 상상도가 아니지요. 실제로 이 주변에서는 일상 풍경이었던 겁니다."

거기서 소악당은 그야말로 진짜 승려인 것 같은 표정을 짓더니, "아다시노의 이슬이 사라지듯 사람 목숨 또한 허무하며, 도리베노 산의 연기, 피어오르기만 하네. 사람이 영원히 살 수 있다 하면 그것 또한 정취 없는 일일지니"라고 읊었다. 쓰레즈레구사**로군요, 하고 모모스케가 응대했다.

---

* 교토의 지명. 오래 전부터 화장터가 있었다고 한다.
** 徒然草, 가마쿠라시대의 수필집.

"그러니 무상(無常)의 땅인 오구라 산 방면으로 가는 입구이기도 한 가타비라가쓰지라면 그러한 환각이 솟구쳐 오르는 것이 오히려 당연하다. 그렇게 말씀하시고 싶은 겁니까?"

"맞습니다. 사람은 망각의 존재지요. 그리고 죽어요. 아버지에서 아들로 시대가 바뀌면 옛날이라는 것은 흐릿해져 가지 않습니까. 하지만 사람은 바뀌어도 땅은 변하지 않아요. 건물이 무너지고 나무들은 말라가도 이 대지는 남아 있지요. 그렇다면 사람은 잊어도 땅은 기억하고 있겠지요. 그처럼 끔찍한 기억이 흠뻑 물들어 있는 땅이니까……."

"……나온다는 겁니까?"

모모스케는 의아한 표정이다.

"안 나와요, 안 나와." 옥천 스님은 어느새 소악당의 얼굴로 돌아가서 말했다.

"휴도로*라는 건 연극에서만 나오는 겁니다. 그쪽이 온 나라를 돌아다녔지만 진짜로 만난 적은 없지요? 그러한 것은 없어요. 하지만 있어도 상관없지요. 오히려 있어주길 바라는 것이 인정이라 할까요. 이런 오래된 고을에 살고 있으면 말이지요, 그런 마음이 들게 된다니까요. 가타비라가쓰지 주변은 특히 더 그래요. 그러니 마타 씨의 작업도 부자연스럽게 된 게 아닐까요. 저는 어쩌면 진짜가 아닐까 생각한 적도 있었답니다."

---

* 연극에서 유령이 출몰할 때 내는 소리나 음악.

"진짜…… 유령 말입니까."

오류가 둔갑했을 뿐이지만요, 하고 불제자는 말했다.

"하지만 오류라고 하는 여자, 그게 아주 대단한 배우였어요. 벌써 보름 이상 나가 있지만 전혀 들키지 않았지요. 둔갑 솜씨가 보통이 아니에요."

"하지만 아무리 그래도, 그만큼 계속하면 위험할 텐데요. 아무리 잘 분장한들 살아 있는 자인지 죽은 자인지의 구별 정도는 할 수 있을 거라고 생각합니다."

모모스케가 알고 있는 마타이치의 작업은 언제나 주도면밀하다. 비집고 들어갈 틈이 없다.

이번에도 그러리라고 모모스케는 생각하고 있다. 나 정도가 마타이치의 심산 같은 걸 알 수 있을 턱이 없지만, 보름이나 유령 흉내를 계속하고 있다면 이것은 너무 위험하다. 길게 끌수록 허점이 생긴다. 마타이치답지 않은 방식이라고 모모스케는 생각했다.

하지만 옥천 스님은 굳은 표정으로 그건 절대 들키지 않는다고 말했다.

"그건요, 나도 놀랐어요. 그거, 일부러 썩은 물을 얼굴에 발라 파리를 불러들이고, 구더기가 기어 다니도록 하고, 짐승의 썩은 살을 배에 붙여서 개한테 먹이는 것이지요. 철저하기 그지없어요. 나오는 시간은 봉마시(逢魔時)*이니 위험해서 다가갈 엄두도

---

* 낮과 밤이 바뀌는 시간. 요괴나 유령이 출몰하는 시간대로 알려져 있다.

못 내지요. 게다가 속이 메스꺼워서라도 접근하려 하지 않을 거고요."

"그나저나 진의를 알 수가 없군요. 그런 일을 계속해서 어쩔 셈일까요? 그 장소에서 사람을 쫓아내려는 걸까요? 저로선…… 뭐, 언제나 그렇긴 하지만, 전혀 모르겠습니다."

"그건 나도 파악이 안 되는구면요. 뭐, 그 갈림길에 행객이 드물어진 것은 사실이지요. 보름이나 괴이가 계속되니 봉행소도 완전히 두 손 들었고. 다리가 없는 것이라면 체포도 못한다며 도신도 모두 물러가버렸거든. 지금은 어스름해지면 개 한 마리도 없어요."

"사람이 아무도 오지 않게 되었어도 계속하고 있는 겁니까?"

그래요, 하고 옥천 스님이 말했다.

"그래요. 뭘 기다리고 있는지……. 자신이 죽인 자의 유령이 나오는 장소에 범인이 올 리가 없지요. 오히려 도망치지 않을까요?"

불제자는 고개를 갸웃거리며 말했다.

"저도 그렇게 생각합니다. 내가 범인이라면 절대로 그런 장소에는 접근하지 않을 겁니다. 진짜 유령이라고 하면 그거야말로 사양이고, 만약 그렇지 않다면 틀림없이 함정일 테니까요."

"그렇죠. 다만, 이 범인은 웬만한 수에 넘어갈 상대는 아닌 듯한 기분도 드는데 말이에요."

"무슨 말씀인지."

"왜 그런 짓을 했는지 모르잖습니까. 이를테면, 뭐, 우발적으로 여자를 죽이고 겁이 나서 어딘가에 감추었다. 그런 일은 있을 수도 있지 않겠어요? 그러고 나서 점점 날이 가니 썩어가기도 했겠지요. 그래서 계속 감추어둘 수가 없게 되어버렸다. 그런 사정이라면 이해가 가요."

"뭐, 그렇지요."

"하지만 이 사건의 시초인 그것은 살인이 아니란 말이지요. 시신을 훔쳤단 말씀이지. 이 점으로 봐서 이건 예삿일은 아니에요."

"그렇지요. 뭐, 유족에 대한 보복으로 생각할 수밖에 없겠군요. 전국시대의 무사도 아니고, 천에 덮인 시신에서 뭔가를 훔칠 수 있는 것도 아니잖아요. 시신을 가공해서 뭔가를 만든다는 것도 결국엔 없었고. 그럼 죽은 자에게 치욕을 주는, 즉 유족을 괴롭히는 것 외에는 의미가 없는 일처럼 여겨집니다만."

"하지만 부인의 시신을 도둑맞은 사사야마라는 요리키는 고결한 인격에 청렴결백, 인정 많고 부정을 증오하는…… 뭐, 지금 세상에 쉽게 볼 수 없는 관리이지요. 머지않아 곧 필두 요리키가 될 거라는 이야기도 있고요. 딱하다는 소리, 동정하는 소리는 들을지언정 꼴좋다는 소리는 전혀 들은 바가 없습니다."

"그렇군요. 허나 질투, 모략이라는 가능성은 있겠지요."

"아아, 그건 있을지도 모르겠군." 그렇게 대답하는 불제자의 얼굴은 석양에 흐릿하게 녹아들고 있었다.

"뭐, 그 요리키, 아끼고 사랑하는 부인을 먼저 떠나보낸 것만으로도 아주 허탈한 듯했으니까. 화장도 매장도 도저히 참을 수 없다는 분위기였다고 하더군요. 그러다 가까스로 장사를 지낼 결심을 내렸을 때 도둑맞은 거지요. 장사를 지내야할 터인데, 썩혀서 들판에 내놓았으니까요. 이러지도 저러지도 못하고 완전히 얼이 빠진 모양입니다."

"얼이 빠졌다……."

"폐인이나 다름없다는 소리입니다. 범인은 아직도 잡히지 않고, 게다가 사건이 잊혀져갈 때쯤 기억을 불러일으키듯이 같은 사건이 일어난 거 아닙니까. 뭐, 보복이라고 생각하면 원한이 깊지요. 음습해요. 요리키 양반, 완전히 탈진해서 몸도 망가지고, 지금은 관직에서 잠시 물러나서 휴양중이라고 하더군요. 정말 보복이었다면 이건 대성공이지요."

"관직에서 물러났다고요?"

"그렇다고 합디다. 먼저 간 부인이 소사대의 무슨 높은 분 따님이었답니다. 그 요리키의 인품도 좋았고, 이 사람들이 또 아주 금슬 좋았던, 서로 사랑하는 부부였다더군요. 만약 이게 다른 요리키였다면 '무사 된 자가 처의 시신을 도둑맞다니 무문의 수치! 하물며 그런 수치를 당하고도 도적을 찾아 원수를 갚으려 하지 않고 매일 매일 통곡이나 하며 살다니 있을 수 없는 일이다!' 이렇게 매섭게 꾸짖은 다음 폐문칩거의 명을 내리는 것이 정해진 수순이 아니었겠습니까?"

"그렇게 가지는 않았다?"

가타비라가쓰지 | 527

"가지 않았지요. 사랑하는 반려자의 시신에 치욕을 입은 고뇌. 남은 사람의 고통은 가늠할 길이 없고, 그에 대한 연민의 정을 누르기 어렵다……는 명목인 거죠. 휴직 취급이라고 합디다. 뭐, 부인의 아버지가 요직에 있다는 것이 상당히 작용했겠지만, 그래도 사위가 장인의 마음에 그 정도로 들었다는 것이겠지요. 그렇게 무른 처우였는데 다른 자도 불평을 하지 않는 것은, 뭐, 인덕이라는 것일 테고요."

"서로 사랑……."

모모스케는 걸음을 멈추고 통에서 붓을 꺼내어 허리에 걸쳐둔 필첩에 무언가를 기록했다.

"역시 동기는 그 요리키에 대한 보복 아니었을까요?"

"그럴까요? 얼마나 부러워했는지 질투를 했는지는 모르겠지만, 그 때문에 부인을 죽였다면 그나마 알만해도, 시신을 훔친다는 것은 이해가 영……. 과연 그런 짓을 위해 잇따라 사람을 죽였을까요?"

"하지만 결과적으로 그것이 더할 나위 없이 효과적인 공격이 되지 않았습니까."

"결과적인 이야기는 아닌 것 같군요. 분명 요리키는 당하고 말았지만 그래도 직위에서 내쫓긴 것도 아니고, 녹을 깎인 것도 아니지요. 오히려 주위에서는 동정을 사고 있으니까요. 게다가 두 번째 이후는 아무런 관계도 없는 여자지요."

"정말 관계가 없습니까?"

"없다고 하더이다." 불제자는 좁은 뒷골목으로 들어섰다.

"시즈노라는 게이샤는 기량이 나쁜 것도 재주가 없는 것도 아니었던 모양이지만, 게이샤 중에서는 소박한 여자였던 듯하더군요. 다른 이와의 교류도 소극적이었다고 하고 친한 사람도 없었던 모양입니다. 성실하게 벌어 모으는 성격이었던 듯, 기노지야에서도 기름처럼 따로 돌았다는 이야기가 있던데."

"하지만 몸값이 지불되었다는 이야기가 있던데요."

"청천벽력이었다고 하더구먼요. 아무도 믿지를 않았어요. 그에 상응하는 돈꿰미는 도착했던 모양이지만 상대를 알 수도 없고, 죽고 나서도 아무도 오지 않았다고. 그리고 다음으로 살해당한 것은 하녀였으니까요. 유키야라는 요리집은 그나마 사무라이도 곧잘 드나드는 가게인 모양이지만, 하녀까지는 좀……. 마지막 시라카와메에 이르러서는 목을 맸고."

"자살의 원인은 무엇인지요?"

"글쎄요. 죽을만한 이유는 없었다는 게 꽃장수 동료들의 이야기입니다. 좌우간, 도통 알 수가 없어요. 완고한 요리키와는 연결이 되질 않지요."

"동감입니다. 애당초 일부러 부패한 뒤에 버린다는 건 좌우지간 이상한 이야기지요. 대체 어떤 의미가 있는 건지. 저로선 죽은 자에 대한 모독이라는 생각밖에 들지 않는군요. 다만 그 린조 씨의 이야기로 봐서는 범인을 알고 있는 것 같더군요."

"그런 것 같습디다. 애당초 나는 듣지 못했지만."

옥천 스님은 우뚝 멈추어 섰다. 그리고는 "여기가 가타비라가쓰지입니다"라고 말했다.

5

갈림길은 어두컴컴했다.

줄지어 선 집들은 모두 문을 닫고 있다.

그곳은 이미 산 자가 사는 장소가 아니었다.

풍경은 무엇 하나 변한 것이 없다. 햇빛 가리개도 울타리도 포렴도 기와도 어디에나 있는 그것이다. 그러나 마치 황천의 정경이 겹쳐진 것처럼, 그곳은 음습했다. 바람은 잠잠하고, 기운은 탁했으며, 매미소리도 멈추고, 여름밤은 그저 무덥고 농밀하게 그늘을 내리고 있었다.

그런데 한곳에 기운이 응집되었다.

그곳만 갑자기 어둠이 깊어졌다.

그리고 그곳에 시신이 나타났다.

그것은 아무리 보아도 유체라는 생각밖에 들지 않았다.

검푸르게 부풀어 올라 피부는 보랏빛으로 문드러지고, 파리가 들끓고 있다. 입가와 눈가의 점막에는 구더기가 꾀어 걸쭉하고 탁한 점액이 눌어붙어 있다. 물론 그 시신은 꼼짝달싹하지 않았다.

 목에는 투실투실한 노끈이 둘러져 있다. 밧줄이 걸린 부분의 피부는 한층 더 검게 변색되었고, 목 자체도 부자연스럽게 꺾여 있다. 눈동자는 탁하고, 반쯤 열린 입속은 시커맸으며 그 안에 생명의 숨결은 깃들어 있지 않았다. 악취도 대단했다. 누구나 눈을 가리고 코와 입을 막으며 총총히 사라져 갈 추한 몰골이다.

 사반각 동안 그것은 그대로 널브러져 있었다.

 이윽고 밤의 장막이 느릿느릿 시신을 감싸기 시작했다. 아니, 시신 속에서 솟구쳐 나온 어둠이 죽음의 악취와 함께 주변으로 확산되는 것인지도 몰랐다.

 그리고 사람과 마물의 구별이 되지 않는 봉마시가 찾아왔다.

 소리는 없었다. 오구라 산의 망자들이 쑥덕대는 것인지, 소리 없는 목소리가 깊고 깊게 갈림길에 울려 퍼질 뿐이다.

 갑작스럽게.

 사람 그림자가 드리워졌다.

 비틀비틀.

 그림자는 술독에 푹 절여졌다 올라온 취한처럼 좌로 흔들리고 우로 기우뚱거리며 조금씩 시신에게 접근해갔다. 가까스로 시신 옆에 이르자 그림자는 딱 멈추어 섰다.

 허리에 긴 무언가가 보인다. 아무래도 사무라이인 듯하다.

 사무라이는 시신 옆에 풀썩 주저앉아 엎드려 빌기라도 하듯 고개를 숙였다.

사죄를 하고 있는지, 아니면 다리의 힘이라도 풀렸는지……. 그러나 실상은 그 어느 쪽도 아니었다.

사무라이는 깊이 숨을 들이마시고 있었다.

죽음의 악취를, 마치 맛을 보는 것처럼 가슴 가득 들이마시고 있는 것이다.

예사로운 일은 아니었다. 가까이 다가가기만 해도 구역질이 날 정도로 강력한 악취다.

사무라이는 곧 오열하기 시작했다. 흑흑, 흑흑, 하며 흐느끼기 시작한다.

그것은 아무래도 슬픔의 목소리는 아니다.

사내는 기뻐하고 있는 것이다.

오, 오키누, 오키누.

넌, 너는 그런 말을 했으나…….

나의 마음은 흔들리지 아니한다.

아무리 문드러지고 썩는다 해도 나는,.

나는.

너를.

짤랑.

요령이 울렸다.

사무라이는 뭔가에 겁을 먹은 듯 뒤돌아보았다.

그곳에는 어두운 갈림길에 선명하게 떠오르듯이 백장속 사내가

서 있었다.

　행자두건에 시주함을 목에 건 어행사 마타이치다.

"사랑스럽습니까."

　마타이치는 말했다.

"사랑스럽다는 마음이로군요."

"그, 그대는……."

"소행은 피안과 차안의 경계에 살며 명부의 끝자락을 오가는 걸식 어행사이옵니다."

"어행사이신가."

"오늘밤은 오키누가 헤매다 나왔습니다. 나리도 죄가 참 크시군요."

　오키누, 오키누, 하며 사무라이는 시신에 얼굴을 비벼댔다.

"내가 이토록 그리워하고 있는데."

"그리워하고 있는데."

"오키누는 신분이, 신분이 다르다고 하는 것이다."

"사무라이와 꽃장수는 분명 신분이 다르지요."

"신분이 다르다 한들 사람은 사람. 마음이 통하지 않을 리도 없을 터. 설령 부부가 되지 못한다 해도 서로 아끼고 보듬어주는 것이 뭐가 잘못되었단 말인가. 그런데 오키누는 남자가 여자를 그리는 마음 따위, 믿을 수가 없다고 하지 뭔가."

"어차피 색향에 미혹된 것일 뿐이라고, 그렇게 말씀을 올렸겠지요."

"그렇다. 인정을 베풀어주는 것은 고맙지만, 그처럼 그저 한때에 불과한 바람에 희롱당하는 것은 죽어도 싫다고, 그렇게 말하지 뭔가. 내가 이토록 그리워한다고 하거늘."

사무라이는 썩은 살에 뺨을 비빈다. 파리가 일제히 흩어졌다.

"자, 보라. 나는 진심이다. 그 무엇보다 진지하지. 알았나. 알아주었는가, 오키누여. 오키누여."

"오키누는…… 그 옛적 단림황후처럼 몸으로 깨우치게 한 것이군요."

"깨우치게 한 것이 아니다. 오키누는, 오키누는 나를 의심했다. 색에 눈이 어둡고 향에 미혹된 나의 눈을 뜨게 해주겠다고, 그런 말을 했다. 거짓이다. 거짓이다. 나의 마음을 믿지 않는 것이다. 허나 이로써 알았을 터. 나는……."

사무라이는 시체의 썩은 물을 마신다.

"나의 마음은 진실하다. 설령 어떠한 모습이 된다 해도 변하지 않는 것이다. 그것은 이미 알고 있었을 터. 그토록 말을 했는데, 그럼에도 오키누는 신뢰하지 않았다. 믿어주지 않았다. 허나 이제는 알았을 터……."

"쉽사리 믿지 못하겠지요. 나리 자신도 의심하고 계셨겠지요."

"그렇다. 나도 의심했다. 단림황후의 고사대로 이 세상이 무상함을 안다면 집착도 떠나갈 것인가. 그렇게 생각했다. 그러나…… 그렇지 않았다."

"그렇지 않았단 말입니까."

"그렇지 않았다. 이 세상은 분명 무상할 것이다. 만물은 변하고, 단 한 순간도 같은 때, 같은 형상은 없다. 그러나 사람의 마음은 다르지. 그렇지 않은가, 어행사."

사무라이는 썩은 물과 벌레로 더럽혀진 얼굴을 어행사에게 향했다.

"유감스럽게도 소인은 사람의 마음을 가지지 않았기에 이해하기 어렵습니다." 백장속이 말을 받았다.

"이른바 신념, 진리, 이상, 그처럼 형상을 지니지 않은 것은 세상이 바뀐다 해도 변치 않는다."

"그렇습니까."

"그럴 것이다. 모든 형상이 무상하다는 것도 섭리. 색즉시공이라 외치는 것도 섭리. 모든 것이 무로 돌아간다 해도, 모든 것이 무로 돌아간다는 섭리 그 자체는 불변의 것. 그렇다면 정애와 사모의 마음 또한 불변의 것이 아니겠는가."

"유감스러우나, 부모 없고 머물 곳도 없는 팔자로 태어났다면 그 또한 이해하기 어렵겠지요."

모를게다, 정녕 모를게다, 하고 사무라이는 중얼거리며 비척비척 일어섰다.

"나도 처음에는 의심했다. 그러나…… 그러나……."

"부인에 대한 마음……입니까?" 어행사가 물었다.

"그렇다. 나는 처를 사랑했다. 정녕 사랑했다. 마음 속 깊이 사랑했다. 그것은 지금도 달라지지 않았다. 그래, 처가 죽어도 그 마음은 변치 않는다. 그것을 미련, 집착이라고 생각했기에…… 나는…….."

"시험에 드신 것이로군요."

어행사는 조용히, 그렇게 말했다.

사무라이는 고개를 끄덕였다.

"시험에 들었다. 자신이 반한 것은 무엇인가, 좋아하는 것은 무엇인가, 나는 확인한 것이다. 앉고 서는 행동거지에 반했다면 목숨이 꺼지는 순간 끊어낼 수 있으리라. 겉모습, 외양에 반했다면 썩으면 끊어낼 수 있으리라. 영혼에 얽매여 있었다면 경야 자리가 지나면 마음도 가라앉으리라. 허나."

"허나, 나리는."

호호호, 하고 사무라이는 웃었다.

"아무리 기다려도 전혀 빛바래지 않았다. 나의 마음은 진심이었다. 나는 진실로 처를 사랑하고 그리고 있었던 게다!"

"허나, 도중에 두려워지셨겠지요."

어행사는 한 걸음 앞으로 나섰다.

"그래서."

"그래서 무어란 말인가. 나는…… 나는 진심으로……."

"죄가 큰 분이십니다."

"무엇이?"

어행사는 요령을 스윽 치켜들었다.

사무라이는 비틀거리다 자세를 다잡는다.

"주색에 빠진 세상의 사내들을 보라. 여인을 색의 도구로밖에 아니 보고 있지 않은가. 색향에 취해 미추를 가치로 바꾸어 말하고 있지 않은가. 그래서야 사람의 도리를 세울 수 있겠는가. 그것이 인륜에 맞는 것인가. 추한 자는 열등한 것인가. 가난한 자는 열등한 것인가. 사람과 사람을 잇는 끈은 그러한 겉모습의, 언젠가는 변해버려 무로 돌아갈 부분으로 이루어지는 것인가. 그렇지는 아니할 터."

"그렇지 않겠지요."

사무라이가 계속해서 말한다.

"설령 추하게 썩어가도, 설령 뼈가 되어 흩어진다 해도 변치 않는 마음이야말로 참인 것이다. 살아있는 자도 죽은 자도 상관없지. 나의 마음은 참이다. 순수한 진실의 마음인 것이다. 그 증거로 나는 세 번을 거듭했고, 네 번째 역시……."

"방약무인이시로군요."

"무엇이!"

사무라이는 칼자루에 손을 댄다.

어행사는 요령을 치켜든 채 다시 앞으로 나온다.

"그대는 나와 처의 연분을, 나와 오키누의 인연을 비웃는 겐가? 우롱하는 겐가!"

"그렇지 않습니다." 어행사가 말한다. 그리고…….

"인연이란 산 자 속에만 있는 법. 죽은 이에게 그런 것은 없습니다."

그렇게 말했다.

"무, 무슨 소리."

"죽은 자는 물질일 뿐입니다. 그러니 썩지요. 백골은 진토로 변해가는 부정한 것에 지나지 않습니다. 영혼도 없고 마음도 없지요. 나리께서 말씀하시는 대로, 분명 생사의 경계란 어이없는 것입니다. 미추의 차이도 남녀의 차이도 사사로운 일일 것입니다. 허나."

"허나, 무언가."

"요모쓰히라사카의 이야기를 아시는지?"

어행사는 그렇게 물었다.

"불의 신을 낳고서 죽은 이자나미 신을 좇아 황천국에 내려선 이자나기 신의 이야기입니다."

"알고 있다."

사무라이는 몸을 낮추었다.

"잘 알고 있다. 옛 신은 명계에 내려서 나라 만들기가 끝나지 않았으니 함께 돌아가자고 말했다. 그 모습을 보니 온 몸에 구더기가 들끓고 머리에는 오이카즈치, 가슴에는 호노이카즈치. 배에는 구로이카즈치, 음부에는 호토이카즈치, 왼손에는 와카이카즈치, 오른손에는 쓰치이카즈치, 왼발에는 나리이카즈치, 오른발에는 후시이카즈치와 같은 벼락의 신이 거하여, 겁을 먹고 허둥지둥 도망쳐 돌아온다. 그런 이야기일 터."

"그렇습니다. 이자나기신은 황천의 추녀, 황천군, 팔주 뇌신(雷

神)을 피해 도망쳐 돌아와 명계로 이어지는 길, 요모쓰히라사카를 천인석으로 막았다는 이야기이지요. 그럼, 나리……."

어행사의 목소리가 거칠어졌다.

"어찌하여 이자나기 신은 도망쳐 돌아온 것일까요."

"훗."

사무라이는 웃었다.

"진실한 마음이 없었기 때문이겠지. 설령 구더기가 들끓는다 해도, 성격이 천만 번 변한다 해도 처는 처. 형상에만 얽매어 있었기에 혐오감을 느끼는 것이다. 더욱이 도망쳐 돌아오다니, 지어낸 이야기라고 해도 신이라면 해서는 안 될 행위일 터. 나는……."

사무라이는 다시 어행사에게 등을 돌리고 시신에 엎드려 그 봉발을 다정하게 어루만졌다.

"나는 그러한 변심은 아니 한다."

"어리석군요."

"무슨 말이더냐?"

사무라이는 시신을 와락 껴안았다.

"좋아하고 있다. 모습은 이래도 진실로 좋아하고 있다."

"그것은 망념(妄念)."

"뭐, 뭣이?"

사무라이는 녹아내린 시신에 볼을 가져다댄 채로 어행사를 노려보았다.

"몇 번이고 말씀을 올립니다만, 이러한 시체는 그저 물질이옵니다. 그토록 물질에 얽매이는 것은 망집 외에는 아무것도 아닐 터! 죽은 자는 이미 그곳에 없습니다."

"천만에. 있다! 이것은 오키누다. 오키누였던 물질이 아니라, 오키누 그 자체다. 썩어 녹아내리긴 했으나, 그것이 어떻다는 것이냐! 이것이 오키누다. 여, 영혼이야말로 인간의 진실한 모습이라고, 그러한 궤변을 늘어놓는 것은 아니겠지. 그러한 말에는 귀 기울이지 않겠다. 설령 영혼이 빠져나갔다 해도 이것이 오키누라는 사실에는 변함이 없다. 안 속는다. 안 속는다!"

"어리석은 분. 어리석은……." 어행사는 웃었다.

"사람에게 혼백 따위는 없소!"

"뭣이!"

"더욱이 명계라는 것은 없소이다!"

짤랑.

요령 소리.

"어, 없다고?"

"살아있는 몸 그 자체가 혼백이옵니다. 명부는 바로 살아남은 자의 심중에 있는 것이지요. 그러니 죽은 자는 신속히 당신의 마음속으로 보내야만 하는 것입니다. 그렇지 않으면 살아있는 자의 존엄을 세우지 못할 터. 천인석이란 이 현세와 당신의 마음 사이에 놓인 바위. 그것을 멋대로 치워서는 당신이 버티어갈 수 없게 될 뿐이옵니다. 당신의 일방적인 망집으로 요모쓰히라사카를 지난다면 여자들도 가만히 있지 않을 겁니다."

"무, 무슨 소리인지 알 수가 없다."

"죽은 자는 자신 속에 있고, 현세로는 결코 돌아오지 않습니다. 그렇기에 시신은 물질이라 마음먹는 것이 법도인 게지요."

"허, 허나 나는…… 시신도 싫어할 수가 없다. 멀리할 수가 없는 것이다."

"멀리할 필요는 없습니다."

어행사는 엄한 목소리를 발했다.

"이자나기 신이 도망쳐 돌아온 것은 추한 처가 싫었기 때문이 아닙니다."

"그, 그렇다면…… 대체 어째서?"

사무라이의 목소리가 떨리고 있다.

"이자나기 신은 쫓겨서 돌아온 것입니다. 신은 금기를 깨셨소. 그리고 죽은 처, 이자나미 신의 분노를 산 것입니다."

"부, 분노?"

"예. 분노한 것은 추한 모습을 보이고 만 이자나미 신입니다."

"어, 어째서?"

"보지 말라고 했는데 보았기 때문이지요."

"보, 보지 말라?"

"사람은 살아있기에 사람. 그것은 신 역시 마찬가지. 죽은 후 제대로 보내주지 않는 것은 예의 법도를 모르는 자. 자신이 추하게 썩어가는 것이 가장 싫은 것은 죽은 자 자신. 그 부끄러운 자신의 모습을 가장 보이고 싶지 않은 상대야말로 진실로 사랑했던 당신이었을 터."

"아, 아니, 그럴 리 없다. 그럴 리……."

"그런 것도 알지 못하셨습니까, 나리. 방약무인도 정도가 있습니다. 그 오키누도, 시즈노도, 도쿠도, 그리고 부인도 분노로 슬퍼하고 계십니다!"

"거, 거짓말 말라! 그러한 헛소리를!"

정말입니다. 어행사는 요령을 사무라이의 코앞에 들이댄다.

"거짓이라 하신다면 물어보는 게 좋겠지요."

"묻는다?"

사무라이는 어행사에게 얼굴을 향한 채

서서히 시선을 시신에 떨어뜨렸다.

썩은 여자는 흰자위를 드러내며

그 문드러진 입술을 부들거렸다.

그리고 한마디.

내게 치욕을 입히지 말라, 하고 말했다.

"으……."

사무라이의 눈이 휘둥그레졌다.

"으, 으아아아아아아!"

"어행봉위!"

짤랑.

요령 소리와 함께 절규는 끊어지고, 사무라이는 시신 옆에서 배를 가르고 쓰러졌다.
 갈림길은 검은 어둠에 덮여 있었다.

6

그 후, 몹시도 기묘한 뒤처리가 기다리고 있었다.

그때까지 야마오카 모모스케는 옥천 스님과 함께 나무 뒤에 숨어 그저 가만히 상황을 지켜보고 있었다.

옥천 스님은 사무라이가 쓰러지자 재빨리 촛불을 켜고 갈림길로 뛰어나갔다. 모모스케는 허둥지둥 그 뒤를 따랐다. 불제자의 말에 따르면, 여하튼 그렇게 하기로 되어 있었다고 한다. 옥천 스님 자신은 소상한 설명을 일절 듣지 못했던 모양이나, 좌우지간 갈림길을 찾아온 자가 죽어 쓰러지게 되면 즉시 움직이라, 마타이치로부터 그런 지시를 받았다고 한다. 모모스케 또한 아무 언질도 듣지 못해 그저 묵묵히 거들기만 할 뿐이었다.

불제자가 지고 있었던 덩굴바구니에는 놀랍게도 사내의 시신이 들어 있었다.

그것이 어떤 자의 시신인지, 왜 불제자가 그러한 것을 지고 있었는지, 설명은 없었다.

　마타이치는 앞으로 고꾸라져 죽어 있는 사무라이를 일으켜 세우고 그 손가락을 펼쳐서는 쥐고 있던 단도를 빼내고, 그 대신 칼집에서 뽑은 대도를 쥐어주었다. 그리고 어행사는 사무라이가 스스로 목숨을 끊은 단도 자루를 그 누구인지도 모를 시신의 손에 쥐어주었다.

　싸우다 죽은 모양새를 만든 것이다.

　모모스케가 가장 놀랐던 점은 여자의 시체가 진짜였다는 것이다. 그것은 진짜 썩은 시체였다. 옥천 스님에게 질리도록 들은 연유도 있어서, 모모스케는 그것이 오류의 변장인 줄로 착각하고 있었던 것이다.

　오류는 오늘 하루만 시체 바로 곁에 숨어 있었던 모양이다. 그렇다면 마지막 그 한마디는 아마 오류가 했던 말이었으리라. 생각해보면 그 무렵 해는 이미 완전히 저물어 있었고, 가타비라가쓰지는 코를 베어가도 모를 정도의 어둠으로 물들어 있었던 것이다. 누가 어디에 숨어 있다고 해도, 무엇을 말한다고 해도 알 턱이 없었다.

　그러나 모모스케에게 그것은 시신의 말로 받아들여졌다.

　아마 죽은 사무라이도 그렇게 생각했으리라.

　사무라이의 시신.

　그리고 사내의 주검.

　그리고 여자의 썩은 시체.

세 유골을 남기고 소악당들은 그 자리를 떠났다.

이튿날 아침.

교토 거리에서는 큰 소동이 일었다.

그리고 모모스케는 계략의 의도를 반쯤 이해했다.

거리에 흐르는 소문을 연결하자 가까스로 마타이치가 그린 그림이 보인 것이다.

결론부터 말하자면 할복하여 쓰러진 사무라이는 사사야마 겐반, 본인이었다.

교토 봉행소의 요리키, 사사야마 겐반은 집념이 강한 인물이었다고 소식통이 전했다.

겐반은 심로로 몸이 상했고, 임무에서 벗어나 있었음에도 불구하고 죽은 처에 대한 마음을 끊어내기 어렵고 그 유체가 치욕을 입었다는 굴욕을 견뎌내기 어려워, 망령 소동 탓에 인적이 끊어진 가타비라가쓰지에 홀로 줄곧 잠복하고 있었던 듯하다……는 것이다.

거기에 범인―물론 그것은 옥천 스님이 지고 온 송장인데―이 다섯 번째 시체를 투기하기 위해 나타났다는 줄거리인 것이다.

집념의 요리키와 연쇄 시체투기사건의 범인은 서로를 칼로 베고 함께 쓰러졌다.

그러한 구도였던 것이다. 분명히 누가 보아도 그렇게 생각할 것이다.

어쨌든 장소는 바로 그 가타비라가쓰지. 게다가 여자의 썩은 시체 옆에서 비극의 요리키와 정체를 알 수 없는 사내가 찌르고 찔린 모양새로 죽어 있는 것이다. 달리 생각할 여지가 없을 것이다.

진상은 전혀 다르지만…….

겐반은 자해를 한 것이다.

범인이라는 사내도 애초부터 죽어 있었다.

무엇이 어찌되어가는 것인지, 모모스케는 짐작도 할 수 없었다.

수고비를 받기로 한 약속도 있었으므로, 모모스케는 숙소에서 나와 아라시 산의 쓰러져가는 사당으로 향했다.

마타이치는 그곳을 근거지로 삼고 있을 터였다.

사당 앞에서는 옥천 스님이 도끼를 휘두르며 장작을 패고 있었다.

모모스케가 묻자 옥천 스님이 크게 웃었다.

"그 송장 말이오? 그건 말이지, 어제 오즈 앞에 있는 절까지 가서 조달해온 것이지요. 악한 얼굴 아닙디까? 하지만 정체도 모르고 근본도 모르지요. 행려병자이올시다."

"행려병자? 그럼 무관한 사람인 겁니까?"

"당연하지요." 불제자가 말했다. 수염이 땀으로 젖어 있다.

"마타 씨가 어제 아침에, 오늘쯤 시체가 필요할지도 모르니 준비하라, 그렇게 말을 하더구먼요. 나이는 얼추 서른이나 마흔, 사인은 칼에 베인 게 좋다. 겉옷 너머로 베인 게 가장 좋다, 그렇게 말하더구먼요. 정말 고생 많았습니다. 결국 찔린 자국만 있는 녀석밖에 조달 못했지만요."

모모스케는 그래도 조달할 수 있었던 것만도 대단하다고 솔직하게 털어놓았다.

뒷세계에서 사는 자들이 아니면 상상도 못할 일이다.

"설마 범인을 만들어 내리라곤 생각도 못했지요." 불제자가 말했다.

"마타 씨가 생각하는 것은 모르겠습니다. 그 여자도 어차피 비슷한 것이겠지요. 그건 분명 보름 전에 작업에 들어간 날부터 준비해뒀을 겁니다. 오류가 찾아온 행려 시신일 듯싶은데."

"하지만 과연 괜찮을까요?"

모모스케는 시신에 대한 모독이 아닌가 하는 인상을 받은 모양이다. 옥천 스님도 그 점을 알아챈 듯 "뭐, 나도 처음에 주저했지요" 하고 말했다.

"하지만 이건 괜찮소."

"괜찮은…… 겁니까?"

"괜찮을 거요. 마타 씨가 그러지 않습디까. 시체는 사람이 아니라 물질이라고. 그렇게 생각하지 않으면 못해먹는다니까요. 그건 그렇지요. 마타 씨는 결단을 내리고 있는 거겠지요. 그리고 사내의 시체도 여자의 시체도 찜찜한 점이 없는 자로는 생각이 안 되니까요. 뭐, 악당이었을 겁니다. 어디서 무얼 하다가 길바닥에서 죽었는지는 모르겠지만 말입니다. 어차피 험한 대접을 받으며 무연불이 되기밖에 더했겠소. 마지막 한순간에 다른 이의 도움이 되었으니 잘 되었다고 할 수밖에."

"예에……. 허나……."

'과연 어떤 도움이 되었을까' 하고 모모스케는 생각했다.

그걸 물으려 모모스케가 고개를 들자, 옥천 스님은 이마의 땀을 닦고 "여어, 오류로군" 하고 말했다. 모모스케가 돌아보자 동백나무 아래에 오류가 서 있었다.

찬찬히 뜯어봐도 청초한 마을처녀로밖에는 안 보이는 차림새다. 성인 남자를 가지고 놀고, 어디에선지 모르게 시체를 조달해 오고, 더구나 시신으로 변장해 사람들을 속일만한 짓을 할 소악당으로는 절대로 보이지 않는다.

비쳐 보일 정도로 하얀 살결의 처자는 생긋 웃으며 모모스케에게 눈인사를 했다.

"저어……."

그리고 오류는 말했다.

"이번 작업의 의뢰인은, 실은 소사대의 높은 나리였습니다."

"소, 소사대라니? 그럼 맨 처음, 요리키 부인의……?"

그렇지요, 하고 오류는 고개를 끄덕였다.

"그 사사야마라는 분, 정말로 좋은 사람이었다고 합니다. 정말 부인을 아끼고 성실해서 장인도 그런 점을 몹시 높이 샀었다고 합니다. 그런데……."

"그런데? 그럼 모든 것이 사사야마의 소행이었던 겁니까?"

"그런 듯합니다." 오류는 기다란 속눈썹을 내리깔고 말을 이었다.

"부인은 도리베노에서 화장하기로 되어 있었지요. 하지만 그 요리키 나리, 부인이 불에 태워지는 것을 참을 수가 없었던 듯해요. 그래서……."

"그럼 시신을 훔친 것은 남편 자신이?"

그랬었구면, 하고 옥천 스님이 소리를 질렀다.

"그랬지요. 사사야마 씨는 부인의 망해를 저택 뒤편 움막에 감추고 다음 날도, 또 그 다음날도 예뻐했다고 합니다."

"그런…… 짓을?"

"스스로도 한심하다고 생각했을 테지요. 하지만 날이 갈수록 상해가니, 그리하면 마음도 떠날까, 그렇게 생각했던 모양입니다. 단림황후의 고사에 견주어 세상의 무상함을 몸으로 처절하게 느끼면 인륜을 벗어난 자신의 악행도 잦아들 것이다, 그렇게 생각했겠지요. 그런데……."

"그렇군." 옥천 스님은 신음하듯 말하고는 도끼를 내려놓았다.

"싫어지지 않았던 게로군."

"그런 듯하더군요." 오류는 씁쓸하게 말했다.

"썩고 문드러져도, 사사야마 씨는 부인이 싫어지지 않았던 거지요. 그러자 그런 자신이 두려워져서 완전히 썩어버린 부인의 유골을 갈림길에 버렸다고 합니다."

"그게 맨 처음?"

"그렇지요. 그 후로 그분은 낙담하여 술에 빠져 살았어요. 그리고는 유곽에 다니기 시작해……."

"시즈노와 깊은 사이가 됐구먼."

"예. 하지만 그건 진심이 아니었습니다. 왜냐면 그분은 시즈노 씨를 죽였으니까요."

"어째서 죽인 겁니까?" 모모스케가 물었다.

"시험해본 겁니다."

"시험……해봤다니?"

"부인을 잃은 지 얼마 되지도 않았는데 자신은 게이샤 따위에게 마음이 움직이고 있다, 그 사실을 견딜 수가 없었던 거지요. 시즈노 씨에게 기울고 있는 마음은 거짓이다, 이것은 색향에 미혹 당했을 뿐이라고, 그렇게 생각하고 싶었겠지요. 그래서 확인하기 위해 몸값을 치르고……."

"죽인 겁니까? 죽여서 썩기를 기다렸다?"

"그런 듯합니다. 시신이 썩기 시작하면 자신은 시즈노 씨를 싫어하게 될 것이다, 그렇게 생각했겠지요. 그렇게 하면 부인에 대한 마음은 특별한 것이었다는 얘기가 되지 않습니까? 부인 때에는 싫어지지 않았으니까요. 그런데……."

"시즈노의 경우도 싫어지지 않았다, 그 말이로군."

오류는 불제자의 물음에는 대답하지 않고 고개를 옆으로 돌렸다.

"사람은 가지각색이지요. 사사야마 씨는 결국, 또 두려워져서 유체를 갈림길에 버렸어요. 그리고 그 즈음에 이르러서는…… 그 요리키 나리도 광인이 되었을지 모르겠지만요."

"하녀를 죽인 이도 사사야마였군요. 같은 과오를 되풀이했다?"

오류는 스윽 움직여가서 사당 벽에 손을 짚었다.

"소사대의 장인이, 딸아이가 떠난 후 사위의 행태도 이상하고 수발을 드는 종도 없이 이래저래 걱정이 되었겠죠. 삼시세끼 유키야의 요리를 배달하게 했던 모양입니다. 그것을 전해준 것이 도쿠였어요. 도쿠는 붙임성이 있는 처녀였다고 하는데……."

"사사야마는 또……."

"예. 죽이고, 썩게 하고, 그럼에도 싫어할 수가 없어서 싫어질 때까지 기다리고 또 기다리고, 그럼에도 싫어지지 않자 두려워져서 버렸지요."

"꽃장수 오키누라는 여자는? 그녀는 자살한 것이지요?"

"오키누는 아주 옛날 사사야마 겐반에게 큰 은혜를 입은 적이 있어, 그 이후 줄곧 저택에 드나들고 있었습니다. 부인이 죽은 이후로는 매일 드나들었다 합니다. 물론 꽃을 갖다 주러 간 것이지만요. 사사야마 씨, 부인 불단의 꽃은 떨어뜨리지 않았다고 하더군요. 그리고 오키누는 사사야마 씨의 변모를 알아챈 거겠지요."

"사사야마의 살인이랄지…… 그 기행을 알아차렸다는?"

"그렇게 생각합니다." 오류가 말했다.

"그 아이는 상냥했기 때문에 분명히 동정했으리라 생각합니다. 그래서……."

"깊은 사이로?"

"은혜를 갚는다는 마음이었겠지요."

오키누는 신분이 다르다고 말했다고 사사야마가 이야기했었다. 그것은 옳지 않다며 사사야마는 외쳤었다. 신분이나 미추는 애정과 무관하다고.

"오키누는 모든 것을 알고 있었으리라 생각합니다. 사사야마 씨가 범인이란 것, 그와 동시에 사사야마 씨가 자신을 원하고 있다는 것도 알고 있었어요. 그래서 고뇌 끝에……."

목을 맸다.

"항의하려는 뜻이었을까요." 모모스케가 물었다.

"살아서는 함께할 수 없다고 생각했겠지요. 부인에게 면목이 없다는 생각이 들었을지도 모르겠고요. 죽으면 단념하리라, 그렇게 생각했겠죠. 하지만."

"그때 이미 사사야마는 제정신이 아니었던 거군요. 죽어도, 썩어도, 자신의 애정에 아무런 변화가 없다는 것을, 자신감을 가지고 있었던 거로군."

그래서.

시신을 회수하고, 그리고…….

모모스케는 입을 막았다.

"소사대의 장인은 어렴풋이 알아차리고는 있었지요. 하지만 증거고 뭐고 아무것도 없었어요. 더욱이 함부로 파헤친들 무슨 뾰족한 수가 나는 것도 아니지 않습니까. 사위가 성실하다는 것은 알고 있었어요. 사실은 착한 인간이라는 것도 알고 있고. 게다가 정말로 범인이라면 모든 것은 죽은 자신의 딸을 사모하는 마음에서 나온 것이기도 하지 않습니까. 하지만 범인이 요리키라면 봉행소의 권위가 실추되지요. 방치하면 몇 번이고 되풀이할지도 모른다.

그래서 모야부네에게 의뢰한 것입니다. 범인인지 아닌지 확인해주게. 범인이라면…… 어떻게 해서든 말려주게. 다만 소문나지 않게 해주게……."

"그래서 그 작업이 필요했던 거였군."

불제자는 굵은 팔로 팔짱을 꼈다.

"그 정도라면 나름 큰 공이지. 범행도 막을 수 있고. 하지만 할복할지 어떨지는 몰랐던 일 아닌가?"

"그렇기 때문에 에도 최고의 모사꾼인 거지요." 오류가 말했다.

"만반의 준비를 갖추고 있었습니다. 다만, 할복시킬 생각은 없었던 듯하지만요. 하지만 어찌되었든 수단은 마련해두고 있었던 것 같아요."

거기서 오류는 사당 안을 흘낏 들여다보았다.

"어행사 님은 어찌하고 있는지……. 조금은 기운을 되찾았을까요."

"마타이치 씨가 어떻게 됐습니까?"

모모스케는 당황해서 물었다.

"그 이후로 계속 우울한 모양이에요."

"마타이치 씨가?"

모모스케는 믿어지지 않는다는 얼굴로 사당 안을 살펴보았다.

광륜이 없어진 아미타불 앞에 행자두건이 놓여 있다. 옆에는 시주함이 팽개쳐져 있다.

모모스케는 슬그머니 오류 앞을 벗어나 반쯤 열린 문을 열었다.

"마타이치 씨. 저기……."

"선생이시오?" 잔머리 모사꾼은 패기 없는 목소리로 대답했다.

"왜 그러시는지요. 무슨 일 있었습니까?"

"딱히 아무 일도 없습니다만."

그렇게 말하고 모모스케 쪽을 본 마타이치는 약간 해쓱해진 얼굴이었다.

마타이치는 툭 던지듯 말했다.

"슬프군요, 인간이란 존재는."

그리고 희미하게 웃었다.

"소생은……."

"뭡니까?"

"소생은…… 선생, 그 요리키의…… 그놈의 마음이 조금은 이해가 됩니다."

마타이치는 이 말을 하고는 짤랑, 요령을 울렸다.